예이츠 시의 이해

이창배

문학과지성사

1997

예이츠 시의 이해 [개정 증보판]

펴낸날/ 1997년 4월 18일

지은이/ 이창배
펴낸이/ 김병익
펴낸곳/ ㈜문학과지성사
등록번호/ 제10-918호(1993. 12. 16)

서울 마포구 서교동 363-12호 무원빌딩(121-210)
편집: 338)7224~5 · 7266~7 FAX 323)4180
영업: 338)7222~3 · 7245 FAX 338)7221

ⓒ 이창배, 1997. Printed in Seoul, Korea
ISBN 89-320-0887-6

값 18,000원

예이츠 시의 이해

개정 증보판을 내면서

　이 책의 초판이 나온 지가 올해 11년이 된다. 그 동안 국내에서는 한국 예이츠 학회가 창립되어 신진 학자들에 의한 연구가 활기를 띠고 있고, 해외에서는 예이츠를 포스트모더니즘의 각도에서 연구할 정도로 새로운 접근이 시도되고 있는 상황이다. 이 시점에서 저자도 예이츠의 문학과 사상, 그리고 작품 해석에서 다소 수정 보완할 필요가 있다고 느껴 이 개정판의 작업을 추진했다.

　이 개정판에서는 상당 부분 수정 가필한 것말고도, 서문을 대신하여「예이츠 시의 배경」을 써넣었으며, 12편의 시의 번역 해설을 추가했다. 이 개정판을 내면서 나는 1995년도 노벨문학상 수상자인 같은 아일랜드의 시인 셰이머스 히니의 시를 많이 생각해보았다. 예이츠가 노벨문학상을 수상한 지 72년 만에 아일랜드에 다시 노벨상의 영광이 주어졌다. 히니는 예이츠보다 2세대나 후배 시인이지만, 아일랜드의 정치적 혼란이 아직 계속되고 있는 상황에서 민족적 비극과 전통을 공유하는 이 두 사람의 아일랜드 민족시인은 여러 면에서 대조 연구가 이루어질 수 있다고 생각했다. 히니의 시를 읽으면 읽을수록 그들이 조국의 현실을 생각하는 자세는 같으면서도 시적 표현에서는 다른 점이 극명하게 드러나는 점을 느끼게 된다. 욕심 같아서는 두 시인을 비교 연구한 논문을 한 편 써서 붙이고 싶었지만 후일로 미루고, 그 바탕이 될 수 있는 아일랜드의 역사적 정치적 배경을 작금에 이르기까지 자세히 소개하는 데 그쳤다.

노벨문학 시인상을 두 사람이나 배출한 가난하고 작은 비극의 나라 아일랜드의 문학을 좀더 깊이 연구하고 싶은 생각을 하면서 머리말에 대신한다.

1997년 3월 5일
자양동 서재에서
저자 씀

머리말

　이 책은 한 시인을 집중 연구한 전문 서적이면서 동시에 일반 문학 애호가도 부담 없이 읽을 수 있도록 여러 가지 배려를 한 교양 서적이다. 전체 표기를 순한글로만 했다든지, 영어로 된 고유명사 · 인용문 · 시의 원문을 모두 번역했다든지, 어렵고 전문적인 용어를 쉽게 풀어쓴 것 등 자상한 배려를 통하여, 한 문학 전문 서적이 전문 학자끼리의 전유물이 아니라 일반 독서 대중에게도 널리 읽혀지기를 바라는 것은, 이것이 우리 외국 문학을 연구하는 사람들이 자국의 문학과 문화에 기여할 수 있는 길이라고 믿었기 때문이다.

　한 시인의 시를 집중적으로 많이 읽고, 그 시인을 여러 측면에서 종합적으로 고찰하는 일은 그 시인을 올바르게 이해하는 데 아주 중요한 일이다. 어떤 시인의 시를 낱편으로 산만하게 읽어서 즐기는 일도 중요하지만, 그 시들을 체계적으로 읽는다든지, 시인의 생활과 사상을 깊이 연구해서 그 시인을 거시적으로 파악한 후에 그런 맥락에서 읽으면 그 시들이 더 잘 이해되고, 더 정확히 읽히는 것은 당연한 얘기다.

　이런 생각에서 시인 예이츠를 이해하는 데 꼭 필요하다고 생각되는 4가지 주제의 논문과 시 33편을 번역하고 해설한 글로써 이 책을 꾸몄다. 이 책에 실린 논문은 「예이츠의 귀족주의」 이외는 모두 새로 쓴 글이며, 여기에 작품 연구까지를 함께 실은 것은 한 작가를 알기 위해서는 우선 작품을 정확히 읽는 일이 중요하고, 그 다음으로 거기에서 나아가서 그 작가에 대해서, 그리고 작품에 대해서 논하는 것이 문학 연구의 정도라고 믿었기 때문이다.

예이츠를 깊이, 그리고 정확히 알기 위해서 필요한 문제가 달리 또 있겠지만 나는 대강 4가지 주제를 택했다. 첫째 이 시인은 특이하게 시에 사생활의 디테일이 가림 없이 노출되어 있는 시인이어서, 그 사생활에 속하는 경험이 어떤 과정을 겪어 시로 바뀌어 보편성을 갖게 되는가 하는 문제는 필자가 오랫동안 관심을 갖고 정리해보고 싶은 문제 중의 하나였다. 여기에 첨부해서 예이츠의 전기적 측면의 연구가 필요하다고 생각되기도 했지만, 그것이 자칫 연대별 사건 기록이 될 가능성도 있고, 그의 사생활에 관한 사항이 4편의 논문에 수없이 중복되어 나타나기 때문에, 책 뒤에 붙인 「예이츠 연보」로써 대신하였다. 이 연보는 좀 세밀히 작성한 것이니까 독자는 이것을 일독하면 시인에 대한 개괄적인 인상을 얻을 수 있을 것으로 생각한다.

두번째의 논문이 「예이츠의 모드 곤에의 사랑의 시편들」이다. 예이츠는 23세 때에 처음 모드 곤을 보고서 반한 이래 구혼과 거절의 많은 곡절 끝에 결국 그녀를 단념하고 다른 여자와 결혼한 것이 52세 때이다. 그러니까 그 사랑은 거의 반평생에 걸쳐 그의 "생활을 비참하게 만든" 생애 최대의 사건이다. 이 사랑의 그때그때의 속마음이 그의 많은 시에 숨김없이 드러나 있으니, 그것을 더듬어보는 것은 단순히 독자의 호기심을 만족시키는 이상으로 한 위대한 시인의 정신사를 훑어보는 것이 될 것이다.

그 다음의 논문이 예이츠의 신비 사상에 관한 것이다. 이 시인은 켈트 민족 특유의 전설과 신화가 널리 깔려 있는 풍토에서 자라서, 젊어서 이래 유령이니 요정 같은 초현실적 실체를 믿고 연구하는 버릇이 몸에 배어 그것이 『신화집』 『비전』 같은 산문 저술을 낳게 한 것이며 시에 '가이어' '우주령' 같은 이미지를 도입하게 만들었고, 그는 특정 종교를 갖고 있지 않으면서도 영혼의 윤회설을 믿는다든지 하여 과학 세계와 상상 세계가 잘 융합된 단단한 시세계를 만들어낸 것이다.

　네번째에 다룬 예이츠의 귀족주의 사상은 내가 파악하는 한에선 그의 생활과 문학에 대한 핵심 사상이다. 아리스토크라티즘의 번역어에 해당하는 귀족주의라는 말이 신분상의 엘리티즘을 뜻하는 것이 아니라, 단순 소박하고 전통적인 것을 숭상하고 품위있고 고결한 궁지의 생활과 문학의 양식(樣式)에 직결되는 사상이다. 나는 그의 인간과 문학을 이 한 가지 사상을 중심으로 하여 천착해보았다.

　제2부의 작품 연구편에는 초기시로부터 말년의 시에 이르기까지 흔히 사화집에 실리는 그의 대표시를 발표 순서대로 실었고, 그 안에 그의 연애시, 사회 정치시, 철학시가 고루 섞이도록 하여, 여러 측면에서 이 시인을 읽어볼 수 있도록 하였다. 여기에 붙인 해설은 각 시편을 읽는 데 조금의 도움이 되도록 요령껏 시행 사이의 숨은 뜻을 드러내는 데 그쳤으니까 시에 대한 깊은 이해는 결국 독자에게 맡기는 수밖에 없다.

　예이츠나 T. S. 엘리엇과 같은 대시인들은 시인이면서 동시에 인류의 위대한 사상가들이다. 우리가 이들의 시를 깊이 이해하는 것은 단순히 우리의 예술적 욕구를 충족시키는 데 그치지 않는다. 그들은 인간을 우주적인 시점에서 바라볼 수 있는 큰 지혜를 가졌고, 평생을 인간적 한계 의식에 매달려 고뇌한 성실한 인간들이었다. 그 예지와 성실성이 없이 어찌 위대한 예술가가 될 수 있었겠는가. 그래서 그들을 깊이 알면 알수록 우리는 그들의 지혜에 눈이 넓어지고, 그 성실함이 마음에 와 닿는 숭엄한 체험을 하게 된다. 내가 30여 년 간 대학에서 이 대시인들을 가르치고 그들에게 매달려오면서 늘 이 시인들을 좀더 깊이 그리고 정확히 이해하고 싶은 욕망을 버릴 수가 없었고, 한편 그 시인들에게서 얻은 기쁨과 감격을 될 수 있는 대로 많은 사람들과 더불어 나누어 갖고 싶은 욕망이 동기가 되어 이 책을 저술한 것임을 밝히면서 이 서문을 끝맺는다.

끝으로 이 책을 만드는 데 여러분들의 협조가 있었음을 밝혀둔다. 한일동 석사는 '서지 해제'를 만드는 데 전적인 협조를 해주었고, 강홍립 석사는 교정을 다 보아주었고, 박선옥 · 오금동 · 최영호 등 석사 후보 학생들은 원고를 옮겨쓰고, 색인을 만드는 일에 애써주었다. 그리고 문학과지성사의 편집부 여러분과 이 출판을 맡아주신 김병익 사장님께 감사를 드린다.

이 책의 미비한 점에 대해서는 독자 여러분의 너그러운 지도를 바라마지 않는다.

1986년 11월
자양동 서재에서
저   자

차 례

제1부 예이츠 시의 배경

제2부 작품 해석

제3부 예이츠의 문학과 사상

예이츠 시의 이해

제 1 부

예이츠 시의 배경

예이츠 시의 배경

1. 아일랜드의 역사적·정치적 상황

지구의 반대편에 붙어 있는 먼 나라이지만 아일랜드의 뉴스는 심심치 않게 우리에게 전해들어온다. 지난해 2월에는 런던의 호텔 폭파 사건이 있었고, 6월에 들어서는 맨체스터에서 차량 폭파 사건으로 근 2백 명의 사상자가 났다. 신문에 의하면 이런 테러 행위가 모두 IRA(아일랜드 공화군)라고 하는 아일랜드의 과격 행동 단체의 소행인 것으로 추측되고, 이 단체는 북아일랜드의 전통 야당 신페인Sinn Fein당의 전위 행동 단체인 것으로 알려져 있다.

영국과 아일랜드가 2차 대전이 끝난 지 반세기에 접어드는 이 시점에 이르기까지 계속해서 분규에 휩싸이고 있는 까닭은 이 나라가 너무 오랫동안 영국의 식민지로 있어 왔고, 1922년 헌법상 자치 국가로 출발할 때에 식민지 국가의 처리가 미흡했기 때문이다.

영국과 지리적으로 인접해 있을 뿐 아니라, 국토와 인구가 열세에 있는 아일랜드가 역사와 문화면에서 우월한 영국의 야심찬 군왕들의 정복 목표가 되어온 것은 당연했다. 노르만족 정복왕 윌리엄 1세가 영국을 정복한 것은 1066년이고, 이때에 이미 유럽의 대부분이 그의 영향 아래 있었지만, 계속되는 전쟁과 세력 확장에 분주했던 영국왕이 아일랜드 정복에 눈독을 들인 것은 1세기쯤 뒤에 아르러서였다. 아일랜드 역사서에 의하면 아일랜드왕 로리 오코너가 영국왕 헨리 2

세에게 충성을 맹세하고 공물을 바친 것이 1175년이었다고 한다. 사실상 이때로부터 시작된 영국의 아일랜드 점령의 역사는 16세기 엘리자베스 여왕 시대에 완성되어 20세기초에 이르기까지 근 8백 년 동안 계속되었다.

아일랜드 점령 기간 중 두 나라의 관계가 극도로 악화되어 내란 상태로까지 접어든 것은 세계 1차 대전을 전후한 1910년대이다. 아일랜드의 정국이 크게 불안해진 것은 거슬러 올라가 1845년~1847년 사이의 대기근 사태 이후부터이다. 농업 국가인 이 나라가 감자 고조병(枯凋病)으로부터 연유한 역사상 미증유의 대재난의 여파로 이 나라의 인구는 1845년에 예상 인구 8백 5십만 명에서 2백만 명이나 감소되어 국민들은 기진맥진 상태에 있었다. 그 줄어든 인구 중 절반은 미국 등지로 이민갔고, 나머지 절반은 기아와 질병으로 죽은 것으로 기록되어 있다. 나라가 점차 허탈 상태에서 회복됨에 따라 정치적 독립을 요구하는 목소리가 높아졌고, 그와 함께 소작농들의 불만이 커져 영국에 대한 정치적 압력과 끊이지 않는 시위와 폭력 사태로 사회는 갈수록 불안이 고조되어갔다. 거슬러 올라가 유명한 1798년의 비네가힐 전투(일명 단발군 croppy 사건. 셰이머스 히니의 시 「단발군들을 위한 진혼시」는 이 사건을 다룬 시이다)는 2만 명의 공화파 혁명군들이 비네가힐에서 영국군의 포격으로 전멸한 사건이다. 이 독립 운동의 맥은 20세기에 들어와서 1916년 부활절 대봉기(예이츠의 시 「1916년 부활절」에 이 사건이 취급되어 있다)에 이어진다.

1916년 부활절 날에 일어난 폭동은 아일랜드 공화파의 과격 단체인 IRA 주도 아래 약 1천 명의 군중이 더블린의 주요 건물을 약 1주일간 점령하고 아일랜드 공화국을 선포한 대반란 사건이다. 계엄령을 선포하고 진주한 영국군은 가담 주동자 90명에게 사형 선고를 내리고 그 중 15명을 처형하였다. 아일랜드의 저항 운동은 농민 운동과 독립 운동이 결합되어 암살·방화·복병 등 게릴라전의 양상을 띠면서 내전 상태에 접어들었다.

1916년의 내란 후 마침내 영국 정부는 굴복하여 아일랜드의 자치권을 인정함으로써 일단 소강 상태에 들어갔다. 1차 대전의 여파로 불붙은 세계 민권 운동에 편승하여 아일랜드도 1920년 드디어 영국 정부로부터 자치권을 쟁취했다. 그러나 그것은 무역·국방·외교권이 제외된 불완전한 타협이었다. 이 자치법 Home Rule Bill에 의하여 형식적으로 아일랜드 공화국이 선포되어 1949년 완전 독립에 이르지만, 북아일랜드, 즉 얼스타의 6개 주가 아일랜드 공화국에서 떨어져 별개의 정부를 세워 영국 연방의 지배 아래 남음으로써 아일랜드는 분열되어 오늘까지 갈등이 계속되고 있는 상태이다.

　북아일랜드 정부 아래 포함되는 얼스타 지방의 6개 주는 개신교도가 다수를 이루고 있지만, 소수 카톨릭교도와 맞서 정치적 종교적 갈등 속에서 원수지간처럼 대립되어 끝없는 반목 상태를 지속하고 있다. 신교와 카톨릭교 사이의 갈등은 심지어 상호 결혼이 차단되어 있고 어느 곳에선 교육과 주거 지구가 분리되어 있는 상황이다. 북아일랜드에서와 마찬가지로 남부 아일랜드(아일랜드 공화국)에서도 주로 개신교들인 지주층과 정치 지도자들은 카톨릭교도들을 경멸한다. 그 전통이 정치와 종교적 행태와 맞물려 복잡한 양상을 띤다. 카톨릭교도들은 대체로 통합 아일랜드를 주장하는 반면, 개신교도들은 영국과의 밀접한 관계를 선호한다. 경제적으로 정치적으로 불리한 위치에 있는 카톨릭 교도들은 직업과 주택의 차별, 그리고 불공정한 법률 규정의 철폐를 주장한다. 이에 맞서 개신교 측에선 카톨릭교도들의 국가 사회에 대한 비협조적 자세를 비난한다.

　끝없는 갈등 상태에서 빚어진 아일랜드의 현대사는 한 마디로 피의 보복전이다. 1969년은 아일랜드 공화국이 치안 부재 상태에까지 이르러 영국군의 파병을 요청한 해이다. 최근의 한 통계에 의하면 그 후 1994년에 이르는 25년 간 3,200여 명이 대소 폭력 사태에 휘말려 사망한 것으로 나타나 있다. 그 중 유명한 사건만 해도 1972년 1월의 "피의 일요일 사건," 같은 해 7월의 "피의 금요일 사건" 등이다.

작금에 이르러 이 복잡한 북아일랜드 문제의 해결을 위하여 영국과 아일랜드 공화국의 주도 아래 아일랜드의 범정파간의 평화 회담이 추진되고 있다. 그러나 북아일랜드내의 민족주의자들과 영국 잔류 희망자들의 불협화음, 그리고 신구교간의 이해 상충으로 회담이 표류하고 있는 가운데 배후에서 활동하는 IRA 무장 단체의 테러와 파괴 행위는 계속되어 과연 이 지방에 언제 평화가 정착할 지 미지수의 상태에 있다.

2. 예이츠의 정치적 자세

예이츠는 현대 아일랜드의 역사를 그대로 살아온 시인이다. 그는 영국 식민지 시대에 태어나 영국 통치의 종식을 위한 치열한 독립 전쟁이 최고조에 달한 1916년 부활절의 봉기에 이르기까지의 수많은 소요와 폭동, 그리고 그 이후 아일랜드 공화국 탄생 전후의 내란 상태를 몸소 겪으며 살았다.

예이츠는 스스로 "아일랜드적인 것"을 노래부르겠다고 공언하고 조국의 영웅들과 애국 지사들을 찬양하는 시를 즐겨 쓴 민족시인이고 국민시인이다. 그는 결코 실사회를 등진 은둔 거사가 아니었고, 나름대로 사회 의식과 민족 의식이 투철한 시인이었다. 그는 민족 운동에 앞장섰던 모드 곤을 깊이 사랑하게 됨으로써 시위와 폭동의 현장에 나섰고, 「1913년 9월」「1916년 부활절」「내란 당시의 몇 가지 명상」 등의 시에선 아일랜드의 정치적 폭력 사태를 시의 주제로 다루기도 했다. 말년에 가서 아일랜드 자치 국가가 의회를 구성하였을 때에는 상원 의원으로 추대되어 6년 간 근무하기도 했다. 그리고 그는 더블린에서 연극 운동에 참여하여 애비 극장Abbey Theatre의 운영을 맡은 일도 있고, 아일랜드 문학회를 결성하여 민족 문학의 재건을 도모하기도 했다. 이런 점으로 보아 그는 정치 의식과 사회 의식이 강했던 시인인 것은 틀림없다. 그러나 그의 사회 참여의 자세에는 한계가 뚜렷하다.

그가 모드 곤을 따라서 얼마 동안 폭력 시위에 가담한 것은 순전히 그녀의 호감을 사기 위함이어서 그녀가 거리로 뛰쳐나가 과격 행동에 뛰어들 때에는 그것을 억제하고 자제를 호소하여 그녀와의 불화를 자초하기도 했다. 그는 모드 곤에게 그런 정치 활동을 그만두고 자기와 결혼하여 평화로운 가정 생활을 갖자고 회유하기도 했고, 그녀의 고집이 결국 파멸을 가져올 것이라고 비난하기도 했다.

그의 정치시 「1916년 부활절」에서 그는 그 폭동 사건에 가담하여 처형당하거나 종신형에 처한 민족 운동의 지도자들, 마키에비츠 부인, 패드릭 피어스, 토머스 맥도나, 존 맥브라이드(모드 곤의 남편) 등의 이름을 열거하면서 그들의 완고한 정신을 비난하고, "언제 목적이 달성될 것인가/그것은 하늘의 역할"이라고 체념스런 말과 함께 그들의 죽음이 헛되지 않을 것이라고 위로의 말을 덧붙였다. 예이츠는 이 시에서 그 폭동의 죽고 죽이는 현장 체험을 일단 관념 속에서 여과시켜 대의를 위하여 "모두가 변한" 정신력의 무서움을 자신의 미학 속에서 수렴한다. 현장은 야만스럽고 추잡하다. 그는 그 현장에서 일단 물러나 자신의 비전 속에서 찬미의 자세를 취한다. 처절한 폭동의 장면은 시인의 비전 속에서 고귀하고 장엄한 아름다움으로 바뀌어 "하나의 무서운 아름다움이 생겨났다"는 후렴 속에 집약된다.

그는 곧잘 거지나 농민·어부와 같은 기층 인민들을 시의 소재로 삼으면서 "한 편의 시를 이 사람에게 써주고 싶다"라고 말할 만큼 그들에게 매력을 느낀다. 정치시에서 현장 체험을 변질시켜 관념미를 노래부른 것과 마찬가지로 그는 낚시꾼이나 농민들을 보면서 그들의 뼈아픈 실제의 생활상을 보는 것이 아니라, 워즈워드가 그랬듯이 그들의 단순 소박함과 염직성 같은 것에서 아름다움을 발견한다. 그러나 그 미학은 시인 자신의 머릿속에서 빚어낸 자기 도취의 나이브한 감상일 뿐이다.

다음 시는 「내란 당시의 몇 가지 명상들」 중 제6부이다. 전체 7부로 되어 있는 이 시 중 시인의 정치적 미학적 자세가 잘 드러난 것으로 생각되는 이 부분을 인용한다.

우리집 창가의 찌르레기 둥우리

꿀벌들은 허물어지는 석조탑의
틈새에 집을 짓고, 거기에서
어미새들이 굼벵이나 파리들을 물어나른다.
이 탑의 벽은 허물어진다. 꿀벌들이여
자, 와서 찌르레기의 빈집에 집을 지어라.

우리는 갇혀 있다, 자물쇠를
잠그고 불안을 밀어낸다. 어딘가에서
살해되고 집이 불탄다.
그러나 확실한 사실은 모른다.
자, 와서 찌르레기의 빈집에 집을 지어라.

돌과 나무를 쌓아 바리케이드를 친다.
14일 간이나 계속되는 내란.
간밤에는 피투성이 되어 죽은 한 병사가
손수레에 실려 이 도로로 운반되었다.
자, 와서 찌르레기의 빈집에 집을 지어라.

우리들은 환상을 먹어가며 살아오느라고
마음은 그런 양식 때문에 짐승처럼 돼버렸다.
사랑보다는 적개심이 훨씬
양식이 되었다. 자, 꿀벌들이여 와서
찌르레기의 빈집에 집을 지어라.

이 시에는 내란 당시의 죽이고 죽는 피비린내나는 현장의 이미지가 부분적으로 나타나 있으나 전체 시의 주요 이미지는 꿀벌이다. 되풀이되는 후렴에서 꿀벌의 이미지가 시의 의미가 되어 부분의 이미지들과 현실 체험을 통제하고 있다. 꿀벌은 부지런하고 화목한 조화로운 공동 사회의 이미지이다. 두번째 주요 이미지는 새끼들에게 먹이를 물어다주는 어미새의 둥우리가 텅 비어 있는 이미지이다. 내란의 소란한 총소리에 놀라서 둥우리가 텅 비었을 것이다. 전쟁통에 인간들은 증오와 갈등을 계속하고 '사랑'은 텅 비어버린 새의 둥우리처럼 되어버렸다. 시인은 꿀벌들에게 이 텅 빈 집에 와서 애정과 화합의 집을 지으라고 호소한다.

시인은 이 시에서 전쟁중에 "사랑보다는 적개심이 훨씬/양식이 되어" "짐승처럼 돼버린" 인간들의 마음을 개탄한다. 그는 아일랜드의 민족주의자들의 독립 염원 그 자체를 '환상'이라고 생각하는 어조이다.

예이츠가 이 시를 쓴 것이 1922~1923년의 내란 당시이다. 이 내란이 휴전에 들어간 지 불과 7개월 후에 그는 스톡홀름에 가서 노벨문학상을 수상했다. 그는 아직도 피비린내가 가시지 않은 조국의 현실을 까마득히 잊은 듯이 민족의 현실과 장래에 대해 단 한 마디의 언급도 없이 수상 연설을 해나갔다. 연설 내용은 아일랜드의 연극 운동과 이 나라를 빛낸 시인들에 대한 찬양으로 채워졌다. 이 점은 2세대나 후배 시인으로 똑같이 노벨문학상을 수상한 셰이머스 히니와 크게 차이가 난다. 히니는 1995년 11월 그의 노벨상 수상 연설에서 시종 조국의 역사와 현실을 언급하면서 시인과 시의 역할을 논하였다. 북아일랜드의 카톨릭 출신의 히니가 겪은 아픔을 평생 귀족주의 미학에 집념한 예이츠는 못 느꼈는지도 모르고, 아니면 그는 그 무렵 이미 영국화된 앵글로아이리시로서 정신적 안정을 찾아 내란 따위는 강건너 불로 보였는지도 모른다.

하여튼 세기말적 예술 지상주의 사조 속에서 자기 도취의 감수성을 형성한 예이츠의 현실 의식에는 한계가 있었음을 지적하지 않을 수 없다. 앞서도 언급한 바와 같이 그는 결코 초연하고 비실무적인 사람이 아니었다. 그러나 그는 사회 문제·정치 문제·국가의 문제 등에 부닥치면 그것을 현실적 콘텍스트에서 보지 않고 흔히 낭만시인들이 그랬듯이 자기의 심안으로 흡수하여 비전의 세계의 미학으로 환원시켜버리는 체질의 시인이다. 전쟁이나 폭동은 야만스럽고, 세상의 모든 갈등 현상은 "무의미한 분규 mere complexities"에 불과한 것이었기 때문에 그를 사로잡는 것은 오직 품위있고, 고결하고, 신비스러운 이념의 천국이다.

3. 예이츠의 성장 환경과 시대적·종교적 배경

예이츠 William Butler Yeats(1865~1939)는 19세기 후반에 태어나 20세기 중반까지 산 아일랜드의 시인이다. 그 조상은 17세기말에 영국으로부터 이주한 것으로 추정된다. 비록 아일랜드에서 태어났어도 영국 식민지 시대에 교육을 받고, 영어를 사용하고 영어로 글을 쓰며 영국 시인들의 작품을 읽으면서 시작 활동을 했기 때문에 그는 의심할 바 없는 영국 시인이다.

예이츠는 아일랜드의 수도 더블린에서 출생했지만 주로 외가가 있는 서부의 항구 도시 슬라이고에서 어린 시절을 보냈고, 그후는 더블린과 런던 사이를 옮겨가며 살았다. 부친 존 예이츠가 화가였기 때문에 그도 미술학교에 들어갔으나 중단하고, 대학 교육은 받지 않은 채 십대 후반에 아버지의 열렬한 권유로 시를 쓰기 시작했다.

그는 스펜서, 셸리의 시풍을 흉내내고 전 라파엘파 pre-Raphaelites 시인들의 짙은 영향하에서 시를 시작했다. 그는 그의 자서전에서 "나는 모든 것이 전 라파엘파적이었다. 15, 16세경 아버지는 로제티와 블레이크에 관하여 얘기해주었고, 그들의 시집을 주시면서 읽으라고 하셨다"라고 말하였다. 그의 초기시의 나른하고 몽상적이고 애조띤 분위기는 바로 전 라파엘파의 퇴폐적 · 상징적 · 감상적 영향이라 하겠다.

그는 비록 영어로 시를 쓰는 영국 시인이었지만 아일랜드에 관한 것을 써서 아일랜드의 독자들에게 들려주어 아일랜드의 민족혼을 불러일으키고자 했다. 그는 "국민성이 없이는 위대한 문학이 없고, 문학이 없이는 위대한 국민성이 없다"라고 말할 정도로 자국의 전통과 역사와 풍물에 대한 확고한 신념을 갖고 시를 쓴 국민시인이다. 그가 식민지하의 시인으로 조국의 전통 민족문학을 부흥시키고자 한 것은 똑같이 영국의 식민지하에서 영어로 시를 쓰면서 뱅골의 민족적 전통을 계승시키고자 한 인도의 시성 라빈드라나스 타골과 흡사하다 하겠다. 실제로 그는 타골을 읽고 큰 감동을 받았다.

아일랜드를 찾는 사람들은 더블린 같은 도시에서 첫인상으로 건물이나 시내를 달리는 이층 버스에 이르기까지 런던의 축소판 같은 느낌을 받게 된다. 그러나 침착하게 둘러보면, 어딘지 활기 없는 무기력, 움직임이 멎고 있는 듯한 썰렁한 느낌을 갖게 된다. 그 느낌은 도시를 떠나면 더욱 확실해진다. 기차를 타고 슬라이고로 향하면 길게 이어지는 목초지는 양들도 소들도 없이 그저 방치된 풀밭일 뿐이고 군데군데 외딴 농가, 중세풍의 탑들이 자연 속에 묻혀 전근대적인 으스스한 풍경을 이룬다. 이것은 저자가 80년대초 그곳을 찾았을 때에 받은 인상이고, 다음에 인용하는 스톡A. G. Stock 교수가 말하는(『예이츠의 시와 사상』, p. 1) 아일랜드의 풍경도 내가 느꼈던 것과 별로 차이가 없다.

길게 끌리는 회색빛 저녁, 멀리 한 줄로 이어지는 산등성이들을 배경으로 물과 황막한 목초지로 이루어진 풍경. 토탄타는 한줄기 연기, 그리고 외딴 시골집 창문에서 새어나오는 불빛, 아일랜드는 영국과 비숫하지도 않고 그렇게 느껴지지도 않는다. 경제·종교·전통, 그리고 사고 방식이 다르다. 그러나 이런 것들과는 상관없이 더 규정짓기 어려운 것이 이 나라의 본질 바로 그것이라고 할 수 있는 그 무엇이다… 그것은 아일랜드에서 켄트 지방의 남부 원래의 삼림 지대에 들어서면 수세기 동안 마지막 한 치에 이르기까지 개발한 인간 역사에서 느껴지는 충격 바로 그런 것이다. 마치 대지가 인간들의 노동에 굴복하여 그들의 활동의 종으로 돼버린 느낌이다. 아일랜드는 결코 이렇게 인간 활동의 종으로 전락한 것 같지 않다. 이 나라에서는 유령들이 짓궂게 배회하고 있는데 그것은 앵글로색슨 나라에서는 드문 일이다.

아일랜드는 산업 혁명이니 근대화니 개발이니 하는 근대 문명 특유의 시련을 겪지 않은 느낌을 준다. 그것이 풍부한 자연 속에 적은 인구(6백 5십만)가 살기 때문인 것으로 해석되기도 하지만, 그런 것은 아니고 아직 과학 문명과 근대 산업 자본주의에 오염되지 않은 사람들이 그곳 대지를 지키고 있기 때문일 것이다. 앞의 인용문에서 스톡 교수가 말했듯이 그곳에는 도처에 유령이 활보하고 있는 듯한 느낌을 주고 실제로 사람들은 그렇게 생각한다. 아일랜드는 전설과 신화가 풍부한 나라여서 어디를 가나 전설상의 영웅 얘기, 유령과 요정의 얘기를 들을 수 있다. 특히 예이츠가 소년기에 살았던 슬라이고 지방이 그러하다. 실제 인물과 전설상의 혹은 신화 속의 인물을 구분해서 생각지 않을 정도로 전설과 신화 속에 묻혀 살기 때문에 그들의 사고 방식은 미분화 상태에 있다. 산업 문명과 차단된 20년대, 30년대의 한국의 시골에서 듣던 귀신과 도깨비 얘기를 상상하면 이해될 수 있지만, 그것보다 아일랜드의 신화는 더 세련되어 있고, 체계적이다. 사실상 금세기에 들어서까지 아일랜드의 교육은 여전히 비과학적이어서 천사와 악마와 유령이 사람들의 의식 속에서 일상적인 사물과 구분없이 자리잡고 있다고 스톡 교수는 말한다.
이런 민족적 전통 속에서 성장하고 생활한 예이츠는 들어서 알고 있거나 문헌에서 읽은 아일랜드의 전설과 신화를 바탕으로 『켈트의 황혼』『신화집』 등을 꾸미기도 하고, 극을 쓰기도 하고, 시에서 그것을 소재로 이용하기도 했다. 그의 첫시집 『십자로 Crossway』(1889), 『장미 The Rose』(1893) 등에는 아일랜드의 전설적인 영웅, 신화적인 인물 등이 많이 소재로 이용되어 신비적 분위기가 짙다. 그것으로 끝난 것이 아니라 『최후의 시집 Last Poems』(1936~1939)에도 「영매(靈媒) The Spirit Medium」「유령들 The Apparitions」, 기타의 시에 신화적 전설적 사건과 인물이 다루어져 있으며 그의 시 중 많이 읽히는 장시 「탑 The Tower」에는 다음과 같은 이야기가 나온다.

> 저 등성이 너머엔 프렌치 부인이 살았었다,
> 언젠가, 은촛대와 벽촛대에 불이 켜져
> 검은 마호가니 식탁과 포도주가 흰히 드러나자,
> 저 가장 존경받는 귀부인의 소원을 모두
> 예지할 수 있던 한 하인이,
> 달려나가 정원용 가위로
> 한 불손한 농부의 귀를 잘라서
> 보자기 씌운 작은 접시에 담아 가져왔었다.

이런 식의 터무니없는 얘기가 여러 연에 걸쳐 이어진다. 소위 근대화됐다고 자부하는 우리들이 읽으면 종잡을 수 없고 이해하기도 힘들다. 시인은 이 시에 대하여 주를 붙여 "이 시에 언급된 인물들은 밸릴리 탑, 혹은 밸릴리 성 주변의 전설·이야기·구전(口傳) 등에서 연유한 것이고 이 시는 그 탑에서 씌어졌다"라고 말하고 등장인물들과 에피소드의 내력을 소상히 밝히고 있다. 그것을 읽어보면 아일랜드의 신화나 전설은 역사책만큼이나 체계적이고 구체적임을 알 수 있고 예이츠는 그런 전통 속에서 살면서 현실 체험과 초월적 체험을 구분하지 않고 풍부한 상상의 세계를 누렸음을 알 수 있다.

아일랜드는 토착 카톨릭교와 신흥 지주 지배 계층의 개신교로 구성된 기독교 국가이다. 예이츠의 조부와 증조부는 목사였다. 그런 중에서 예이츠가 기독교에 입문하지 않고 자기 특유의 유사 종교 체계를 세워 그것을 바탕으로 사고의 파라다임을 짠 배경은 무엇일까. 예이츠는 아일랜드의 민간 신앙에서 가장 아일랜드적인 정신을 찾았고, 그것을 발굴하고 그 토양 위에서 자신의 예술 세계를 살찌운 시인이다. 그는 유령 · 요정 · 마귀에 관한 저서를 연구하고, 젊었을 때엔 런던에 나가서 '세이앙스' '금빛 새벽' 과 같은 심령술교단에 관여하여 많은 무속인들과 어울리고, 거기에 깊이 빠져들기도 했다. 그는 천부적으로 신비주의적인 체질의 소유자였다고 볼 수 있다. 자신은 그것을 '종교적' 이라고 말한 일이 있다. 다 같이 내세관의 독트린을 바탕으로 한 '신앙' 이라 할 수 있지만, 기독교에서는 아일랜드의 민간 신앙이나 예이츠의 신비주의 같은 것을 이단 종교로 몰아붙이거나 샤머니즘적이라고 경멸한다. 기독교의 교회는 바로 이 이단 신앙들과 싸우는 것을 임무로 하고 있다. 아일랜드의 전통 정신을 찾아내고 나아가 더 넓은 '신들' 의 세계에서 '제2의 시력' 을 갖고자 한 예이츠에게 제도화된 기독교의 유일신은 체질에 맞지 않는 답답한 울타리였는지도 모른다.

　1880년대와 1890년대에 그는 부친의 합리주의적 사고 방식과 당시 유행하던 진화론적 우주관에 등을 돌리고 종교적 방황과 모색의 시기를 가졌다. 그것은 자기 특유의 '체계'를 찾고자 함이었다. 그는 심령과학 이외로는 견신론 *Theosophy*, 연금술회 *Rosicrucianism*, 배화교(拜火敎) *Zoroastrianism*, 플라토니즘, 네오 플라토니즘, 블레이크의 이원론 철학, 기타 많은 종교와 철학 이론을 거쳐 『비전』으로써 구체화한 유사 종교 혹은 유사 철학의 '발판' 을 마련한 것이다. 그러나 그가 늘 약간은 냉소적이고 회의적인 자세를 취했던 것으로 보아 스스로 구축한 그 '발판' 이 자신의 신앙이 되기에는 너무 허술했는지도 모른다.

제 2 부

작품 해석

이 세상의 장미

아름다움이 꿈처럼 사라진다고 누가 생각했던가.
이 붉은 입술 때문에, 슬픈 교만이,
너무 슬퍼서 새삼 기이한 생각도 일지 않는 그 입술 때문에,
트로이는 치솟는 죽음의 불길에 싸여 사라졌고,
우스나의 아들들도 죽었다.

우리도, 움직이는 세계도 사라진다.
하늘의 물거품, 그 꺼져가는 별들 아래,
겨울 강물의 파리한 물살처럼,
가물가물 덧없기 그지없는 인간들의 마음속에서,
이 외로운 얼굴만은 영원히 살아남으리라.

대천사들이여, 너희 희미한 거처에서 몸을 굽혀라.
너희가 있기 전에, 뭇 생명들의 심장이 뛰기 전에,
고달프고 정에 겨운 미녀는 창조주의 보좌 곁을 거닐었고,
그분은 세상을 창조하여 풀길 되게 하셨다,
그녀가 거니는 발길 앞에.

THE ROSE OF THE WORLD

Who dreamed that beauty passes like a dream?

For these red lips, with all their mournful pride,
Mournful that no new wonder may betide,
Troy passed away in one high funeral gleam,
And Usna's children died.

We and the labouring world are passing by:
Amid men's souls, that waver and give place
Like the pale waters in their wintry race,
Under the passing stars, foam of the sky,
Lives on this lonely face.

Bow down, archangels, in your dim abode:
Before you were, or any hearts to beat,
Weary and kind one lingered by His seat:
He made the world to be a grassy road
Before her wandering feet.

*   *   *

　　예이츠가 이 시에서 노래하는 「이 세상의 장미」는 그의 애인 모드 곤 Maud Gonne과 관련되지만 시인은 그녀에 대한 구체적 생각에서 벗어나 '아름다움' 이라고 하는 막연한 개념에 매혹되어 그 낭만적 실체를 찬미한다. 전 라파엘파 Pre-Raphaelite 시인들의 영향을 크게 받은 예이츠가 그의 초기시에서 집착한 영원한 미는 포착할 수 없고 덧없는 실체이기 때문에, 그것을 노래하는 목소리는 외롭고 슬픈 가락을 지니며 희미한 회색의 덧없는 이미지를 주조로 한다. 영원미를 갈구하다 지친 퇴폐적 도취의 정서가 모드 곤에 대한 실현될 수 없는 정신적 사랑의 감정과 합쳐져 한층 절실한 시의 효과를 드러내고 있다. 예이츠의 관념미는 그것이 모드 곤과 같은 구체적 인물과 결합된 점에서 막연한 이미지에만 매달린 셸리의 그것과 다르다. 제1련에서 시인은 미가 헛된 것이 아니라고 주장하면서, 미를 곧 미인으로 구상 화하여, 영원의 미인 헬렌 때문에 트로이 전쟁이 일어났고, 우스나의 아이들*도 죽었다고 말한다. 제2련에서는 움직이는 세상이나 인간의 마음 같은 것은 깜박거리는 별빛처럼 허무하지만 미인의 상은 영원 하다고 말한다. 제3련에서는 미인은 대천사나 뭇 생명체의 창조 이전 부터 있어온 것이라고 미의 영원함을 말한다.

---

* 우스나의 아이들: 아일랜드의 전설에 의하면 Usna의 아들인 Naoise는 두 형제와 함 께 Ulster의 Conchubar 왕이 결혼하려고 마음먹고 있던 미인 Deirdre를 스코틀랜드 로 데리고 왔다. 이에 분개한 Conchubar 왕은 Naoise 3형제와 Deirdre를 아일랜드로 오게 하여 그 3형제를 모두 살해하였다.

이니스프리 호도(湖島)

이제 나는 일어나 가야겠다, 이니스프리로 가야겠다,
거기에 진흙과 외를 엮어 작은 오두막집 한 칸 짓고,
또한 거기에 아홉 이랑의 콩밭과 꿀벌 한 통 가지련다.
그리고서 벌소리 요란한 골짜기에 홀로 살련다.

그러면 거기에 평화가 있겠지, 평화는 천천히 방울져 내리겠지,
아침 장막으로부터 귀뚜라미 우는 곳에까지.
그곳, 한밤중은 온통 희미하게 빛나고, 대낮은 보랏빛 광채,
그리고 저녁은 홍방울새 날개로 가득히 차.

이제 나는 일어나 가야겠다, 밤이나 낮이나 항상
호수 물이 낮게 기슭에 찰싹이는 소리 들리니.
가로에 섰을 때나 회색 포도 위에 섰을 때나
내겐 그 소리가 깊이 가슴 한복판에 들린다.

THE LAKE ISLE OF INNISFREE

I will arise and go now, and go to Innisfree,
And a small cabin build there, of clay and wattles made:
Nine bean-rows will I have there, a hive for the honeybee,
And live alone in the bee-loud glade.

36

And I shall have some peace there, for peace comes dropping slow,
Dropping from the veils of the morning to where the cricket sings:
There midnight's all a glimmer, and noon a purple glow,
And evening full of the linnet's wings.

I will arise and go now, for always night and day
I hear lake water lapping with low sounds by the shore:
While I stand on the roadway, or on the pavements grey,
I hear it in the deep heart's core.

*   *   *

이 시는 시인이 런던에 체류할 때에 고향 아일랜드가 그리워지자 어릴 때부터 꿈속에 박혀 있는 이니스프리 호도에서 미국의 철인 소로 Henry Thoreau처럼 은거하여 살고 싶은 욕망이 솟구쳐 쓴 시이다.

시인이 낭만적으로 동경하는 이니스프리*는 시인이 그리는 하나의 이상향이다. 그것은 꿀벌 소리 요란한 골짜기에 오두막집과 채전이 있는 소박한 시골의 호젓하고 평화로운 전원 생활이다. 이 시는 물 흐르는 듯한 유연한 운율과 벌 소리, 귀뚜라미 소리, 물 소리 등 아름다운 음향의 이미지와 오두막집과 아침 점심 저녁의 소박하고 평화로운 전원 생활의 이미지들이 합쳐져서 독자의 마음속에 고운 전원 풍경의 그림을 그려준다. 이니스프리 호도는 아일랜드 서부 슬라이고 Sligo의 라프 길 Lough Gill 호 속의 작은 섬이다. 예이츠는 이 섬을 그 실제 상황에 상관없이 머리에 그리는 낭만적 이상향의 상징으로 생각하고 있다.

---

* 이니스프리 섬은 지금 슬라이고 지방의 관광 명소로 되어 있긴 하지만 사람이 주거할 정도의 큰 섬이 아니라 나무만이 우거진 '손바닥' 만한 섬이다. 다만 그 섬을 에워싼 라프 길 호수의 풍경이 그지없이 한가롭고 그림처럼 아름답다.

그대가 늙었을 때

그대가 늙어 머리가 세고 졸음에 겨워
난롯가에서 꾸벅거릴 때엔, 이 책을 꺼내서
천천히 읽으면서 그대가 한때 지녔던
그 상냥한 눈길과 그 깊은 그늘을 상상하라.

많은 이들이 그대의 매력적인 순간들을 사랑했고,
진정이었건 거짓이었건 그대의 아름다움을 사랑했지만,
그대의 그 나그네 정신을 사랑하고
그대의 변해가는 얼굴의 슬픔을 사랑한 이는 한 사람뿐이었다.

훨훨 불타는 난로 바닥가에서 허리를 구부리고
불평하라, 다소 슬프게, '사랑'이 도망쳐
하늘나라 산 위를 걷다가
수많은 별 틈에 얼굴을 숨겨버렸다고.

WHEN YOU ARE OLD

When you are old and grey and full of sleep,
And nodding by the fire, take down this book,
And slowly read, and dream of the soft look
Your eyes had once, and of their shadows deep;

How many loved your moments of glad grace,
And loved your beauty with love false or true,
But one man loved the pilgrim soul in you,
And loved the sorrows of your changing face:

And bending down beside the glowing bars,
Murmur, a little sadly, how Love fled
And paced upon the mountains overhead
And hid his face amid a crowd of stars.

*　　　*　　　*

애인 모드 곤을 위해서 쓴 이 시는 16세기 프랑스의 유명한 연애시인 롱사르Pierre de Ronsard(1525~1585)의 시 「그대 몹시 늙어… Quand vous servez bien vielle, au soir a la chandelle」*를 많이 모방한 시라고 한다. 시인은 모드 곤의 아름다움을 생각하면서 그같이 아름다운 미모도 결국 늙으면 꿈처럼 허무한 것이고 사랑도 가버리는 것이라고 말하고 자신의 사랑이 받아들여지지 않는 것을 약간 불평스럽게 하소연하고 있음을 볼 수 있다.

이 시를 쓴 것은 시인의 나이 불과 26세 때이며, 시인은 이 무렵에 이미 젊음과 늙음 같은 변화의 문제를 생각하고 아름다움의 덧없음과 사랑의 허무함을 생각하면서 인생을 슬프게만 여긴다. 사랑에 병든 젊은 낭만시인의 면모가 잘 드러나 있다.

---

* "그대 몹시 늙어 저녁의 촛불 아래/실을 뽑고 감으며, 난롯가에 앉아 있을 때,/나의 시를 읽으며, 깜짝 놀라며 말하리라:/'그 옛날 내가 아름다웠던 시절, 롱사르가 날 찬미했었다'고"(이재호 옮김).

흰 새들

애인이여, 나는 바다 물거품 위를 나는 흰 새가 되고 싶구려!
사라져 없어지는 유성의 불길엔 싫증이 나고,
하늘가에 나직이 걸린 황혼의 푸른 별의 불길은,
애인이여, 꺼질 줄 모르는 슬픔을 우리의 마음에 일깨워주었소.

이슬 맺힌 장미와 백합, 저 꿈같은 것들에게선 피로가 오오.
아 애인이여, 그것들, 사라지는 유성의 불길은 생각지 맙시다,
그리고 이슬질 무렵 나직이 걸려 머뭇거리는 푸른 별의 불길도.
왜냐하면 나는 떠도는 물거품 위의 흰 새가 되었으면 하니, 그대와
　나는!

나는 수많은 섬들, 그리고 많은 요정의 나라의 생각에서 벗어날 수가
　없소.
그곳에선 분명 '시간'이 우리를 잊을 것이고, '슬픔'도 더 이상 우리
　에게 접근하지 못할 것이며,
곧 장미와 백합, 그리고 불길의 초조함에서 벗어날 것이오.
애인이여, 우리 다만 저 바다의 물거품 위를 떠도는 흰 새나 된다면
　오죽 좋겠소!

THE WHITE BIRDS

I would that we were, my beloved, white birds on the foam of the sea!
We tire of the flame of the meteor, before it can fade and flee;
And the flame of the blue star of twilight, hung low on the rim of the sky,
Has awaked in our hearts, my beloved, a sadness that may not die.

A weariness comes from those dreamers, dew-dabbled, the lily and rose;
Ah, dream not of them, my beloved, the flame of the meteor that goes,
Or the flame of the blue star that lingers hung low in the fall of the dew:
For I would we were changed to white birds on the wandering foam: I
   and you!

I am haunted by numberless islands, and many a Danaan shore,
Where Time would surely forget us, and Sorrow come near us no more;
Soon far from the rose and the lily and fret of the flames would we be,
Were we only white birds, my beloved, buoyed out on the foam of the
   sea!

*　　*　　*

  이 시는 예이츠가 모드 곤에게 최초로 결혼을 프로포즈하고 거절
당하던 날 둘이서 하우드Howth 해안 벼랑 위를 거닐었을 때 모드 곤
이 자기는 만일 새가 된다면 갈매기가 되고 싶다고 한 말을 염두에
두고서, 둘이서 흰 갈매기가 되어 영원한 나라에서 살고 싶다는 심정
을 쓴 시이다. 시인은 이 세상의 사라져 없어지는 것들과 슬프고 고
달픈 것들에서 벗어나 시간도 슬픔도 없는 영원의 낙원에서 살고 싶

더블린의 하우드: 사진, 1879

은 낭만적 심정을 유성과 꽃과 물거품 같은 덧없는 세계의 이미지와 요정(妖精)들이 사는 꿈같은 세계의 이미지를 대조시켜 노래하고 있다. 이 시는 전형적인 낭만시이지만 그에게 큰 영향을 준 셸리보다 한층 섬세하고 신비롭고 침착하다. 흰 새와 푸른 바다와 같은 대조적인 색채가 너무 선명하면서도 그것이 밑에 깔려 있는 슬픔의 색조에 물들어 다만 우수의 분위기를 자아낼 뿐이다. 전 라파엘파 시인들의 세기말적 시의 분위기에서 아직 벗어나지 못한 예이츠의 초기시의 면목이 십분 드러나 있는 시이다.

달랠 수 없는 요정의 무리

다나안의 아이들은 황금 세공의 요람 속에서
깔깔대고 손뼉 치며 가느다랗게 눈을 감고 좋아한다.
송골매가 무거운 하얀 날개를 펴고 싸늘해진 심장으로
하늘을 날 때 그들은 북풍을 타고 날을 것이니.
나는 엉엉 우는 나의 아가에게 입맞춤하고 품안는다.
좁은 묘지에서 이 아이와 나를 부르는 소리가 들린다.
출렁대는 바다 위에서 울부짖는 황량한 바람.
불타는 서쪽을 배회하는 황량한 바람.
천국의 문을 두드리고 지옥의 문을 두드리고,
흐느껴 우는 많은 망령들을 실어 보내는 황량한 바람.
아 바람에 흔들리는 마음이여, 달랠 수 없는 요정의 무리는
성모 마리아의 발치에 놓인 촛불보다 더 아름답다.

THE UNAPPEASABLE HOST

The Danaan children laugh, in cradles of wrought gold,
And clap their hands together, and half close their eyes,
For they will ride the North when the ger-eagle flies,
With heavy whitening wings, and a heart fallen cold:
I kiss my wailing child and press it to my breast,
And hear the narrow graves calling my child and me.

Desolate winds that cry over the wandering sea;
Desolate winds that hover in the flaming West;
Desolate winds that beat the doors of Heaven, and beat
The doors of Hell and blow there many a whimpering ghost;
O heart the winds have shaken, the unappeasable host
Is comelier than candles at Mother Mary's feet.

*　　　*　　　*

　　"다나안의 아이들"이란 정확히는 아일랜드의 고대 신화에 나오는 모신(母神) 다나 Dana의 아이들을 가리키는 것이지만, 일반적으로 아일랜드 신화의 요정으로 알려져 있다. 시인은 자유 분방하게 ("달랠 수 없는") 하늘을 나는 요정의 무리가 "성모 마리아의 발치에 놓인 촛불보다" 아름답다고 그들을 찬미한다. 거듭 되풀이되는 '바람'은 막연한 욕망과 희망을 상징하는 것이라고 시인 자신이 밝히고 있다. 이 시에는 황금 요람 속에서 손뼉치며 즐거워하는 다나안의 아이들과 무덤이 부르는 소리를 들으며 울어대는 "나의 아가"가 대조되어, 요정의 자식들의 입장을 부러워하는 시인의 심정이 잘 드러나 있다. 다나안의 아이들은 커서 북풍을 타고 자유 분방하게 하늘을 날겠지만, 인간의 자식은 무덤으로 갈 수밖에 없다. 요정들에겐 인간의 고통과 한계가 없다. 현실을 벗어나고 싶은 사나운 욕망과 희망에 가슴 흔들리던 젊은 날의 시인의 모습이 눈앞에 보이는 것 같다. 그때는 이 세상을 벗어나는 초월적인 것, 신비스런 것, 꿈과 환상적인 모든 것이 아름다워 부럽기만 하고 현실은 어둡고 불만스럽기만 하던 시절이다.

떠도는 잉어스의 노래

머리에 정열의 불이 일어
개암나무 숲에 달려나가,
개암나무 가지를 잘라 껍질 벗겨
딸기 한 알 실에 꿰어,
흰 나방들이 날고,
나방 같은 별들이 깜빡 깜빡 나와 있을 때
나는 그 딸기를 시냇물에 떨어뜨려
작은 은빛 송어 한 마리 잡았느니라.

마룻바닥에 그 송어를 놓고
불을 붙이려고 하였지만
마룻바닥에서 무엇인가 버스럭대고
누군가가 내 이름을 불렀다.
송어는 어느새 머리에 사과꽃을 꽂은
희미하게 빛나는 소녀로 변신하여,
내 이름을 부르며 달아나서
찬란한 대기 속으로 사라져버렸다.

텅 빈 골짜기와 언덕진 곳을 방황하는 동안에
나는 이제 이렇게 늙었지만,
소녀가 사라져간 곳을 찾아내어,
입맞추고 손잡고,

키가 큰 아롱진 풀숲을 거닐면서
세월이 흘러 세월이 잊혀질 때까지 따리라
은빛 달의 사과알을
금빛 해의 사과알을.

THE SONG OF WANDERING AENGUS

I went out to the hazel wood,
Because a fire was in my head,
And cut and peeled a hazel wand,
And hooked a berry to a thread;
And when white moths were on the wing,
And moth-like stars were flickering out,
I dropped the berry in a stream
And caught a little silver trout.

When I had laid it on the floor
I went to blow the fire aflame,
But something rustled on the floor,
And some one called me by my name:
It had become a glimmering girl
With apple blossom in her hair
Who called me by my name and ran
And faded through the brightening air.

Though I am old with wandering
Through hollow lands and hilly lands,

I will find out where she has gone,
And kiss her lips and take her hands;
And walk among long dappled grass,
And pluck till time and times are done
The silver apples of the moon,
The golden apples of the sun.

*   *   *

잉어스 Aengus는 아일랜드 신화에 나오는 '사랑의 주인'으로서 머리 위에는 네 마리 새가 날고 개암나무 회초리를 들고 다니는 것으로 전해진다. 손에 넣을 수 없는 사랑을 가슴에 안고 사랑의 병을 앓고 있던 젊은 날의 예이츠는 곧잘 자기를 신화 속의 인물과 동일시한다. 그리하여 떠도는 잉어스가 개암나무 가지로 송어를 낚듯이 사랑을 손에 넣는 환상에 젖는다. 그러나 그것은 꿈이다. 그 송어가 바로 찬란한 아가씨로 변하는 순간 그것은 자기에게 허전한 미련만 남기고 허공중으로 사라진다. 현실은 언제나 확실성이 없고, 즉시 꿈으로 바뀐다.

제2련은 시인의 몽상이 현실로 바뀌는 순간이다. 잉어스가 잡아온 송어를 마룻바닥에 놓고, 난로에 불을 붙이려고 한다. 마룻바닥을 스치는 소리가 들리고, 자기 이름을 부르는 소리가 들리고, 이리하여 그가 꿈에서 깨어 현실로 돌아와 보니, "빛나는 소녀"가 눈앞에 있다고 생각한 것은 꿈이었다. 이제 정신이 들어 눈을 활짝 떠보니, 그 소녀는 찬란한 대기 속으로 사라져간다. 이때에 그녀가 "내 이름을 부르"는 것은 뿌리칠 수 없는 유혹의 손짓이다. 이 유혹에 끌려 시인은 꿈속의 여인을 찾아헤맨다. 그녀는 꿈속의 여인이기 때문에 달처럼 해처럼 찬란하다. 시인은 "달 같은 은빛 사과, 해 같은 금빛 사과"를 따서 입맞추고 손목을 잡기 위해서 그녀를 찾아 늙어 죽을 때까지 산으로 들로 헤매겠다고 다짐한다. 그가 걷는 들판은 현실의 들이 아니라 "텅 빈 땅 *hollow land*"이다. 강 건너 무지개를 좇던 예이츠의 초기 시 세계를 잘 보여주는 이 시에는 특히 영롱한 색채와 빛의 이미지가 두드러진다. 시인은 간절한 사랑에 몸부림치는 것이 아니라 신화의 세계에 합쳐진 그리움 · 사랑 같은 막연한 감정에 취하여 황홀한 이미지를 좇고 있는 것이다. 「그는 하늘나라의 옷감을 원한다 He Wishes for the Cloths of Heaven」와 같은 계열의 시이다.

그는 하늘나라의 옷감을 원한다

내게 만일 금빛 은빛으로 곱게 짜인
하늘나라의 수놓은 옷감이 있다면,
밤과 낮과 희미한 빛의
파랗고 어슴푸레하고 어두운 빛의 옷감이 있다면,
나는 그 옷감을 당신 발 아래 깔아드리우리다.
허나, 나는 가난하여 가진 건 꿈뿐이라,
내 꿈을 당신 발 아래 깔았사오니
사뿐히 밟으시라, 당신은 내 꿈을 밟으시니.

HE WISHES FOR THE CLOTHS OF HEAVEN

Had I the heavens' embroidered cloths,
Enwrought with golden and silver light,
The blue and the dim and the dark cloths
Of night and light and the half-light,
I would spread the cloths under your feet:
But I, being poor, have only my dreams:
I have spread my dreams under your feet:
Tread softly because you tread on my dreams.

       *   *   *

　꿈 많고 환상 속을 헤매던 젊은 시절 예이츠는 사랑을 구체적인 대상과 행위로서 생각하지 않고 아름다운 꿈나라같이 막연히 생각한다. 그리하여 그는 마치 무늬 고운 비단 천을 짜듯이 그 꿈나라를 찬란한 색채와 빛으로 수를 놓으면서 스스로 황홀한 환상에 도취한다. 이 시에는 시의 의미가 따로 있는 것이 아니라 빛과 색채의 영롱한 조화로써 사랑을 꿈꾸는 시인의 황홀한 생각이 제시되어 있을 뿐이다. 금빛과 은빛은 햇빛과 달빛을 나타내고(「떠도는 잉어스의 노래」에서도 같은 표현이 있다), 푸른 빛과 희미한 빛과 어둠은 하루의 낮과 저녁과 밤의 빛깔을 나타낸다. 시인은 이 세상 하늘 아래 땅 위에 있는 온갖 아름다운 색깔과 빛의 이미지를 전개시켜 그런 빛으로 짜여진 옷감을 애인의 발 아래에 깔아놓고서 마치 시종들이 여왕 폐하를 모시듯이 애인을 모셨으면 좋겠다고 말한다. 그러나 시인은 가난하여 꿈밖에 없고, 그 꿈을 깔고서 애인을 맞이하겠다고 말한다. 소박하고 겸허한 시인의 자세가 화려한 이미지와 대조되어 '궁중풍의 사랑'을 노래하던 중세 연애 시인들을 연상시킨다.

　우리나라의 김소월의 「진달래꽃」은 예이츠의 이 시에서 영향을 받았다고 주장하는 이가 많다. 이재호 교수의 지적에 의하면 김소월의 「진달래꽃」은 예이츠의 시에서 그 사상을 가져온 것이라고 한다. 이 지적의 뒷받침이 될 수 있는 근거는 김소월의 오산 중학교 때의 스승 김억(1893~1950)이 번역 시집에 예이츠의 바로 이 시를 「꿈」이란 제목으로 다음과 같이 번역하여 실었기 때문이라 한다.

　　　내가 만일 광명의
　　　황금 백금으로 짜아내인
　　　하늘의 수놓은 옷,

50

낮과 밤, 또는 저녁의
푸르름, 어스럿 함, 그리하고 어두움의
물들인 옷을 가젓슬지면,
그대의 발 아래 페노흘려만,
아 가난하여라, 내 소유란 쑴박에 업서라,
그대의 발 아래 내 쑴을 페노니,
나의 생각 가득한 쑴우를
그대여 가만히 밟고 지내라.

아담의 저주

어느 여름이 끝날 무렵, 우리는 자리를 같이했다,
당신의 친한 친구, 그 아름답고 온화한 부인과
당신과 나 세 사람이, 그리고 시를 얘기했다.

나는 이렇게 말했지, "한 행이 여러 시간 걸리기도 하지요,
그러나 그것이 일순간의 생각에서 되는 것 같진 않아요,
헛되이 꿰맸다 풀었다 한 일도 있으니까요.
차라리 가서 무릎을 꿇고
부엌 바닥을 문지르거나, 비가 오나 눈이 오나
늙은 빈민처럼 돌을 깨는 것이 낫지.
아름다운 운율을 엮어내는 일이
이런 노동들보다도 어려운 일이지만,
저 순교자들이 속인이라고 부르는
은행가·교사·목사 들 시끄러운 패거리들에겐
고작 한인(閑人)으로 보일 뿐이지요."

                                                그러자 그 말을 받아
아름다운 온화한 부인은 대답을 했다.
그녀의 목소리가 곱게 가라앉은 것을 보고서
그녀의 가슴 아픈 일을 알아차리는 이도 적지 않으리라,
"여자로 태어났으니 알아야 하지요,
학교에선 그런 것 가르쳐주진 않지만—

52

아름다워지기 위해선 애를 써야 하지요"라고.

나는 말했다. "확실히 아담의 타락 이래, 애쓰지 않고서
아름다워지는 것은 하나도 없지요.
사랑은 고귀한 예절을 바탕으로 이루어져야 한다고
생각한 애인들도 있었지요.
그들은 가끔 탄식을 하며 무얼 아는 것이 많다는 표정으로
아름다운 옛 책에서 과거의 선례를 인용하곤 했지요.
그러나 이젠 그것도 괜한 일로 생각이 돼요."

사랑이 화제에 오르자 우리 셋은 조용해졌다.
우리는 낮의 햇빛이 마지막까지 타들어가고
달이 하늘의 청록색 떨림 속에서 떠오르는 것을 보았다.
시간의 물결이 별들을 에워싸고 찼다 줄었다 하면서
부서져 하루하루가 되고 한 해 한 해가 될 때
그 물결에 씻겨 드러난 조개껍질 같은 초승달.

나는 당신만이 들어주었으면 하는 생각을 품었었지요,
그것은 당신이 아름답다, 그리고 나는 오랜 사랑의 정도(正道)에 따라
사랑을 하고자 노력했다고, 그리고
모든 것이 행복하게 느껴지지만, 우리는
저 텅 빈 달처럼 마음이 지쳐 있었다는 생각을.

ADAM'S CURSE

We sat together at one summer's end,
That beautiful mild woman, your close friend,

And you and I, and talked of poetry.

I said, 'A line will take us hours maybe;
Yet if it does not seem a moment's thought,
Our stitching and unstitching has been naught.
Better go down upon your marrow-bones
And scrub a kitchen pavement, or break stones
Like an old pauper, in all kinds of weather;
For to articulate sweet sounds together
Is to work harder than all these, and yet
Be thought an idler by the noisy set
Of bankers, schoolmasters, and clergymen
The martyrs call the world.'

                                    And thereupon
That beautiful mild woman for whose sake
There's many a one shall find out all heartache
On finding that her voice is sweet and low
Replied, 'To be born woman is to know—
Although they do not talk of it at school—
That we must labour to be beautiful.'

I said, 'It's certain there is no fine thing
Since Adam's fall but needs much labouring.
There have been lovers who thought love should be
So much compounded of high courtesy
That they would sigh and quote with learned looks
Precedents out of beautiful old books;

Yet now it seems an idle trade enough.'

We sat grown quiet at the name of love;
We saw the last embers of daylight die,
And in the trembling blue-green of the sky
A moon, worn as if it had been a shell
Washed by time's waters as they rose and fell
About the stars and broke in days and years.

I had a thought for no one's but your ears:
That you were beautiful, and that I strove
To love you in the old high way of love;
That it had all seemed happy, and yet we'd grown
As weary-hearted as that hollow moon.

*   *   *

이 시는 극적 구조를 갖는 대화체의 시인 점에서 그 이전의 시와 다르다. 처음 3행에서 시의 배경과 등장인물과 주제를 밝히고서 대화로써 시를 이어간다. 이 시는 시인이 그의 애인 모드 곤을 염두에 두고서 사랑의 감정을 넌지시 드러낸 시이다. 여기에 등장하는 "그 아름답고 온화한 부인"은 모드 곤의 자매인 캐들린 필처 부인 Mrs. Kathleen Pilcher이고 "당신과 나"는 모드 곤과 예이츠이다.

이 세 사람이 응접실에서 커피를 마시면서 담소하던 중 예이츠가 캐들린의 옷이 예쁘다고 칭찬하자 그녀가 아름다움을 지니는 일이 쉬운 일이 아니라고 말했었다. 예이츠는 이때에 주고받은 화제에서 세 가지의 주제를 요약하여 대화를 극적으로 전개시킨다. 즉 시인이 시를 쓰는 일이 보는 바와 같이 그렇게 쉬운 일이 아니어서 한 행을 쓰는 데도 "꿰맸다 풀었다" 하며 여러 시간이 걸린다고 말하자 캐들린은 여자도 마찬가지로 "아름다워지기 위해선 애를 써야" 한다고 말한다. 다음으로 시인이 사랑을 주제로 삼아서 사랑을 "고귀한 예절을 바탕으로 이루"기 위해선 역시 힘이 든다고 말한다. 그러니까 무엇이든 있는 그대로의 것을 아름다움과 같은 하나의 양식으로 만들기 위해선 "애쓰지 않고서" 이루어지는 것이 없다는 말이다.

이것은 예술을 자연의 양식화라고 생각하고, 생활에서 질서와 품위를 추구한 예이츠의 예술관·문화관의 단적인 표현으로 볼 수 있다. 그러나 이 시는 시인이 자신의 예술관 따위를 피력하기 위해서 쓴 것이 아니라, 꾸밈없는 차분한 어조로 하나의 극적 장면을 제시하면서 그 극적 대화의 내용을 시인과 모드 곤과의 관계에 결부시켜 두 사람의 사랑의 감정을 드러낸 것이다.

이 시의 전개에서 주제가 집약적으로 드러난 것은 마지막 연이다. 시인은 세 사람의 대화의 장면을 해가 지고 달이 뜨는 저녁으로 연결지음으로써, 시간이 가고 세월이 흐르는 동안에 인간의 행복은 사라져버린다는 생각을 암시하고 있다. 시인은 모든 것이 힘들이지 않고서 이루어지는 것이 없다는 내용의 대화를 사랑의 주제에 결부시켜, 자기도 모드 곤에게 "사랑의 정도(正道)에 따라" 사랑을 해왔지만 그것은 일방적인 사랑이어서 이루어지는 것 없이 세월만 흘러 시인의 마음은 "텅 빈 달처럼" 공허하기만 하다고 불평을 토로한다.

이 시의 묘미는 그것이 실제로 힘들여 쓴 시이면서도 아주 자연스럽게 주고받는 극적 대화를 모드 곤에 대한 시인 자신의 사랑의 감정에 결부시켜, 대화와 장면과 진술이 무리 없이 연결되면서 시인의 사랑의 자세와 보답 없는 사랑의 공허한 심정을 잘 드러낸 점이다. 이 무렵 예이츠는 모드 곤에게 한두 차례 구혼을 했지만 그녀는 우정 관계만을 고집하고 평범한 결혼 생활에 안주할 수 없다는 이유로 구혼을 거절했었다.

제2의 트로이는 없다

왜 나는 내 생활을 온통 비참하게 만들고,
최근에는 무지한 사람들에게 아주 난폭한 짓을 가르쳐서,
만일 그들이 바라는 만큼의 용기를 가졌었더라면
작은 거리들을 큰 거리에 내던졌을 것이라고
그녀를 비난해야 하는가.
고결하기 때문에 불같이 단순해지고,
팽팽히 잡아당긴 활처럼 아름답고,
오늘날과 같은 시대에는 어울리지 않는 여자,
고귀하고, 고고하고, 아주 준엄한 마음을 가진
그녀를 무엇으로 편안하게 할 수 있었을까,
도대체, 그런 여자로서 무얼 할 수 있었을까.
그녀에게 불태울 트로이가 또 달리 있었던가.

NO SECOND TROY

Why should I blame her that she filled my days
With misery, or that she would of late
Have taught to ignorant men most violent ways,
Or hurled the little streets upon the great,
Had they but courage equal to desire?
What could have made her peaceful with a mind

That nobleness made simple as a fire,
With beauty like a tightened bow, a kind
That is not natural in an age like this,
Being high and solitary and most stern?
Why, what could she have done, being what she is?
Was there another Troy for her to burn?

*   *   *

예이츠가 모드 곤에 대해서 쓴 여러 편의 시들 중에서 이 시는 특히 그녀에 대한 시인의 원망과 체념의 감정이 솔직히 드러난 시로서 잘 알려져 있다. 이 시는 모드 곤이 남편 존 맥브라이드John Mac-Bride와 이혼을 하고 대중의 비난이 두려워 공적 활동에서 사실상 은퇴한 직후에 쓴 시이기 때문에 시인은 이 무렵 그녀를 애인으로서 단념하지는 않았지만 객관적으로 비판할 수 있는 단계에 있었다고 보인다.

시인은 이 시에서 모드 곤의 품성을 비판적으로 묘사하면서 그녀가 과격한 정치 단체에 가담하여 무지한 군중들을 선동하여 폭동을 일으키고 군소 문학 단체나 정치 단체들과 논쟁을 벌인 것 등이 모두 그녀의 타고난 "불같이 단순"한 성품 때문이라고 말한다. 그는 곤의 이러한 천성을 "고결하"고 "고귀하고, 고고하고, 아주 준엄한 마음"이라고 높이 평가하고 그녀의 용모도 그 고결한 천품과 잘 어울리는 것으로 생각하여, "팽팽히 잡아당긴 활처럼 아름답"다고 말한다. 이 비유는 단순히 그녀의 용모의 묘사에 그치는 것이 아니라 그녀의 투쟁적이고 의에 불타는 천품을 드러낸 아주 적절한 표현이라고 볼 수 있다. 예이츠는 결국 이런 천성의 여인을 트로이의 헬렌에 결부시켜 그녀를 이상미의 상징인 동시에 비극적인 여인으로 보고 있다. 모드 곤은 트로이 전쟁의 원인이었던 절세의 미인 헬렌과 같이 역사의 변란을 주도할 수 있는 인물로 타고난 이상, 그녀에겐 아일랜드의 독립 운동이라고 하는 대의를 위하여 목숨을 불태울 수 있을 뿐이지 달리 정열을 불태울 대상이 없었다. 모드 곤의 전기에 의하면, 그녀가 예이츠에게 끈질기게 구혼을 받아오던 때에 주고받은 대화가 다음과 같이 적혀 있다.

"모드, 나하고 결혼하여 그 비극적인 투쟁을 집어치우고 평화롭게 살 수 없는가요. 나는 당신을 이해해주는 예술가와 작가들 사이에서 행복하게 살게 해줄 수 있어요."
"윌리(예이츠의 애칭), 그 질문을 하는 데 싫증도 나지 않는가요. 당신하고 결혼하지 않는다고 수없이 말했지요. 당신은 나와 결혼해서 행복할 수 없을 거예요."
"아니, 당신 없이는 행복할 수 없어요."
"그렇지 않아요. 당신은 스스로 불행이라고 부르는 그 생활에서 아름다운 시를 만들어내니까요. 그것이 행복이지요. 결혼은 아주 지루한 일일 거예요. 시인은 결혼을 해선 안 돼요. 한 가지 말씀드리지요. 우리들의 우정이 내겐 큰 의의가 있었어요."

이 대화를 통하여 모드 곤이 어떤 여성이었는가를 짐작할 수 있고, 예이츠가 그녀에게 느끼고 있는 불만이 어디에 있으며 그가 왜 그녀를 비극적인 인물로 보고 있는가를 알 수 있다. 그녀는 비극적인 투쟁만에 흥미를 느낄 뿐, 달리 연애 같은 데에 정열을 불태울 인물이 아니었다. 그래서 시인은 이 시의 첫머리에서 말했듯이 자기 "생활을 온통 비참하게 만"든 그녀를 비난하는 것이 무의미하다고 느끼고 있는 것이다.

1913년 9월

그대들은 철이 나고서도,
기름때 묻은 돈궤나 더듬어
푼돈에 푼돈을 보태고
떨리는 기도를 되풀이하며,
급기야 골수를 말려버릴 필요가 뭐냐.
인간은 기도하고 돈 모으도록 되어 있긴 하지만.
낭만적인 아일랜드는 죽어 없어졌다,
그것은 올리어리와 함께 무덤 속에 있다.

그러나 그들은 종류가 다른 사람들,
그대들의 유치한 연극을 진정시킨 이름들,
그들은 바람처럼 세상을 떠돌았지만,
기도할 시간은 별로 없었다.
그들은 교수리(絞首吏)의 로프에 목졸려 갔다,
그런데, 아, 그들이 무슨 돈을 모을 수 있었겠는가.
낭만적 아일랜드는 죽어 없어졌다,
그것은 올리어리와 함께 무덤 속에 있다.

이것을 위해서 기러기들은
조수물 따라 회색 날개를 폈고,
이것을 위해서 그 모든 피를 흘렸고,
이것을 위해서 에드워드 피츠제럴드는 죽었고,

로버트 엠메트나 울프 톤도 죽었는데,
이것을 위하여 용사들의 모든 꿈도 결국 헛된 망상이었던가.
낭만적 아일랜드는 죽어 없어졌다,
그것은 올리어리와 함께 무덤 속에 있다.

그러나 우리가 세월을 되돌려,
외롭고 고통받는
그 망명객들을 불러낼 수 있다면
그대들은 외치리라, "어떤 여인의 노란 머리가
모든 어머니의 아들들을 미치게 했다"고.
그들은 그들이 바친 것을 아주 가볍게 여겼다.
그러나 내버려두자, 그들은 죽어 없어졌다,
그들은 올리어리와 함께 무덤 속에 있다.

SEPTEMBER 1913

What need you, being come to sense,
But fumble in a greasy till
And add the halfpence to the pence
And prayer to shivering prayer, until
You have dried the marrow from the bone?
For men were born to pray and save:
Romantic Ireland's dead and gone,
It's with O'Leary in the grave.

Yet they were of a different kind,
The names that stilled your childish play,

They have gone about the world like wind,

But little time had they to pray

For whom the hangman's rope was spun,

And what, God help us, could they save?

Romantic Ireland's dead and gone,

It's with O'Leary in the grave.

Was it for this the wild geese spread

The grey wing upon every tide;

For this that all that blood was shed,

For this Edward Fitzgerald died,

And Robert Emmet and Wolfe Tone,

All that delirium of the brave?

Romantic Ireland's dead and gone,

It's with O'Leary in the grave.

Yet could we turn the years again,

And call those exiles as they were

In all their loneliness and pain,

You'd cry, 'Some woman's yellow hair

Has maddened every mother's son':

They weighed so lightly what they gave.

But let them be, they're dead and gone,

They're with O'Leary in the grave.

*   *   *

1912년, 13년은 예이츠가 아일랜드의 사회 문제에 깊숙이 관여하여 거기에서 파생된 논쟁에 휘말려들었던 시기이다. 이 무렵 예이츠의 상상력을 뒤흔든 세 가지 사건(예이츠의 『시집』의 노트, pp. 529~30 참조) 중의 한 가지가 더블린 시에 건립을 추진하던 미술관 건립의 모금 문제였다. 그레고리 부인의 조카 휴 레인Hugh Lane이 수집한 근대 프랑스 미술 작품의 소장을 위한 미술관 건립을 둘러싼 시비는 당시 더블린 시의 큰 사회 문제였다. 예이츠가 이 사건에 관련하여 쓴 시가 5편 있는데 「1913년 9월」은 그 중의 한 편이다.

이 시는 본래 제목 다음에 '미술관 건립 반대 기사를 읽고서' 라는 부제가 붙어 있었지만 결정판에는 그 부제가 빠져 있는 것으로서 알 수 있듯이 이 시를 쓰게 된 직접 동기는 더블린 미술관 건립 문제가 아니고 그때 있었던 노동자들의 파업과 고용주에 의한 공장 폐쇄 등의 사건을 계기로 드러난 "기름때 묻은 돈궤나 더듬"는 중산층 상인들의 저속한 물질주의에 대한 분개심이다. 이 시에는 각 연마다 낭만적 아일랜드가 올리어리와 함께 죽어 없어졌다는 후렴이 붙어 있어 시의 주제가 선명히 제시되어 있다. 시인이 말하는 낭만적이란 말의 뜻은 그의 귀족주의 정신 *aristocraticism* 으로서 이해해야 한다. 즉, 그는 품위 있고, 고결한 것, 그리고 전통적이고 정신적인 가치를 소중히 여긴 '낭만주의자' 로 자처하였고, 그 낭만 정신이 애국자이고 민족주의자인 올리어리 O'Leary(1830~1907)와 더불어 사라져버린 것을 분개하고 서글퍼한다.

제1련에선 기도는 하면서도 물욕의 화신이 되어 돈이나 모으는 아일랜드의 카톨릭 신흥 중산층에 대한 분노를 드러내고, 제2련에선 아일랜드의 독립 운동에 몸바쳐 혹은 망명 생활로 혹은 처형당한 애국자들을 부르주아층 상인들과 대조시켰고, 제3련에선 "기러기들"을 위시한 몇 명의 애국 지사들의 죽음을 언급하고 있다. '기러기들' 이란 프랑스, 스페인, 오스트리아 등의 외국군에 가담하여 간접적으로 조국의 독립을 위해서 싸운 사람들을 말한다. 그리고 여기 언급된 피츠제럴드 Edward Fitzgerald(1763~1798), 엠메트 Robert Emmet

(1778~1803), 울프 톤Wolfe Tone(1763~1798) 등은 모두가 국내외에서 아일랜드의 독립 운동에 헌신하다가 체포되거나 사형당한 애국 지사들이다.

시인은 아일랜드의 오늘날의 현실을 개탄하면서, 그 애국 지사들은 결국 이런 결과를 낳기 위해서 죽어갔느냐고 강한 어조로 묻는다. "용사들의 망상"이란 말은 그들이 '현명'했더라면 중산층 상인처럼 "기도하고 돈이나 모았을" 것인데, 그들은 위대한 조국의 해방을 꿈꾸는 로맨틱한 '망상'에 차 있었음을 말한다. 마지막 연에서 순국하고 망명한 애국자들이 외롭게 고통받는 것은 그들의 조국에 대한 미친 듯한 사랑 때문이라고 말한다. "어떤 여인의 노란머리가/모든 어머니의 아들들을 미치게 했다"는 말은 아일랜드의 중산층 상인들이 애국자들의 참된 동기를 이해하지 못하고 고작 여자에 미쳐서 그들이 그랬을 것이라는 말이다. 그러나 시인은 그들의 조국애를 자식의 어머니에 대한 사랑에 비유하면서, 한편 자기의 모드 곤에 대한 미친 듯한 사랑과 거기에 이어지는 그의 조국애를 암시한다. 대의를 소중히 여기는 시인의 고결한 정신을 읽을 수 있는 시이다.

밤이 오기를 기다리는

그녀는 폭풍과 투쟁 속에서 살았다.
그녀의 마음은 자랑스런 죽음으로 이룰 수 있는
그런 영광을 동경했기 때문에
인생의 일상적인 행복 따위는
참아낼 수가 없었다.
그러나 왕자처럼 살았다.
자기의 혼례식 날,
작은 깃발과 삼각 깃발로 장식하고
트럼펫과 팀파니를 울려대고
요란하게 축포를 쏘아
시간을 재촉하며
밤이 오기를 기다리는 왕자처럼.

THAT THE NIGHT COME

She lived in storm and strife,
Her soul had such desire
For what proud death may bring
That it could not endure
The common good of life,
But lived as 'twere a king

That packed his marriage day
With banneret and pennon,
Trumpet and kettledrum,
And the outrageous cannon,
To bundle time away
That the night come.

*　　　*　　　*

　　이 시는 예이츠의 애인 모드 곤의 영웅적인 정신 자세를 찬미하는 시이다. 아일랜드의 독립 운동의 일선에서 투쟁했던 열혈 애국 처녀 모드 곤을 예이츠는 "고귀하고 고고하고 아주 준엄한 마음"이라고 평한 일이 있다. "일상적인 행복"보다는 "자랑스런 죽음"을 영광스럽게 생각했던 모드 곤의 영웅적인 비극 정신에 매혹되었던 예이츠는 그것을 "왕자"의 혼례식 날의 화려하고 장엄한 이미지로써 찬미한다. 크고 작은 깃발을 나부끼고 "트럼펫과 팀파니를 울려대고" "축포를 쏘아"대며 축하연을 벌이는 왕실의 혼례식 날의 이미지로 모드 곤의 정신 세계를 구상화한 이 시에는 예이츠의 현란한 '역사적 상상력'이 잘 드러나 있다.

동방 박사들

늘 그러하듯이 나는 지금도 마음의 눈으로 볼 수 있다,
빳빳한, 물감 칠한 옷 입고 창백한 불만에 찬
그들이 푸른 하늘 복판에서 나타났다 사라졌다 하는 것이.
그 늙은 얼굴들은 모두 비에 씻긴 돌 같았다.
그리고 그들의 은빛 투구들은 옆으로 나란히 왔다갔다했다,
그리고 그들의 눈 모두는 여전히 시선이 고정된 채
캘버리의 난동에선 만족할 수 없어 짐승들의 잠자리에서의
그 불가항력의 신비를 다시 한번 보고자 한다.

THE MAGI

Now as at all times I can see in the mind's eye,

In their stiff, painted clothes, the pale unsatisfied ones

Appear and disappear in the blue depth of the sky

With all their ancient faces like rain-beaten stones,

And all their helms of silver hovering side by side,

And all their eyes still fixed, hoping to find once more,

Being by Calvary's turbulence unsatisfied,

The uncontrollable mystery on the bestial floor.

이 시는 주제면에서 서로 보완 관계에 있는 시「인형들」과 함께 읽
으면 이해가 쉽다.「인형들」과「동방 박사들」은 다같이 우리의 화석
화된 전통적인 고정 관념에서 과감히 탈출하여 사물을 새로운 각도
에서 볼 것을 암시적으로 권유하는 시편들이다. 고정관념 중에서 대
표적인 것이 기독교적 도그마이다. 성경에서 예수는 베들레헴의 마
구간에서 탄생한 것으로 되어 있고, 그때 염소들과 세 사람의 동방
박사들이 예수에게 경배했다고 되어 있다. 비기독교 시인 예이츠는
캘버리 언덕에서 십자가에 못박혀 죽은("캘버리의 난동") 예수의 죽
음과 부활을 인지(人知)로서는 해석할 수 없는("불가항력의") 신비
정도로 생각한다. 그런 마음가짐으로 상상 속에 그려보는 동방 박사
들의 모습은 매우 기이하다. "비에 씻긴 돌" 같은 창백한 얼굴에다
고정된 시선의 이들은 외계인같기도 하여 이들이 보고자 하는 예수
의 탄생만큼이나 신비감을 준다.

인형들

인형 제작자의 집에서 인형 한 개가
요람을 바라보며 외친다.
"저놈은 우리들에 대한 모욕이다."
그러나 인형들 중 제일 나이 많은 인형은
진열되고 있는 동안 여러 세대의
아기들을 보아왔기 때문에
진열대의 모든 놈들에게 질세라 빽 소리쳤다.
"인간으로선 누구도 이곳의
잘못을 고발할 놈이 없긴 하지만
저 남자와 여자는
우리 체면 상관없이
이곳으로 시끄럽고 더러운 놈을 데려왔다"라고.
아기가 신음 소리 내며 사지를 뻗치는 것을 듣고서
인형장이 마누라는 주인이
가엾은 아기의 신음 소리를 듣고
의자 손잡이 옆에 몸을 웅크리고 있다고 생각하고서
머리를 남편의 어깨에 기대고서,
귀에 대고 속삭였다.
"여보, 여보, 정말
이건 우연의 잘못이었네요"라고.

A doll in the doll-maker's house
Looks at the cradle and bawls:
'That is an insult to us.'
But the oldest of all the dolls,
Who had seen, being kept for show,
Generations of his sort,
Out-screams the whole shelf: 'Although
There's not a man can report
Evil of this place,
The man and the woman bring
Hither, to our disgrace,
A noisy and filthy thing.'
Hearing him groan and stretch
The doll-maker's wife is aware
Her husband has heard the wretch,
And crouched by the arm of his chair,
She murmurs into his ear,
Head upon shoulder leant:
'My dear, my dear, O dear,
It was an accident.'

*　　　*　　　*

이 시는 인형 제작자의 집에 진열되어 있는 인형이 요람에 눕혀 시
끄럽게 울어대는 주인집 아기를 보고서 분개하여 이 "시끄럽고 더러

70

운 놈"을 고발하는 식으로 씌어진 일종의 풍자시이다. 인형은 인간이
예쁘게 장식하여 만드는 인공적 제작품이어서 비생명적인 '물건'이
다. 그것은 비인간성의 표상이다. 그것이 아기의 탄생이라는 가장 인
간적인 장면에 대하여 "모욕"이니 "고발할 놈이" 없다느니 하면서 위
협적으로 소리를 지르는 바람에 인형 제작자 부부는 아기의 탄생을
"이건 우연의 잘못이었네요"라고 후회한다.

　매우 우스운 얘기로 들리기도 하지만 인위적인 것, 조작적인 것,
비생명적인 것들이 우리의 문명을 지배하고 우리의 사고 방식까지를
지배하는 시대를 풍자하는 우화라고 생각하면 매우 충격적인 얘기가
아닐 수 없다.

　예이츠는 이 시에 붙인 주에서 더블린에서 강연하는 중에 이 시의
주제가 생각났고, "우리의 사상에 스며들어 있는 사상은 모두 인간의
생명과는 다른 그 무엇으로 굳어져버려 있는 것을 새삼 느꼈다"라고
말하고 있다. 고정관념과 전통적인 사고 방식에서 과감히 탈출하고
자 하는 시인의 사상적 전환점을 엿볼 수 있다.

코 트

나는 내 노래에 코트를 해 입혔다
발꿈치에서 멱까지 온통
옛날 신화에서 짜낸
수로 장식한.
그런데, 바보 녀석들이 그것을 가져다,
마치 저희들이 만든 듯이
사람들 보는 앞에서 입었다.
노래여, 코트는 그 녀석들에 주어버려라,
벗고 다니는 것이
더욱 보람 있지 않을까.

A COAT

I made my song a coat
Covered with embroideries
Out of old mythologies
From heel to throat ;
But the fools caught it,
Wore it in the world's eyes
As though they'd wrought it.
Song, let them take it,

For there's more enterprise
In walking naked.

　　　　　*　　　　*　　　　*

　이 시는 1914년에 발간된 시집 『책임 *Responsibilities*』의 맨 끝에 수록된 시로서, 시인의 시작 태도에 어떤 변화와 결의 같은 것이 보이는 시이다. 시인은 그의 시작 초기에 아일랜드의 신화와 전설을 바탕으로 꿈같이 막연하고 현란한 이미지로 장식된 시를 써오다가 『푸른 투구 *The Green Helmet*』(1910) 무렵부터 현실 감정에 밀착한 견실한 시를 써왔다. 그는 코트를 안 입고서 "벗고 다니는 것이/더욱 보람 있"을 것이라고 말하고 있다. 이제 그는 장식적인 이미지를 떨쳐버리고 잎이 다 떨어진 겨울 나목(裸木)처럼 앙상하면서도 견실한 시를 쓰고자 마음먹고 있는 것을 알 수 있다. 예이츠가 이 시에서 "바보 녀석들"이라고 한 비난의 대상이 정확히 어떤 사람들을 두고 한 것인지는 분명치 않지만 그의 시에 좀 긴 제목의 「자신의 시나 내 시를 모방하는 꽤씸한 시인들을 내게 칭찬하라고 하는 어떤 시인에게」라는 다음과 같은 시가 있다.

　　당신의 말은, 내가 남이 말한 것, 노래한 것에 대하여
　　가끔 칭찬의 말을 늘어놨기 때문에
　　이런 녀석들에 대해서도 똑같이 대하는 것이 온당하다는 것이지.
　　그러나 달라붙은 벼룩을 칭찬한 개가 일찍이 있었단 말인가.

쿨 호의 야생 백조들

나무들은 제각기 곱게 가을로 단장하고,
숲속 길들은 메마르다,
10월달 석양 아래 물은
고요한 하늘을 비추며,
돌과 돌 사이 넘치는 물 위엔
백조가 쉰아홉 마리.

처음에 저 수효를 세어본 이래
열아홉번째 가을이 닥쳐왔구나.
채 셈을 마치기도 전에
후루룽 모두 날아올라
날개 소리도 요란하게
단절된 큰 원을 그리며 선회하다 흩어지곤 하더니.

저 눈부신 새들을 보고 있노라니,
이제 가슴이 아프다.
모든 것이 변했구나, 해질 무렵,
이 호수가에서 처음으로
머리 위에 쇳소리 같은 날개 소리 들었을 때는,
발걸음도 가볍게 거닐었는데.

여전히 피곤을 모르고 사랑하는 것들 끼리끼리

차디찬 다정한 물 속에서 헤엄치거나,
중천에 솟아오르는구나.
그들의 가슴은 늙지 않아,
열정과 패기가 가는 곳 어디서나,
항상 그들을 따르는구나.

이제 저것들 고요한 물 위에
신비롭고 아름다이 떠 있다.
내 언젠가 잠깨어 저것들 날아가 없음을 알게 되는 그날
저 백조들 어느 호수가에, 어느 웅덩이가에,
어떤 골풀 사이에 집 짓고
사람들의 눈을 즐겁게 할 것인가.

THE WILD SWANS AT COOLE

The trees are in their autumn beauty,
The woodland paths are dry,
Under the October twilight the water
Mirrors a still sky;
Upon the brimming water among the stones
Are nine and fifty swans.

The nineteenth autumn has come upon me
Since I first made my count;
I saw, before I had well finished,
All suddenly mount
And scatter wheeling in great broken rings

Upon their clamorous wings.

I have looked upon those brilliant creatures,
And now my heart is sore.
All's changed since I, hearing at twilight,
The first time on this shore,
The bell-beat of their wings above my head,
Trod with a lighter tread.

Unwearied still, lover by lover,
They paddle in the cold
Companionable streams or climb the air;
Their hearts have not grown old;
Passion or conquest, wander where they will,
Attend upon them still.

But now they drift on the still water,
Mysterious, beautiful;
Among what rushes will they build,
By what lake's edge or pool
Delight men's eyes when I awake some day
To find they have flown away?

* * *

'쿨 Coole'은 에이츠의 친구 그레고리 부인 Lady Gregory의 장원(莊園)의 이름이고, 이 시에서는 그 장원 안에 있는 호수 Coole's Lake를 말한다. 에이츠는 1897년(32세 때) 모드 곤에게 청혼을 거절당한 처참한 심경에서 처음 이 쿨 장원을 방문했었고 그후 자주 이곳을 찾았다. 이 시를 쓴 1916년 그는 남편의 처형으로 혼자 된 그녀에게 다시 청혼했지만 또 거절당했다. 사랑에 버림받은 비참한 심경에서 19년 전을 회상하는 시인의 마음을 짐작하면서 이 시를 읽어야 한다. 시인은 이 시에서 쿨 호수에 아름답게 뜬 백조를 보고, 19년 전에 보았을 때나 지금 보나 백조는 늙지 않고 언제나 정열적이고 패기가 있어 보이는데, 자기는 늙어가는 것을 새삼 의식하고서, 늙어가는 자기의 인생을 늙지 않는 자연에 대조시키면서 노령기에 접어든 자신의 감회를 표현하였다.

때는 단풍 지는 가을 10월이고 황혼의 저녁놀이 물 위에 어린다. 늙음을 암시하는 이 시간적 배경이 눈앞에 펼쳐진 푸른 물과 그리고 백조의 흰 빛과 선명한 대조를 이루어 한 폭의 풍경화 같다. 백조의 수를 "쉰아홉 마리"라 했는데, 그것은 실제로 세어 본 숫자일는지도 모르지만, 그가 9라는 수의 음향 '나인 *nine*'을 특히 좋아해서 일부러 만들어낸 숫자인지도 모른다. 그것은 그의 시에 숫자로서 9가 쓰인 경우가 많은 것으로 보아 그렇게 생각된다. 그 다음 연의 19 *nineteen*라는 수에 대해서도 같은 설명을 할 수가 있다. 마지막 연에서 시인은 그 백조들을 오히려 신비스럽게 본다. 이제 그에게 있어 백조는 수명이 차면 늙어 죽는 날짐승이 아니라, 영원 불멸의 신비 세계의 원형이나 이미지인 것이다. 그러므로 그것들은 19년 전의 과거에도 아름다웠고, 지금도 아름답고, 미래에도 언제까지나 아름다울 것이다. 인간은 죽지만 그것들은 죽지 않고 살아서 항상 인간에게 아름다움을 주고 동경의 대상이 될 것이다. "내 언젠가 잠깨어 저것들 날아가 없음을 알게 되는 그날"이라는 말은 죽은 후 어느 날 혹시 죽음에서 깨어 일어나서 그것들이 날아간 것을 알게 될 때라는 말이다. 그때에도 그것들은 어딘가에 살아서 집을 짓고 사람들의 기쁨과 희망의 대상이 될 것으로 생각한다.

쿨 장원의 그레고리 부인· 사진, 1927

로버트 그레고리 소령을 추모하며

I

이제 거의 우리가 우리의 집에 안주할 수 있게 되었으니
이 고탑(古塔)의 토탄불가에서
함께 식사할 수 없는 친구들을 열거하련다,
식사를 하고 늦은 시간까지 하던 얘기를 마치고
좁은 나선형 층계를 올라가 침대에 들 수 없는 그 친구들을.
잊혀진 진리의 발견자들이거나
아니면 단순한 나의 젊은 날의 반려들,
가버린 그들 모두가 오늘밤 내게 생각나는구나.

II

언제나 우리는 새 친구를 옛 친구에게 소개하고,
어떤 친구가 쌀쌀하거나,
우리 가슴속 애정에 자극을 주어
아픔을 오래 가게 하는 일이 있어,
언쟁이 벌어지면 마음이 상한다.
그러나 오늘밤 생각나는 친구는 누구 하나도
언쟁을 불러일으키지 않는구나,
머리에 떠오르는 친구들 모두가 죽었으니.

III

라이오넬 존슨이 우선 생각난다,

형편없는 자에게도 예절이 발랐지만,
그는 인간보다 학문을 더 좋아했지. 크게 영락해 있으면서도
그는 신성한 것을 생각했다,
모든 그의 그리스와 라틴 학문이
그가 꿈꾸는 무한한 극치를
조금이라도 그의 사상에 가까이 가져다주는
길게 울리는 피리 소리로 생각이 될 정도에 이른 사람.

IV

다음으론 탐구심이 강한 존 싱이 떠오른다,
죽어가면서도 살아 있는 세계를 본으로 택했던 그는
무덤 속에서도 안식할 수 없었을 것이다,
오랜 여정 중 황혼녘에
아주 황량하고 돌 많은 곳에서 떨어져 사는
그 사람들을 만날 수 없었다면,
해질 녘에 자기 심정만큼이나
정열적이고 소박한 그 사람들을 만날 수 없었다면.

V

다음으로 늙은 조지 폴렉스펜을 생각한다,
활력 있는 젊은 시절에 메이요인들에게 유명했었지,
사냥터나 경마장에서 말 잘 타는 사람으로.
그는 순종의 말과 몸이 튼튼한 기마수들이
온통 정열을 바친다 해도, 생활은
180도, 90도, 120도로 기울어지는
궤도 벗어난 별들같이 될 수 있다는 것을 보여줄 수 있었던 사람.
점점 원기가 약해지면서 명상적인 사람으로 되어갔다.

VI

이들은 여러 해 동안 나의 친한 벗들이었고,
말하자면, 내 마음과 삶의 일부였다.
이제 그들의 죽은 얼굴들이 낡은 사진첩에서
내다보고 있는 것 같구나.
나는 그들의 죽음에 익숙해졌지만,
나의 다정한 친구의 소중한 아들,
우리의 시드니, 우리의 완전인인 그가,
죽음의 횡포에 휩싸인 것만은 모를 일이다.

VII

지금 눈에 비치는 온갖 것들은
그가 좋아하는 것들이었다. 길과 다리 위에
그림자를 드리우는 저 모진 비바람에 꺾인 해묵은 나무들.
저 강가에 서 있는 탑.
밤마다 물 마시는 소들이 휘젓는 여울,
그 물소리에 놀란 쇠물닭이
자리를 옮겨다니고.
그에겐 이런 것들이 진정 반갑기도 했으련만.

VIII

그가 골웨이의 사냥개 떼를 데리고
테일러 성에서 록스버로 비탈까지 또는
에서켈리 들판까지 말을 몰았을 때, 아무도 그를 따르지 못했다.
무넨에서 어딘가를 뛰어넘을 때
어찌나 위태위태했던지 모여 있던 사람들은 간이 서늘해서
반수는 눈을 감았었다. 말에 재갈도 안 물리고
그가 경마하던 곳은 어디였던가.

그러나 그의 마음은 뛰는 말을 앞질렀지.

IX

우리는 한 위대한 화가가 태어난 것으로 생각했다,
차디찬 클레어의 바위와 골웨이의 바위와 가시덤불,
그 준엄한 색채와 섬세한 윤곽
그것을 바라보고 마음의 힘을 배가한
보이지 않는 우리의 정신을 그릴 수 있는 화가가.
그는 군인이요, 학자요, 기마수였다,
그리고 그는 모든 것을 피력하여 세상의 기쁨이 되게 하는
열정이 있었다.

X

달리 누가 그만큼 잘 우리에게 일러주었겠는가.
한 집안의 온갖 아름다운 것들에 대하여,
금속 공예나 목공예나,
석고상이나 석각이나 그런 것을
잘 다루고 이해할 수 있었던 그만큼.
그는 군인이요, 학자요, 기마수였다,
그는 그 중 단 한 가지 일만 해온 듯이
모든 방면에 완전했다.

XI

어떤 이는 축축한 불섶을 태우지만, 어떤 이들은
짧은 시간에 태울 수 있는 세계 전부를
마치 마른 짚 태우듯이 태울 수도 있어, 돌아서자마자
빈 굴뚝에선 불빛이 안 보인다,
그가 한 일이 순간의 불길에 타버렸으니까.

그는 군인이요, 학자요, 기마수였다,
마치 한 몸이 인생 전부의 축도인 듯이.
그가 흰 머리를 빗질하리라고 어찌 상상했으랴.

XII

나는, 덧문을 흔드는 바람이 참으로
매섭기에, 어른 시절에 대결해본 상대,
어린 시절에 좋아한 사람,
소년 시절에 멋있게 보인 자 등 모두를,
그 하나하나에 적절한 논평을 가하며 상기했다.
상상으로 더욱 실감나게
반가워졌지만, 갓 죽은 그 죽음에 대한 생각은
내 마음을 온통 사로잡아 말문이 막히는구나.

IN MEMORY OF MAJOR ROBERT GREGORY

I

Now that we're almost settled in our house
I'll name the friends that cannot sup with us
Beside a fire of turf in th' ancient tower,
And having talked to some late hour
Climb up the narrow winding stair to bed:
Discoverers of forgotten truth
Or mere companions of my youth,
All, all are in my thoughts to-night being dead.

II

Always we'd have the new friend meet the old
And we are hurt if either friend seem cold,
And there is salt to lengthen out the smart
In the affections of our heart,
And quarrels are blown up upon that head:
But not a friend that I would bring
This night can set us quarrelling,
For all that come into my mind are dead.

III

Lionel Johnson comes the first to mind,
That loved his learning better than mankind,
Though courteous to the worst: much falling he
Brooded upon sanctity
Till all his Greek and Latin learning seemed
A long blast upon the horn that brought
A little nearer to his thought
A measureless consummation that he dreamed.

IV

And that enquiring man John Synge comes next,
That dying chose the living world for text
And never could have rested in the tomb
But that, long travelling, he had come
Towards nightfall upon certain set apart
In a most desolate stony place,
Towards nightfall upon a race

Passionate and simple like his heart.

V

And then I think of old George Pollexfen,
In muscular youth well known to Mayo men
For horsemanship at meets or at racecourses,
That could have shown how pure-bred horses
And solid men, for all their passion, live
But as the outrageous stars incline
By opposition, square and trine:
Having grown sluggish and contemplative.

VI

They were my close companions many a year,
A portion of my mind and life, as it were,
And now their breathless faces seem to look
Out of some old picture-book:
I am accustomed to their lack of breath,
But not that my dear friend's dear son,
Our Sidney and our perfect man,
Could share in that discourtesy of death.

VII

For all things the delighted eye now sees
Were loved by him: the old storm-broken trees
That cast their shadows upon road and bridge:
The tower set on the stream's edge:
The ford where drinking cattle make a stir

Nightly, and startled by that sound
The water-hen must change her ground;
He might have been your heartiest welcomer.

VIII

When with the Galway foxhounds he would ride
From Castle Taylor to the Roxborough side
Or Esserkelly plain, few kept his pace;
At Mooneen he had leaped a place
So perilous that half the astonished meet
Had shut their eyes; and where was it
He rode a race without a bit?
And yet his mind outran the horses' feet.

IX

We dreamed that a great painter had been born
To cold Clare rock and Galway rock and thorn,
To that stern colour and that delicate line
That are our secret discipline
Wherein the gazing heart doubles her might.
Soldier, Scholar, horseman, he,
And yet he had the intensity
To have published all to be a world's delight.

X

What other could so well have counselled us
In all lovely intricacies of a house
As he that practised or that understood

All work in metal or in wood,
In moulded plaster or in carven stone?
Soldier, scholar, horseman, he,
And all he did done perfectly
As though he had but that one trade alone.

XI

Some burn damp faggots, others may consume
The entire combustible world in one small room
As though dried straw, and if we turn about
The bare chimney is gone black out
Because the work had finished in that flare.
Soldier, scholar, horseman, he,
As 'twere all life's epitome.
What made us dream that he could comb grey hair?

XII

I had thought, seeing how bitter is that wind
That shakes the shutter, to have brought to mind
All those that manhood tried, or childhood loved
Or boyish intellect approved,
With some appropriate commentary on each:
Until imagination brought
A fitter welcome; but a thought
Of that late death took all my heart for speech.

밸릴리 탑의 나선형 층계

　　　　　*　　　　*　　　　*

　　로버트 그레고리 소령은 1918년 일차 대전 당시 이탈리아에서 전사한, 예이츠의 후원자이고 절친한 친구인 그레고리 부인의 아들이다. 그레고리 소령에 대한 4편의 추도시 중 이 시는 그 하나이고, 그의 예술성이 유감없이 드러난 걸작 시편이다.

　　이 시의 배경을 이루는 밸릴리 탑 Tower Ballylee은 예이츠가 말년을 보냈던 집이다. 예이츠는 오랜 시일에 걸치는 모드 곤에 대한 짝사랑을 청산하고 1917년 그의 나이 52세에 결혼하여 1919년에 밸릴리 탑에 이주하였다. 이 시는 아직 그들 신혼 부부가 이 탑에 정착하기 전 해인 1918년에 씌어진 것으로서, 이 무렵 그들은 이 고탑을 수리하면서 새로 마련한 이 집에서의 안정된 생활을 열심히 구상중에 있었다. 시인은 "우리의 집"에 "거의" 안정된 것이나 다름없는 심정에서 토탄불을 피워놓고 주변에서 사라져간 친구들을 하나하나 회상한다. 이 회상의 장면이 자연스럽게 전개되면서 시의 주제가 되는 로버트 그레고리에 대한 추념의 장면으로 이어진다.

　　이 시의 고도의 예술성은 첫째 전체 12련의 근 일백 행이나 되는 장시의 전개가 마치 객실에서 주고받는 노변 담화처럼 무리없이 가볍게 풀려 나가면서도 치밀한 구성으로 짜여져 있는 점이고, 다음으론 장면이나 인물의 묘사와 진술에 조금도 과장과 허세가 없는 감정의 진실성, 그리고 특정한 인명·지명 그리고 구체적이고 세밀한 토착적인 이미지로써 그려내는 연필화와 같은 소박한 생활사 등을 말할 수 있다. 거기에 덧붙여 우리에게 친근한 약강 5보격의 리듬과 정형시의 운격이 주는 전통적 영시 특유의 안정되고 침착한 분위기를 말할 수 있다.

　　시의 전개에서 주목할 점은 제I, II부에서 시의 배경을 극적 장면으로 설정한 점이다. 그리고 제III, IV, V부에서 각각 라이오넬 존슨, 존 싱, 조지 폴렉스펜 등을 열거한 것은 그것이 닥치는 대로의 나열이 아니라, 하나는 학자, 하나는 작가, 하나는 운동가인 그들이 각각 어느 일면에서 특출하지만, 그 다음 본론에서 말하는 로버트 그레고리는 그 세 가지 특성이 모두 구비된 완전인임을 말하기 위한 예비적 조치로 해석해야 한다. 시인이 시의 주인공 그레고리 소령의 죽음을 애도하는 것은 그가 "군인이요, 학자요, 기마수"로서 "그 중 단 한 가지 일만 해온 듯이/모든 방면에 완전했"었건만, 일찍 전사함으로써, 무한한 가능성이 꽃을 피우지 못하고 좌절된 데 대한 아쉬움 때문이다. 그러나 시인은 그레고리 소령이 비록 짧은 인생을 살았건만, 그 "짧은 시간에 태울 수 있는 세계 전부를/마치 마른 짚 태우듯이" 태워버린 빛나는 인생을 살았다고 찬미함으로써 그 죽음에 대한 슬픔을 찬양으로 승화시키고 있다.

제I부에서 말하는 "우리"는 시인과 이제 갓 결혼한 그의 부인을 말하며, 이들의 주거인 고탑은 2층으로 되어 있어 일층엔 식당과 거실이 있고, 나선형 층계를 통하여 2층의 침실로 올라가도록 되어 있다. 이 고탑과 나선형 층계는 그의 시의 여러 군데에서 시의 소재로 또는 상징으로 취급되어 있다. 제6행의 "잊혀진 진리의 발견자"는 예이츠가 관심을 가졌던 비교(秘敎) 신봉자들을 말한다. 제I, II부에 걸쳐 기술하는 소박한 가정적인 이미지들이 이 시의 배경으로 얼마나 적절한가를 주목해야 한다.

제III부에서 취급된 라이오넬 존슨Lionel Johnson(1867~1902)은 예이츠와 함께 활약한 시인 클럽의 회원 중의 하나였다. 그는 많은 장서를 소유하고 학식이 풍부할 뿐 아니라 예절이 바르고 당대의 중요 인사들과의 교제가 넓었었다. 아직 '촌놈 의식'에서 벗어나지 못한 예이츠로서는 그를 부러워하고 그에게서 많은 영향을 받았다 한다 (Jeffares의 『예이츠 시 주석』, p. 158).

시인은 제IV부에서 극작가이고 시인이었던 존 싱(1871~1909)이 단순하고 소박한 것, 추상적인 것보다는 사실적인 것을 좋아했음을 말한다. 예이츠가 파리에 머물러 있을 때, 싱은 아일랜드의 서해안 애런 제도Aran Islands에 건너가 그곳 "아주 황량하고 돌 많은 곳에서 떨어져 사는" "정열적이고 소박한 그 사람들"의 있는 그대로의 원시 생활을 보고 거기에 매료되어 그의 저술과 극작에서 리얼리즘 문학의 천재를 유감없이 발휘할 수 있었다.

제V부에 취급된 기마수 조지 폴렉스펜George Pollexfen은 예이츠가 어릴 때 거의 같이 살다시피 한 외삼촌이다. 그는 신비주의와 천문학에 조예가 있었기 때문에 여기에 "궤도 벗어난 별"의 이미지를 "180도 *opposition*" "90도 *square*" "120도 *trine*" 등 천문학적 용어로 표현하였다. 존슨, 싱, 폴렉스펜은 각각 인간의 미덕 중의 어느 일면만을 갖고 있는 사람들이지만 예이츠가 애도하는 그레고리 소령은 그 전부를 소유하는 완전인이다. 제VI부에서는 그를 우리의 "완전인"이라고 부르고, 엘리자베스조의 대표적인 시인이고, 학자이고, 군인이었던 필립 시드니Philip Sidney(1554~1586)에 비유하고 있다. 그레고리 소령은 다양한 재능을 타고났던 젊은이로서, 화가이고, 훌륭한 사격수이고 대담무쌍한 기마수였다. 그는 일차 대전시 파일럿으로 공군에 가담하여 이탈리아 전선에서 전사하였다.

제VII부에서는 그가 태어난 골웨이 지방의 소박한 자연이 세필로 그려져 있어서 그 자연을 배경으로 주인공의 윤곽이 선명히 그리고 친밀감 있게 부각된다. 제VIII부에서는 대담하고 용감한 기마수이고 포수로서의 그레고리 소령의 일면이, 그리고 제IX부에서는 화가로서의 일면이 제시되어 있다. 제X부에서는 민속적 취향과 미술 공예의 안목이 높았던 그의 일면을 제시하고, 제XI부에서는 그가 그토록 다방면에 걸쳐 전문인에 가까운 재능을 고루 갖춘 완전인이었음을 요약하면서, 비록 짧은 일생이었지만 그는 그 일생을 "짧은 시간에 태울 수 있는 세계 전부를/마치 마른 짚 태우듯이" 불태운 화려한 인생을 살았음을 말한다. 그런 인생에는 늙음이란 어울리지 않는 말이다. 마지막 연은 시의 결론이다. 이 연에서 시인이 언급하는 대상자는 싱

("어른 시절에 대결해본 상대"), 폴렉스펜("어린 시절에 좋아한 사람"), 존슨("소년 시절에 멋있게 보인 자") 등이다. 그는 이들에 대해서는 논평을 할 수가 있고 상상 속에서 더욱 반갑게 느껴지지만, 죽은 지 얼마 안 되는 그레고리 소령에 대해서는 그 생각이 너무 벅차기 때문에 "말문이 막"힌다고 함으로써 슬픔이 언어를 능가한다는 뜻과 함께 말이 안 나오니 부득이 시는 이어질 수가 없다는 아이러닉한 결론을 가져온다. 이제 노변에서 주고받은 추억담은 끝나고 이 신혼 부부는 나선형 층계를 통하여 2층의 침실로 올라갈 것이다.

한 아일랜드의 비행사, 자기의 죽음을 예견하다

나는 상공 구름 사이 어딘가에서
내가 죽으리라는 것을 안다.
내가 싸우는 상대자를 증오하는 것도 아니고,
내가 방어하는 나라를 사랑하는 것도 아니다.
내 고향 킬타탄 크로스,
내 고향 사람들은 킬타탄의 빈민들,
어떤 결말이든 그들에게 상실은 없을 것이고,
그들은 전보다 더 행복해지는 일도 없을 것이다.
내가 전쟁에 참가한 것은 법률이나 의무 때문도,
관헌이나 환호하는 군중 때문도 아니라,
다만 자기 혼자만의 기쁨의 충동에 끌려
구름 속에서의 이 소란에 휘말린 것이다.
모든 것을 재량하고, 이것저것 생각해볼 때
앞으로 살아갈 세월은 호흡의 낭비
지난날의 세월도 호흡의 낭비라고 생각되었다,
이제 맞이하는 죽음, 이 생명과 견주어보았을 때.

AN IRISH AIRMAN FORESEES HIS DEATH

I know that I shall meet my fate
Somewhere among the clouds above;

Those that I fight I do not hate,
Those that I guard I do not love:
My country is Kiltartan Cross,
My countrymen Kiltartan's poor,
No likely end could bring them loss
Or leave them happier than before.
Nor law, nor duty bade me fight,
Nor public men, nor cheering crowds,
A lonely impulse of delight
Drove to this tumult in the clouds:
I balanced all, brought all to mind,
The years to come seemed waste of breath,
A waste of breath the years behind
In balance with this life, this death.

          *   *   *

　이 시에서 다루는 '아일랜드의 비행사'는 시인의 친구인 그레고리 부인의 아들 로버트 그레고리 소령으로 1차 대전 때 작전중 1918년 1월 23일 전사하였다. 시인은 이 그레고리 소령의 죽음에 즈음하여 또 한 편의 추모시 「로버트 그레고리 소령을 추모하며」에서 그를 "나의 다정한 친구의 소중한 아들,/우리의 시드니, 우리의 완전인"이라고 미화하여 극찬한 바 있다. 주인공의 독백 형식으로 씌어진 이 시에서 시인은 그의 죽음을 미화함으로써 그를 자신이 이상시하는 인간상에 접근시키고 있다. 그가 이상시하는 인간상은 타율에 굴하지 않고, 현실 앞에서 의연히 정신적 가치를 지향하여 초월적 비전에 매혹되는 인물이다. 그는 많은 시편에서 이러한 귀족주의적 인간상을 제시하였다. "킬타탄"은 그레고리 부인이 살던 쿨 근처의 지명이다.

학자들

자기들의 죄는 잊어버린 대머리들,
나이 드시고, 학문 좋고, 명망 높으신 대머리들,
시집을 편집하고, 주석을 붙이시는데,
그 시는 젊은이들이 침대에 뒹굴면서
미인의 무식한 귀에 아양떠느라고
실의에 빠진 연심에서 써낸 것.

모두 발을 질질 끌고, 잉크 냄새 속에서 기침하고,
모두 그들의 신발로 카펫이 해어지고,
모두 다른 사람이 생각한 것을 생각하고,
모두 그들의 이웃이 아는 사람을 알고 있지.
도대체 그들은 무어라고 지껄이시려는지,
지금 주석붙이고 있는 카툴루스가 저기 걸어나오신다면.

THE SCHOLARS

Bald heads forgetful of their sins,
Old, learned, respectable bald heads
Edit and annotate the lines
That young men, tossing on their beds,
Rhymed out in love's despair

To flatter beauty's ignorant ear.

All shuffle there; all cough in ink;
All wear the carpet with their shoes;
All think what other people think;
All know the man their neighbour knows.
Lord, what would they say
Did their Catullus walk that way?

*　　　*　　　*

　　예이츠의 시로서는 그 풍자적이고 냉소적인 어조가 매우 이색적인 재미있는 시이다. 카툴루스Catullus(c.84~c.54 BC)는 로마 최대의 서정 시인으로 키케로Cicero의 정적 클로디우스Clodius의 누이 레스비아Lesbia에게 바친 연애시로서 유명하다. 이 시를 읽으면 유사한 주제를 다룬 현대 영국 시인 루이스 맥니스Louis MacNeice의 「대영박물관 독서실 The British Musium Reading Room」이라는 시가 생각난다. 그 시의 2련은 다음과 같다.

　　괴팍쟁이, 삼류 문사, 가난에 찌들린 학자 등,
　　안경을 코에 붙이고, 골동품 모자에 괴상한 수염을 기르고,
　　제각기 제 기호와 운명을 소중히 한다.
　　뒤집힌 가치의 세계에 박쥐처럼 매달려서
　　어떤 이는 기운이 싱싱하고, 어떤 이는 졸면서
　　편안하고 고요한 세계에서 모두가 제 자신 속에 잠겨 있다.
　　이것이 대영박물관 독서실.

낚시꾼

아직도 그 사람이 보인다,
새벽에 낚시질하러
회색 코네마라 천의 옷을 입고
언덕 위 잿빛 터로 올라가는
얼굴에 반점 있는 그 사람이.
그러나 꽤 오래 전이다,
현명하고 소박한 이 사람의 모습을
눈앞에 떠올리기 시작한 것은.
나는 하루종일 그 얼굴을 들여다보며
내가 바란 것은 우리 민족에 대해서
그리고 현실에 대해서
쓰는 것이라고 생각했다.
내가 미워하는 자는 살아 있고,
내가 좋아하는 자는 이미 죽었다.
비겁한 자는 제자리에 앉아 움직이지 않고,
오만한 자는 비난받지 않고,
주정뱅이의 갈채를 받는
악한에겐 책임 추궁도 없다.
재치 있는 녀석, 그 녀석의 농담은
저속한 무리들에 대해서나 들려주자는 것,
현명한 녀석은 기껏
어릿광대의 대사 정도나 외쳐댄다.

현인들은 타도당하고,
위대한 예술도 타도당한다.

그때 이래 12개월쯤 됐을까,
이런 관객들을 경멸하고서,
갑자기 내가
어떤 한 사람을 상상하기 시작한 것이.
햇볕에 그을려 얼룩진 그 얼굴,
회색 코네마라 천의 옷을 입고
언덕으로 올라와
물거품에 덮여 돌이 까만 그곳에서,
팔목을 휘저어
개울물에 낚시를 드리우는 모습.
존재하지 않는 한 인물,
꿈에 불과한 한 인물,
나는 외쳤다, "늙기 전에
한 편의 시를 이 사람에게 써주리라,
어쩌면 새벽처럼 차고
정열적인 한 편의 시를."

THE FISHERMAN

Although I can see him still,
The freckled man who goes
To a grey place on a hill
In grey Connemara clothes
At dawn to cast his flies,

It's long since I began
To call up to the eyes
This wise and simple man.
All day I'd looked in the face
What I had hoped 'twould be
To write for my own race
And the reality:
The living men that I hate,
The dead man that I loved,
The craven man in his seat,
The insolent unreproved,
And no knave brought to book
Who has won a drunken cheer,
The witty man and his joke
Aimed at the commonest ear,
The clever man who cries
The catch-cries of the clown,
The beating down of the wise
And great Art beaten down.

Maybe a twelvemonth since
Suddenly I began,
In scorn of this audience,
Imagining a man,
And his sun-freckled face,
And grey Connemara cloth,
Climbing up to a place
Where stone is dark under froth,

And the down-turn of his wrist
When the flies drop in the stream;
A man who does not exist,
A man who is but a dream;
And cried, 'Before I am old
I shall have written him one
Poem maybe as cold
And passionate as the dawn.'

              *   *   *

　낚시꾼은 예이츠의 이상적인 인간상이다. 마음이 곧고 단순 소박
한 인간상의 상징으로서의 낚시꾼은 불만스런 현실과 대치되는, 예
이츠가 마음에 그리는 반대상(마스크)이다. 그의 말년의 걸작 「탑」
제Ⅲ부에도 다음과 같은 구절이 있다.

　나는 마음이 곧은 사람들을 택한다.
　샘물이 솟는 곳까지
　시내를 따라 올라가, 새벽이면
　물방울 떨어지는 바위 옆에서
　낚싯대를 드리우는 그런 사람들, 그런 사람들이야말로
　나의 긍지를 이어받을 사람들이라고 나는 선언한다.

　예이츠가 사회 생활과 현실 문제에서 크게 실망과 좌절을 체험한
1910년대초(1914)에 씌어진 이 「낚시꾼」은 당시의 아일랜드의 인간
들에 대한 실망의 감정을 바탕으로 그와 대조되는 시인이 그리는 이
상적인 인간상을 부각시킨 시이다. 예이츠의 절친한 친구 싱의 극
『서방나라의 인기 사나이』의 첫 공연 후 일주일 간이나 계속된 대소

J. M. 싱: 사진, 1895

동(1907), 싱의 죽음(1909), 그리고 휴 레인이 수집한 프랑스 미술품의 소장을 위한 미술관 건축 계획의 좌절 등은 시인에게 크나큰 실망을 안겨주었고, 그는 고결한 정신적 가치와 예술의 이해심이 없는 아일랜드의 신흥 중산층에 대하여 극도의 혐오감을 갖게 되었다. 그 실망의 감정은 이미 「1913년 9월」에서 "낭만적 아일랜드는 죽었다"는 표현으로 드러났다.

예이츠는 당시대 인간들과 현실에 혐오와 실망을 느낄 때에 그와 대조되는 이상적 이미지를 머리에 그리면서도 그쪽으로 도피하지 않고, 그 양 차원을 동시에 병치 · 대조시킨다. 그는 현실과 이상이 마치 사물의 실체와 그림자처럼 뚜렷한 대조를 이룬다고 생각한다. "내가 미워하는 자는 살아 있고,/내가 좋아하는 자(싱)는 이미 죽"은 것은 현실이고, 새벽녘 회색 코네마라 천의 옷을 입고 개울에 낚시를 드리우는 낚시꾼은 "존재하지 않는 한 인물,/꿈에 불과한 한 인물"이다. 그러나 그는 혐오스런 현실 앞에 항상 방패처럼 이상의 비전을 들이대어 그 대조·갈등상을 응시한다. 그리고 현인들이 망하고 예술이 타도당한 현실 앞에서 그 현실과 민족을 위하여 시를 쓰는 것이 곧 시인의 임무라고 생각했다. 마지막 구절에 표시된 "새벽처럼 차고/정열적인 시"는 예이츠의 시론의 핵심 사상이다. 즉 시인의 상상의 세계는 분방하고 열정적이어야 하지만 그것은 냉철한 이성의 규제를 받아서 개인적인 것이 보편적 차원으로 승화되어야 한다는 뜻이다.

나는 너의 주

힉. 바람이 휘몰아치는 고탑(古塔),
　　마이클 로바츠가 놓고 간 책이 펼쳐진 채
　　곁에는 램프불이 계속 타고 있다.
　　그대는 그 탑 아래 얕은 시냇가 회색 모래 위를
　　달빛받으며 걷는구나. 비록 생의 전성기는 지났지만
　　그대는 떨칠 수 없는 망상에 사로잡혀
　　여전히 마술적 형상들을 쫓는구나.
일.　　　　나는 이미지의 도움을 받아
　　자기의 반대물에 향하여 말을 걸어, 지금까지
　　다룬 일도 본 일도 없는 것을 불러낸다.
힉. 나 같으면 자신을 찾지 이미지 같은 것은 찾지 않을 것이다.
일. 그것이 근대인의 염원이다. 그 빛으로
　　우리는 온건하고 예민한 정신을 밝혀내긴 했지만
　　감정에 흔들리지 않는 오래된 냉정한 손은 잃었다.
　　끌이나 펜이나 붓이나 그 무엇을 손에 쥐든
　　비판할 뿐, 창조에는 미달이다.
　　주저하고, 혼란에 빠지고, 텅 비고, 부끄러워하고,
　　우리 친구들의 지지도 못 받는다.
힉.　　　　　　　그렇지만
　　기독교 상상력의 제일인자
　　단테 알리기에리는 완전히 자신을 발견했기에
　　그 움푹 패인 자기의 얼굴을, 그리스도의 것 외로는

그 어느 누구의 얼굴보다 더 선명하게
마음의 눈에 보이게 할 수 있었지.
일.   과연 그는 자신을 발견했을까.
단테의 뺨을 홀쭉 패이게 한 것은 굶주림,
아무리 해도 미치지 못하는 가지의 사과가 먹고 싶은
굶주림이 아니었을지. 그 유령 같은 이미지는
라포나 귀도가 알고 있던 단테인가.
단테는 자기의 반대물에서 이미지를 만들어냈다.
그 이미지는 문이 있고 창이 있는 절벽에서
베드윈족의 말털 지붕을 노려보는 돌 얼굴,
아니면 잡초와 낙타 똥 사이에서
끌어내어 반쯤 세운 돌 얼굴이 아니었을지.
단테는 가장 단단한 돌에 끌을 들이댔다.
음란한 생활을 귀도에게 놀림당하여
조롱받고 조롱하면서 추방된 몸이 되어
그 계단을 올라가 쓰라린 빵을 먹음으로써
그는 확고부동한 정의를 찾고, 인간이
사랑한 여인 중에선 가장 고귀한 여인을 만났다.
힉. 그러나 비극적인 싸움을 겪지 않고서
예술을 만들어낸 자들이 있다. 인생을 사랑한 자들,
행복을 찾아 헤매다가 그것을 찾았을 때
노래부르는 충동적인 시인들도 있음에 틀림없지.
일.   아니 노래부르는 것이 아니지
세상을 사랑하는 자들은 행동으로써 봉사하여,
부자가 되고 유명해지고 세력을 갖게 되니까.
그림을 그리건, 글을 쓰건, 그것은 여전히 행위이고,
마멀레이드에 달라붙는 파리떼의 아귀다툼이다.
언변에 능한 자들은 자기 이웃을 기만하고,

감상(感傷)에 빠지는 자들은 자신을 기만한다. 그러나 예술은
실상을 비춘 영상일 뿐.
보편의 꿈에서 깨어난 예술가가
이 세상에서 차지하는 몫은
방탕과 실의 이외에 무엇이 있겠는가.

힉.   그러나,
키츠가 세상을 사랑한 것을 누가 부정하겠는가.
그의 의연한 행복을 생각해보라.

일. 그의 예술은 행복하다, 그러나 그의 마음을 누가 알랴.
나는 그를 생각할 때, 얼굴과 코를 사탕가게의
유리창에 들이대고 있는 학교 아이를 눈에 그리게 된다.
왜냐하면 확실히 그는 감각이나 마음이
만족을 얻지 못한 채 무덤에 들어간 것이고,
가난하고 병약하고, 교육도 못 받았고,
세상의 화사에서 차단된
전세 마차집의 비천하게 자란 자식이었기에,
화려 우아한 시를 쓴 것이지.

힉. 그런데 어째서 그대는
펼쳐진 책 옆에 램프만 켜놓고서
모래 사장 위에서 이 표현 기호를 뒤쫓고 있는가.
표현 양식은 책상에 앉아 애써서
대가들을 모방하는 데서 생기는 것인데.

일. 얻어내는 대상은 이미지이지 책이 아니기 때문이다.
책 속에서 아무리 현명한 말을 하는 자들이라도 그들은
맹목적이고 감각이 마비된 심정밖에 가진 것이 없다.
나는 시냇가 변두리의 젖은 모래 위를 걷는
정체 불명의 존재에게 말을 건다.
그것은 나의 일부이고 나의 분신이지만

아무리 상상을 해봐도
나와는 같지 않은 나의 반대 자아이다.
그 존재가 지금 이 표현 기호의 옆에 서서
내가 구하는 모든 것을 보여주고, 속삭여준다,
새벽 동트기 전 잠시, 큰 소리로 울어대는
새들이 그것을 듣고서 신성모독하는
인간들에게 가져가버리지나 않을까 두려운 듯이.

EGO DOMINUS TUUS

Hic. On the grey sand beside the shallow stream
    Under your old wind-beaten tower, where still
    A lamp burns on beside the open book
    That Michael Robartes left, you walk in the moon,
    And, though you have passed the best of life, still trace,
    Enthralled by the unconquerable delusion,
    Magical shapes.
Ille.   By the help of an image
    I call to my own opposite, summon all
    That I have handled least, least looked upon.
Hic. And I would find myself and not an image.
Ille. That is our modern hope, and by its light
    We have lit upon the gentle, sensitive mind
    And lost the old nonchalance of the hand;
    Whether we have chosen chisel, pen or brush,
    We are but critics, or but half create,
    Timid, entangled, empty and abashed,

Lacking the countenance of our friends.

Hic.   And yet

The chief imagination of Christendom,

Dante Alighieri, so utterly found himself

That he has made that hollow face of his

More plain to the mind's eye than any face

But that of Christ.

Ille.   And did he find himself

Or was the hunger that had made it hollow

A hunger for the apple on the bough

Most out of reach? and is that spectral image

The man that Lapo and that Guido knew?

I think he fashioned from his opposite

An image that might have been a stony face

Staring upon a Bedouin's horse-hair roof

From doored and windowed cliff, or half upturned

Among the coarse grass and the camel-dung.

He set his chisel to the hardest stone.

Being mocked by Guido for his lecherous life,

Derided and deriding, driven out

To climb that stair and eat that bitter bread,

He found the unpersuadable justice, he found

The most exalted lady loved by a man.

Hic. Yet surely there are men who have made their art

Out of no tragic war, lovers of life,

Impulsive men that look for happiness

And sing when they have found it.

Ille.   No, not sing,

For those that love the world serve it in action,

Grow rich, popular and full of influence,

And should they paint or write, still it is action:

The struggle of the fly in marmalade.

The rhetorician would deceive his neighbours,

The sentimentalist himself; while art

Is but a vision of reality.

What portion in the world can the artist have

Who has awakened from the common dream

But dissipation and despair?

Hic.   And yet

No one denies to Keats love of the world:

Remember his deliberate happiness.

Ille. His art is happy, but who knows his mind?

I see a schoolboy when I think of him,

With face and nose pressed to a sweet-shop window,

For certainly he sank into his grave

His senses and his heart unsatisfied,

And made — being poor, ailing and ignorant,

Shut out from all the luxury of the world,

The coarse-bred son of a livery-stable keeper —

Luxuriant song.

Hic.   Why should you leave the lamp

Burning alone beside an open book,

And trace these characters upon the sands?

A style is found by sedentary toil

And by the imitation of great masters.

Ille. Because I seek an image, not a book.

Those men that in their writings are most wise
Own nothing but their blind, stupefied hearts.
I call to the mysterious one who yet
Shall walk the wet sands by the edge of the stream
And look most like me, being indeed my double,
And prove of all imaginable things
The most unlike, being my anti-self,
And standing by these characters, disclose
All that I seek; and whisper it as though
He were afraid the birds, who cry aloud
Their momentary cries before it is dawn,
Would carry it away to blasphemous men.

                  *   *   *

  이 시는 본래 그의 에세이 『상냥한 말없는 달을 위하여 *Per Amica Silentia Lunae*』의 서시로 나왔었고, 제목은 단테에서의 인용이다. 시인은 일문일답의 형식으로 씌어진 이 시에서, 표면적으로는 시란 무엇인가의 문제를 다루고 있지만, 사실은 자아와 반자아의 관계를 통찰하는 내용을 담고 있다. 예이츠는 본래 시는 '개인의 목소리'라고 믿는 시인이다. 시인이 자신의 개인성을 표현한다는 말을 이 시에서는 "자신을 발견한다"라고 말하고 있다. 시인이 자신을 표현한다, 혹은 발견한다는 생각에서 다음으로 이어지는 생각이, 자신이란 무엇인가의 생각이다. 우리가 자신이란 것을 객관적으로 분석해보면 우리에게는 충동적이고 본능적이고 주관적인 면이 있는가 하면, 그것을 억제하고 조절하는 객관적인 면이 있는 것을 알 수 있다. 예이츠는 특히 사물과 우주 질서를 이원적 대립 원리로써 생각하는 사람이어서 역사나 개인의 심리 현상 또한 이원적 대립 관계로 해석한다.

그의 생각에 의하면 인간은 자아와 반자아의 갈등 속에 놓여 있어서, 우리가 거죽에 드러내는 면은 자신이 그러기를 바라는, 마땅히 그랬으면 하고 염원하는 자신 아닌 자신이다. 그는 제2의 자아를 '마스크'라는 이미지로 표현하기도 하고 마이클 로바츠 Michael Robartes 혹은 오웬 에이헌 Owen Aherne이란 이름을 가진 상징적 인물로 표현하기도 했다. 예이츠의 시에 제목으로 혹은 시 중에 자주 등장하는 마이클과 오웬은 예이츠의 자아 이분법에서 생겨난 대립적 관계에 있는 인물로서 한쪽이 다른 한쪽을 유혹하기도 하고 때로는 적대 관계에 놓이기도 한다. 그들이 예이츠 자신의 어느 일면을 상징하고 있는 것은 틀림없다.

예이츠의 이원론적 사상은 그의 역사론 · 인간론 · 시론의 바탕을 이룬다. 「나는 너의 주」는 「마이클 로바츠와 무용수 Michael Robartes and the Dancer」「자아와 영혼의 대화 A Dialogue of Self and Soul」「달의 여러 가지 상 The Phases of the Moon」 등과 같은 계열의 시로서 모두 시인의 이원론적 철학 사상에 근거하여 사물에 대한 이중적 견해를 피력한 시들이다. 이 시의 두 사람의 대화자 중 '힉'은 '이 사람,' '일'은 '저 사람' 정도의 뜻이지만, 전자는 시인의 저서 『비전』에서 말하는 객관적(기본적) 자아이고 후자는 주관적(대항적) 자아이다. 이 시는 시의 창작 과정에서 자아와 반자아가 어떤 작용을 하고, 그 결과는 어떻게 나타나는가를 그 양자의 대화를 통해서 보여준 창작 행위에 대한 명상이다. 시의 도입부에 제시된 "고탑"은 예이츠의 주거였던 밸릴리 탑이고 램프불을 켜놓고 "망상"에 사로잡혀 있는 "그대"는 시인 자신을 암시한다.

예이츠는 이 시에서 시인이 추구하는 이미지는 시인의 주관적인 면이어서 사실 그대로가 아니라 그의 반자아를 통하여 얻어지는 시인의 염원 같은 것이라고 시사한다. 그러니까 시는 결코 실상이 아니고 "실상의 환영"이며, "나" 아닌 "나의 분신"이라고 말한다. 키츠가 노래한 화사한 세계는 그 자체가 키츠의 진면목이 아니라, "마음과 몸이 가난하고 만족스럽지 못한" 한 시인이 염원하는 이미지에 불과하다는 것이다. 그러니까 그는 그 화사하고 유연한 이미지에 도취되어 행복스럽다가도 그 꿈에서 깨어보면 실상은 허망하여 "방탕과 실의"만이 남는다. 시인이 반대물에서 이미지를 찾지 않고 사실의 세계, 행동의 세계를 노래부를 때엔 그것은 시를 노래부르는 것이 아니라 "행동으로써 봉사하여,/부자가 되고 유명해지고 세력을 갖게" 된다고 말한다. 이 말은 그가 키플링과 같은 세속시인·시사시인·어용시인 들을 염두에 두고 하는 말 같다.

예이츠가 이미지를 "실상의 환영" 혹은 "마술적 형상"이라고 표현한 것으로 보아 그것이 초월적이고 환상적인 것으로 보이지만, 그렇게 보는 것은 잘못이다. 그가 주장하는 이미지는 자아의 일부이고 분신이고 반대 자아에서 얻어진다. 즉 그가 이미지를 자아와 반자아와의 투쟁에서 얻어지는 것이라고 생각한 점에서, 그것은 시인의 개인적 경험의 최상의 표현이고, 그가 추구하는 통일되고 완성된 세계상이다.

이 시의 더 자세한 해설은 이 책의 296~306면을 참조해주기 바란다.*

---

* Harold Bloom, *Yeats*, pp. 196~204 및 Brenda S. Webster, *Yeats: A Psychological Study*, pp. 179~81을 아울러 참조할 것.

1916년 부활절

하루 해가 끝날 무렵 나는
거무스레한 18세기 집들 사이의
사무실의 계산대나 책상에서 풀려나오는
싱싱한 얼굴의 그들을 만나곤 했다.
나는 고개를 끄덕거리거나
별뜻 없는 점잖은 말을 건네며 지나치거나,
때로는 잠시 머뭇거리며
별뜻 없는 점잖은 말을 건네기도 했다,
그리고 말을 끝내기도 전에 머릿속에선
클럽의 난롯가에 모여
어떤 친구의 흥을 돋울 수 있는
농담이나 우스개 말을 생각하기도 했다,
결국 그들이나 나나
어릿광대 짓이나 하고 살 수밖에 없던 것이 틀림없었으니까.
모든 것이 변했다, 완전히 변했다.
무서운 아름다움이 생겨났다.

그 여자는 매일매일의 낮 시간을
무지한 자선 속에서 보냈고,
밤 시간은 핏대를 올리며
정치를 토론하는 데 보냈다.
그녀가 젊고 아름다울 때,

말타고 토끼 몰이 사냥개를 몰 무렵엔
그 목소리가 누구보다도 고왔지 않았나.
한편 이 남자는 학교 경영을 하기도 하고
우리의 날개 돋친 시의 천마를 몰았었지.
그리고 또 한 사람, 그의 협력자이고 그의 친구였던 이 남자는
전성기를 눈앞에 두고 있었다.
그는 결국 명성을 얻을 수도 있었을 것이다,
타고난 감성이 아주 예민하고,
사상 또한 용감하고 아름다웠으니까.
또 한 친구, 그 녀석에 대해서 나는
주정뱅이요, 허풍쟁이라고 생각했다.
그놈이 나의 소중한 사람에게
아주 가슴 쓰라린 잘못을 저질렀지만
나는 그의 이름을 나의 노래 속에 넣는다.
그도 또한 그 일상 희극 속에서의
자기의 역할을 떠난 것이다.
그도 또한 제 차례가 되니 변했었고,
완전히 딴사람이 되었었다.
무서운 아름다움이 생겨났다.

여름 겨울 할 것 없이
한 가지 목적에만 매달린 사람들은
살아 흐르는 냇물을 방해하는
돌에 매혹당하는 것 같다.
가던 길에서 벗어나서 오는 말,
그 기마수, 굴러가는 구름에서
구름으로 나는 새떼들,
시시각각 그들은 변한다.

강물 위에 비치는 구름의 그림자도
시시각각 변한다.
물가에서 말발굽이 미끄러지면,
말은 그 속에서 물을 튀긴다.
그곳에서 다리가 긴 쇠물닭이 물 속에 잠기고,
암놈이 숫놈을 부른다.
시시각각 변하면서 그것들은 산다.
그 모든 것의 한복판에 돌만이 움직이지 않는다.

너무 오랜 희생은
사람의 마음을 돌로 만들 수 있다.
아, 언제 목적이 달성될 것인가.
그것은 하늘의 역할, 우리의 역할은
마치 뛰어놀던 아기의 팔다리에
마침내 잠이 찾아왔을 때,
엄마가 그 아이의 이름을 속삭이듯이
이름 하나하나를 읊조려 보는 것뿐이다.
밤이 내렸다는 것뿐이 아닌가.
아니다, 아니다, 밤이 아니고 죽음이다.
결국 그것은 소용없는 죽음이었는가.
왜냐하면 무슨 일이 있었고 무슨 말이 있었던간에
영국이 약속을 지킬지도 모르니까.
우리는 그들의 꿈을 알고 있다.
그들이 꿈을 꾸고 죽었다는 것을 알면 된다.
지나친 사랑이 그들을 혼미케 하여
결국 그들을 죽음에 이르게 했다고 하면 어떻게 할 것인가.
나는 그것을 시로 써놓는다——
맥도나와 맥브라이드,

코널리와 피어스,
그들은, 현재와 미래에,
푸른 옷을 입는 아일랜드의 어디에서나
변했다, 완전히 변했다.
무서운 아름다움이 생겨났다.

1916년 9월 25일

EASTER 1916

I have met them at close of day
Coming with vivid faces
From counter or desk among grey
Eighteenth-century houses.
I have passed with a nod of the head
Or polite meaningless words,
Or have lingered awhile and said
Polite meaningless words,
And thought before I had done
Of a mocking tale or a gibe
To please a companion
Around the fire at the club,
Being certain that they and I
But lived where motley is worn:
All changed, changed utterly:
A terrible beauty is born.

That woman's days were spent

In ignorant good-will,
Her nights in argument
Until her voice grew shrill.
What voice more sweet than hers
When, young and beautiful,
She rode to harriers?
This man had kept a school
And rode our winged horse;
This other his helper and friend
Was coming into his force;
He might have won fame in the end,
So sensitive his nature seemed,
So daring and sweet his thought.
This other man I had dreamed
A drunken, vainglorious lout.
He had done most bitter wrong
To some who are near my heart,
Yet I number him in the song;
He, too, has resigned his part
In the casual comedy;
He, too, has been changed in his turn,
Transformed utterly:
A terrible beauty is born.

Hearts with one purpose alone
Through summer and winter seem
Enchanted to a stone
To trouble the living stream.

The horse that comes from the road,
The rider, the birds that range
From cloud to tumbling cloud,
Minute by minute they change;
A shadow of cloud on the stream
Changes minute by minute;
A horse-hoof slides on the brim,
And a horse plashes within it;
The long-legged moor-hens dive,
And hens to moor-cocks call;
Minute by minute they live:
The stone's in the midst of all.

Too long a sacrifice
Can make a stone of the heart.
O when may it suffice?
That is Heaven's part, our part
To murmur name upon name,
As a mother names her child
When sleep at last has come
On limbs that had run wild.
What is it but nightfall?
No, no, not night but death;
Was it needless death after all?
For England may keep faith
For all that is done and said.
We know their dream; enough
To know they dreamed and are dead;

And what if excess of love
Bewildered them till they died?
I write it out in a verse —
MacDonagh and MacBride
And Connolly and Pearse
Now and in time to be,
Wherever green is worn,
Are changed, changed utterly :
A terrible beauty is born.

September 25, 1916

*   *   *

　1916년 부활절 때의 더블린에서의 민중 봉기는 아일랜드의 독립 운동사에서 가장 큰 소요 사건 중의 하나이다. 그해 4월 24일 아일랜드 공화국이 선포되고 더블린 중심가가 아일랜드 공화파 결사(結社)I.R.B.: Irish Republican Brotherhood 단원들에 의하여 점령된 상태가 4월 29일까지 지속되었다. 이 소요로 주모급 15명이 처형당했다. 동년 5월 11일부로 그레고리 부인에게 보낸 편지에서 예이츠는 "과거에 어떤 사회적 사건도 이토록 내게 충격을 준 일이 없었던 것 같습니다. 미래가 매우 암담하게 느껴집니다"라고 말하고서, "무서운 아름다움이 생겨났다"는 시행을 포함시켜 처형당한 사람들에 대하여 시를 쓸 생각이라고 말했다.
　다음은 그 편지의 원문을 옮긴 것이다.

　레이디 그레고리 여사 귀하
　더블린의 비극은 한 큰 슬픔이고 불안이었습니다… 나는 처형당한 사람들에 대해서 한 편의 시를 쓸 생각입니다 — "무서운 아름다움이

118

생겨났습니다." 만일 영국의 보수당이 아일랜드의 자치법을 폐지할 생각이 없다고 선언했더라면 폭동이 없었을 것입니다. 나는 과거에 어떤 사회적 사건도 이토록 내게 충격을 준 일이 없었던 것 같습니다. 미래가 매우 암담하게 느껴집니다. …모드 곤은 오코넬 거리에서 폭동이 있은 처음 며칠 지나서 파괴된 집들과 사상자들이 거리에 쓰러진 것을 보았다고 내게 알려주었습니다… (『예이츠 서간집』, pp. 612~14)

이 시에는 "무서운 아름다움이 생겨났다 *A terrible beauty is born*"는 후렴이 되풀이되고, 그 후렴과 더불어 "모든 것이 변했다"는 말이 몇 번 되풀이된다. 이 말들은 이 시의 모티프로서 전체 시의 의미를 드러낸다고 볼 수 있다. 무장 봉기 사건과 그후의 많은 인민의 처형 사건을 다룬 이 시에 그 처절한 사건을 직접 언급하거나 묘사한 구절이 하나도 없는 것이 뜻밖이라는 느낌이고, 반면에 예이츠 특유의 차분한 어조로 신변의 일상사와 인물에 대하여 아주 가볍게 서술되어 있는 것이 이 시의 특징이다.

일상적인 평범한 일들과 인물들의 '무의미한' 행위의 장황한 서술과 대조적으로 경구조로 간결한 "모든 것이 변했다" "무서운 아름다움이 생겨났다"는 후렴은 이 시의 구조적인 특성이면서, 이 사건을 통하여 시인이 받은 충격을 잘 드러낸다. 즉, 그렇게 평범하고 일상적인 더블린 시민들이 그렇게 엄청난 일을 해낸 데 대한 시인의 경악을 "모든 것이 변했다"는 말로써 나타내면서, 봉기에 가담한 인물들의 숭고한 정신을 "무서운 아름다움"이라는 말로써 요약하여 평가하고 찬미한다. 예이츠는 우리의 무의미한 일상 생활을 일종의 '희극'으로, '어릿광대 짓'으로 본다. 얼빠진 희극 배우들에 불과한 그들이 영국 식민주의자들의 간담을 서늘하게 할 정도의 사건을 일으킨 데 대하여 시인은 그 잠재력의 위대함에 놀라고, 목숨을 초개처럼 바치는 그들의 '낭만 정신'을 활활 타는 불길을 바라보듯이 아름답게 바라본다. 예이츠는 「1913년 9월」에서 "기름때 묻은 돈궤나 더듬"는 아일랜드의 신흥 중산층의 저속한 물질주의를 개탄하면서 "낭만적 아일랜드는 죽"었다고 개탄한 일이 있다. 그는 정신적인 가치를 소중히 여기고 인간이 숭고한 이념에 불탈 때 그것을 "몹시 아름답게 terrible beauty" 생각했다. "비극적 아름다움"과 "비극적 기쁨 tragic joy"은 예이츠의 미학의 극치이다.

제1련은 더블린의 오피스 빌딩 근처에서 만나는 어느 누구와도 다름이 없는 평범한 '그들'의 일상 거동의 서술이다. 그러나 이 평범한 인간들이 크게 변하여 폭동이라고 하는 무서운 아름다움을 만들어낸 것이 다름아닌 '그들'이다. 그리하여 시인은 제2련에서 폭동의 주모자로 처형당하거나 종신형을 받은 4명을 열거하고, 그들의 일상 생활을 서술하는 한편 비판을 가한다. 그 중 맨 처음의 "그 여자"는 마키에비츠 부인 Mrs. Markievicz, Constance Gore-Booth (1868~1927)이다. 그녀는 한때는 "젊고 아름"답고 "목소리가 누구보다도 고왔"었지만, 정치에 가담하여 핏대를 올리고 정치를 논하며 결국 "무지한 자선"이나 하는 여자로 되어버렸다. 두번째는 학교 설립자이고 시인인 패드릭 피어스 Padric Pearse (1879~1916), 그 다음은 젊은 작가 토머스 맥도나 Thomas MacDonagh (1878~1916), 그리고 마지막은 시인의 평생의 애인 모드 곤의 남편 존 맥브라이드 John MacBride (1865~1916)이다. 예이츠는 맥브라이드에 대해서 "주정뱅이요, 허풍쟁이"라고 말하고, 자기의 소중한 애인에게 잘못을 저질렀다고 말한다. 모드 곤은 1903년에 맥브라이드 소령과 결혼하여 2년 후에 이혼했다. 이들의 결혼은 시인에게 큰 충격을 주었었고, 예이츠는 그 결혼이 가장 부적당한 결합이라고 생각했고, 이혼 후에도 그녀에 대한 사랑을 포기하지 않았다. 부활절 폭동으로 맥브라이드 소령이 처형당하자 예이츠는 이제 그가 "일상 희극 속에서의/자기의 역할을 떠난 것"이라고 생각하여 그를 다른 영웅들과 함께 이 추념의 자리에 포함시키고 있다.

제3련에서 시인은 한 가지 목적에만 집념하는 그들 폭동 주모자들의 "돌" 같은 불변의 정신과 유동하는 자연의 세계를 대조시킨다.

즉, 그것은 변화하는 시간의 세계와 그 속에 존재하는 불변의 이념세계의 대조이다. 모든 움직이고 흐르는 것 속에서 그 흐름을 완강히 거부하고 소멸을 지탱하는 것이 인간의 고귀한 정신이다. 이 정신의 상징으로 자연스럽게 '돌'의 이미지를 끌어들여 주변의 자연 경관을 세밀히 묘사한 제3련은 이 시의 가장 아름다운 장면이다.

　제2련에서부터 되풀이되는 '변화'의 이미지가 제3련에서 자연스럽게 달라지도록 시를 전개시키는 시인의 솜씨도 놀랍다. 이 수법은 '돌'의 이미지에 다시 나타난다. 불멸의 정신의 상징인 돌이 다음 연에서는 인간의 불행을 가져오는 완고한 집념의 상징으로 바뀐다. 변화하는 세계에서 홀로 초연할 수 있는 불변의 '돌' 같은 집념은 그것이 고귀하게 보일 수는 있지만, 그 융통성 없는 완고가 개인과 사회에 불행을 가져올 수 있다고 생각하는 것이 예이츠의 중용적인 인생관이다. 그의 귀족주의적 중용 철학은 특출한 것, 신기한 것, 부자연스런 것, 물질 위주 또는 정신 위주의 생각 같은 것을 모두 배척하고, 전통적이고, 자연스럽고, 조화 균형된 것을 소중히 여긴다. 예이츠는 「나의 딸을 위한 기도」에서 모드 곤의 지나친 정치적 열정을 비난하면서 "완고한 정신"이 사람에게 불행을 가져온다고 말한 일이 있다.

　제4련에서는 부활절 봉기에 가담한 그들의 죽음을 시인 자신의 인생관으로써 비판하여 그들의 죽음의 의미를 음미한다. 그들의 죽음을 부정적으로 보는 시인의 태도가 독자에게 의외로 느껴진다면 그것은 독자들이 이런 종류의 시에서 흔히 정치선전시의 효과를 기대하기 때문이다. 이 시에서 시인은 부활절 봉기의 충격과 그 비극적인 아름다움을 말하면서, 한편으로 그들 개개인의 죽음에 대하여서는 자기 인생관의 기조 위에서 다소 동정적인 발언을 한다. 그들이 목적하는 아일랜드의 독립은 결국 하늘의 뜻일 수 있고, 영국이 약속을 지킬 수도 있는 일인데, 몸을 희생한 것은 "소용없는 죽음"일지도 모른다고 말한다. 한말로 그들은 "지나친 사랑"에 정신이 흐려져서 죽음에 이른 것이라고 결론짓는다.

재 림

점점 넓어지는 원환을 그리며 선회하니
매는 제 주인의 목소리를 못 듣는다.
만물은 흩어지고, 중심이 안 잡히고,
한갓 무질서만이 세상에 충만한다.
피에 물든 조수가 터져나와, 도처에
순수한 의식(儀式)은 자취를 감춘다.
선인은 일체 신념을 상실하고
악인은 격정에 차 있다.

분명 어떤 계시가 다가왔다.
분명 재림은 다가왔다.
재림! 이 말이 나오기가 무섭게
'세계령'에서 하나의 거대한 영상이
눈앞을 가리운다. 어딘가 사막의 모래 속에서
사자 몸에 사람의 머리를 한 하나의 형체가
태양처럼 공허하고 비정한 눈길로 응시하며
천천히 발을 옮긴다. 그 주위엔
분노에 찬 사막의 새들의 그림자가 떠돌고.
다시 어둠은 내린다. 그러나 이젠 알겠다,
깊이 잠든 2천 년의 세월이
흔들리는 요람에 의해 악몽에 시달림을.
이 무슨 사나운 짐승이 드디어 제 시간을 만나,

122

태어나고자 베들레헴을 향하여 몸을 굽히고 있는 것이냐.

THE SECOND COMING

Turning and turning in the widening gyre

The falcon cannot hear the falconer;

Things fall apart; the centre cannot hold;

Mere anarchy is loosed upon the world,

The blood-dimmed tide is loosed, and everywhere

The ceremony of innocence is drowned;

The best lack all conviction, while the worst

Are full of passionate intensity.

Surely some revelation is at hand;

Surely the Second Coming is at hand.

The Second Coming! Hardly are those words out

When a vast image out of Spiritus Mundi

Troubles my sight: somewhere in sands of the desert

A shape with lion body and the head of a man,

A gaze blank and pitiless as the sun,

Is moving its slow thighs, while all about it

Reel shadows of the indignant desert birds.

The darkness drops again; but now I know

That twenty centuries of stony sleep

Were vexed to nightmare by a rocking cradle,

And what rough beast, its hour come round at last,

Slouches towards Bethlehem to be born?

　　　　　*　　　　*　　　　*

　예이츠는 자기가 사사로이 세운 사상 체계를 갖고 있어서 그 체계에 따라 인간 심리를 해석하고 역사의 순환 원리를 설명한다. 저서 『비전 A Vision』에 피력된 그의 체계에 의하면 첨단과 밑바닥을 서로 맞대고 있는 두 개의 원추(圓錐) 모양 gyre의 상반되는 힘이 동시에 작용하여 한 차원이 상대방의 차원을 잠식하여 들어가면서 회전한다. 즉, 하나의 원추가 원점에서 시작하여 나선형으로 넓어지면서 회전하는 가이어와 또 하나의 상반된 방향으로 회전하여 오는 가이어가 맞물려서 진행하는 과정을 인간 심리와 역사의 실상으로 보는 것이 예이츠의 체계이다. 그는 역사의 순환 원리를 그 체계로써 해석하여 약 2천 년의 주기를 두고 한 문명이 생성 · 원숙 · 쇠퇴의 과정을 끝마치는 것으로 본다. 즉 기독교 문명이 생성하여 원숙 · 쇠퇴하는 동안에 반기독교 문명이 동시에 작용하여 기독교 문명과 상쇄 과정을 거치면서 생성 · 원숙 · 쇠퇴한다.

　이 시는 예이츠가 자기의 사상 체계로써 현재의 기독교 문명의 종말을 예견한 시이다. 그는 이 역사의 종말에 닥쳐오는 미지의 문명을 야만의 이미지로서 파악하고, 그 야만 시대의 태동을 괴물과 같은 "사나운 짐승"의 이미지로서 형상화한다. 시인이 비전으로 파악한 말세의 악몽은 무질서와 공포의 분위기이다. 이 분위기가 정확한 시적 구도와 다이나믹한 극적 전개, 강력하고 생동감 있는 이미지로서 독자에게 호소해온다. 제1련은 시인의 사상 체계의 상징인 가이어 gyre의 사상을 조련사의 손에서 벗어나는 매가 빙빙 하늘을 돌면서 점점 멀어져가는 이미지로 표현하고 있다. 매는 이제 주인의 부르는 목소리도 안 들리고 그의 조종을 벗어나 "중심이 안 잡"힌다. 문명의 말기에 접어들자 무질서와 암흑이 지배하고 선악의 차원이 바뀐다.

　제2련에서는 역사의 종말에 임하여 어떤 새로운 신의 탄생을 예상

124

한다. 여기에서 시인이 상상하는 신은 『마태복음』 24장에 예언된 예수 그리스도의 이미지와 『요한복음』에 계시된 반그리스도적인 사나운 짐승과의 복합적인 이미지이다. 이 새로운 신은 초월적 이미지의 총 집합체인 세계령 *Spiritus Mundi*에서 나와서 시인의 눈앞에 다가선다. 시인은 괴물과 같은 이 새로운 신을 이집트의 사막에 있는 스핑크스의 상과 동일시한다. "사자 몸에 사람의 머리를 한" 살아 있는 스핑크스의 동작과 표정, 그리고 그 이미지를 둘러싼 사막의 묘사는 신비로우면서 황홀한 비전의 극치이고, 이 시의 매력의 포인트이다. 지금까지 깊이 잠들고 있던 2천 년의 역사를 갖는 새로운 문명이 흔들리는 요람과 악몽 속에서 태어나려고 한다. 드디어 시간이 닥쳐와 태어나는 신은 어떤 괴물일까. 이 정체 불명의 신은 이제 떠나지 않으면 안 되는 운명에 처한 기독교 문명의 발상지 베들레헴을 향하여 정중히 인사를 드린다. '피' '어둠' '세계령' '사나운 짐승'과 같은 원형적 이미지가 주조를 이루는 이 시에서 우리는 신비 사상에 뿌리를 둔 예이츠의 어둡고 깊은 사상적 일면을 엿볼 수 있다. 예이츠의 『비전』에는 이 시를 이해하는 데 도움이 되는 내용이 많이 들어 있다. 다음 인용은 문명의 흥망과 계기를 논한 대목인데 크게 참고가 될 것이다.

각 시대는 다른 시대가 감아놓은 실을 푼다. 피디아스 Phidias 이전에 그리고 그의 서방 지향의 예술이 있기 전에 페르시아는 붕괴했고, 동방 지향의 사상 속에서 만월이 다시 회복되고, 비잔티움의 영광이 있을 때에 로마 문명은 멸망했다. 그리고 우리의 서방 지향의 르네상스의 출발시에 비잔티움은 쇠퇴했다. 이런 사실을 상기해보면 흥미있는 일이다. 만물은 서로 한쪽이 살면 한쪽이 죽고, 한쪽이 죽으면 한쪽은 산다. (『비전』, 1925, p. 183)

나의 딸을 위한 기도

또다시 폭풍은 포효한다.
이 요람 덮개와 이불에 반쯤 가려
우리 아기는 잠자고 있는데, 대서양상에서 생겨
건초 더미와 지붕을 불어 쓰러뜨리는
이 바람을 막는 것은 그레고리네 숲과
한 벌거벗은 동산뿐.
나는 한 시간 동안 거닐면서 기도했다,
내 마음속의 크나큰 우울 때문에.

나는 한 시간 동안 거닐며 기도했다, 이 어린 자식을 위하여,
그리고 바닷바람이 탑 위에서, 다리의 아치 밑에서
비명을 지르며, 넘치게 흐르는 개울물을 덮는
느릅나무에서 절규하는 소리를 들었다.
미래의 세월이
광란의 북소리에 맞춰 춤추며
바다의 흉포한 순수에서 나타난 것을,
흥분한 명상 속에서 상상하면서.

바라건대 이 애에게 아름다움이 주어지이다,
그러나 처음 보는 이의 눈을 어지럽히거나
거울 앞에서 제 모습에 제 눈이 어지러워지는 미는 아니기를.
그런 미인은, 그 미가 지나치기 때문에,

126

다만 아름다움만으로 족하다 생각하여
타고난 친절을 잃고, 또한
옳은 것을 택하는, 흉금을 털어놓는 친분을 잃어
결코 친구 하나 얻지 못하리라.

선택된 여자 헬렌은, 생이 단조롭고 멋없다 생각했고,
또한 나중엔 한 바보 녀석 때문에 큰 환난을 겪었었다.
한편, 그 위대한 여왕은 바다의 물보라에서 생겨나
아비가 없었기에 자기 뜻대로 할 수 있었는데
남편으로 택한 것은 무릎이 굽은 대장장이.
미인은 고기와 함께 상한 샐러드를 먹어서
그 때문에 '풍요의 보각(寶角)'이
쓸모 없어진다는 것은 확실하다.

이 아이로 하여금 예의를 배우게 하고 싶다.
온정은 천부의 것이 아니고, 애써서 얻어지는 것이다,
전적으로 아름답다고는 할 수 없는 사람들에게.
그러나 미 자체를 위하여 바보짓을 한
여인들도 매력으로써 현명하게 산 사람이 많다.
그리고 방황하면서 사랑하고 사랑을 받았다고
생각한 많은 가엾은 남자들은
즐거운 친절에서 눈을 돌이키질 못한다.

나는 이 애가 무성하면서도 눈에 뜨이지 않는 나무가 되고,
그 생각하는 바가 모두 홍방울새같이 되어,
넓은 아량의 음향만을 주위에
뿌려주는 일에만 전념하기를 바란다.
흥겨움만으로 남자를 추적하는 일 없고,

흥겨움만으로 말다툼하는 일 없기를.
아, 이 애가 푸른 월계수같이 살아지이다,
영원한 정다운 땅에 뿌리박은.

내가 사랑하는 마음, 내가 인정하는 따위의 미는
번창하는 일이 별로 없기 때문에,
내 마음은 최근 메말라버렸다. 그러나
증오심으로써 숨이 막히는 것은 모든 악운 중에서
으뜸가는 것임을 내 마음은 안다.
만일 마음속에 증오심이 없다면
바람이 치고 매질을 한대도
홍방울새가 나뭇잎에서 떨어지지 않으리라.

지적인 증오심이 가장 나쁜 것이다,
그러니 이 애에게 고집은 저주스러운 것임을 알리자.
풍요의 보각의 입에서 태어난 가장 아름다운 여성도
독단적인 고집 때문에,
그 풍요의 보각과, 차분한 천성으로써
이해되는 온갖 선을 버리고,
분노의 바람으로 가득 찬 낡은 풍구를
차지하는 것을 내가 보지 않았던가.

증오가 여기에서 모두 몰려나가면
영혼이 본연의 순수를 되찾아,
드디어 스스로 기쁨을 찾게 되고,
스스로 진정하고, 스스로 놀라움을 발견하며
영혼 자체의 고운 뜻이 천국의 뜻임을 깨닫게 되는 것이니.
비록 만인의 얼굴이 찌푸린다 해도

그리고 사방에서 바람이 포효하고,
모든 풍구가 바람을 터뜨려도, 이 애는 여전히 행복할 수 있으리라.

이리하여, 나는 이 애의 신랑이, 이 애를 만사가 관습화하고
의식화(儀式化)한 집으로 데려가 주기를 바란다.
왜냐하면, 오만과 증오는
거리에서 팔리는 상품이니.
관습과 의식에서가 아니고야
어떻게 순수와 미가 생겨나겠는가.
의식은 풍요의 보각의 별명이고,
관습은 가지 뻗은 월계수의 별명이다.

A PRAYER FOR MY DAUGHTER

Once more the storm is howling, and half hid
Under this cradle-hood and coverlid
My child sleeps on. There is no obstacle
But Gregory's wood and one bare hill
Whereby the haystack-and roof-levelling wind,
Bred on the Atlantic, can be stayed;
And for an hour I have walked and prayed
Because of the great gloom that is in my mind.

I have walked and prayed for this young child an hour
And heard the sea-wind scream upon the tower,
And under the arches of the bridge, and scream
In the elms above the flooded stream;

Imagining in excited reverie

That the future years had come,

Dancing to a frenzied drum,

Out of the murderous innocence of the sea.

May she be granted beauty and yet not

Beauty to make a stranger's eye distraught,

Or hers before a looking-glass, for such,

Being made beautiful overmuch,

Consider beauty a sufficient end,

Lose natural kindness and maybe

The heart-revealing intimacy

That chooses right, and never find a friend.

Helen being chosen found life flat and dull

And later had much trouble from a fool,

While that great Queen, that rose out of the spray,

Being fatherless could have her way

Yet chose a bandy-legged smith for man.

It's certain that fine women eat

A crazy salad with their meat

Whereby the Horn of Plenty is undone.

In courtesy I'd have her chiefly learned:

Hearts are not had as a gift but hearts are earned

By those that are not entirely beautiful:

Yet many, that have played the fool

For beauty's very self, has charm made wise,

And many a poor man that has roved,
Loved and thought himself beloved,
From a glad kindness cannot take his eyes.

May she become a flourishing hidden tree
That all her thoughts may like the linnet be,
And have no business but dispensing round
Their magnanimities of sound,
Nor but in merriment begin a chase,
Nor but in merriment a quarrel.
O may she live like some green laurel
Rooted in one dear perpetual place.

My mind, because the minds that I have loved,
The sort of beauty that I have approved,
Prosper but little, has dried up of late,
Yet knows that to be choked with hate
May well be of all evil chances chief.
If there's no hatred in a mind
Assault and battery of the wind
Can never tear the linnet from the leaf.

An intellectual hatred is the worst,
So let her think opinions are accursed.
Have I not seen the loveliest woman born
Out of the mouth of Plenty's horn,
Because of her opinionated mind
Barter that horn and every good

By quiet natures understood
For an old bellows full of angry wind?

Considering that, all hatred driven hence,
The soul recovers radical innocence
And learns at last that it is self-delighting,
Self-appeasing, self-affrighting,
And that its own sweet will is Heaven's will;
She can, though every face should scowl
And every windy quarter howl
Or every bellows burst, be happy still.

And may her bridegroom bring her to a house
Where all's accustomed, ceremonious;
For arrogance and hatred are the wares
Peddled in the thoroughfares.
How but in custom and in ceremony
Are innocence and beauty born?
Ceremony's a name for the rich horn,
And custom for the spreading laurel tree.

*   *   *

이 시는 시인이 1917년 10월 하이드-리즈 Hyde-Lees와 결혼한 2년
후 태어난 첫딸 앤 Anne을 위하여 그애의 행복을 축원하는 기도에 곁
들여서 평생의 애인이었던 모드 곤의 과격한 정치적 집념을 비난하
는 한편, 간접적으로 예절과 고결과 순수를 사랑하는 자기의 귀족주
의적 미학을 피력한 시이다. 이 시는 「1916년 부활절」과 일맥 상통하

132

예이츠 부부와 아이들, 앤과 마이클

는 시이며 시인의 기본적인 인간관이 잘 드러난 시이다. 이 시를 더욱 잘 이해하기 위해서는 필자의 논문 「예이츠의 귀족주의적 미학」(이 책, pp. 338 이하)을 읽는 것이 좋을 것이다. 각 연 8행 10련의 정형시로 된 이 시는 「학교 아이들 사이에서」처럼 우선 시의 배경을 극적으로 설정하고서 구체적인 장면과 명상적 장면을 번갈아 전개시키는 장시 전개의 공통적인 수법을 쓰고 있다.

제1, 2련에서 대서양에서 불어와 "건초 더미와 지붕을 불어 쓰러뜨"릴 정도의 바람이 사납게 포효하는 외부 세계와, "요람 덮개와 이불에 반쯤 가려"져 평화롭게 잠들고 있는 아기가 대조적으로 놓임으로써 그 사이에서 불안한 마음으로 거닐면서 아기의 장래를 염려하는 시인의 심정이 잘 부각된다. 폭풍 소리가 사나운 것이 여러 차례 강조되고 "나는 거닐면서 기도했다"는 말이 겹쳐 놓임으로써 시인의 불안한 심정이 극적으로 대조된다. 그런데 이때 느끼는 시인의 불안은 단순히 딸의 장래를 염려하는 마음이 아니라 시인의 사상 체계에 의한 다가오는 역사의 종말에 대한 불안이다(시「재림」의 해설을 참조할 것). 예이츠는 2천 년을 주기로 새로운 문명이 시작된다고 생각하고, 그 역사를 아프리카의 원시 문명 같은 것으로 생각한다. "미래"가 마치 원시인처럼 "광란의 북소리에 맞춰 춤추며" 바다로부터 솟아나온다고 그려보는 시인의 상상력은 놀랍다.「재림」에서는 "사자 몸에 사람의 머리를 한" 스핑크스 같은 것이 나타나는 것으로 생각했었다. 그 문명이 바다로부터 나타난다고 상상한 것은 바다가 만유의 모체를 상징하는 원형 이미지이기 때문이고, 그 바다는 파괴력을 가지면서 한편 고의성이 없기 때문에 "흉포한 순수"라고 표현하였다.

제3, 4련에서 시인은 모드 곤을 머릿속에 그리며, 이제 그녀를 단념하고, 객관적으로 비판할 수 있는 입장에서 여성의 미와 품성 일반론을 피력함으로써 간접적으로 그녀의 성격상의 결함을 힐난한다. 시인이 생각하는 여인의 미는 미인 박덕이라는 동양적 가치 기준과 일치한다. 시인은 여인이 미에만 가치를 둘 경우 덕을 잃게 마련이고, 오만해지고 불행을 자초하게 된다고 말한다. 여기에서 예이츠는 그리스 신화에서 트로이의 헬렌과 아프로디테 여신의 예를 들어 그 둘이 미인이었기 때문에 환난을 겪은 것을 말하고 있다. 관념미의 상징인 헬렌은 그녀를 납치해간 "바보 녀석," 즉 파리스 Paris 왕자 때문에 트로이 전쟁의 원인이 되었고, 바다에서 태어났다고 전해지는 사랑과 풍요의 여신, "위대한 여왕" 아프로디테는 불의 신 헤페스투스 Hephaestus를 남편으로 삼아 풍요의 보물 상자를 망쳤다고 한다.

제5련은 여인이 가져야 할 덕성으로 예절과 따스한 심성을 강조하고, 여자를 찾아 방황하는 가엾은 남자들이 "즐거운 친절"을 만나면 그만 거기에 빠져들게 된다고 말한다. 이것은 시인 자신이 모드 곤 때문에 오랜 세월을 방황하다가 결혼하여 아내의 사랑에서 행복을 느끼고 있음을 시사하는 구절이다.

제6련에선 관용과 풍요를 여성의 덕성으로 강조한다. 그 미덕을 번

창하는 푸른 월계수와, 노래를 불러 주변에 기쁨을 뿌리는 홍방울새로 비유한다. 그리고 흥겨움만을 위해서 남자를 쫓아다니고, 남과 언쟁하는 일이 없기를 바란다. 제7, 8, 9련에선 여성의 악덕으로서 증오심과 완고한 고집을 말하며, 그런 악덕만 없으면 남의 비난과 불행을 면할 수 있다고 말한다. 그리고 여자에게 있어 "마음의 근본적인 순수"는 "기쁨"이고 "진정(鎭靜)"이고, "놀라움"이며, 그것이 곧 하늘의 뜻이라고 말한다. 이것은 특히 외곬으로 정치적 복수심에 불타 있는 모드 곤을 염두에 두고서 한 말로 받아들여진다. 마지막 연에서 예이츠는 전통적이고 보수적이고 중용적인 생활관을 "의식"과 "관습"이란 용어로써 요약하여, 그 특유의 귀족주의적 아름다움의 이상을 천명한다. 그는 이 아름다움을 예술과 생활에서 창조하고자 노력한 시인이다. 이 시 자체가 그 아름다움을 추구하는 심정의 일부로 볼 수 있다.

비잔티움 항행

I

저것은 늙은 사람들의 나라가 아니다.
팔에 팔을 낀 젊은이들, 숲 속의 새들,
──저 죽음의 세대들──은 저희들의 노래에 취하고,
연어 오르는 폭포, 고등어 우글거리는 바다
고기나 짐승이나 새들은 온 여름 동안
생겨서 나서 죽는 온갖 것들을 찬양한다.
모두들 관능의 음악에 취하여
늙지 않는 이지(理智)의 기념비를 모르는구나.

II

늙은 사람이란 정말 보잘것없는 것,
막대기에 걸친 누더기 옷가지일 뿐이다,
육체의 옷이 갈기갈기 찢어지는 것을
영혼이 손뼉치며 노래하지 않고, 소리 높이 노래하지 않는다면.
또한 영혼의 장엄한 기념비를 배우지 않는다면
노래를 배울 곳은 아무데도 없다.
그래서 나는 바다를 건너
이곳 성시(聖市) 비잔티움에 왔다.

III

아 벽에 아로새긴 황금 모자이크 사이에 있듯이

신의 성스런 불 속에 서 있는 성자들이여,
그 성화로부터 나와 하나의 원을 그리며 선회하사
내 영혼에 노래를 가르치는 스승이 되시라.
그리고 내 심장을 소멸시키시라, 욕정에 병들고
죽음의 동물성에 얽매여
스스로를 깨닫지 못하는 그 심장을.
그리하여 나를 끌어들여라
영원한 예술의 손 안으로.

IV

한 번 자연에서 벗어난 후엔 다시는
내 형체를 어떤 자연물에서도 취하지 않고,
그리스의 금공들이 메질한 금덩이와
황금 유약으로 만든 그런 형체를 취하련다,
황제의 졸음을 깨우기 위하여,
또는 황금 가지 위에 앉혀 비잔티움의 귀족 남녀들에게
과거와 현재와 미래를
노래해 들려주기 위하여 쓰였던.

SAILING TO BYZANTIUM

I

That is no country for old men. The young
In one another's arms, birds in the trees,
——Those dying generations——at their song,
The salmon-falls, the mackerel-crowded seas,
Fish, flesh, or fowl, commend all summer long

Whatever is begotten, born, and dies.
Caught in that sensual music all neglect
Monuments of unaging intellect.

II

An aged man is but a paltry thing,
A tattered coat upon a stick, unless
Soul clap its hands and sing, and louder sing
For every tatter in its mortal dress,
Nor is there singing school but studying
Monuments of its own magnificence;
And therefore I have sailed the seas and come
To the holy city of Byzantium.

III

O sages standing in God's holy fire
As in the gold mosaic of a wall,
Come from the holy fire, perne in a gyre,
And be the singing-masters of my soul.
Consume my heart away; sick with desire
And fastened to a dying animal
It knows not what it is; and gather me
Into the artifice of eternity.

IV

Once out of nature I shall never take
My bodily form from any natural thing,
But such a form as Grecian goldsmiths make

Of hammered gold and gold enamelling

To keep a drowsy Emperor awake;

Or set upon a golden bough to sing

To lords and ladies of Byzantium

Of what is past, or passing, or to come.

＊　　　＊　　　＊

　이 시의 제목으로 되어 있는 비잔티움Byzantium은 동로마 제국의 고도로서 지금의 터키의 이스탄불Istanbul에 해당되는 지명이다. 그런데 이 시에서 예이츠는 비잔티움을 우리 인간들이 살고 있는 모순 · 갈등 · 생성 · 변화의 자연 세계와 대조되는 질서와 조화의 영원 세계, 혹은 예술 세계의 상징으로 쓰고 있다. 예이츠가 특히 비잔티움을 이상의 성지로 생각하게 된 것은 돌턴 O. M. Dalton의 『비잔티움 예술과 고고학 Byzantine Art and Archeology』, 홈즈 W. G. Holmes의 『유스티니아누스와 데오도라 시대 The Age of Justinian and Theodora』 같은 책을 읽은 까닭이다.

　예이츠는 종교와 예술과 실생활이 완전히 한데 조화를 이루었던 비잔티움 문화에 매혹되어 그의 『비전』이라는 책에서 다음과 같이 말한 일이 있다. "만일에 나에게 고대에서의 1개월이 허용되어 내가 택하는 곳에 가서 살 수 있다면 나는 유스티니아누스가 성 소피아 사원 St. Sophia을 열고 플라톤의 아카데미 Academy를 폐쇄하기 직전의 비잔티움에서 그 1개월을 보내고 싶다. …내 생각으로는 초기 비잔티움에 있어서는, 그것은 아마 역사상 전무후무한 일이겠지만 종교 생활, 예술 생활, 실생활이 하나였고 건축가와 예술가가… 대중이나 소수인을 막론하고 대화할 수 있었다. 화가, 모자이크 조각가, 금공, 은공, 그리고 성경전(聖經典)의 장식가들이 거의 개인적인 목적 의식이 없는 몰개성 상태였고, 그들의 주제와 전체 인간의 비전에 몰두했었다"라고. 이 인용문을 읽으면 예이츠가 「비잔티움 항행」과 「비잔티움」의 양 시편을 쓸 때에 어떤 비전을 머리에 그리고 있었던가를 짐작할 수 있다. 이 시는 그의 60세 이후의 작품이니 노경에 처한 그는 더 이상 의존할 수도 기대할 수도 없는 쇠퇴해가는 육체의 세계에 환멸과 경멸의 눈초리를 보내며, 한편 영원한 예술의 세계, 정신의 세계의 비전에 사로잡혀 그 세계에 대한 강렬한 동경의 마음을 쏟는다.

시의 첫머리로부터 시인의 자세는 이미 비잔티움으로 향하고 있다. 즉 그의 육체가 발을 붙이고 있는 일상적 자연 세계를 저쪽으로 바라보며 마음은 영원의 나라를 향하여 배를 저어가고 있는 것이다. 제I부 1행의 "저것 *that*"이란 말로써 그 젊은이들의 육체와 관능의 세계를 멀리 바라보며 이쪽 정신과 이지의 세계로 향하고 있는 시인의 자세가 뚜렷이 보인다. "저 세대"는 노인들의 세대가 아니고 젊은이들의 세대이다. 젊은이들은 서로 팔을 껴안고 즐거워하고, 새들은 나무에서 노래를 부른다. 그것들은 살다가 죽어 버리는 죽음의 세대들이다. 그것들뿐만 아니라 산란하여 생식하는 연어나 고등어들도 마찬가지이다. 산란기가 되면 연어는 폭포를 오르고, 고등어는 떼를 짓는다. 이러한 고기들·짐승들·새들이 관능의 음악에 도취되어 찬미하고 향락하는 것은 다름아닌 생겨나고 태어나서 죽는, 즉 생성 변화의 허무한 자연 세계일 뿐, 그들은 영원히 생명이 다하는 일 없는 이지 세계의 영원성을 도외시하는 것이다. "온 여름 동안"이란 말은 가장 관능적인 왕성한 청춘 시기를 암시하는 말이고, "기념비"란 말은 비석은 영원히 썩지 않는 것이므로 영원한 가치를 말하는 것이다.

제II부에서 시인은 노인이 영혼 세계의 가치를 모르고 육체의 쇠퇴만을 슬퍼한다면 그것은 한낱 허수아비에 불과하다고 말한다. 육체는 영혼을 싸감는 옷과 같은 것이니 육체가 쇠하여 낡은 옷과 같이 갈기갈기 찢어지는 것을 영혼이 도리어 좋아해서(육체에서의 해방을 가져오기 때문에) 손뼉을 치며 소리 높여 노래부르지 않는 한, 노인은 허수아비에 불과하다. 막대기에 누더기 코트를 걸쳐 놓은 허수아비

140

는 예이츠가 노인의 비유로 잘 쓰는 이미지로서, 뼈만 남은 골격에다 가죽만 흐느적거리는 노인의 모습에 잘 어울린다. 제2행의 "옷가지 *coat*"와 제4행의 "옷 *dress*"이 함께 관련되어 이미지의 일관성을 보여준다. 만일 영혼의 위대함과 장엄함을 배우는 것이 아니면 노래부르는 학교는 무의미한 것이다. 즉 예술이란 영혼의 장엄한 것을 공부하는 것이니 그렇지 않은 예술은 있을 수 없다. 달리 영혼의 위대함을 그 영혼의 업적 *monument*인 예술 작품에서 배우지 않고서는 다른 데에서 배울 곳은 없는 것이라고 해석할 수도 있다. 이러한 영혼의 장엄성을 체득하기 위하여 육체의 바다를 건너 비잔티움이라는 영혼의 성도에 온 것이다.

제III부에서 시인은 이미 완전히 육체의 세계를 벗어나 영혼의 성도 즉 신의 세계에 도착한 것이다. 그곳에는 바람이 불어도 꺼지지 않고, 옷을 대도 타지 않는 성화가 있고, 그 성화 속에서 현세적인 것은 완전히 소멸되어 정화되는 것이다. 시인은 그 성화 속에 서 있는 성인들에게 말을 건다. 신의 성화 속에 서 있는 성자의 이미지는 곧 벽의 황금 모자이크 속에 새겨진 인물인 것이다. 시인은 그 성자들에게 그 성화로부터 나와서 자기를 중심으로 빙빙 돌면서 자기의 영혼에 노래를 가르치는 스승이 되어 달라고 말한다. 물론 그 노래는 영혼의 장엄함을 찬미하는 노래이다. "원으로 선회한다 *perne in a gyre*"란 표현은 'gyre'란 말이 예이츠가 조화의 세계의 상징으로 애용하는 '소용돌이' 꼴을 말하는 것이고 'perne'이란 아일랜드어로 '실감개 *spool*'를 의미하는 말이니 '소용돌이' 꼴이 빙빙 돈다는 뜻이다. 그리고 욕망에 병이 들고, 생명이 한정되어 있는 동물계에 얽매여 스스로 제가 무엇인지를 모르는 자기의 심장을 소멸시켜달라고 호소한다. 심장이란 이지 생활을 대표하는 두뇌와 대조되는 것으로서 육체 그 자체를 말하는 것이다. 그리하여 썩을 수 있는 육체에서 벗어나서 그 성자들의 이미지에 동화하고 싶어한다. 비록 그가 지금 비잔티움에 있을지라도 육체가 있는 한은 그 영원한 나라의 시민이 될 수 없는 것이다. 그렇기 때문에 그는 육체를 소멸하고서 "영원한 예술 *artifice of eternity*"의 손 안에 들어가려 하는 것이다. 여기에서 "영원한 예술"이라고 한 것은 예술가가 그리는 이미지의 세계, 즉 예술의 영원 세계를 말하는 것이고, "끌어들여라 *gather*"라는 말은 개조되어 다른 것에 동화되어버린다는 뜻이다.

시인은 제III부에서 호소한 예술의 영원 세계에 자기가 동화되고 싶다는 말을 제IV부에서 다시 부연한다. 즉 일단 육체를 버리고 자연에서 벗어나면 두번 다시 유한한 생명의 자연물로 된 육체를 갖지 않고 '황금 나이팅게일'과 같은 썩지도 않고 영원히 살 수 있는 형체로 환생하겠다고 말한다. 이 황금새에 대해서는 예이츠가 다음과 같이 주를 붙이고 있다. "나는 어딘가에서, 비잔티움 황제의 궁전에는 금과 은으로 만든 나무가 있고 노래부르는 인조새가 있다는 것을 읽은 일이 있다"라고. 이러한 독서의 기억에서 그는 금공들이 망치로 두드리고 에나멜을 칠해서 만든 황금새를 황금 나뭇가지 위에 올려놓으면 그 새들이 비잔티움의 황제에게 노래를 불러 그 잠을 깨게 하고, 그곳의 귀족·귀부인 들에게 과거와 현재 *passing*와 미래 *to come*, 즉 영원의 노래를 들려주던 것으로 상상한다. 이리하여 시인은 자기가 그러한 영원히 멸치 않는 몸으로 환생하기를 바란다. 즉 그런 새는 죽지 않는 것일 뿐만 아니라, 욕망의 노예가 되는 일도 없고, 모순·갈등 같은 헛된 현세적인 복잡을 피하여 조화와 질서의 영원한 행복을 누리는 것이다. 이 시에서 시인은 "생겨서 나서 죽는" 자연 세계의 노래로부터 출발하여 연옥의 불에 해당되는 '신의 성화' 속에서 일체의 육체적 요소를 불사르고서 결국 '지나친 일' '지나간 일' '앞으로 올 일'을 노래부르는 영혼의 천국의 황금새로 동화되어 화해와 해결의 경지에 이르른 것이다.

우리는 이런 시를 관념적 천국에 도취하여 현실을 도피하고자 하는 시인의 낭만적 충동으로 볼 것이 아니라 영원 세계의 이미지를 마음에 그리며 환희하는 황홀한 찬미의 노래로 받아들여야 할 것이다.

탑

I

이 어리석음을 어떻게 할 것인가——
아, 마음이여, 어지러운 마음이여——이 만화 같은 꼴,
개 꽁무니에 붙어 있듯이 내게 붙어 있는
노쇠한 나이를 어떻게 할 것인가.
                                        나는 지금까지
이처럼 흥분하고, 정열적이고, 환상적인
상상력을 가져본 일이 없다, 불가능한 것을
이처럼 기대하는 귀와 눈을 가져본 일이 없다——
낚싯대와 함께 파리나 지렁이를 들고,
내가 불벤 산의 언덕에 올라가
기나긴 여름날을 보냈던 소년 시절에도 이렇진 않았다.
생각건대 이제 뮤즈 신에게 짐싸서 물러가라 하고서,
플라톤과 플로티누스를 친구로 택해야만 할 것 같다,
그리하여 결국 상상력과 귀와 눈이,
이론 다툼에 만족하며
추상적인 것이나 다루게 된들 별수없고, 초라하게
망가진 주전자 같은 몸이 그 상상이란 것을 조롱한들 도리없지.

II

나는 탑 위의 흉벽(胸壁)을 거닐면서
저택의 집터를 내려다본다, 거기엔

나무가 흡사 거무스름한 손가락처럼 땅에서 솟아 있다.
그리고 기우는 햇살 밑으로
상상의 나래를 펴서,
폐허나 늙은 나무들에게서
이미지와 기억을 불러낸다,
왜냐하면 나는 그것들 모두에게 물어보고 싶기 때문이다.

저 등성이 너머엔 프렌치 부인이 살았었다,
언젠가, 은촛대와 벽촛대에 불이 켜져
검은 마호가니 식탁과 포도주가 훤히 드러나자,
저 가장 존경받는 귀부인의 소원을 모두
예지할 수 있던 한 하인이,
달려나가 정원용 가위로
한 불손한 농부의 귀를 잘라서
보자기 씌운 작은 접시에 담아 가져왔었다.

몇몇은 아직도 기억하고 있겠지만, 내가 젊었을 때,
바위 많은 곳 어딘가에 한 농가 아가씨가 살고 있어
노래의 주인공이 되어 인기가 있었다.
사람들은 그 애의 얼굴빛을 칭찬하고
그 애를 칭찬함으로써 크게 흥이 났었다,
그녀가 거기를 걷고 있으면, 농부들이
장터에서 밀치고 닥치고 했던 것을 기억한다,
그 노래가 그토록 큰 영광을 주었기 때문에.

그리고 어떤 남자들은 그 노랫가락 때문에
혹은 그 아가씨를 위해 스무 번이나 축배를 들었기 때문에, 피가 끓
어올라

144

식탁에서 일어나 저희들의 눈으로
의중의 그 아가씨를 확인하는 것이 옳다고 선언했다.
그러나 그들은 밝은 달빛을
실제적인 대낮의 햇빛으로 착각했다——
노래 때문에 그들의 생각이 빗나갔던 것이고——
마침내 한 남자는 클룬의 수렁에 빠져 죽고 말았다.

이상한 일이다, 그 노래의 작자는 맹인이었으니.
그러나, 지금 생각건대, 아무것도
이상한 것이 없다. 비극은
맹인이었던 호머가 쓰기 시작했고,
헬렌은 세상 모든 남자의 마음을 배반하였다.
아, 달빛과 햇빛을 합쳐서
구분할 수 없는 빛으로 보이게 할 수 있다면 좋겠구나,
만일 내가 그렇게만 할 수 있다면, 나도 사람들을 미치게 할 수 있을
    테니까.

내 자신도 한라한을 창조하여
취하기도 하고 깨어 있게도 하여
새벽녘에 근처 어느 농가로부터 내쫓았다.
그러자 어떤 노인의 마술에 걸려서
그는 엎치락뒤치락 여기저기를 더듬거렸고
대가로 얻은 것은 무릎을 부러뜨린 것,
그것이 욕망의 엄청난 보답이었다.
나는 그 모든 것을 20년 전에 생각해냈다.

유쾌한 패거리들이 낡은 헛간에서 카드를 치고 있었다.
그 늙은 악당의 차례가 돌아왔을 때

그가 엄지손가락 밑의 카드에 슬쩍 마술을 가하자
한 장 이외엔 모든 카드가
한 벌의 카드가 아닌 한 떼의 사냥개로 돌변했고,
그 한 장마저 토끼로 변했다.
한라한은 그 자리에서 미친 듯이 일어나
그 짖어대는 개떼의 뒤를 쫓았다──

아, 무엇을 쫓아갔는지 나는 잊었지만──그만두자!
내게 잊혀지지 않는 사람이 하나 있는데,
그는 너무 괴로움에 시달려 사랑에도,
음악 소리에도, 잘려진 적의 귀에도 마음이 즐거워질 수 없는 사람이
    었다.
이젠 너무 전설적인 인물이 되어버려서
그가 언제 그 참혹한 생활을 끝마쳤는지
알고 있는 사람이라곤 근처에 아무도 없다.
이 집의 파산한 옛 주인인 그가.

이러한 파멸이 오기 전에, 몇백 년 동안,
사나운 무사들이 무릎까지 닿는 열십자 각반을 차고,
쇠 구두를 신고 좁은 계단을 올라왔었다,
이 성에 살았던 어떤 무사들의 이미지가
'대기억' 속에 저장되어 있는바
그 이미지들이 지금도 큰소리치고 숨을 헐떡이며 나타나서
잠자는 이의 휴식을 방해하고
그들이 던지는 큰 나무 주사위가 탁자 위에 구른다.

모든 이에게 알아보려는 것이니, 올 수 있는 자는 다 오라.
오라, 늙고 가난하여 말도 제대로 얻어 타지 못한 친구도.

146

그리고 눈이 먼 방랑의 미의 사제(司祭)도 데려오라.
그 마술사가 인적 없는 들판으로 쫓아낸
붉은 머리의 한라한도, 훌륭한 귀를
선물로 받은 프렌치 부인도,
희롱삼아 시신(詩神)들이 그 시골 아가씨를 비행기 태우자
그만 연못 늪 속에 빠져 죽은 그 친구도 다 데려오라.

이 바위 위를 거닐거나 이 문 앞을 지난
늙은 남녀나 부자나, 빈자들, 그들 모두도
공공연하게 혹은 남몰래
나처럼 늙은 나이에 대항하여 분노했었던가.
그러나 되돌아가고 싶어 안달하는
이들의 눈을 보면 해답은 분명하다.
그러니 가라. 그러나 한라한은 남아 있으라,
나에겐 그 녀석의 비상한 기억이 필요하니.

바람결 따라 연심 일던 늙은 호색한이여,
그 사려 깊은 마음을 열고
네가 무덤 속에서 본 것을 모두 털어놓아라.
왜냐하면 너는 상냥한 눈길에 마주치거나
손이 스치거나 한숨 같은 소리만 들어도 마음이 끌려
남의 마음속의 미궁 속에 무작정 뛰어들어
전에 알지 못했던 모든 것을
확인하였음이 틀림없으니.

상상이 어느 쪽에 더 머무르는가
걸려든 여자 쪽이냐, 아니면 실연한 여자 쪽이냐.
실연한 쪽이라면, 내가 인정한다, 네가

자만과 비겁, 그리고 어리석도록 지나치게 섬세한 생각,
혹은 한때 양심이라고 하는 것들 때문에
큰 미궁 앞에서 꽁무니를 뺀 것이라고.
그리고 기억이 돌아온다 해도 태양은
일식에 가려 낮이 희미하리라.

III

이제는 내가 유언을 쓸 때다.
나는 마음이 곧은 사람들을 택한다.
샘물이 솟는 곳까지
시내를 따라 올라가, 새벽이면
물방울 떨어지는 바위 옆에서
낚싯대를 드리우는 그런 사람들, 그런 사람들이야말로
나의 긍지를 이어받을 사람들이라고 나는 선언한다.
대의에도 국가에도 얽매이지 않는
그런 사람들의 긍지,
침 뱉음을 당하는 노예에게도
침을 뱉는 폭군에게도 얽매이지 않고,
거절할 자유가 있었는데도, 베풀기만 한
버크와 그라탄 같은 사람들의 긍지,
쏟아지는 햇빛이 퍼질 때의
아침의 긍지,
전설로 전해지는 풍요의 뿔의 긍지,
모든 강물이 마를 때
갑자기 퍼붓는 소나기의 긍지,
백조가 꺼져가는 미광을 응시하며,
번들번들 빛나는 강물의 끝인
넓은 물줄기까지

둥실둥실 떠내려와서
최후의 노래를 부르는
그 마지막 시간의 긍지.
이제 나는 나의 신념을 선언한다.
나는 플로티누스의 사상을 조롱하고
플라톤을 맞대놓고 비난한다.
생과 사는 본래 존재하지 않았다,
인간의 괴로운 영혼에서
유기적 통일체를 꾸며내어
일체 만물을 만들어낼 때까지는,
그렇다, 해와 달과 별과 기타의 만물까지도.
거기에 덧붙인다면,
우리는 죽어서 부활하여,
꿈꾸고, 머릿속에 만들어낸다,
저 세상 낙원을.
나는 마음의 평화를 준비하였다,
이탈리아의 학문 지식과
긍지 높은 그리스의 석조물들과,
시인의 상상력의 산물들과
사랑의 추억들과,
여자들이 한 말에서 기억나는 것들과,
인간이 초인간적인
거울과 같은 꿈을 만들 때
사용한 모든 물건들로써.

그것은 흡사 저기 총구멍에서
갈가마귀가 지저귀고, 소리지르며,
잔가지들을 층층이 떨구어 쌓는 것과 같다.

잔가지들이 높이 쌓이면,
어미새는 그 움푹한 위에
내려앉아 쉬면서
이 조잡한 둥우리를 따스하게 덥힌다.

나는 신념과 긍지를 모두 남겨준다,
산허리를 올라와,
동트는 새벽빛을 받으며
파리낚시를 드리우는
마음 곧은 젊은이들에게.
나도 본성이 그러하기에,
결국은 앉아서 글쓰는 이 일로써
몸이 망가지게 될 것이다.

이제 나는 나의 죽음을 대비해야겠다,
정신으로 하여금 학문의 전당에서
억지로라도 배우게 함으로써.
드디어, 육체의 파괴와,
피가 서서히 말라감과,
초조한 정신 착란과,
몽롱한 노쇠와,
아니 그보다 더한 불행——
친구들의 죽음과,
숨을 멎게 할 만큼 찬란히 빛나던
모든 눈의 죽음——
이런 것들 모두가 지평선이 희미해질 때
한낱 저녁 하늘의 구름으로밖에 보이지 않을 때까지.
아니면, 밀려오는 땅거미 속에서

졸린 듯이 울어대는 새소리로밖에 느껴지지 않을 때까지.

THE TOWER

I

What shall I do with this absurdity —

O heart, O troubled heart — this caricature,

Decrepit age that has been tied to me

As to a dog's tail?

           Never had I more

Excited, passionate, fantastical

Imagination, nor an ear and eye

That more expected the impossible —

No, not in boyhood when with rod and fly,

Or the humbler worm, I climbed Ben Bulben's back

And had the livelong summer day to spend.

It seems that I must bid the Muse go pack,

Choose Plato and Plotinus for a friend

Until imagination, ear and eye,

Can be content with argument and deal

In abstract things; or be derided by

A sort of battered kettle at the heel.

II

I pace upon the battlements and stare

On the foundations of a house, or where

Tree, like a sooty finger, starts from the earth;

And send imagination forth
Under the day's declining beam, and call
Images and memories
From ruin or from ancient trees,
For I would ask a question of them all.

Beyond that ridge lived Mrs. French, and once
When every silver candlestick or sconce
Lit up the dark mahogany and the wine,
A serving-man, that could divine
That most respected lady's every wish,
Ran and with the garden shears
Clipped an insolent farmer's ears
And brought them in a little covered dish.

Some few remembered still when I was young
A peasant girl commended by a song,
Who'd lived somewhere upon that rocky place,
And praised the colour of her face,
And had the greater joy in praising her,
Remembering that, if walked she there,
Farmers jostled at the fair
So great a glory did the song confer.

And certain men, being maddened by those rhymes,
Or else by toasting her a score of times,
Rose from the table and declared it right
To test their fancy by their sight;

But they mistook the brightness of the moon
For the prosaic light of day——
Music had driven their wits astray——
And one was drowned in the great bog of Cloone.

Strange, but the man who made the song was blind;
Yet, now I have considered it, I find
That nothing strange; the tragedy began
With Homer that was a blind man,
And Helen has all living hearts betrayed.
O may the moon and sunlight seem
One inextricable beam,
For if I triumph I must make men mad.

And I myself created Hanrahan
And drove him drunk or sober through the dawn
From somewhere in the neighbouring cottages.
Caught by an old man's juggleries
He stumbled, tumbled, fumbled to and fro
And had but broken knees for hire
And horrible splendour of desire;
I thought it all out twenty years ago:

Good fellows shuffled cards in an old bawn;
And when that ancient ruffian's turn was on
He so bewitched the cards under his thumb
That all but the one card became
A pack of hounds and not a pack of cards,

And that he changed into a hare.
Hanrahan rose in frenzy there
And followed up those baying creatures towards——

O towards I have forgotten what——enough!
I must recall a man that neither love
Nor music nor an enemy's clipped ear
Could, he was so harried, cheer;
A figure that has grown so fabulous
There's not a neighbour left to say
When he finished his dog's day:
An ancient bankrupt master of this house.

Before that ruin came, for centuries,
Rough men-at-arms, cross-gartered to the knees
Or shod in iron, climbed the narrow stairs,
And certain men-at-arms there were
Whose images, in the Great Memory stored,
Come with loud cry and panting breast
To break upon a sleeper's rest
While their great wooden dice beat on the board.

As I would question all, come all who can;
Come old, necessitous, half-mounted man;
And bring beauty's blind rambling celebrant;
The red man the juggler sent
Through God-forsaken meadows; Mrs. French,
Gifted with so fine an ear;

The man drowned in a bog's mire,
When mocking Muses chose the country wench.

Did all old men and women, rich and poor,
Who trod upon these rocks or passed this door,
Whether in public or in secret rage
As I do now against old age?
But I have found an answer in those eyes
That are impatient to be gone;
Go therefore; but leave Hanrahan,
For I need all his mighty memories.

Old lecher with a love on every wind,
Bring up out of that deep considering mind
All that you have discovered in the grave,
For it is certain that you have
Reckoned up every unforeknown, unseeing
Plunge, lured by a softening eye,
Or by a touch or a sigh,
Into the labyrinth of another's being;

Does the imagination dwell the most
Upon a woman won or woman lost?
If on the lost, admit you turned aside
From a great labyrinth out of pride,
Cowardice, some silly over-subtle thought
Or anything called conscience once;
And that if memory recur, the sun's
Under eclipse and the day blotted out.

It is time that I wrote my will:
I choose upstanding men
That climb the streams until
The fountain leap, and at dawn
Drop their cast at the side
Of dripping stone; I declare
They shall inherit my pride,
The pride of people that were
Bound neither to Cause nor to State,
Neither to slaves that were spat on,
Nor to the tyrants that spat,
The people of Burke and of Grattan
That gave, though free to refuse —
Pride, like that of the morn,
When the headlong light is loose,
Or that of the fabulous horn,
Or that of the sudden shower
When all streams are dry,
Or that of the hour
When the swan must fix his eye
Upon a fading gleam,
Float out upon a long
Last reach of glittering stream
And there sing his last song.
And I declare my faith:
I mock Plotinus' thought
And cry in Plato's teeth,

Death and life were not
Till man made up the whole,
Made lock, stock and barrel
Out of his bitter soul,
Aye, sun and moon and star, all,
And further add to that
That, being dead, we rise,
Dream and so create
Translunar Paradise.
I have prepared my peace
With learned Italian things
And the proud stones of Greece,
Poet's imaginings
And memories of love,
Memories of the words of women,
All those things whereof
Man makes a superhuman
Mirror-resembling dream.

As at the loophole there
The daws chatter and scream,
And drop twigs layer upon layer.
When they have mounted up,
The mother bird will rest
On their hollow top,
And so warm her wild nest.

I leave both faith and pride

To young upstanding men
Climbing the mountain-side,
That under bursting dawn
They may drop a fly;
Being of that metal made
Till it was broken by
This sedentary trade.

Now shall I make my soul,
Compelling it to study
In a learned school
Till the wreck of body,
Slow decay of blood,
Testy delirium
Or dull decrepitude,
Or what worse evil come —
The death of friends, or death
Of every brilliant eye
That made a catch in the breath —
Seem but the clouds of the sky
When the horizon fades;
Or a bird's sleepy cry
Among the deepening shades.

*   *   *

이 시는 전체 Ⅲ부로 된 근 200행의 장시이다. 제Ⅰ부에서 시인은 노
령에 이르니 육체는 쇠퇴하여도 "환상적인 상상력"은 과거 어느 때보

158

다도 활발해져서 주책없이 불가능한 것을 꿈꾸게 되니 이것은 자기에게 어울리지 않는 "만화 같은 꼴"이라고 말함으로써 제Ⅱ부에서 더듬는 기억과 회상의 장면을 예고한다. 여기에서 시인은 "노쇠한 나이"를 "개 꽁무니에 붙어 있"다느니 "초라하게/망가진 주전자 같은" 것 등의 비유로써 그 쓸모 없고 초라한 면을 강조하였다. 이런 비유에서 알 수 있는 것은 그가 늙음이나 육체의 쇠퇴에 크게 초조하면서 「비잔티움 항행」에서 보인 것과 같은 영원 세계에의 강한 지향을 드러내고 있는 점이다.

제Ⅱ부 이하는 시인이 그 "정열적이고 환상적인 상상력"을 통하여 자기의 집이었던 '탑'의 주변에 있었던 실지의 혹은 전설상의 인물과 사건들을 기억하고 회상하는 이야기들이다. 이 이야기의 출처와 맥락을 알기 위해서는 시인 자신이 붙인 다음과 같은 주를 참고함이 좋을 것이다.

이 시에 언급된 인물들은 전설·이야기·구전(口傳)을 통해서 시가 씌어진 밸릴리 탑 주변과 관련이 있다. 프렌치 부인은 18세기에 피터스웰에 살았는데 귀의 사건과 거기에서 연유한 소동을 기술한 조나 배링턴Jonah Barrington 경과 관계가 있는 사람이다. 농가의 미인과 눈먼 시인은 각각 메리 하인즈Mary Hynes와 라프테리Raftery이고, 클룬호에 익사한 남자의 사건은 졸저 『켈트의 황혼』에 기록되어 있다. 한라한이 환상의 토끼와 사냥개를 추적한 애기는 나의 『붉은 머리 한라한 이야기』에서 나온 것이다. 현재 내가 침실로 쓰고 있는 방에서 유령들이 주사위 놀이를 하고 있는 것을 본 사람이 있으며, 파산한 노인은 백년 전쯤에 산 사람이고, 어떤 전설에 의하면 그는 채권자에 시달려 일요일에나 이 성에서 밖으로 나갔다고 한다. 또 다른 전설에 의하면 그는 비밀 통로에 숨었다고도 한다. (예이츠, 『시전집』, p. 532)

이 시에 언급된 맨 처음의 에피소드는 귀를 잘라다주기를 바라는 기괴한 욕망의 프렌치 부인과 그 욕망을 충족시켜주는 하인과의 이야기이고, 두번째의 에피소드는 농가집 미인 아가씨(즉 Mary Hynes)를 둘러싸고 소박한 시골 사람들이 달빛(상상)을 햇빛(현실)으로 착각하고서 법석을 떨 정도로 흥겨워하는 이야기, 다음은 맹인 시인 앤토니 라프테리 Anthony Raftery(1784~1834)가 노래를 잘 지어서 시골 사람들을 미치게 할 수 있을 정도의 시재가 있었다는 이야기, 그 다음은 예이츠 자신이 쓴 『붉은 머리 한라한 이야기 Stories of Red Hanrahan』의 주인공 한라한의 환상적인 이야기, 다음은 예이츠의 탑의 가난한 옛 주인과 그 탑에 살았다고 전해지는 "각반을 차고,/쇠구두를 신"은 무사들의 이야기이다. 시인은 이 이야기들을 다 마치고서 다시 종합해서 기억 속의 그 망령들을 하나하나 불러내어, 그들에게 강조해서 묻는다, "그들 모두도… 나처럼 늙은 나이에 대항하여 분노했었"느냐고. 그리고서 그 망령들을 다 보내고서 자기가 창조한 한라한 하나만을 붙들고서 그 호색한의 엽색 행각을 거론한다. 이 시의 제II부는 어느 특정 지역의 생활 속에 밀착된 전설과 민담을 소재로 한 일종의 설화시인바, 그 특징은 실화와 환상의 교묘한 융합에서 오는 기상천외적인 소박한 흥미이다. 예이츠는 이 시에서 현실과 상상의 융합에 대하여 언급하고 있다. 그는 "아, 달빛과 햇빛을 합쳐서/구분할 수 없는 빛으로 보이게 할 수" 있기를 소원하면서 "그렇게만 할 수 있다면, 나도 사람들을 미치게 할 수 있을" 것이라고 말한다. 그가 말하는 '달빛'은 상상이고 '햇빛'은 현실이다. 예이츠는 그 두 차원의 완전한 융합에서 예술의 극치를 생각했다.

「탑」의 제II부는 그의 예술론으로써 민담·전설을 재구성한 것이라고 말할 수 있다(미국 시인 매리언 무어가 "상상의 직사주의자" 혹은 "진짜 두꺼비가 있는 상상의 정원"이란 말을 한 것을 참조할 것). 이 시 자체가 상상과 현실의 "구분할 수 없는 빛"으로 된 것은 시가 라프테리, 메리 하인즈, 클룬의 수렁 bog of Cloone 같은 실제의 인명·지명을 바탕으로 가공적인 이야기로 꾸며졌을 뿐 아니라, 중요한 움직임이 모두 황혼과 새벽을 배경으로 한 까닭이다. 새벽과 황혼은 낮빛과 밤빛이 교묘히 융합하여 "구분할 수 없는 빛"을 드러내는 시간이다. 즉, 제Ⅱ부에서 시인이 탑 위의 흉벽을 거닐면서 "상상의 나래를" 편 것은 "기우는 햇살 밑"에서이고, 그가 창조한 인물 한라한은 "취하기도 하고 깨어 있게도" 하다가 "새벽녘에 근처 어느 농가로부터 내쫓"겨난다. 늙은 프렌치 부인은 해질 무렵 촛불을 밝히고 식사를 하는 자리에서 그 거만한 농부의 잘린 귀를 하인으로부터 받는다. 그리고 제Ⅲ부에서는 "꺼져가는 미광"이라든지, "저녁 하늘의 구름" "밀려오는 땅거미" 등의 이미지가 계속 나타나 있다.

제Ⅲ부는 노령에 이르러 마음의 격동을 체험하고 있는 시인이 조용히 죽음의 도래에 대비하는 매우 비장하고 장엄한 대목이다. 시인은 직설적인 어조로 인간과 생활에 대한 자신의 신념을 솔직히 토로하고 신념 있는 죽음의 자세를 다짐한다. 제Ⅲ부에서의 시인의 목소리에서 우리는 시인 자신과 자기 극화의 간격을 거의 느낄 수가 없다. 독자를 숙연하게 만드는 이 대목에서 시인은 염직(廉直)과 긍지와 신념의 덕목을 서술로써 혹은 이미지로써 강조한다. 염직의 인간상으로 그는 그가 애용하는 새벽녘 산 위 샘터에서 낚시질하는 낚시꾼의 이미지를 제시하고, 자존과 긍지의 인간상으로는 버크 Edmund Burke(1729~1797)와 그라탄 Henry Grattan(1746~1820) 두 사람의 아일랜드의 정치가를 제시한다. 또한 "햇빛이 퍼질 때의/아침의 긍지" "풍요의 뿔의 긍지" "강물이 마를 때/갑자기 퍼붓는 소나기의 긍지" "백조가 최후의 노래를 부르는 긍지" 등의 이미지로써 그가 지향하는 고결하고 청정한 귀족주의적 품성의 이상을 제시하고 있다.

다음으로 그는 신념을 선언하면서 우리의 이념의 세계, 우리가 꿈꾸는 초월의 세계에 대한 자기 주장을 피력한다. 그는 만유의 원형으로서 이데아만을 인정하는 플라톤과 플로티누스의 사상에 정면 도전한다. 우리의 '생과 사'에 대한 생각, 그리고 "해와 달과 별과 기타의 만물"에 대한 생각 등은 모두 "인간의 괴로운 영혼"에서 생겨난 관념적 허상인즉, 그 허깨비 같은 플라톤의 원형 사상을 믿을 수 없음을 암시한다. 예이츠는 같은 시집에 수록된 「학교 아이들 사이에서」라는 시에서 플라톤적 실체인 '존재 *Presences*'를 "스스로 제 몸에서 생겨 인간의 일을 조롱하는 자 *self-born mockers of man's enterprise*"라고 말한 일이 있다.

영혼론에 이어서 노년에 마음의 평화를 갖기 위해서 어떤 준비를 할 것인가를 말하고서 시인은 성벽의 총구멍에서 갈가마귀가 둥우리를 짓고서 새끼새를 품는 이미지를 제시하였다. 이 이미지는 시인이 노년에 바라는 본능 생활에 가까울 정도로 지극히 자연스럽고, 평화로운 생활에 대한 비유로 해석이 된다. 다음 연에서는 다시 신념과 긍지의 인간상으로 낚시꾼의 이미지를 제시하고, 시를 쓰다가 죽을 자신도 같은 인간상임을 암시하였다. 다음 연에서 시인은 죽음과 더불어 닥쳐올 육체적 정신적 고독과 불행을 열거하면서, 그것을 초연하게 받아들이면서 세상을 뜨고 싶은 심정을 말하고 있다.

레다와 백조

급습(急襲). 백조는 큰 두 날개를
비틀거리는 여인 위에서 아직도 친다. 여인의 허벅다리는
새의 검은 두 지막(肢膜)에 쓰다듬기고, 목은 부리에 잡혀,
어찌할 수 없이 여인의 가슴은 백조의 가슴에 껴안긴다.

공포에 사로잡혀 힘빠진 손가락이 어떻게 맥풀린 허벅다리에서
깃에 싸인 그 영광을 밀어젖힐 수 있겠는가.
백색의 급습에 내맡긴 육체가 그 품안에서
이상히 가슴 울렁임을 느끼지 않을 수 있으랴.

허리에 느꼈던 그 전율에서
무너진 벽과 불붙는 지붕과 탑과
아가멤논의 죽음이 생겨난 것이다.
          하늘에서의 그 짐승 같은 피에
그렇게 붙잡혀 정복당하였으니,
언제 보았냐는 듯이 그 주둥이가 여인을 놓기 전에
그녀는 과연 그의 예지(叡智)뿐 아니라 힘까지도 전해받은 것일까.

LEDA AND THE SWAN

A sudden blow: the great wings beating still

Above the staggering girl, her thighs caressed
By the dark webs, her nape caught in his bill,
He holds her helpless breast upon his breast.

How can those terrified vague fingers push
The feathered glory from her loosening thighs?
And how can body, laid in that white rush,
But feel the strange heart beating where it lies?

A shudder in the loins engenders there
The broken wall, the burning roof and tower
And Agamemnon dead.
      Being so caught up,
So mastered by the brute blood of the air,
Did she put on his knowledge with his power
Before the indifferent beak could let her drop?

*   *   *

    이 시를 이해하는 데엔 이 시의 배경이 되어 있는 그리스 신화를 알아둘 필요가 있다. 그리스 신화에 의하면 아에톨리아 Aetolia의 왕녀였던 레다 Leda가 에우로타스 Eurotas 강에서 목욕하고 있을 때 제우스 신이 백조 swan의 모습으로 하늘에서 내려와 교정이 이루어졌다. 그 결과 레다는 두 개의 알을 낳았는데, 한 알에선 클리템네스트라 Clytemnestra, 다른 한 알에선 헬렌 Helen이 나왔다는 것이다. 헬렌은 트로이 Troy 전쟁의 원인이 된 여자이고, 클리템네스트라는 트로이 전쟁 때 그리스군의 총사령관이었던 아가멤논 Agamemnon의 아내가 되었는데, 남편이 전쟁에서 돌아왔을 때 간부와 합세하여 남편을 살해하였다. 예이츠는, 한 문명이 2천 년을 주기로 하여 순환하는 것으로 보고, 그리스 문명의 2천 년의 시발점을 레다와 백조의 교정의 순간으로 본다. 신인 교정(神人交情)의 순간은 그리스도의 수태 고지 *Annunciation*와 맞먹는 중대한 역사적 순간이다. 예이츠가 이 극적인 순간을 상상력으로 포착하여 시화한 것이 이 시이다.

우선 시의 시작이 거두절미의 대담한 수법인 것이 눈에 띈다. 하늘에서 백조의 모습으로 내려온 제우스 신이 레다에게 덮친 것이다. 그것은 돌연한 습격이다. 백조의 큰 날개가 연약한 여인의 비틀거리는 육체를 휘감고 아직도 날개치고 있다. '아직도 *still*'라는 말로써 현장감이 한층 고취되어 있다. 백조는 지막(脂膜) *web*으로 여인의 넓적다리를 애무하고, 부리로 여인의 목덜미를 잡고 그 힘없는 젖가슴을 제가슴에 끌어당긴다. 겁에 질린 레다가 그 힘없는 손으로 백조의 포옹을 물리칠 수는 없었지만, 신의 품에 안긴 그 순간은 영광스러운 순간이고 신비스러운 순간이다. '애무 *caress*'니, '허벅다리 *thigh*'니, '목덜미 *nape*'니, '젖가슴 *breast*' 같은 말들은 성적 연상을 환기시켜주는 이미지들이다.

이 교정의 결과, 레다는 수태하고, 허리쯤에 경련을 느껴 드디어 태어난 것이 헬렌이다. 헬렌으로 말미암아 트로이 전쟁은 발단되어 성은 무너지고, 지붕과 탑은 불타고 아가멤논은 죽게 된다. 물론 잔인한 전쟁의 역사는 그것으로 그치지 않고 오늘에까지 이르고 있으니, 인간이 신의 교정을 받을 때, 그는 신에게서 이지적인 면만을 받아들인 것인가. 아니면 그와 상반되는 감정적이고 동물적인 면도 받아들인 것인가. 물론 인간에게는 감정적인 면과 이지적인 상반되는 양면이 있다. 차원이 다른 두 세계 사이에서 영원히 갈등을 겪고 있는 것이 인간이라고 예이츠는 생각한다. 그러나 예이츠가 이 시의 끝연에서 인간은 신의 동물적인 면도 받아들였는지 의아해하는 어조로 시를 끝맺는다.

이것은 분명 시인이 현대 인간들이 힘과 동물성 우위 쪽으로 기울어져가고 있는 데 대한 실망과 항변의 목소리를 내포하는 말이다. 예이츠가 이 시를 설명하기 위해서 붙인 주에 의하면 그는 본래 이 시를 한 정치 잡지의 원고 청탁으로 쓰게 된 것이고, 그는 "지금 어떤 운동이나, 어떤 강력한 수태 고지에 뒤따르는 신의 탄생 같은 것이 있지 않고서는 별 도리가 없다"고 생각했다는 것이다. 그리하여 레다와 백조를 메타포로 하는 시상이 시작되어 쓰기 시작했는데 시를 쓰는 동안에 새와 여인이 시의 장면을 압도하는 바람에 정치가 빠져버렸고, 그 때문에 보수적인 독자들이 이 시를 잘못 이해할 것이라는 말을 듣기도 했다는 것이다. (『신(新)예이츠 시 주해』, p. 247)

학교 아이들 사이에서

I

나는 질문을 하면서 긴 교실을 걸어간다.
흰 후드를 쓴 한 친절한 노수녀가 대답한다.
어린이들은 셈 공부, 노래 공부를 하고,
독본과 역사 공부도 하고,
재단과 재봉도 배우고, 여러 가지
최고의 현대적 기교를 배운다──아이들의 눈이
순간적으로 놀라서 일제히 쏠린다,
미소 짓는 한 60세의 공인(公人)에게.

II

나는, 꺼져가는 불 위에 허리를 구부린
레다의 분신과 같은 한 모습을 그려본다. 그리고 그녀가 얘기한
가혹한 책망이며, 어느 순진한 날을 비극으로 돌변시켰던
사소한 사건 같은 것을 상기한다──
그것을 듣고서 우리 두 사람의 마음은
젊은 공감에서 한 구체로 융합되었었다,
달리 플라톤의 우화를 뒤집어 말한다면,
한 계란 속의 노른자위와 흰자위처럼 융합되었었다.

III

그때 설움과 분노가 북받치던 것을 생각하면서

나는 여기에서 이 아이 저 아이를 쳐다본다
그리고 그녀도 저 나이에는 저런 모습이었을까 생각해본다 ——
백조의 딸들이라 해도
뭇 물새의 유전이 깃들어 있는 것이니 ——
그리고 뺨과 머리 빛이 저러했을까 하고.
그런 생각을 하자 가슴이 설레고
그녀는 완연히 한 어린 아이로서 눈앞에 서 있다.

IV

그녀의 현재의 모습이 마음속에 어린다 ——
15세기의 손가락이 그런 모습을 만들었을까,
바람을 마시고, 고기 대신 그림자를
먹은 듯 두 뺨이 홀쭉하니.
나도 레다와 같은 족속은 아닐지라도
한때는 고운 깃이 있었다 ——그 정도로 그만두자,
웃는 자에게 웃어주고, 마음 편한
늙은 허수아비임을 보여주는 것이 좋을 듯.

V

생성의 꿀에서 생겨난,
약이 듣거나, 전생의 회상에 따라
잠들기도 하고, 소리 지르거나, 도망치려고 몸부림치는
그 어린것을 무릎에 올려놓은 젊은 어머니로서,
그것이 머리 위에 60년의 세월을 하얗게 얹고 있는 것을
보았다면 대체 그것을
산고의 보상으로
또는 그것을 낳을 때의 불안의 값으로 생각하겠는가.

VI

플라톤은 자연을 만물의 그림자 같은 원형 위에
어릿거리는 물거품으로 생각했고,
한층 견실한 아리스토텔레스는 왕중왕(王中王)의
엉덩이에 매질을 가했었다.
세상에서 유명한 황금 넓적다리의 피타고라스는
바이올린의 활과 현에 손을 대어
별이 노래부르면 무심한 시신이 귀기울이던 곡을 켰다.
그러나 낡은 막대기에 낡은 옷가지 걸치고 새 쫓는 이 꼴.

VII

수녀들이나 어머니들은 이미지를 숭배한다.
그러나 촛불이 밝히는 이미지들은 어머니의 환상을
생기 있게 하는 그것과 같진 않고,
대리석이나 청동의 안정을 간직한다.
그렇지만 그것도 역시 가슴을 아프게 한다――아, '실재'여,
정열과 경건과 애정이 알고 있는 그것,
그리고 온갖 천국의 영광이 상징하는 그것――
아, 스스로 제 몸에서 생겨 인간의 일을 조롱하는 자여.

VIII

활동이 꽃피고 춤추는 그곳에선
영을 즐겁게 하기 위하여 육체는 상처입지 않는다.
미(美)는 자체의 실망에서 나오는 것이 아니고,
흐린 눈의 지혜는 철야 공부에서 나오지 않는다.
아, 밤나무여, 뿌리박고 위대하게 꽃피는 자여
너는 대체 잎이냐, 꽃이냐, 아니면 줄기냐.
아, 음악에 따라 흔들리는 육체여, 아, 빛나는 눈빛이여,

우리가 어떻게 무용수와 무용을 구별하겠는가.

AMONG SCHOOL CHILDREN

I

I walk through the long schoolroom questioning;
A kind old nun in a white hood replies;
The children learn to cipher and to sing,
To study reading-books and history,
To cut and sew, be neat in everything
In the best modern way — the children's eyes
In momentary wonder stare upon
A sixty-year-old smiling public man.

II

I dream of a Ledaean body, bent
Above a sinking fire, a tale that she
Told of a harsh reproof, or trivial event
That changed some childish day to tragedy —
Told, and it seemed that our two natures blent
Into a sphere from youthful sympathy,
Or else, to alter Plato's parable,
Into the yolk and the white of the one shell.

III

And thinking of that fit of grief or rage
I look upon one child or t'other there

And wonder if she stood so at that age——
For even daughters of the swan can share
Something of every paddler's heritage——
And had that color upon cheek or hair,
And thereupon my heart is driven wild:
She stands before me as a living child.

IV

Her present image floats into the mind——
Did Quattrocento finger fashion it
Hollow of cheek as though it drank the wind
And took a mess of shadows for its meat?
And I though never of Ledaean kind
Had pretty plumage once——enough of that,
Better to smile on all that smile, and show
There is a comfortable kind of old scarecrow.

V

What youthful mother, a shape upon her lap
Honey of generation had betrayed,
And that must sleep, shriek, struggle to escape
As recollection or the drug decide,
Would think her son, did she but see that shape
With sixty or more winters on its head,
A compensation for the pang of his birth,
Or the uncertainty of his setting forth?

VI

Plato thought nature but a spume that plays
Upon a ghostly paradigm of things;
Solider Aristotle played the taws
Upon the bottom of a king of kings;
World-famous golden-thighed Pythagoras
Fingered upon a fiddle-stick or strings
What a star sang and careless Muses heard:
Old clothes upon old sticks to scare a bird.

VII

Both nuns and mothers worship images,
But those the candles light are not as those
That animate a mother's reveries,
But keep a marble or a bronze repose.
And yet they too break hearts — O Presences
That passion, piety or affection knows,
And that all heavenly glory symbolize —
O self-born mockers of man's enterprise:

VIII

Labor is blossoming or dancing where
The body is not bruised to pleasure soul,
Nor beauty born out of its own despair,
Nor blear-eyed wisdom out of midnight oil.
O chestnut tree, great rooted blossomer,
Are you the leaf, the blossom or the bole?
O body swayed to music, O brightening glance,
How can we know the dancer from the dance?

172

*　　*　　*

　　이 시는 1926년, 즉 예이츠가 상원 의원으로 있던 그의 나이 61세 때에 수도원에서 경영하는 한 초등학교를 시찰한 후에 쓴 것으로서, 시인은 교실에서 공부하고 있는 어린 학생들의 모습을 보고서 자기 애인의 어렸을 때를 상상하고, 그 어렸던 모습과 현재의 늙은 모습을 연결짓는 데서 생성 변화 *becoming*의 세계를 생각하게 된다. 그 생성 변화의 세계란 자연이나 육체의 세계인데, 그 세계와 대립되는 영원 절대의 세계와의 관계는 어떠한가. 어느 쪽이 실재의 세계인가. 이런 명상을 기술한 것이 이 시다. 시는 우선 구체적인 교실의 장면에서부터 시작된다. 아이들이 공부하고 있는 교실을 노시인이 순시하고 그 뒤에 흰 후드를 쓴 수녀 교사가 따르며 질문에 대답하는 장면이 묘사되어 있다. 제Ⅱ부에서 시는 현실에서 벗어나 시인의 기억 속으로 옮아간다. 공부하고 있는 여자 아이들을 보고 있을 때 시인은 갑자기 자기가 사랑하다 결국 실연으로 끝난 애인 모드 곤Maud Gonne을 상기하고, 그렇게 아름답던 애인도 한때는 저런 어린아이였을 것이라는 생각에 이르는 것이다. 꺼져가는 화롯불을 가운데 놓고 두 애인이 마주앉아 어릴 때의 일을 회상한다. 그 여인을 회상하면서 동시에 그 여인이 얘기한 어릴 때의 사건들을 생각한다. 그 얘기를 듣고서 그때 두 사람의 마음은 젊은 사람끼리의 공감에서 한 구체로 뭉쳐졌었다고 말한다. 구체는 언제나 예이츠의 철학에서 모순 상극이 없는 조화의 상징이다. 그 조화의 상태를 달리 말하면 계란 속에 노른자위와 흰자위가 융합되어 있는 것과 같다고 비유하였다. 이 비유는 플라톤의 우화를 뒤집어서 말한 것이다. 즉 플라톤은 그의 유명한 『향연 *Symposium*』에서 사랑의 기원에 대한 이야기로서, 사람은 본래 남녀 이중체이던 것을 제우스 신이 "머리칼로 달걀을 자르듯이" 갈라 놓았기 때문에 그때 이래 이 반쪽 인간은 온전한 결합을 이루고자 애태운다고 이야기하고 있다. 제Ⅲ부에서 시인의 의식은 다시 현실로 돌아

1930년대의 모드 곤

와, 애인과 얘기하며 설움과 분노를 느끼던 일들을 생각하고 이 아이 저 아이를 바라본다. 그러면서 헬렌과 같은 그 애인의 어렸을 적 모습을 생각한다.

제IV부에서 시인은 한때 헬렌과 같던 그 여자의 현재의 모습을 생각해본다. 지금은 노파가 되었을 것이니, 그 뺨이 마치 바람이나 그림자 같은 실체 없는 음식을 먹은 듯이 홀쭉할 것이다. 그 야윈 모습은 흡사 15세기의 라파엘 Raphael, 미켈란젤로 Michelangelo 같은 화가나 대조각가들의 손으로 만들어놓은 것만큼이나 신통하게 변형되었을 것이다. 그렇게 변한 것은 비단 그 여자만이 아니다. 그러니 그것은 가슴 아픈 일이다. 그래서 시인은 그런 생각을 그만두고 다만 자기를 보고 웃는 사람에겐 웃어주고, 현실 그대로 마음 편한 허수아비 꼴의 자기 모습을 보여주겠다고 한다. 애인끼리 서로 상대방을 이미지화하는 것과 마찬가지로 어머니도 자기 자식을 현실적으로 생각하지 않고 이미지화하여 순수한 가능성의 화신으로 생각한다. 제V부에서 어머니가 그 무릎 위에 올려놓은 아기를 "한 형체 *a shape*"라고 표현한 것은 그러한 하나의 가능성의 존재라는 뜻이다. 현실적으로 그 아기가 커서 60세 이상으로 늙어 머리가 하얘진다고 생각하지 않고, 무한한 가능성을 지닌 이미지로 보기 때문에 그 아이를 낳을 때의 고통을 잊고 만족해하는 것이다. 이 연에 나오는 "생성의 꿀 *honey of generation*"이란 말은 예이츠 자신의 주에 의하면, 그는 이 말을 포피리 Porphyry의 논문 『요정들의 동굴 *The Cave of the Nymphs*』에서 인용하였다는 것인데, 예이츠는 그 약(생성의 꿀)에 의하여 인간이 태어나면 그 약의 효과에 따라 전생의 자유로웠던 기억을 잊고 편히 잠들고, 약의 효과가 가시면 전생의 기억이 되살아나와 비명을 지르고 도망치려고 몸부림친다고 말한다.

꿈이니 이미지니 이념이니 하는 것은 현실이 아닌 것이다. 그러면 이념과 현실의 관계는 어떠한가. 예이츠는 그리스의 3대 철학자 플라톤 Plato(427?~347? BC)과 아리스토텔레스 Aristotle(384~322 BC)와 피타고라스 Pythagoras(582?~500? BC)가 각각 그 문제를 어떻게 생각하였는가를 그들의 특징적인 사상을 들어 구체적으로 보여준다. 플라톤은 물질 세계(자연)란 이념 세계 위에 어릿거리는 그림자 같은 것, 또는 물거품처럼 변하기 쉬운 무가치한 것으로 생각했다. 그가 생각한 이데아 *Idea*의 세계는 만물의 원형이긴 하지만, 사실상 현실 세계에 있을 수 없는 "유령 같은 *ghostly*" 것이다. 그런 면에서 플라톤보다 자연 만물을 "한층 실질적 *solider*"으로 생각한 아리스토텔레스는 제자인 알렉산더 Alexander 대왕〔王中王〕에게 매질을 가하여 자기가 이상시하는 대로 현실을 개조하려는 노력을 하였다. 한편 피타고라스는 우주는 음악과 같은 조화의 상태로 이루어졌다고 생각하고, 천체의 움직임이 곧 천국의 음악을 연주하는 것으로 생각하여, 그 직관을 바이올린으로 음악화하였다. 영원의 세계를 직관할 수 있는 철인이었다 해서 제자들이 그의 넓적다리가 황금으로 되어 있다고 그를 신격화했었다. 그러나 그도 늙어서 허수아비로 변하는 것은 사실이다. 각 철인들이 각기 이념을 어떻게 규정하였든지, 그들의 육체가 결국 막대기에 옷가지를 걸치고 새를 쫓는 허수아비같이 늙어가는 것만은 틀림없고, 그것이 현실이다. 이와 같이 우리가 마음속에서 그리는 아름답고 영원한 상은 그것이 무엇이었든지간에 결국 이미지일 뿐 현실은 아니다. 수녀는 성모 마리아의 상을, 어머니들은 아기를 이상의 상으로 숭배한다. 다만 촛불로 밝히는 성모의 상은 대리석이나 청동으로 만들어졌기 때문에 변화를 보이지 않는 불변의 상이고, 어머니들의 환상에 활기를 주는 아기들같이 늙어가는 일은 없지만, 역시 현실이 아닌 것만은 사실이다. 이미지가 현실이 아님으로 해서 환멸의 비애를 느끼는 것은 마찬가지이다. 애인은 열정을 통하여, 어머니는 애정을 통하여 각기 마음에 영원상을 그린다. 그 '실재 *Presences*' (이미지)는 무엇인가. 그것은 영원하고 절대적인 영광스런 천국의 상징이다. 그것은 현실 생활에서 인간이 관념으로 만들어내는 것이지만 현실은 아니다. 현실이란 변화 쇠퇴하는 덧없는 것이므로, 그 영원하고 완전한 이념적 존재는 현실을 경멸한다.

예이츠는 제VIII부에 이르러 현실과 이념, 즉 육체와 정신의 이원론적 대립 관계를 구체적인 이미지로써 제시한다. "활동 *labor*"이란 말은 영육이 함께 결합되어 움직이는 것을 말한다. 그렇게 영혼과 육체가 무리없이 결합되어 활동하는 데서 육체는 손상되는 일이 없고, 미를 숭배하지만, 그 미가 담겨 있는 물체에 실망을 느끼는 일이 없다. 밤을 새가며 공부하여서(그것을 영어로는 'burn a midnight oil'이라고 한다) 눈이 흐려지고 육체가 멸망할 때에 무슨 지혜가 생겨나겠는가. 영육의 완전 조화상을 "꽃핀다 *blossoming*"느니, "무도 *dancing*"니 하는 말로 비유하였다. 영육은 마치 뿌리를 박고 꽃을 피우는 밤나무와 같아서, 그 나무는 뿌리와 잎과 꽃과 줄기를 따로 구별할 수 없는 일체적인 존재이다. 꽃만이 밤나무인 것도 아니고, 잎만으로써 밤나무를 이루는 것도 아니다. 음악에 맞추어서 몸을 흔드는 빛나는 눈길의 무용수와 같이 그 현실적 인간이 없으면 아름다운 무용은 없는 것이다. 무용수와 무용을 구별지을 수 없는 것처럼 이념과 현실, 정신과 육체는 구별지을 수 없는 것이다. 이 시는 인간의 실상에 대한 관념적 초월을 적극 부정하고자 하는 시인의 자기 설득의 목소리로 들린다.

자아와 영혼의 대화

I

영혼. 오래된 이 나선 계단으로 나와서
　　이 가파른 경사에 마음을 집중하라,
　　그리고 저 부서져 허물어지는 흉벽에
　　저 숨소리조차 없는 별 비치는 하늘에
　　보이지 않는 천극(天極)을 가리키는 저 별에.
　　어지럽게 방황하는 생각의 일체의 갈피를,
　　모든 사상의 한계가 끝나는 그곳에 집중하라.
　　어둠과 영혼을 누가 구별지을 수 있으랴.

자아. 무릎에 올려놓은 이 존엄한 칼은
　　사토(佐藤)에게서 기증받은 옛 칼, 옛날 그대로
　　여전히 날이 시퍼렇고, 수세기 지나서도
　　여전히 구름 한 점 끼지 않은 맑은 거울.
　　꽃을 새겨넣은 오래된 이 수비단은
　　어느 궁중 여인의 의상에서 찢어내어
　　이 나무 칼집에 감겨 묶여 있다.
　　갈기갈기 해어졌지만 색바랜 채 보호하며 장식한다.

영혼. 벌써 인생의 전성기가 지나고서도
　　인간의 상상력은 사랑과 전쟁을 표상하는
　　것들을 왜 기억해내는 것일까.

상상이 속세를 무시한다면,
그리고 지성이 이것저것으로, 그리고 또 다른 것으로
방황하는 것을 스스로 무시한다면
태초의 밤을 생각하라, 죽음과
탄생의 죄로부터 구원해줄 수 있는 그 밤을.

자아. 검장(劍匠) 3대째인 모토시게(元重)가
5백 년 전에 이 칼을 만들었다. 거기에 놓인 것은
무슨 자수인지는 몰라도 꽃 모양의 수——
심장빛 주홍색——나는 이 모든 것을
밤을 표상하는 탑과 대비하여
낮의 표상물로서 바라보며
한 병사의 권리에 의한 것처럼
그 죄를 다시 한번 범할 특권을 요구한다.

영혼. 이 영역에 차 있는 풍요는 넘쳐흘러
마음의 수반 안으로 들어오기 때문에
인간은 귀도 멀고, 입도 막히고, 눈도 안 보여,
지성은 '있음'과 '있어야 함'을 구별짓지 못하고,
'아는 자'와 '앎의 대상'을 구분 못 한다.
그것은 곧 천국으로 올라감을 말한다.
죽은 자만이 죄를 용서받는다.
그러나 그것을 생각할 때 내 혀는 돌처럼 굳는다.

II

자아. 산 자는 눈이 멀어 인생의 물방울을 마신다.
그 도랑 물이 불결한들 어떠랴.
내가 다시 한번 되산다 한들 어떠랴.

성장하는 고역을 견뎌야 한들,
소년 시대의 치욕, 소년으로부터
어른으로 성장하면서 겪는 그 마음의 아픔,
미숙한 어른일 때 자신의 꼴사나움과
마주칠 때의 그 고통을 견뎌야 한들 어떠랴.

어른이 되어 자기의 적들에게 포위된들—
악의에 찬 적의 눈이 거울이 되어
자기의 눈에 비쳐 보이는
그 불결하고 보기 흉한 모습은
아무리 몸부림친들 피할 수 없지 않은가. 결국
그 모습이 자기의 모습임을 자인할 수밖에.
거기에서 도피한들 무슨 소용인가,
겨울 삭풍에 겨우 영광이 찾아온다면.

나는 기꺼이 인생을 다시 살겠다,
몇 번이고, 만일 올챙이 우글거리는 소경의
시궁창 속에, 눈먼 자들과 싸우는
소경을 처박는 것이 인생이라 한들,
아니, 그 중에서도 가장 다산(多産)의 시궁창,
남자가 자기 영혼과 인연도 없는 교만한 여자에게
구애한다면 그것은 바보짓이거나
고통을 받아야 하는 시궁창이라 한들.

나는 기꺼이 행동이나 사상의 한가지 한가지를
추적하여 그 원천으로 거슬러 올라가
운명을 헤아리고, 그 운명을 감수하겠다.
나 같은 자가 회한을 벗어 던진다면,

놀라운 환희가 가슴속에 밀려들어
나는 영혼과 더불어 웃고 함께 노래할 것이다.
우리는 만물의 축복을 받고,
우리가 바라보는 일체의 것 또한 축복 속에 있다.

A DIALOGUE OF SELF AND SOUL

I

My Soul. I summon to the winding ancient stair;
        Set all your mind upon the steep ascent,
        Upon the broken, crumbling battlement,
        Upon the breathless starlit air,
        Upon the star that marks the hidden pole;
        Fix every wandering thought upon
        That quarter where all thought is done:
        Who can distinguish darkness from the soul?

My Self. The consecrated blade upon my knees
        Is Sato's ancient blade, still as it was,
        Still razor-keen, still like a looking-glass
        Unspotted by the centuries;
        That flowering, silken, old embroidery, torn
        From some court-lady's dress and round
        The wooden scabbard bound and wound,
        Can, tattered, still protect, faded adorn.

My Soul. Why should the imagination of a man

Long past his prime remember things that are
Emblematical of love and war?
Think of ancestral night that can,
If but imagination scorn the earth
And intellect its wandering
To this and that and t'other thing,
Deliver from the crime of death and birth.

My Self. Montashigi, third of his family, fashioned it
Five hundred years ago, about it lie
Flowers from I know not what embroidery —
Heart's purple — and all these I set
For emblems of the day against the tower
Emblematical of the night,
And claim as by a soldier's right
A charter to commit the crime once more.

My Soul. Such fullness in that quarter overflows
And falls into the basin of the mind
That man is stricken deaf and dumb and blind,
For intellect no longer knows
Is from the *Ought*, or *Knower* from the *Known* —
That is to say, ascends to Heaven;
Only the dead can be forgiven;
But when I think of that my tongue's a stone.

II

My Self. A living man is blind and drinks his drop.

What matter if the ditches are impure?
What matter if I live it all once more?
Endure that toil of growing up;
The ignominy of boyhood; the distress
Of boyhood changing into man;
The unfinished man and his pain
Brought face to face with his own clumsiness;

The finished man among his enemies? —
How in the name of Heaven can he escape
That defiling and disfigured shape
The mirror of malicious eyes
Casts upon his eyes until at last
He thinks that shape must be his shape?
And what's the good of an escape
If honour find in the wintry blast?

I am content to live it all again
And yet again, if it be life to pitch
Into the frog-spawn of a blind man's ditch,
A blind man battering blind men;
Or into that most fecund ditch of all,
The folly that man does
Or must suffer, if he woos
A proud woman not kindred of his soul.

I am content to follow to its source
Every event in action or in thought;

Measure the lot; forgive myself the lot!

When such as I cast out remorse

So great a sweetness flows into the breast

We must laugh and we must sing,

We are blest by everything,

Everything we look upon is blest.

           *   *   *

    예이츠는 인간의 영적인 면과 육체적인 면, 정신적인 면과 세속적인 면을 이원적으로 구분하여, 그 양자의 상극 대립적 양상에서 인간의 실상을 파악하고자 하는 이원론 철학의 시인이다. 이 시는 그런 철학적 주제를 자아와 영혼의 대화의 형식으로 끌고 나간 명상시이다.

    제 I 부에선 영혼이 시인의 말년의 거처이던 밸릴리 탑을 배경으로 나선형의 계단과 하늘 등에 마음을 집중하며 영적인 세계에 귀기울임으로써 생과 사라고 하는 인간의 근원적 죄에서 해방되어 천국(즉 열반)에 들어갈 것을 권유한다. 그 열반의 경지를 "모든 사상의 한계가 끝나는" 즉 "어지럽게 방황하는 생각의 일체의 갈피"가 해결되는 곳으로 생각한다. 그 영혼의 세계는 낮의 번잡과 대조되고 일체 만상의 갈등과 구분이 없어지는 밤(어둠)의 세계이다. 그는 다시 열반의 경지를 설명하여, 그것은 마음을 가득 채우는 풍요이기 때문에 그 경지에선 감각 작용이 멈추고 주관과 객관을 구별짓는 이성적 변별력도 멎는 완전 조화의 세계라고 말한다. 이러한 영혼의 권유에 대하여 세속과 현실에 집착하는 자아는 "다시 한번 죄를 범할" 것을 주장한다. 영혼의 밤과 대조되는 자아의 세계는 낮의 세계이고, 죄를 범하는 낮의 세계는 칼로서 상징된다. 시인은 일본인 친구 사토에게서 선물받은 칼*을 보면서 이런 명상에 젖어들었던 것 같다.

* 이 시에서 언급된 칼은 1920년 시인이 미국 오리건 주 포틀랜드에서 강연 여행중 그

제 II 부는 영혼은 빠지고 자아만이 독백 형식으로 인간의 현실적 생이 "꼴사납고" "고통을 견뎌야" 하고 적과 싸워야 하고, "불결하고 보기 흉한 모습"인들 "아무리 몸부림친들 피할 수 없"다고 말한다. 시인은 영혼의 권유에 귀기울이면서도 오히려 현실을 중요시하여 이 세상살이가 "고통을 받아야 하는 시궁창이라 한들" 운명을 감수하면서 회한을 벗어 던지고 만사를 달관하며 살고자 하는 자세를 보인다.

를 찾아온 일본인 사토 준조에게서 받은 것이다.

이버 고어-부스와 콘 마키에비츠를 추억하며

I

저녁 불빛, 리사델
남쪽으로 열린 몇 개의 큰 창문,
비단 기모노* 차림의 두 아가씨, 다
예쁘고 하나는 어린 양 같았다.
그러나 사납게 부는 가을 바람은
여름 꽃다발에서 꽃을 잘라낸다.
연상의 여성은 사형 선고받고
사면되었으나 무식꾼들 사이에 끼여
음모를 꾸미면서 쓸쓸한 세월을 보내고 있다.
연하의 여성은 무얼 생각하는지 모르겠다 ——
어떤 막연한 유토피아를 꿈꾸는지 —— 이 여성은
늙어 비틀어졌고 뼈대만 앙상할 때의
그런 정치 판국의 표상처럼 보였다.
나는 자주 이 둘 중의 하나를 찾아내어
조지 왕조 시대의 그 오래된 저택에 대하여
얘기하며 마음속 영상들을 섞어
회상의 시간을 갖고자 한다,
저 테이블, 젊은 시절의 그 얘기들을.
비단 기모노 입은 두 아가씨들

---

* 이 자매가 입고 있는 "기모노"는 본래 일본인들의 고유 의상을 가리키는 말이지만,
일반적으로 그와 유사한 소매가 넓고 허름한 여자들의 가운을 가리키기도 한다.

둘 다 곱고 하나는 어린 양 같았다.

II

정다운 두 사람의 환영이여, 당신들은 이제
세속의 옳고 그름의 문제로
싸우는 어리석음을 모두 알 것이오.
순수한 사람, 아름다운 사람에겐
시간 외엔 적이 없지요.
일어서서 내게 명하시오, 성냥을 그으라고,
시간에 불이 붙을 때까지 몇 개비라도.
만일 크게 불이 타오르거든
현자들이 모두 알 때까지 달리시오.
우리가 큰 정자를 세운 것이고
그놈들이 우리에게 유죄를 선고한 것이다.
내게 명하시오 성냥을 그어 불을 붙이라고.

IN MEMORY OF EVA GORE-BOOTH AND CON MARKIEWICZ

I

The light of evening, Lissadell,
Great windows open to the south,
Two girls in silk kimonos, both
Beautiful, one a gazelle.
But a raving autumn shears
Blossom from the summer's wreath;
The older is condemned to death,
Pardoned, drags out lonely years

186

Conspiring among the ignorant.
I know not what the younger dreams ——
Some vague Utopia —— and she seems,
When withered old and skeleton-gaunt,
An image of such politics.
Many a time I think to seek
One or the other out and speak
Of that old Georgian mansion, mix
Pictures of the mind, recall
That table and the talk of youth,
Two girls in silk kimonos, both
Beautiful, one a gazelle.

II

Dear shadows, now you know it all,
All the folly of a fight
With a common wrong or right.
The innocent and the beautiful
Have no enemy but time;
Arise and bid me strike a match
And strike another till time catch;
Should the conflagration climb,
Run till all the sages know.
We the great gazebo built,
They convicted us of guilt;
Bid me strike a match and blow.

　　이버 고어-부스와 콘 마키에비츠는 아일랜드의 독립 운동에 적극 가담한 자매이다. 예이츠는 그들이 슬라이고의 별장 리사델Lissadell에 살고 있을 당시 방문한 일이 있고, 그들의 순수하고 아름다운 인상을 잊지 못하여 후일 이 시와 더불어 또 한 편의 시 「한 정치범에 대하여」를 쓴 바 있다. 언니였던 콘 마키에비츠는 1916년 부활절 봉기를 주도하여 사형 선고를 받았으나 사면된 후 1927년에 죽었고, 이버 고어-부스는 그 전해에 죽었다.

　　예이츠는 1916년 7월 23일자 이버 고어-부스에게 보낸 편지에서 "당신과 당신의 언니 두 사람을 리사델의 큰 나무들 사이에서 보았던 그 아름다운 모습은 내 젊은 시절의 귀중한 기억 중의 하나입니다"라고 쓴 일이 있다.

　　제I부에서 "사납게 부는 가을 바람"은 아일랜드 독립 운동의 큰 선풍을 말하며, 제II부에서 "시간에 불"을 붙인다 함은 인간을 파멸시키는 시간을 불살라서 찬란한 인생을 살고자 하는 시인의 낭만적 열정을 보여주는 이미지이다. (「로버트 그레고리 소령을 추모하며」 XI부를 참고할 것)

거지가 거지에게 외쳤다

"자 이제 세상을 떠나 어딘가에 가서
해풍을 쏘이며 다시 한번 원기를 되찾자구나."
거지가 거지에게 미친 듯이 외쳤다,
"그리고 골통이 텅 비기 전에 영혼의 나라를 찾자."

"마음씨 착한 아내를 얻어 집 장만하고
우리들 신발 속의 악귀를 몰아내자,"
거지가 거지에게 미친 듯이 외쳤다,
"사타구니 사이의 더 지독한 이 악귀도."

"색시는 천하 미인이 좋긴 하겠지만
너무 예쁠 필요는 없다——그건 그만두고,"
거지가 거지에게 미친 듯이 외쳤다,
"실은 거울 속에 악귀가 산다."

"색시가 너무 부자여야 할 필요는 없다, 부자는
옴에 시달리는 거지들처럼 부(富)에 시달려,"
거지가 거지에게 미친 듯이 외쳤다,
"재미있는 농담도 못한다."

"그러느라면 존경도 받고 편안히
밤마다 평화로운 정원 안에서,"

거지가 거지에게 미친 듯이 외쳤다,
"바람결 따라 기러기 울음 소리도 들려오리라."

BEGGAR TO BEGGAR CRIED

'Time to put off the world and go somewhere
And find my health again in the sea air,'
Beggar to beggar cried, being frenzy-struck,
'And make my soul before my pate is bare.'

'And get a comfortable wife and house
To rid me of the devil in my shoes,'
Beggar to beggar cried, being frenzy-struck,
'And the worse devil that is between my thighs.'

'And though I'd marry with a comely lass,
She need not be too comely — let it pass,'
Beggar to beggar cried, being frenzy-struck,
'But there's a devil in a looking-glass.'

'Nor should she be too rich, because the rich
Are driven by wealth as beggars by the itch,'
Beggar to beggar cried, being frenzy-struck,
'And cannot have a humorous happy speech.'

'And there I'll grow respected at my ease,
And hear amid the garden's nightly peace,'

Beggar to beggar cried, being frenzy-struck,

'The wind-blown clamour of the barnacle-geese.'

*　　*　　*

　예이츠에게는 거지를 주제로 쓴 시가 5편이 있다. 「세 사람의 거지들」「세 사람의 은자들」「거지가 거지에게 외쳤다」「천국으로 달려가다」 그리고 「새벽이 되기 전 시간」 등이다. 연달아 쓴 이 5편의 시에서 시인은 마음 편하고, 욕심 적고, 아무런 구애 없이 자유로이 살아가는 거지들의 생활을 암시적으로 찬양하면서, 또 한편으로는 돈에 미쳐 날뛰고 정치적 소란과 사회적 혼란에 시달리고 있는 당대인들의 무의미한 삶을 암시적으로 비난한다. 「거지가 거지에게 외쳤다」는 가볍게 이어지는 회화조의 리듬이 거지들의 소박한 욕망과 잘 부합되어 부담 없이 읽혀진다.

　제1련에선 세상을 떠나 영혼의 구원을 받고 싶은 욕망을 말하고, 제2련 이하는 아내를 얻어 편안한 생활("신발 속의 악귀를 몰아내자")을 하고 싶은 소망을 말한다. "사타구니…"는 성욕을 말하고, "거울 속에 악귀"는 여자들이 거울을 들여다보며 아름다워지고 싶어함을 비난하는 뜻이다.

쿨 장원과 밸릴리 탑 1931

나의 창턱 아래로 물이 흐른다,
아래쪽엔 수달(水獺)이, 위쪽엔 쇠물닭이 놀고.
물은 햇빛을 받아 반짝이며 1마일을 달리고 나서
'눈 먼' 라프테리가 말하는 '술광' 밑으로 떨어져
어둡게 지하로 흘러 쿨 장원의
암반 지대에서 지상으로 솟아올라 마지막으로
호수로 퍼져나가 구멍으로 떨어진다.
물은 환생한 영혼이 아니고 무엇인가.

호수가엔 숲이 있고,
겨울 햇살 아래에는 온통 메마른 막대기들뿐,
저편 너도밤나무 숲속에 내가 서 있었다.
그때 자연은 비극 배우의 구두를 신고 있었고,
소란한 바람 소리는 내 기분을 비추는 거울이었다.
갑자기 하늘로 오르는 백조의 요란한 소리에
나는 머리를 돌려 나뭇가지 밑에서 그득한 호수물의
번질번질 빛나는 유역이 갈라지는 언저리를 보았다.

거기에 있는 또 하나의 표상을 보았다! 저 소란스런 백색은
하늘이 한데 집중된 것으로밖에 생각되지 않았다.
그리고, 영혼처럼, 그것이 시야에 떠올랐다가
아침에는 사라져 없어지나, 아무도 이유를 모른다.

그것은 어찌나 아름다운지, 지식의 오류와
무지의 오류들을 바로잡는다.
어찌나 고고하게 순수한지, 애들은 생각하리라
한 방울의 잉크로도 살해할 수 있다고.

마룻바닥 위의 지팡이 소리,
의자에서 의자로 몸을 옮기는 누군가의 소리,
어떤 고명한 사람들이 장정한 귀한 책들,
오래된 대리석의 흉상들, 여기저기 걸려 있는 옛 그림들,
이 큰 방들은 방문객들과 아이들이
만족하고 기뻐하던 방들. 이 집의 마지막 주인이 살던 곳,
여기에 이름 없고 명성 없는 이 산 일 없었고,
어리석은 짓 범하는 자 없었다.

주인들이 살다가 죽어간 이 땅은
한때 목숨보다 더 귀하게 여겨졌다. 조상 대대의 나무들,
추억에 찬 정원들은
결혼과 친지들과 가족들을 빛냈었다.
그리고 시집 오는 신부들의 꿈을 만족시켰다.
그곳에서 지금 시류에 따라 그리고 무의미한 환상에 따라
우리는 떠돈다 ── 옛날의 영광은 사라지고 ──
어떤 가난한 아랍인이 천막을 들고 떠돌 듯이.

우리는 마지막 낭만주의자들이었다 ──우리의 주제는
전해 내려오는 고결함과 아름다움,
시인들이 민족의 책이라고 이름한 것에 씌어진 것들,
인간의 마음을 가장 복되게 하고
시격을 높인 것들.

그러나 모든 것이 바뀌었다. 저 준마의 안장에는
옛날 호머가 올라앉았었건만, 지금은 타는 이 없고,
그곳엔 백조가 저물 녘의 물 위를 떠돌 뿐.

COOLE PARK AND BALLYLEE 1931

Under my window-ledge the waters race,
Otters below and moor-hens on the top,
Run for a mile undimmed in Heaven's face
Then darkening through 'dark' Raftery's 'cellar' drop,
Run underground, rise in a rocky place
In Coole demesne, and there to finish up
Spread to a lake and drop into a hole.
What's water but the generated soul?

Upon the border of that lake's a wood
Now all dry sticks under a wintry sun,
And in a copse of beeches there I stood,
For Nature's pulled her tragic buskin on
And all the rant's a mirror of my mood:
At sudden thunder of the mounting swan
I turned about and looked where branches break
The glittering reaches of the flooded lake.

Another emblem there! That stormy white
But seems concentration of the sky;
And, like the soul, it sails into the sight

And in the morning's gone, no man knows why;
And is so lovely that it sets to right
What knowledge or its lack had set awry,
So arrogantly pure, a child might think
It can be murdered with a spot of ink.

Sound of a stick upon the floor, a sound
From somebody that toils from chair to chair;
Beloved books that famous hands have bound,
Old marble heads, old pictures everywhere;
Great rooms where travelled men and children found
Content or joy; a last inheritor
Where none has reigned that lacked a name and fame
Or out of folly into folly came.

A spot whereon the founders lived and died
Seemed once more dear than life; ancestral trees,
Or gardens rich in memory glorified
Marriages, alliances and families,
And every bride's ambition satisfied.
Where fashion or mere fantasy decrees
We shift about ── all that great glory spent ──
Like some poor Arab tribesman and his tent.

We were the last romantics ── chose for theme
Traditional sanctity and loveliness;
Whatever's written in what poets name
The book of the people; whatever most can bless

예이츠와 그의 부인이 1917년 결혼한 후 몇 년 동안 여름을 보냈던 골웨이의 밸릴리 탑

The mind of man or elevate a rhyme;
But all is changed, that high horse riderless,
Though mounted in that saddle Homer rode
Where the swan drifts upon a darkening flood.

*　　　*　　　*

쿨 장원은 예이츠의 오랜 친구이며 후원자였던 그레고리 부인이 한때 살았던 광대한 장원이고, 그 인근에 예이츠의 말년의 저택 밸릴리 탑Tower Ballylee이 있다. 이 시는 시인이 밸릴리 탑 주변과 쿨 장원내에 있는 호수가의 자연 풍물을 바라보면서 그 자연물들, 예를 들면 물과 백조 같은 것의 상징적인 의미를 생각하고 한편 장원내의 서재에서 느끼는 전통과 질서와 품위의 고귀한 아름다움에 심취하면서 이제 그런 귀족적 취향의 시대가 사라진 것을 애석해하는 시이다.

제1련에선 밸릴리 탑 아래를 흐르는 물이 지상을 달리고 나서 땅밑으로 스며들었다가 다시 지상으로 솟아올라와 "호수로 퍼져나가 구멍으로 떨어"지는 순환 운동을 관찰하면서 그것을 "환생한 영혼"의 상징으로 생각한다. 지상에서 지하로 흘렀다가 다시 지상으로 솟아오르는 물의 순환이 햇빛과 어둠의 교차를 수반하여 생(햇빛)과 사(어둠)와 환생(빛)의 의미를 강하게 상징하고 있다.

제2련에선 비극의 계절, 겨울의 삭막한 자연과 대조적으로 하늘을 나는 백조의 신선한 모습이 제시되어 있다. 삭막한 겨울과 소란한 바람은 시인의 늙음과 이때 이미 팔려서 소유주가 바뀌게 되었던 쿨 장원과 병중에 있는 그 주인의 운명 등을 상징한다. 제3련에선 백조의 흰색의 상징에 대하여 말한다. 시인은 그것을 '우주의 정기'로 보고, 또한 '영혼'의 표상으로 보면서 한편 그 아름다움은 지식이나 무지의 경지를 초월하는 절대적 아름다움이며, 그 순수함은 한 방울의 잉크의 미세한 오염도 허용될 수 없는 지순지미(至純至美)한 것이라고 말한다. 자연이나 모든 아름다운 것을 순화시켜 신비시하는 자세는 초기시 이래의 이 시인의 특징이며 그 때문에 우리는 그를 상징시인으로 보는 것이다.

제4련에서는 쿨 장원내의 그레고리 부인의 거실과 서재의 조용하고 질서 있고 품위 있는 분위기가 묘사되어 있다. "마룻바닥 위의 지팡이 소리"는 이때 병중에 있던 그레고리 부인(그녀는 다음해 1932년에 사망하였다)이 힘들게 몸을 움직이는 지팡이 소리이고, "이 집의 마지막 주인"은 그레고리 부인을 말한다. 제5련에서 시인은 전통과 고결한 품위가 사라지고 현대적인 정신적 황폐가 지배하게 된 것을 슬퍼한다.

제6련에서 시인은 결론으로서 자기가 소중히 여기는 귀족주의적 가치의 품목을 나열하면서 이제 "전해 내려오는 고결함과 아름다움"과 민족적 전통과 "마음을 가장 복되게 하"는 것을 노래불러줄 시인이 없음을 슬퍼한다. 예이츠는 자기도 늙었고, 그레고리 부인도 죽음에 임박한 것을 강하게 의식하면서, 이제 "모든 것이 바뀌"어, 품위 있고 아름다운 노래를 불러줄 사람이 없으니 자기들이야말로 "마지막 낭만주의자들"이라고 말한다. 시인이 말하는 낭만주의자는 정신주의적 아름다움을 소중히 여기는 사람들을 말하며, 그것을 노래불러주던 호머 이래의 전통이 자기로서 끝나는 것을 "호머가 올라앉았던 저 준마에는 지금 타는 이가 없다"고 개탄한다. 예이츠는 예술을 사물의 모방이 아니라 마음속에서의 우주의 재창조라고 믿었다. 그런 점에서 그는 코울리지, 워즈워드 계통의 낭만주의 시인이다. 허무하게 닥쳐오는 죽음을 응시하면서, 그것과 곁들여 영원의 상징인 백조를 바라다보는 시인의 자세는 자못 숙연하기만 하다.

앤 그레고리에게

"어떤 젊은 남자가 네 귀 밑의
그 큼지막한 벌꿀빛
금발 머릿단을 보면 실망하여,
결코 너 자신만을
사랑하는 일이 없을 것이다,
너의 노랑 머리를 사랑하는 것이 아니라."

"그렇지만 나는 염색약을 써서
갈색이건, 검정색이건, 당근색이건
마음에 드는 색으로 물을 들일 수 있어요.
실망한 젊은 남자들이
나 자신만을 사랑할 수 있도록,
나의 노랑 머리를 사랑하는 것이 아니라."

"바로 어젯밤, 한 신심 깊은 노인이
언명하는 것을 들었다.
너의 노랑 머리를 사랑하는 것이 아니라
너 자신을 사랑할 수 있는 자는
오직 하나님뿐이라는 것을
증명하는 성경 구절을 찾았다고."

FOR ANNE GREGORY

'Never shall a young man,
Thrown into despair
By those great honey-coloured
Ramparts at your ear,
Love you for yourself alone
And not your yellow hair.'

'But I can get a hair-dye
And set such colour there,
Brown, or black, or carrot,
That young men in despair
May love me for myself alone
And not my yellow hair.'

'I heard an old religious man
But yesternight declare
That he had found a text to prove
That only God, my dear,
Could love you for yourself alone
And not your yellow hair.'

*　　　*　　　*

앤 그레고리는 예이츠의 평생의 문학의 동반자이며 후원자인 아일
랜드의 저명한 귀족 문인 레이디 그레고리의 손녀 이름이다. 시인은

200

이 시에서 여자가 남자의 사랑을 받기 위해서 아름다움만을 가꾸는
일은 무의미한 일이며, 사람들이 외양의 아름다움에 치중하지만, 외
양이 아니라 인간을 인간으로서만 사랑할 수 있는 자는 오직 하나님
뿐이라고 타이른다. 예이츠는 「나의 딸을 위한 기도」에서도 여자가
아름다움만을 위해서 살 경우엔 불행해진다고 충고한 일이 있다.

모히니 차터지

기도를 해야 하느냐고 묻자
그 브라만교의 승려는 말했다,
"아무것도 기도하지 말고,
저녁마다 침상에서 이렇게 말하시오,
'나는 전에 왕이었다
나는 전에 노예였다
바보, 악당, 깡패
내가 전생에서
아니었던 것이 없다
그렇지만 내 가슴에
머리를 눕힌 여자는 부지기수였다' 라고."

한 소년의 어지러운 나날을
평온하게 해주고자 하여
모히니 차터지는 이런 말을,
또는 이와 비슷한 말을 했었다.
나는 주석(註釋)으로 다음과 같은 말을 덧붙인다,
"옛날 애인들은 이승에서
얻지 못한 것들을 얻을 수 있을 것이다─
무덤 위에 무덤이 쌓이는 것은
그 애인들의 소원을 만족시키기 위해서다─
이 검은 대지 위로

병정들이 활보한다.
탄생 위에 탄생이 쌓이는 것은
이러한 연속 포격으로
시간을 우르르 물러가게 하여
탄생의 시간과 죽음의 시간을 만나게 함이다.
또는 대현자들이 말한 바와 같이
인간이 불멸의 발걸음으로 춤추게 함이다."

MOHINI CHATTERJEE

I asked if I should pray,
But the Brahmin said,
'Pray for nothing, say
Every night in bed,
"I have been a king,
I have been a slave,
Nor is there anything,
Fool, rascal, knave,
That I have not been,
And yet upon my breast
A myriad heads have lain."'

That he might set at rest
A boy's turbulent days
Mohini Chatterjee
Spoke these, or words like these.
I add in commentary,

'Old lovers yet may have
All that time denied——
Grave is heaped on grave
That they be satisfied——
Over the blackened earth
The old troops parade,
Birth is heaped in birth
That such cannonade
May thunder time away,
Birth-hour and death-hour meet,
Or, as great sages say,
Men dance on deathless feet.'

*   *   *

　모히니 차터지는 인도의 브라만교의 승려이다. 그가 1885년 더블린에 와서 예이츠가 소속되었던 한 신비 학회에서 강연을 한 일이 있다. 예이츠는 이때 그 승려의 말에 크게 깨우친 바 있어 이 시를 쓴 것이고 그후 1935년 9월 29일자로 그 승려에게 다음과 같은 편지를 보낸 바 있다.

　나는 그 동안 오랜 세월이 지났음에도 당신이 생생하게 기억나서 이 글을 쓰는 것뿐입니다. 당신이 더블린에 왔을 때의 그 강연 주간은 나의 지성에 큰 영향을 주었고, 인생에 대한 나의 최초의 철학적 해답을 주었습니다. 뵈었을 그때 당신은 아주 고운 청년이었습니다. 27세였던 것으로 생각합니다. 그런데 학식 있고 소박한 우리들 모두는 당신의 논리적 사고력에 놀랐습니다. 아내는 내가 자주 당신을 언급한다고 말합니다.

이 시의 제1련은 그 브라만교 승려의 말을 직접 옮긴 것이고, 제2
련은 그 승려의 말에 덧붙여서 "주석으로" 시인 자신의 말로 바꾸어
놓은 것이다. 인도 승려의 말은 인간이 환생을 통하여 생명의 영원성
을 형유함을 말한 것이고, 시인은 거기에 덧붙여 인간의 탄생과 죽음
은 별개의 것이 아니라 서로 연결되어 영원한 생명을 이어가는 것이
며 이승에서 얻지 못한 것을 저승에서 얻게 된다는 생각을 제시한다.
이것은 예이츠의 근본적인 생사관이어서 후기시에서 "물은 환생한
영혼이 아니고 무엇이냐"라고, 또는 "인간은 삶과 죽음을 되풀이한
다"라고 말한 바 있다.

선 택

인간의 지성은 부득이 인생의 완성이냐
작품의 완성이냐 그 어느 쪽을 택해야 한다.
후자를 택한다면 천국의 맨션을 사양하고
어둠 속에서 격노할 수밖에.
작품이 완성된다 해서 어떻게 된단 말인가.
잘 되건 안 되건 노고의 자취는 남는다.
호주머니가 텅 빈 그 오랜 세월의 착잡,
아니면 낮의 허영, 밤의 회한으로.

THE CHOICE

The intellect of man is forced to choose
Perfection of the life, or of the work,
And if it take the second must refuse
A heavenly mansion, raging in the dark.
When all that story's finished, what's the news?
In luck or out the toil has left its mark:
That old perplexity an empty purse,
Or the day's vanity, the night's remorse.

*　　*　　*

　시인은 지성인이 인생의 목표를 정하는 데에 두 가지 길이 있는 것으로 생각한다. 한 가지는 성자가 되는 것이고 또 한 가지는 예술가가 되는 길이다. 인간은 양자를 동시에 성취할 수 없는 노릇이어서 부득이 그 어느 한쪽을 선택해야 한다. 그래서 인생을 완성하는 쪽을 택하면 빛나는 "천국의 맨션"에 들어갈 수는 있겠지만, 작품을 생산하는 작가의 고뇌의 경지는 체험하지 못한다. 예술가들은 천국의 맨션을 사양한 채 가난을 감수하면서 어둠 속에서 격노하고 "오랜 세월의 착잡" 속에서 고뇌하고 회한하는 것을 보람으로 생각하면서 살아가는 사람들이다.

비잔티움

정화되지 않은 낮의 영상들이 물러가고,
술 취한 황제의 군대들은 잠자리에 든다.
밤의 소란도 밤 보행자들의 노랫소리도
대성당의 바라 소리 울린 뒤에 사라지고,
별빛과 달빛으로 찬란한 궁륭은 비웃는다
모든 인간의 현상을,
한낱 분규에 지나지 않는 일체의 것을,
인간의 혈관의 격정과 오욕을.

눈앞에 하나의 이미지가 떠돈다, 인간인가 망령인가,
인간이라기보다는 망령, 망령이라기보다는 이미지.
미라의 천에 싸인 명부의 실꾸러미에서
꾸불꾸불한 길이 풀려나온다.
습기도 없고 숨도 없는 한 입이
숨 끊어진 입들을 불러낸다.
나는 이 초인을 환영한다,
그것은 삶 속의 죽음, 죽음 속의 삶이랄 수 있는 것.

신기하다, 샌가, 황금 세공품인가,
별빛 비치는 황금 가지 위에 앉아
새, 아니 세공품보다도 더욱 신기한 그것이
명부의 새들처럼 울기도 하고,

달을 보고 분격하여 영구 불변의
황금의 영광에 싸여 경멸한다,
속세의 새와 꽃과 그리고
더러움과 피의 모든 분규를.

한밤중 황제의 포도 위에 불길이 난다,
나무로도 부싯돌로도 불붙일 수 없는 불길——
폭풍에도 꺼지지 않는, 불길에서 나타난 불길.
거기에 피에서 생긴 영들이 나타나고
모든 격정의 분규는 사라져 없어진다,
하나의 춤으로 화하여
극치의 황홀로
소매 하나도 태울 수 없는 불길의 극치로 되어.

돌고래의 더러움과 피에 걸터앉으니
영이 영을 따라 나타난다. 대장간이 물결을 부순다,
황제의 황금 대장간이.
무도장의 대리석이
혼잡의 심한 격정을 부순다,
그렇지만 그 이미지들은
새로운 이미지를 배태한다,
돌고래에 찢기우고, 바라 소리에 시달리는 바다.

BYZANTIUM

The unpurged images of day recede;
The Emperor's drunken soldiery are abed;

Night resonance recedes, night-walkers' song
After geat cathedral gong;
A starlit or a moonlit dome disdains
All that man is,
All mere complexities,
The fury and the mire of human veins.

Before me floats an image, man or shade,
Shade more than man, more image than a shade;
For Hades' bobbin bound in mummy-cloth
May unwind the winding path;
A mouth that has no moisture and no breath
Breathless mouths may summon;
I hail the superhuman;
I call it death-in-life and life-in-death.

Miracle, bird or golden handiwork,
More miracle than bird or handiwork,
Planted on the star-lit golden bough,
Can like the cocks of Hades crow,
Or, by the moon embittered, scorn aloud
In glory of changeless metal
Common bird or petal
And all complexities of mire or blood.

At midnight on the Emperor's pavement flit
Flames that no faggot feeds, nor steel has lit,
Nor storm disturbs, flames begotten of flame,

Where blood-begotten spirits come
And all complexities of fury leave,
Dying into a dance,
An agony of trance,
An agony of flame that cannot singe a sleeve.

Astraddle on the dolphin's mire and blood,
Spirit after spirit! The smithies break the flood,
The golden smithies of the Emperior!
Marbles of the dancing floor
Break bitter furies of complexity,
Those images that yet
Fresh images beget,
That dolphin-torn, that gong-tormented sea.

*　　　*　　　*

이 시의 자매시에 해당하는 「비잔티움 항행 Sailing to Byzantium」에서는 자연 세계와 영혼의 세계의 대조를 통하여 영혼 세계(=비잔티움의 세계)에 대한 황홀한 몰입의 감정을 노래했다. 이 시에서 시인은 그 '거룩한 도시,' 비잔티움의 궁성에 밤이 오는 장면을 제시한다. 낮은 밝아서 복잡한 일체의 현상이 드러나므로 우리의 현실 자연 세계를 상징하는 것이고, 밤은 어둡기 때문에 눈에 보이지 않는 추상의 세계인 정신 세계를 상징한다. 자연 세계의 온갖 이미지가 물러가고 비잔티움 황제의 술취한 군인들은 잠자리에 든다. 바라 소리가 울리며 비잔티움이라고 하는 하나의 거대한 사원의 성문이 닫히자 밤거리를 걷는 사람들의 노랫소리도 물러가버리고 이제 완전히 비잔티움은 밤의 나라로 된 것이다. 시인의 상상 세계 속에 비잔티움의 성도가 건립된다. 이 아름다운 밤세계(그것을 하나의 거대한 돔 *dome*에 비유하였다)에 비치는 별빛과 달빛은 인간의 혈관 속을 흐르는 분노와 오욕 같은 것을 경멸한다. 제2련에서 시인은 지금 전개되고 있는 영혼의 나라에 실체 없는 망령들이 계속 나타남을 본다. 그 망령들은 순수한 이미지이기 때문에 인간 같은 형체를 갖추었을 뿐 실체가 없으니 그림자 같기도 하고, 그림자라기보다는 더욱 이미지라고 할 수 있는 추상물들이다. 이 이미지들이 나타남은 흡사 실꾸러미에서 꾸불꾸불한 실이 풀려지는 것 같다. 그것은 삶 속에서 죽음의 세계가 풀려나오는 것이고 육체 속에서 영혼의 세계가 풀려나오는 것이다. "명부의 실꾸러미 *Hade's bobbin*"란 영혼의 세계이고 그것을 감고 있는 "미라의 천 *mummy-cloth*"은 육체이다. 영혼에 구불구불 감긴 현세적인 경험과 기억들을 풀면 거기에 죽음의 나라, 곧 정신 세계가 전개된다. 그 세계 속에서 인간은 육체를 초월하고 시간과 변화의 세계에서 해방되는 것이다. 이 죽음의 세계의 이미지를 입에 침이 없고 숨도 안 쉬는 입이라고 했다. 시인은 이 초월적 이미지를 환영한다. 그것은 인간이되 이미지이고, 이미지인 동시에 인간이다. 그것은 살아 있는 인간이 보는 죽음의 이미지이고, 죽음과 같이 강렬한 창조적 순간에 보는 살아 있는 이미지이다. 제3련에서 시인은 비잔티움 황제의 궁정에서 황금 나뭇가지에 올라 앉은 황금새를 비전으로 본다. 그 영원한 새는 「비잔티움 항행」의 주에서 시인이 밝힌 바와 같이 그가 그런 얘기를 어디선가 읽은 일이 있는 기억을 바탕으로 하고 있다. 지금 시인이 육체를 초월하고 있는 황홀경에서 보고 있는 그 새는 비실체적인 추상적인 이미지이다. 그것은 기적이다. 그것이 새이긴 하지만 현세의 새가 아닌 순수한 이미지일 뿐이다. 그런 새가 황금 나뭇가지 위에 올라앉아서 명부의 수탉처럼 운다. 그 새가 달을 보고 분격한다는 말은 달이 곧 변화의 상징이기 때문에 영원히 변치 않는 황금의 영광에 싸인 새로서는 달을 보고 분격하는 것은 당연하고 그 우는 소리는 현세적인 덧없고 무가치한 분규를 비웃는 소리이다.

212

제4련에 이르러 시는 움직이고 소란하던 비잔티움으로부터 한밤중의 비잔티움으로 바뀐다. 이곳 황제의 궁중의 포도 위에 번쩍번쩍 날으는 불길은 장작을 지펴서 또는 쇠붙이로 붙여서 일으키는 불이 아니다. 바람이 불어서 꺼지는 불도 아니고 스스로 화염 속에서 생겨나는 화염이다. 그것은 어디까지나 구체성이 없는 상상 속의 불이기 때문이다. 그 다음의 "피에서 생긴 영들 *blood-begotten spirits*"이란 시인이 지금 마음속에 보고 있는 정령들은 추상적 비육체적인 것이긴 하지만 육체를 가진 인간에게서 생겨난 것이란 뜻이다. 즉, 삶 속의 죽음, 죽음 속의 삶의 패러독스의 계속이다. 그 정령들이 삶으로부터 생겨나서 삶의 세계의 분노와 복잡을 멀리 떠나 황홀한 조화의 세계, 무도(조화의 상징)의 세계 속으로 추상화 *dying*하여 들어간다. 그 영혼의 천국의 황홀경에서 시인은 정령들과 더불어 영원 조화의 세계에 동화되어 삶 속의 죽음의 경지에 몰두한다.

제5련에서 돌고래는 신비스러운 존재로서 현실의 세계와 영적인 세계 사이에 놓인 존재이다. 시인은 그 짐승의 등에 걸터앉아 몸은 자연 세계에 속해 있지만 정신으로는 계속 영적 세계의 정령들을 눈앞에 본다. 비잔티움 황제의 영원히 썩지 않는 대장간에서는 자연 세계의 정화되지 않은 영상들 *unpurged images*이 세련되고 정화되어 황금새와 같은 영원한 예술품으로 변조된다. 시인은 지금 돌고래의 등에 올라앉은 것이니 육체는 현세의 오욕의 물결을 벗어나지 못한 채 비잔티움의 황금 대장간 속에서 계속 세련을 받아 정화된다. 그 조화의 세계에 동화되어 황홀한 것은 비전의 순간이고, 계속 현세의 이미지들은 그에게 밀려들어 그의 영혼의 대장간에서 부서지게 된다. 돌고래에 찢긴 바다와 바라 소리에 시달리는 바다도 역시 육체와 정신의 모순되는 이원적 갈등 양상이다. 돌고래는 인간을 오욕과 모순의 세계에서 성스러운 조화의 세계로 데려가려 하고, 바라 소리 역시 인간을 현실에서 영원의 세계로 유인하는 소리이다.

동요(動搖)

I

극단과 극단 사이에서
인간은 제 길을 달린다.
횃불이, 아니 불길 같은 숨결이
나타나서 낮과 밤의
이 이율 배반을 모조리
쳐부수려고 한다.
육체는 그것을 죽음이라고 부르고
마음은 그것을 회한이라고 한다.
그러나 그렇게 부른 것이 옳다면
기쁨이란 무엇인가.

II

나무 하나가 있다. 그 꼭대기 가지로부터
밑으로 반은 온통 번쩍이는 불길, 나머지 반은
이슬 젖은 풍요한 이파리의 푸름
그리고 반은 반이지만 전경을 이룬다.
그리고 반과 반은 서로 살려내고 소멸시킨다.
그리고 노려보는 격분과 눈먼 풍성한 이파리 사이에
아티스의 상을 매달고 숭배하는 자는
제가 아는 것을 모를지라도 비애도 모른다.

III

마음껏, 금과 은을 모으고
야심을 채워라, 평범한 일상에
활기를 불어넣고 햇빛을 채워라.
그러나 다음의 금언(金言)만은 명심하라.
여자들은 모두가 빈둥대는 놈팡이에 빠져든다,
저희 새끼들이 많은 재산을 탐내는데도.
새끼들의 감사와 여자의 사랑을
충분히 받으며 산 남자는 일찍이 없었다.

더 이상 망각의 이파리 속에 사로잡히지 말고
죽음에 대한 대비를 시작하라.
인생 40세의 겨울부터는 죽음을 생각하고서
지성과 신념에 의한 모든 작품,
네 손이 만들어놓은 모든 것을 하나하나 재검하여,
자랑스럽게 큰 눈 뜨고 크게 웃으며
무덤으로 향하는 자에게 적합하지 않은 일들을
모두 숨결의 낭비였다고 불러라.

IV

내 나이 50년이 와서 가버렸었다.
나는 하나의 단독자로서
혼잡한 런던의 한 찻집 안에 앉아 있었다.
대리석 식탁 위엔
펼쳐진 책과 다 마신 찻잔.

이 찻집과 거리에 시선을 쏟고 있는 동안
내 육체가 갑자기 불 달아왔었다.

20분 됐을까 말까 하는 사이에
나는 아주 행복감에 차
남도 행복하게 해줄 수 있을 것 같았다.

V

여름 햇빛은 하늘에 퍼진
구름 같은 이파리를 금빛으로 물들이고,
겨울 달빛은 폭풍에 흐트러진
복잡 속으로 들판을 잠겨들게 할지라도
나는 그것을 바라볼 수가 없다
아주 무겁게 책임에 짓눌리기 때문.

여러 해 전 한 말, 행한 짓이
혹은 행하지 않거나 말하지 않은 것,
그러나 말할 수도 행할 수도 있었다는 생각이
마음의 짐이 되어 하루도
무엇인가 회상되지 않는 날이 없고,
양심이, 아니 나의 허영심이 오싹해진다.

VI

발 아래 펼쳐진 번득이는 들판
갓 깎아 쌓은 건초 냄새
코로 맡으며 주(周)나라 대공은
산의 눈을 털어내면서 외쳤다,
"일체 만사 가버리게 하라"고.

바빌론이나 니네베가 흥했던 곳
우유빛 흰 노새에 끌린 마차들,

216

어떤 정복자는 고삐를 죄이고
전쟁에 지친 부하들에게 외쳤다,
"일체 만사 가버리게 하라"고.

피에 흠뻑 젖은 인간의 심장에서
밤과 낮의 가지들이 솟아나
거기에 번지르르한 달이 걸려 있다.
도대체 노래란 무슨 뜻인가,
"일체 만사 가버리게 하라."

VII

영혼. 실상을 찾아내고, 허상을 버려라.
마음. 아니, 시인으로 태어나 주제가 없다니.
영혼. 이사야의 석탄, 더 이상 무엇을 탐할 것이 있겠는가.
마음. 불의 단순 속에서는 말이 막히지!
영혼. 저 불을 보라. 구원은 그 안에서 걷는다.
마음. 호머는 원죄 이외의 어떤 주제를 가졌었는가.

VIII

폰 휘겔, 우리는 서로 많이 닮았지만 헤어져야겠네. 왜냐하면
성자의 기적을 인정하고 신성(神性)을 숭배해야 하니까.
성 테레사의 시신은 기적의 성유 속에 적셔진 채
썩지 않고 무덤에 누워 있다. 무덤에선 향기로운 냄새가 솟아오르고,
글자 새겨진 석판에선 병고침이 나온다. 옛날
이집트 국왕의 미라를 에어 팠던 그 똑같은 손이 근대 성자의 시신도
영원불멸케 했는지도. 나는——만일 기독교도가 되어
무덤에서 가장 환영받는다고 생각되는 신앙을 선택한다면
마음에 위안이 되겠지만——운명이 예정한 역할을 할 것이다.

호머는 나의 모범, 그의 그 기독교화하지 않은 마음이.
사자와 꿀벌집, 그 수수께끼를 성서에선 어떻게 풀이했나.
그러니 폰 휘겔이여 가라 그대의 머리에 축복 있을지라.

VACILLATION

I

Between extremities
Man runs his course;
A brand, or flaming breath,
Comes to destroy
All those antinomies
Of day and night;
The body calls it death,
The heart remorse.
But if these be right
What is joy?

II

A tree there is that its topmost bough
Is half all glittering flame and half all green
Abounding foliage moistened with the dew;
And half is half and yet is all the scene;
And half and half consume what they renew,
And he that Attis' image hangs between
That staring fury and the blind lush leaf
May know not what he knows, but knows not grief.

III

Get all the gold and silver that you can,
Satisfy ambition, animate
The trivial days and ram them with the sun,
And yet upon these maxims meditate:
All women dote upon an idle man
Although their children need a rich estate:
No man has ever lived that had enough
Of children's gratitude or woman's love.

No longer in Lethean foliage caught
Begin the preparation for your death
And from the fortieth winter by that thought
Test every work of intellect or faith,
And everything that your own hands have wrought,
And call those works extravagance of breath
That are not suited for such men as come
Proud, open-eyed and laughing to the tomb.

IV

My fiftieth year had come and gone,
I sat, a solitary man,
In a crowded London shop,
An open book and empty cup
On the marble table-top.

While on the shop and street I gazed
My body of a sudden blazed:

And twenty minutes more or less
It seemed, so great my happiness,
That I was blessed and could bless.

V

Although the summer sunlight gild
Cloudy leafage of the sky,
Or wintry moonlight sink the field
In storm-scattered intricacy,
I cannot look thereon,
Responsibility so weighs me down.

Things said or done long years ago,
Or things I did not do or say
But thought that I might say or do,
Weigh me down, and not a day
But something is recalled,
My conscience or my vanity appalled.

VI

A rivery field spread out below,
An odour of the new-mown hay
In his nostril, the great lord of Chou
Cried, casting off the mountain snow,
'Let all things pass away.'

Wheels by milk-white asses drawn
Where Babylon or Nineveh

Rose; some conqueror drew rein
And cried to battle-weary men,
'Let all things pass away.'

From man's blood-sodden heart are sprung
Those branches of the night and day
Where the gaudy moon is hung.
What's the meaning of all song?
'Let's all things pass away.'

VII

The Soul. Seek out reality, leave things that seem.

The Heart. What, be a singer born and lack a theme?

The Soul. Isaiah's coal, what more can man desire?

The Heart. Struck dumb in the simplicity of fire!

The Soul. Look on that fire, salvation walks within.

The Heart. What theme had Homer but original sin?

VIII

Must we part, Von Hügel, though much alike, for we
Accept the miracles of the saints and honour sanctity?
The body of Saint Teresa lies undecayed in tomb,
Bathed in miraculous oil, sweet odours from it come,
Healing from its lettered slab. Those self-same hands perchance
Eternalised the body of a modern saint that once
Had scooped out Pharaoh's mummy. I — though heart might find relief
Did I become a Christian man and choose for my belief
What seems most welcome in the tomb — play a predestined part.

Homer is my example and his unchristened heart.

The lion and the honeycomb, what has Scripture said?

So get you gone, Von Hügel, though with blessings on your head.

*　　　*　　　*

　예이츠는 인간을 "극단과 극단 사이"에서 흔들리는(동요하는) 상황에 놓인 존재로 파악한다. 어느 때는 황홀하게 빛나는 영혼의 기쁨에 도취하기도 하지만 죽음의 공포나 현실의 책무에 억눌리는 중압감에 시달리기도 한다. 이것은 인간이 영혼(정신)과 육체라고 하는 이율 배반적인 존재이기 때문이라는 철학에서 나온 생각이다. 예이츠가 인간 심리나 역사의 진전을 선과 악, 사랑과 증오와 같은 상반된 양극적인 요인의 변증법적 결과로 파악한 것은 영국 시인 윌리엄 블레이크의 사상의 영향 때문이다. 블레이크는 끌림과 거부, 사랑과 미움은 인간 존재에 필연적인 특성으로 생각하여 선은 이성에 복종하는 수동적인 자세이고, 악은 정력에서 생겨나는 적극적인 자세라고 생각하여 선은 천국, 악은 지옥 식으로 양극화하여 생각하였다.

　이 시의 제 I 부에서 시인은 인간의 생명이 상극 대립되는 심리적 갈등 작용으로 추진되어 죽음으로써 그 대립이 끝난다 해도 그것으로써 양극단 사이의 갈등이 해결되는 것이 아니기 때문에 "마음은 그것을 회한이라고" 부른다. 그렇다면 어떤 길로도 해결이 나지 않는 이율 배반적인 존재인 인간에게 "기쁨"이란 무엇이냐. 이 질문에 대한 명상 형식으로 II 부가 시작된다. 제 II 부의 첫머리에 나온 "나무"는 시인이 접한 전설적 신비술에 나오는 영혼과 육체의 이율 배반성을 상징하는 이미지이다. 예이츠는 한 에세이에서 이 나무에 대하여 "강가에 키 큰 나무가 하나 있었는데, 나무의 반은 꼭대기에서 뿌리까지 화염에 싸여 있고, 반은 푸르고 잎이 무성했다"라고 언급한 일이 있다. 이 상징적 이미지와 아티스 Attis 신의 신화를 연결시킨다. 고대 토속 신앙에 나오는 식물신 아티스는 봄에 식물의 부활을 기원하는 제의(祭儀)의 대상이다. 이 신에게 생명의 소생을 기원하는 제의에서 제관들이 거세당하는 것으로 되어 있기 때문에, 그것은 자기 희생의 상징이다. 상반되는 나무의 양면 사이("노려보는 격분"은 감정적인 면이고, "눈먼 풍성한 이파리"는 육체적인 면)에 아티스의 신을 매다는 것은 자기를 희생하고 신과의 합일을 통하여 상극 대립의 모순을 극복하고자 함이다. 그 순간의 황홀경이 곧 기쁨이지만 그 순간 숭배하는 자는 "제가 아는 것을 모를지라도 비애도 모른다." 왜냐하면 그 황홀경을 체험하는 것은 이성을 초월하는 것이기 때문이다. 「비잔티움 항행」에서 느끼는 황홀한 기쁨도 같은 성질의 것이다.

제Ⅲ부는 훈계조로 인간의 모순된 실상을 직시하고 올바른 마음가짐으로 죽음에 대비할 것을 설득한다. 인간은 욕망과 야심 속에서 살게 마련이지만 결국 "망각의 이파리"(죽음)에 사로잡히게 마련이다. 얼마나 아이러닉한 일인가. 욕망과 야심은 또한 본능적 사랑을 저버리게 되기 때문에 "새끼들의 감사와 여자의 사랑"을 동시에 받으면서 산 사람은 없었다. "인생 40"은 동양으로 말하면 불혹의 나이이다. 이후의 생활은 죽음을 염두에 두고 반성의 자세로 "지성과 신념"에 의한 작품을 써서 모순된 인간을 초극할 것을 권한다. 시인이 자신에 대한 다짐과 각오를 피력하는 말로 들린다. 예이츠에게 "인생 40"이 되는 1905년은 정말 그가 지성과 신념으로써 시의 변화를 가져오기 시작한 해이다.

제Ⅳ부와 Ⅴ부에서 시인은 자신의 창작의 기쁨과 책임을 말한다. 시인이 여기에서 언급하는 "한 말 행한 짓" 등에 대한 책임감은 아마 그의 조국 아일랜드의 정치적 상황과 관련이 있는 것으로 보인다.

제Ⅵ부*는 역사상 위대한 지배자와 정복자들의 이름을 등장시켜

---

* 제Ⅵ부에 나오는 "주나라의 대공"은 중국의 周왕조 때의 周公(?). '니네베 Nineveh'는 612 BC에 앗시리아 제국의 멸망으로 폐허가 된 수도로서 과거의 영광의 상징이다.

과거의 영광과 흥망성쇠는 모두 가버리고 마는 것이니 현상적인 결과 같은 것엔 개의치 말라고 말한다. 이 주제가 "일체 만사 가버리게 하라"는 되풀이되는 후렴에 요약되어 있다. 3련의 "밤과 낮"은 이율 배반의 이미지이고, "달"과 "노래"는 이율 배반의 화합의 이미지이다.

제Ⅶ부에선 "영혼"(정신)과 "마음"(육체)의 대화의 형식으로 영혼이 모든 현상적인 "허상"을 버리라고 권유하는 데 대하여 마음은 변화·생성하는 현상적인 것을 버려버리면 시인들은 쓸 주제가 없어질 것이 아니냐고 항변하는 대화를 진행시킨다. "이사야의 불"은 구약 성경 『이사야』 6: 6~11에서의 인유인 바 모든 죄를 태워버리는 불이다. 불은 죄악이라고 하는 이율 배반의 모순을 태워버려서 단순화시키지만, 그 결과 인간적인 것이 없어지고 만다면 시인은 더 이상 글을 쓸 주제가 없어지고 만다. 호머 이래 시인들은 원죄를 짊어진 인간을 주제로 글을 써왔다.

제Ⅷ부에서는 시인이 Ⅶ부에서와 같은 주제를 카톨릭 신비주의자 폰 휘겔을 상대로 항변하는 식으로 전개시킨다. 시인은 휘겔과 같이 신비주의를 신봉하지만 기독교적 내세관과 천국의 구원 사상에는 동조할 수가 없으니 "헤어져야겠"다라고 말을 꺼낸다. 시인은 이어서 신성 숭배 사상이나 인간 영생 사상을 믿을 수 없다고 말하고, 인간은 결국 죽는 몸이라는 운명론을 감수하고 호머의 "기독교화하지 않은 마음"을 모범으로 삼겠다고 말한다. "사자와 꿀벌집"의 인유는 구약 『사사기』 14: 14~18에서 나온 것이다. 『사사기』에서 "너는 수수께끼를 하여 우리로 듣게 하라. 삼손이 그들에게 이르되 먹는 자에게서 먹을 고기가 나오고 강한 자에게서 단것이 나왔느니라"의 수수께끼에 대한 대답으로 벌꿀집을 탐식한 사자의 예가 제시되어 있다. 예이츠는 이 우화를 빗대어 사자가 힘의 상징인 것과 같이 시인 역시 아름다움과 힘의 상징이어서 시인의 입을 통하여 인간 구원의 힘과 행복한 목소리가 흘러나옴을 암시적으로 주장한다.

얼빠진 제인 주교와 이야기하다

나는 노상에서 주교님을 만나
그와 많은 얘기를 했다.
"그 젖가슴이 이제 납작하게 꺼졌군요.
그 핏줄도 곧 마르겠지요.
천국의 집에서 사시오.
더러운 돼지우리에서 살지 말고."

"아름다움과 더러움은 사촌간이지요,
고운 것엔 더러운 것이 필요하지요," 나는 외쳤다.
"내 친구들은 가버렸어요, 그러나 그것은 진리지요,
무덤도 침상도 거부할 수 없는.
육체를 낮추고
마음의 긍지에서 배운 진리."

"여자가 사랑에 열중할 때엔
자랑스럽고 빳빳해질 수 있지요.
그러나 사랑은 똥 오줌 속에
그 집을 처박아 놓고 있지요.
찢어지지 않은 것은 어느 것이고
완전히 하나일 수는 없으니까요."

CRAZY JANE TALKS WITH THE BISHOP

I met the Bishop on the road
And much said he and I.
'Those breasts are flat and fallen now,
Those veins must soon be dry:
Live in a heavenly mansion,
Not in some foul sty.'

'Fair and foul are near of kin,
And fair needs foul,' I cried.
'My friends are gone, but that's a truth
Nor grave nor bed denied,
Learned in bodily lowliness
And in the heart's pride.'

'A woman can be proud and stiff
When on love intent:
But Love has pitched his mansion in
The place of excrement:
For nothing can be sole or whole
That has not been rent.'

*　　　*　　　*

이 시는 제인과 주교가 사랑에 대하여 주고받는 대화체 시이다. 에
이츠는 「최후의 심판일의 얼빠진 제인 Crazy Jane on the Day of

Judgement」이라는 시에서 사랑은 육체와 정신이 합쳐진 것이며, 그 어느 한 쪽만으로는 채워지지 않는 것이라는 주제를 다룬 일이 있다. 인간을 육체와 영혼, 주관과 객관으로 양분하여 생각하고, 그 양자의 변증법적 통합의 이론으로써 인간의 실상을 파악하는 것이 예이츠의 기본 사상이다.

이 시에서는 주교가 제인에게 늙어서 이제 유방도 처지고, 핏줄도 말랐으니 육체를 버리고 천국으로 갈 준비를 하라고 설교한다. 주교는 육체는 더러운 것이라는 도그마에 사로잡혀 있다. 주교의 말에 대하여 제인은 아름다움과 더러움은 사물의 양면이기 때문에 그 양면은 모두 필요하다고 응수한다. 그 말에 대해 주교는 죽음의 진리를 말한다. 인간의 육체는 유한한 것이어서 죽음은 어느 누구도 부정할 수 없는 진리라고 말한다. 이 진리를 강조하기 위해서 "무덤도 침상도 거부할 수 없"다고 말한다. 그 말은 무덤에서 소생할 수도 없고, 침상에서 누워 있다가 일어날 수도 없는 것이 죽음이란 말이다. 이 죽음의 진리는 비천한 육체를 버리고 영혼의 영원성을 깨달았을 때에 터득되는 "마음의 긍지에서 배운 진리"이다. 끝내 정신만이 제일이라는 주교의 생각에 대해서 제인은 여자가 사랑에 황홀할 때 우쭐하지만, 잘 생각해보면 사랑은 육체에 근거를 둔 것이기 때문에 반드시 아름다운 것이 아니라고 응수한다. 마지막 2행 "찢어지지 않은 것은 어느 것이고/완전히 하나일 수는 없으니까요"의 뜻은 남녀의 사랑이란 이율배반적인 남녀가 결합함을 의미하는 것인즉, 상반 대립이 없는 곳엔 통합도 있을 수 없다는 뜻이다. 그리고 또 하나의 뜻은 'sole'이 'soul'의 동음이의어이고, 'whole'이 'hole'의 동음이의어이고, '갈라진다'는 것은 처녀막의 파열을 의미한다고 볼 때, 처녀막이 갈라지지 않은 사랑에는 육체 *hole = whole*도 정신 *sole = soul*도 무의미한 것이어서 사랑(통합)을 기대할 수 없다는 뜻이다.

한참 말이 끊어졌다가

한참 말이 끊어졌다가 하는 말——
다른 애인들은 모두 멀어졌거나 죽었고,
인정 없는 램프불은 삿갓에 가리고,
인정 없는 밤엔 커튼이 쳐졌으니,
'예술'이나 '노래' 같은 고귀한 화제나
이야기하고 또 이야기하는 것이 옳으리다.
육체가 쇠하여짐은 지혜로워짐을 뜻하는 것,
젊어선 우리 서로 사랑하고 어리석었더니.

AFTER LONG SILENCE

Speech after long silence; it is right,
All other lovers being estranged or dead,
Unfriendly lamplight hid under its shade,
The curtains drawn upon unfriendly night,
That we descant and yet again descant
Upon the supreme theme of Art and Song:
Bodily decrepitude is wisdom; young
We loved each other and were ignorant.

　　　　*　　　*　　　*

　　이 시는 예이츠의 친구이며 애인이었던 셰익스피어 부인에 대해서
쓴 시이다. 다이아나 버논Diana Vernon이라고도 부른 그녀와 시인과
의 관계는 미묘한 것이어서, 그녀의 남편이 이혼을 허락해주었으면
결혼까지도 할 수 있었을 정도로 깊은 관계에 있었다. 「굳은 맹세」
「친구들」「연인은 사랑의 상실을 슬퍼한다」 등의 시는 그녀와의 관계
를 다룬 시들이다. 시는 처음부터 극적으로 전개된다. 두 애인이 밤
에 램프불을 켜놓은 채 창문에 커튼을 치고서 끝없는 이야기를 주고
받는다. 커튼을 친 것으로 보아 때는 겨울밤인 것 같고, "젊어선 우리
서로 사랑"했었다는 말로 보아 지금의 이 두 애인들은 늙은 사람들
같다. 시의 시작은 두 사람의 이야기가 한참 끊어졌다가 시작되는 장
면이다. 겨울밤에 커튼을 드리우고 애인들끼리 단둘이 앉아서 속삭
이는 장면이 무척 로맨틱하고 관능적 분위기를 보여줄 것 같지만, 그
애인들은 늙은 사람들이어서 주고받는 이야기는 예술이나 시 같은
고상한 화제들이다. 바로 그점에 이 시의 아이러닉한 의미가 들어 있
다. 이 애인들은 지금 노령에 이르러서 인생의 모든 의미를 풀이할
수 있는 지혜를 터득하여 예술이나 노래 같은 고귀한 화제를 이야기
할 수 있지만, 몸은 이미 늙어서 사랑을 할 수 없는 처지에 놓여 있
다. 그 반면에 젊어서는 서로 사랑을 했지만, 그 사랑의 의미를 파악
할 만한 지혜가 없었다. 젊음과 아름다움이 있었을 때엔 정신적인 면
에서 눈이 어두웠고, 정신적으로 눈이 뜨여 지혜로워지니 젊음과 아
름다움은 가버린 것이다.

　　램프불을 "인정 없는 unfriendly"이라고 표현한 것은 램프불이 사
정 없이 비춰서 서로 상대방의 늙은 얼굴을 보여주기 때문일 것이다.
그 인정 없는 불빛이 삿갓에 가려져 있는 것은 오히려 다행한 일이
다. 그 다음 "인정 없는 밤"이라고 한 것은 어둠과 공포를 몰아오는

밤, 나아가서는 앞으로 이들에게 닥쳐올 죽음의 밤을 암시하는 것으로 생각된다. 다행히 그 무서운 밤에 포장이 드리워졌으니, 그런 외면 세계와 육체의 세계와는 상관없는 정신 세계에서 위안과 기쁨을 찾는다는 뜻이 암시되어 있다.

올리비아 셰익스피어. 예이츠와 셰익스피어 부인은 평생 동안 친구였다

메루 산

문명은 하나의 법칙 아래에서,
외양으로는 평화를 바탕으로 묶여 있는 듯이 보이지만
그것은 여러 겹의 환상. 인간의 하는 일은 사유다.
공포를 겁내지 않고, 계속해서
여러 백년을 두고 게걸스레 찾아 헤매고,
찾고, 분노하고, 뿌리째 뽑아버리다가
결국 황량한 현실의 세계로 돌아온다.
이집트어, 그리스어, 안녕, 로마어, 안녕.
은자는 메루 산에서 에베레스트에서,
한밤중 쌓이는 눈 속에서 동굴에 갇혀,
또는 눈과 겨울의 무서운 강풍이
벌거벗은 몸뚱이를 휘몰아치는 곳에서,
낮은 밤을 가져오고, 새벽이 되기 전에
인간의 영예와 그의 업적들이 끝나버린다는 것을 안다.

MERU

Civilization is hooped together, brought
Under a rule, under the semblance of peace
By manifold illusion: but man's life is thought,
And he, despite his terror, cannot cease

Ravening through century after century,

Ravening, raging, and uprooting that he may come

Into the desolation of reality：

Egypt and Greece, good-bye, and good-bye, Rome!

Hermits upon Mount Meru or Everest,

Caverned in night under the drifted snow,

Or where that snow and winter's dreadful blast

Beat down upon their naked bodies, know

That day brings round the night, that before dawn

His glory and his monuments are gone.

*　　　　*　　　　*

　예이츠의 말기의 시집 『3월의 만월 *A Full Moon in March*』(1935)에
'초자연의 노래들'이라고 이름을 붙인 12편의 시들이 있고, 그 중 마
지막 시가 「메루 산」이다. 메루 산은 히말라야 산맥 중에 있는 산이
며, 원시 불교에서 수행승들이 거기에 올라가 수행하였고, 석가도 이
산에서 도를 닦았다고 한다. 불교에서는 수미산(須彌山) Sumeru 또는
줄여서 미로(迷盧) Meru라고 하며, 주변에 칠산팔해(七山八海)가 있
는 이 세계의 중심이라고 말한다.

　이 시는 우주의 실체를 파악할 수 있는 지혜는 결국 동양의 은사
(隱士)들에게서나 기대할 수 있음을 암시하면서, 한편 그 실체는 추
상적 사상이 아니고, "황량한 현실"일 뿐이라는 시인의 문명관·우주
관을 드러낸 시이다. 예이츠는 일본·중국을 위시해서 동양의 문물
사상에도 조예가 깊었던 시인으로서 이 시에 그 흔적이 여실히 드러
나 있다. '초자연의 노래들'의 해설에서 예이츠는 「메루 산」에 언급
하여 다음과 같이 말하였다.

…그때 나는 초기 기독교 아일랜드를 인도와 결부시켰다고 말하였다… 한 유명한 철학자는 모든 문명은, 그 지리적 기원에 상관없이 아시아에서 시작되었다고 믿었다.

인간은 이 현상 세계에 통일을 주고 그 본체를 파악하기 위하여 끊임없이 연구하고 노력하지만 그가 파악한 체계나 실체라고 하는 것은 결국 인간들의 환상이다. 피상적으로 보면 잡다한 현상이 평화스럽게 질서잡혀 있는 것같이 보이지만, 그것은 인간의 환상이고 실상은 황량할 뿐이다. 인간의 하는 일은 "생각하는 것〔思惟〕"뿐이고, 거기에서 얻어지는 법칙으로 현상의 세계를 묶을 수는 없다. 그렇지만 인간은 여러 백년을 두고 무슨 종국적 법칙이나 원리 같은 것이 있는가 하고 결과에 대한 "공포를 겁내지 않고"서 "게걸스레 찾아 헤매고,/찾고, 분노하고, 뿌리째 뽑아버리"지만 현실은 황량할 뿐임을 알게 되어 아연히 놀란다. 시인은 무질서한 현상을 묶는 법칙으로서 기독교의 사랑도 불충분하고, 그리스 철학자들의 추상적인 사상도 어리석은 생각이라고 생각했다. 결국 모든 서양의 사상은 잘못된 것이라는 뜻에서 그는 "이집트여, 그리스여, 안녕, 로마여, 안녕"이라고 결별의 인사를 보내고서 눈을 메루 산의 은자에게로 돌린다. "메루 산에서 또는 에베레스트"산에서 "한밤중 쌓이는 눈 속에서 동굴에 갇혀" "또는 눈과 겨울의 무서운 강풍이/벌거벗은 몸뚱이를 휘몰아치는 곳에서" 진리를 찾는 은둔 수도승들은 인간의 노력과 지혜의 한계에 눈이 뜨이고, 우리가 종국적으로 알 수 있는 것은 낮이 가면 밤이 온다는 것과, "인간의 영예와 그의 업적"은 순간적이라는 것을 깨닫는 것뿐이다. 관념적 실체에 대한 강한 불만의 목소리는 예이츠 후기 시의 주조이고, 그 때문에 그는 오늘날 포스트모던 시대에도 우리에게 여전히 신선한 현대 시인으로 받아들여진다.

옥 돌
—— 해리 클리프턴을 위하여

나는 들었다, 신경질적인 여인들이
팔레트나 바이올린의 활, 그리고 언제나 즐겁기만 한
시인들에 대하여 역겹다고 말하는 것을.
누구나 알고, 또 마땅히 알아야 할 일이 아닌가,
어떤 단호한 조치가 취해지지 않는 한
비행기와 비행선이 나타나서
빌리 왕처럼 폭탄을 퍼부어
도시가 납작해질 것이라는 것을.

모두가 자기들의 비극을 연출한다,
저기 햄릿이 으스대며 걸어가고, 저기 리어 왕이 있고,
저것은 오필리어, 저것은 코델리아.
그러나 그들은, 최후의 장면이 되어
큰 무대의 막이 내리려 한다 해도,
극중에서 맡은 그들의 역에 의의를 느낀다면,
대사를 중단하고 울음을 터뜨리지는 않는다.
그들은 햄릿 역이나 리어 왕 역이 유쾌하다는 것을 안다,
희열이 모든 두려움을 변형시킨다.
사람은 누구나 추구하고, 얻고, 잃어왔다.
암전(暗轉). 머릿속에 번뜩이는 천국.
여기에서 비극이 절정에 이른다.
햄릿이 지껄이고, 리어 왕이 분노하고,

234

십만의 무대 위에
마지막 막이 한꺼번에 갑자기 내려진다 해도,
비극은 한치 한푼도 더해지지 않는다.

걸어서 왔거나, 배를 타고 왔거나,
낙타를 타고, 말을 타고, 당나귀를 타고, 노새를 타고 그들은 왔지만,
옛 문명들은 끝나버렸다.
그리고 그들과 그들의 예지도 멸망했다.
대리석을 청동 다루듯이 주물러대고,
해풍이 몰아붙이면, 그가 만든 벽걸이가
날아 올라가는 것처럼 보였던
칼리마쿠스의 작품도 오래 견뎌내지 못한다.
가느다란 종려나무의 줄기처럼 만든
그의 긴 램프 등피도 단 하루만을 견디어냈다.
모든 것은 허물어지고 다시 세워진다,
그리고 다시 세우는 자는 유쾌하다.

두 사람의 중국인과, 그 뒤를 따르는 또 한 사람이
옥돌에 새겨져 있다,
그들의 머리 위에 나는 것은 다리가 긴 새,
장수의 상징.
뒤에 서 있는 사람은 틀림없이 하인,
그는 어떤 악기를 갖고 있다.

그 옥돌에 생긴 얼룩의 하나하나,
우연히 생긴 금이나 패인 홈은,
폭포 줄기나 눈사태와도 같고,
혹은 아직도 눈이 내리는 높은 벼랑처럼 보인다.

분명 그 벼랑의 매화나 벚나무 가지가
산 중턱의 작은 정자에 향기를 더하고 있는데
그 중국인들이 거기로 올라가다가,
어딘가에서 쉬고 있다고 상상하니 즐겁다.
거기에서, 그들은 산이나 하늘을,
또는 비극의 장면을 응시한다.
한 사람이 슬픈 가락을 청하니
능숙한 손가락이 연주하기 시작한다.
주름살투성이 얼굴에서 눈은, 그들의 눈은,
그들 노년의 번쩍이는 눈은, 즐겁기만 하다.

LAPIS LAZULI

—— For Harry Clifton

I have heard that hysterical women say
They are sick of the palette and fiddle-bow,
Of poets that are always gay,
For everybody knows or else should know
That if nothing drastic is done
Aeroplane and Zeppelin will come out,
Pitch like King Billy bomb-balls in
Until the town lie beaten flat.

All perform their tragic play,
There struts Hamlet, there is Lear,
That's Ophelia, that Cordelia;
Yet they, should the last scene be there,

236

The great stage curtain about to drop,
If worthy their prominent part in the play,
Do not break up their lines to weep.
They know that Hamlet and Lear are gay;
Gaiety transfiguring all that dread.
All men have aimed at, found and lost;
Black out; Heaven blazing into the head;
Tragedy wrought to its uttermost.
Though Hamlet rambles and Lear rages,
And all the drop-scenes drop at once
Upon a hundred thousand stages,
It cannot grow by an inch or an ounce.

On their own feet they came, or on shipboard,
Camel-back, horse-back, ass-back, mule-back,
Old civilizations put to the sword.
Then they and their wisdom went to rack:
No handiwork of Callimachus,
Who handled marble as if it were bronze,
Made draperies that seemed to rise
When sea-wind swept the corner, stands;
His long lamp-chimney shaped like the stem
Of a slender palm, stood but a day;
All things fall and are built again,
And those that build them again are gay.

Two Chinamen, behind them a third,
Are carved in lapis lazuli,

Over them flies a long-legged bird,
A symbol of longevity:
The third, doubtless a serving-man,
Carries a musical instrument.

Every discoloration of the stone,
Every accidental crack or dent,
Seems a water-course or an avalanche,
Or lofty slope where it still snows
Though doubtless plum or cherry-branch
Sweetens the little half-way house
Those Chinamen climb towards, and I
Delight to imagine them seated there:
There, on the mountain and the sky,
On all the tragic scene they stare.
One asks for mournful melodies:
Accomplished fingers begin to play.
Their eyes mid many wrinkles, their eyes,
Their ancient, glittering eyes, are gay.

*　　　*　　　*

　　이 시도 「메루 산」에서와 같이 시인이 눈을 동양의 성현들에게 돌려 그들의 지혜를 생각하면서, 한편 문명의 성쇠와 인간의 운명, 예술의 가치 같은 것을 아울러 생각해본 시이다. 문명의 성쇠와 인간의 운명은 한 말로 비극의 역사이지만 인간들은 그것을 초극하여 기쁨으로 전환시켜가면서 살아간다. 'Lapis Lazuli'는 우리가 옥(玉) 혹은 유리라고 부르는 유의 일종의 보석이다. 시인은 친구 해리 클리프턴

238

Harry Clifton(1908~1972)으로부터 옥돌로 만들어진 실내 장식품을 선물받고서, 거기에 새겨진 산을 오르는 두 사람의 중국인을 바라보면서 이 생각 저 생각 상상을 해보는 것이다.

제1련에서 시인은 모드 곤 등 당시 정치 운동에 가담했던 여성들이 시국이 소란하고 유럽의 정세가 불안한 판에 한가하게 미술이다 음악이다 하는 것에 종사하는 사람들에 대해서 역겹게 생각하고 신경질을 부린다는 다분히 신변적인 평이한 얘기로부터 시를 시작한다. 시인이 이 시를 쓴 것은 1935년이다. 이때 나치의 대두, 스페인 내란 등 2차 대전을 앞둔 유럽의 정세는 불안하기만 했다. 빌리 왕은 보인 전쟁 때(1690) 아일랜드에서 제임스 2세의 군대를 참패시킨 오렌지 공 윌리엄 3세(1689~1702)를 말한다.

제2련에서는 우리의 비극적인 인생을 무대 위에서의 비극에 비유하여 우리 개개인을 그 비극의 주인공으로 가정하고서 말한다. 셰익스피어의 비극의 주인공들, 햄릿이나 리어 왕이나 오필리어 등이 비극의 절정에 이르러 "큰 무대의 막이 내리려 한다 해도" "울음을 터뜨"려 대사를 중단하지 않고서 자기의 역할을 끝내 해내는 것과 마찬가지로, 인간들이 비극적 인생을 포기하지 않고서 살아가는 것은 "모든 두려움을 변형시"켜 거기에서 희열을 찾아내기 때문이다. 시인은 그 희열을 "비극적 기쁨 *tragic joy*"이라고 표현하여 이 시의 주제로 삼고 있다. 인간이 "추구하고, 얻고, 잃어"온 과정을 되풀이하는 것은 우리의 비극적 운명이다. 이 지상에는 수많은 비극이 개개인에게 혹은 집단적으로 닥쳐와서 "십만의 무대 위에/마지막 막이 한꺼번에 갑자기 내려진다 해도" 그것은 우리가 견딜 수 없을 정도로 더 무겁거나 더 오래가는 일이 없다. 비극의 절정을 무대 용어로 쓰이는 "암전(暗轉) *black out*"이란 말로 표현하였는데, 그 말은 공습 때의 등화관제를 의미하는 말이기도 하다. 이 표현은 이 시의 장면과 상황에 비추어 지극히 적절한 비유적 표현이다. 이 비극적 절정에 느끼는 희열을 "머릿속에 번뜩이는 천국"이라고 말하고 있다. 깜깜한 암흑 속에 비쳐드는 한 줄기 광선을 보는 것 같다.

　제3련에선 개인의 비극을 인류 문명의 차원으로 확대하여 인류의 역사는 결국 "허물어지고 다시 세"우는 비극의 되풀이임을 말한다. 인류 문명의 시초가 어떤 형태였던간에, 새로운 문명은 그 이전의 문명을 멸망시키고, 다시 그 문명도 멸망하여 흥망성쇠의 역사를 되풀이한다. "걸어서 왔거나, 배를…"의 시행에 열거된 문명의 시초에 대한 상징적 표현은 이집트 문명, 아랍 문명, 기독교 문명, 회교 문명 등을 말하는 것이다. 기원전 5세기의 아테네의 조각가 칼리마쿠스 Callimachus의 그 신묘한 작품도 멸망의 운명을 면할 수 없었다고 한다. 이 말은 예술의 생명이 오래가지 못한다는 뜻이 아니라 인간이 만들어내는 문명치고 흥망성쇠의 비극적 역사에서 예외일 수 없다는 말이다.

　제4련에서 시인은 옥돌 장식품을 보고서 거기에 그려져 있는 두 사람의 중국인과 그들 머리 위를 나는 봉황새와 하인처럼 보이는 또 한 사람에 대하여 그 상황을 상상해본다.

　마지막 연에서 시인은 상상의 폭을 더욱 확대하여 자연과 인간이 잘 조화된 한 폭의 동양화와 같은 아름다운 장면을 그려본다. 시인의 상상은 옥돌에 새겨진 두 사람의 중국 노인의 "주름살투성이 얼굴"에 나타난 비극적 환희의 눈빛에 집중된다. 상상의 구도가 존 키츠의 「그리스 항아리」와 방불하다고 말할 수 있지만, 키츠의 정열과 낭만의 화려한 언어가 어찌 달관과 예지에 빛나는 예이츠의 통찰력과 침착성이 뒷받침된 원숙한 시에 미친다고 할 수 있겠는가.

1에이커의 풀밭

그림도 책도 있다
육체의 힘이 다해지는 지금
바람도 쐬고 운동도 할
1에이커의 풀밭도 있다
이 한 채의 낡은 집에선 한밤중
생쥐밖엔 움직이는 소리가 없다.

마음의 유혹도 가라앉았다.
이제 인생의 종말에 이르러
느슨한 상상력을 다해도
넝마와 육체를 소모하는
정신의 방아를 찧어대도
진리를 깨달을 수가 없다.

내게 노인의 열광을 부여해다오.
내 자신을 개조하여
타이몬이나 리어이고 싶다
아니면 진리가 부름에 응할 때까지
벽을 치고 또 쳤던
저 윌리엄 블레이크이고 싶다.

미켈란젤로가 알고 있던

구름을 꿰뚫을 수 있는 정신을,
아니면 열광에 고취되어
수의 속의 주검을 뒤흔들 수 있는 정신을,
기타의 것은 사람들에게 잊혀지고
한 노인의 독수리 정신을 부여해다오.

AN ACRE OF GRASS

Picture and book remain,
An acre of green grass
For air and exercise,
Now strength of body goes:
Midnight, an old house
Where nothing stirs but a mouse.

My temptation is quiet.
Here at life's end
Neither loose imagination,
Nor the mill of the mind
Consuming its rag and bone,
Can make the truth known.

Grant me an old man's frenzy,
Myself must I remake
Till I am Timon and Lear
Or that William Blake
Who beat upon the wall

Till truth obeyed his call:

A mind Michael Angelo knew
That can pierce the clouds,
Or inspired by frenzy
Shake the dead in their shrouds;
Forgotten else by mankind,
An old man's eagle mind.

*   *   *

이 시는 1938년 시인의 나이 73세 때에 씌어진 것으로 그는 이 시를 쓰기 4년 전에 그 동안 살아오던 밸릴리 탑의 생활을 청산하고 더블린 근교로 이사했었다. "그림도 책도 있"는 생활의 안정과는 상관 없이 신체적 노쇠에서 오는 정신적 초조감을 읽을 수 있는 이 시에서 그는 진리를 깨달을 수 있는 "노인의 열광"을 갈망한다. 그는 역시 말년에 쓴 시「탑」에서도 "나는 지금까지/이처럼 흥분하고, 정열적이고, 환상적인/상상력을 가져본 일이 없다. 불가능한 것을/이처럼 기대하는 귀와 눈을 가져본 일이 없다"라고 노래불렀다. 쇠퇴하지 않는 노시인의 지력과 식지않는 격정과 분방한 상상력을 짐작할 수 있다. "타이몬"은 셰익스피어의 비극『아테네의 타이몬 Timon of Athens』에서 재산을 탕진하고 궁핍한 끝에 자기를 배반한 배은망덕의 친구들에게 "리어 왕"처럼 격분한다. 윌리엄 블레이크는 예이츠에게 크게 영향을 끼친 왕성한 상상력의 시인이며, 제4련은 미켈란젤로의 시스틴 성당 천정 벽화「천지창조」와「최후의 심판」에 대한 언급이다.

다리 긴 소금쟁이

큰 전쟁에 패하여
문명이 가라앉지 않도록
저 개를 조용히 있게 하고 저 조랑말은
멀찌감치 말뚝에 묶어매라.
우리의 장군 시저가 야전 텐트 안에서
지도를 펴놓고
눈은 허공에 집중하고 있다,
한 손으로 머리를 떠받친 채,
물 위를 스쳐지나는 다리 긴 소금쟁이처럼
그의 마음은 정적 위에서 움직인다.

하늘을 찌르는 첨탑이 불에 타도
누구나 그 얼굴을 회상할 수 있도록
이 호젓한 곳에서
혹시 움직여야 하거든 살며시 움직여라.
여자라기보다 어린 아이인 면이 더한
그녀는 아무도 보는 이가 없다고 생각하여
거리에서 보고 들은
집시춤의 발을 놀려본다
물 위를 스쳐지나는 다리 긴 소금쟁이처럼
그녀의 마음은 정적 위에서 움직인다.

사춘기 소녀들이 마음속에서
최초의 아담을 만날 수 있도록
법왕(法王)의 성당 문을 닫고,
저 아이들을 들여보내지 말라
성당 안에서 미켈란젤로가
발판 위에 몸을 기대고 있다.
살살 기어다니는 생쥐처럼 소리 하나 안 내고
그의 손은 전후좌우로 움직인다.
물 위를 스쳐지나는 다리 긴 소금쟁이처럼
그의 마음은 정적 위에서 움직인다.

LONG-LEGGED FLY

That civilisation may not sink,
Its great battle lost,
Quiet the dog, tether the pony
To a distant post;
Our master Caesar is in the tent
Where the maps are spread,
His eyes fixed upon nothing,
A hand under his head.
Like a long-legged fly upon the stream
His mind moves upon silence.

That the topless towers be burnt
And men recall that face,
Move most gently if move you must

In this lonely place.

She thinks, part woman, three parts a child,

That nobody looks, her feet

Practise a tinker shuffle

Picked up on a street

Like a long-legged fly upon the stream

Her mind moves upon silence.

That girls at puberty may find

The first Adam in their thought,

Shut the door of the Pope's chapel,

Keep those children out.

There on that scaffolding reclines

Michael Angelo.

With no more sound than the mice make

His hand moves to and fro.

Like a long-legged fly upon the stream

His mind moves upon silence.

*　　　*　　　*

　　예이츠가 말한 '존재의 통일'은 갈등 대립 관계에 있는 인간의 정신 기능의 모든 면이 완전 조화 통일된 상태이다. 그가 무용 'dance'의 이미지로 제시하는 '존재의 통일'은 엘리엇이 말하는 '정점 *still point*'의 개념과 같은 두 시인의 미학의 궁극이다. 즉 그것은 가장 완전한 것, 가장 아름다운 것의 이미지라 할 수 있다. 예이츠는 이 시에서 세 사람의 역사상의 대표적 인물을 내세워, 그들이 각각 정치와 문명과 예술을 완성시키는 순간을 '존재의 통일'의 이미지로 파악하고 있다. 이 집중과 조화의 순간을 "다리 긴 소금쟁이"가 물 위를 스쳐 걸어갈 때의 정적의 장면에 비유하고 있다. 첫째 인물은 로마의 정치가이며 장군인 시저가 작전에 몰두하는 순간이고, 두번째는 전쟁과 사랑의 씨를 잉태하여 문명의 근원을 이룬 그리스 신화의 여인 레다에게서 출생하여 트로이 전쟁의 원인을 제공한 헬렌이다. 세번째는 15세기 이탈리아의 화가이며 조각가인 미켈란젤로이다. 시저의 경우는 천막 안에서 작전 계획에 정신이 집중되는 순간이고, 헬렌은 천진무구한 완전한 인간상을 보여주는 순간이고, 미켈란젤로는 "발판 위에 몸을 기대고"서 바티칸 교황청의 시스틴 성당의 천정 벽화를 그리는 데 몰두하는 순간이다.

웅장한 가락

서커스 행렬이 키 큰 죽마(竹馬)가 없이는 주목을 끌 수가 없다.
증조부의 죽마는 높이가 6미터, 내 것은 고작
4.5미터였고, 근자에 와서는 높이가 그만도 못한 판인데,
요즈음 세상 불량배들이 그것을 훔쳐다가 담장을 고치거나 땔감으로
   쓰고 만다.
얼룩빼기 당나귀, 끌려가는 곰, 울 안의 사자로서는 시시한 구경거리
   여서
애들이 높은 죽마에 올라탄 키다리 광대를 보고 싶어 안달하기 때문
   에,
그리고 이층 아낙네들이 낡은 양말짝 깁다가 비명지를 정도로
유리창에 얼굴이 나타나기를 바라기 때문에, 나는 끌과 대패로 열심
   히 죽마를 만든다.

나는 죽마 타는 말라키다, 배운 것은 모두 쓸모 없어졌다,
목둘레에서 목둘레로, 죽마에서 죽마로, 아버지에게서 아들로
   이어받은 것은 모두가.
모두가 비유다, 말라키고 죽마고 뭐고. 기러기 한 마리가
밤 하늘을 날고, 밤은 갈라지고, 새벽이 터져온다.
나는 놀랍게 신기한 빛 속에서, 한 걸음 한 걸음 발을 옮긴다.
저 큰 해마(海馬)들이 이빨을 드러내고 새벽을 보고 껄껄댄다.

248

HIGH TALK

Processions that lack high stilts have nothing that catches the eye.

What if my great-granddad had a pair that were twenty foot high,

And mine were but fifteen foot, no modern stalks upon higher,

Some rogue of the world stole them to patch up a fence or a fire.

Because piebald ponies, led bears, caged lions, make but poor shows,

Because children demand Daddy-long-legs upon his timber toes,

Because women in the upper storeys demand a face at the pane,

That patching old heels they may shriek, I take to chisel and plane.

Malachi Stilt-Jack am I, whatever I learned has run wild,

From collar to collar, from stilt to stilt, from father to child.

All metaphor, Malachi, stilts and all. A barnacle goose

Far up in the stretches of night; night splits and the dawn breaks loose;

I, through the terrible novelty of light, stalk on, stalk on;

Those great sea-horses bare their teeth and laugh at the dawn.

*   *   *

「웅장한 가락」이라고 번역한 "High Talk"는 서커스 쇼에서 죽마 stilt를 타고 으스대며 걸어다니는 광대들이 늘어놓는 호언장담의 뜻이지만 이 시에서는 장엄한 주제를 다룬 웅장한 가락의 시 high poetry를 암시한다. 시인은 「쿨 장원과 밸릴리 탑 1931」에서 웅장한 주제를 노래부르는 시인들을 '낭만파'라고 부르고 그 전통이 사라져감을 슬퍼하면서 "우리는 최후의 낭만주의자들이었다"고 노래한 일이 있다. 예이츠가 아쉬워하는 웅상한 가락의 시는 마음이 창조해내는 품격 있는 시로서 사물을 있는 그대로 묘사하는 사실적인 시와는 다르다. 예이츠는 이 시에서 시인을 곡마단의 곡예사에 비유하여, 한때 죽마를 타고 호언장담하던 곡마단의 쇼가 근자에 와서 보기 드문 것과 마찬가지로 이제 시인들은 세태가 타락하여 노래를 부를 웅장한 가락도 없어지고, 부른다 해도 들어주는 청중도 없으니 점점 고독한 처지에 있음을 비유적으로 말한다. 제1행에서 서커스 행렬에는 반드시 죽마를 신은 곡예사가 있어야 관중의 주목을 끈다고 말함으로써, 시는 전통적인 웅장한 가락이어야 한다는 뜻을 암시한다. 그런데 그런 가락이 점점 사라져가고 시는 일상 사물을 일상적인 언어로 노래부르는 무미 건조한 시대가 되고 말았다. 시인은 이런 상황을 곡예사가 신은 죽마에 비유하여, 그 높이가 점점 낮아짐을 개탄한다. 그런데 그 형편없는 죽마마저도 "요즈음 세상 불량배들이 그것을 훔쳐다가 담장을 고치거나 땔감으로 쓰고" 있다고 말함으로써, 최근의 시인들의 저속한 시작 태도를 비난한다. 그리고서 시인은 곡마단에서 아이들이나 아낙네들이 무엇을 보고 싶어 하는가를 알고 있기 때문에 "끌과 대패로 열심히 죽마를 만든다"고 말하면서 자신을 "죽마 타는 말라키"라고 선언한다. 예이츠가 시인으로서의 장인 의식에 투철하였음을 알 수 있다. 그는 「탑」에서 "결국은 앉아서 글쓰는 이 일로/몸이 망가지게 될 것이다"라고 말함으로써 시인으로서의 천부의 직업 의식을 피력한 일이 있다. 말라키 Malachi는 12세기의 히브리의 예언자라는 설이 있다. 예이츠는 마지막 4행에서 지금까지 말한 죽마니 말라키니 하는 것이 모두 비유였음을 밝히고서 돌연히 메타포를 확장하여 동터오는 새벽과 그 "놀랍게 신기한 빛 속"을 당당히 걸어가는 자신과, 새벽을 보고 껄껄대는 해마(海馬)의 이미지를 제시한다. 이 장엄하고 신선한 3행의 종결 부분에서 시인은 자기가 지향하는 장엄한 시세계에 대한 희망의 비전을 제시하고, 그 세계를 외롭게, 그러나 당당히 걸어가는 자신의 모습을 그려본 것이라고 해석할 수 있다.

서커스단 동물들의 탈주

I

나는 주제를 찾았다, 찾았지만 헛된 일이었다,
거의 6주 동안이나 매일같이 그걸 찾았지만,
결국은 어쩌면 늙어 기진맥진된 몸이라
자신의 마음에나 만족할 수밖에 없게 되었다.
늙음이 시작될 때까지는 겨울이나 여름이나
나의 서커스 동물들이 총출연했다,
죽마를 탄 소년들, 번들번들 금칠한 마차,
사자와 여인, 그리고 이것저것 모든 것이.

II

옛날의 주제를 헤아리는 수밖에 무얼 할 것인가.
처음은 세 개의 마법의 섬, 그 우의(寓意)의 꿈속을,
코 끌려 바다에서 말 달린 아신.
헛된 기쁨, 헛된 몸부림, 헛된 마음 편안함,
가슴 아픈 생각을 담을 수 있는 주제, 그렇게 보일 수도 있으리라,
옛 노래나 궁중의 놀이굿을 장식하는 덴 어울리겠지만,
아신을 말 달리게 한 나는 무엇을 생각했던가,
아신의 신부 요정의 가슴을 애타게 그렸던 나는.

다음으론 반대의 사실 때문에 그 연극이 완성되었다,
극에 붙인 이름은 『캐들린 백작 부인』.

그 부인은 연민에 넘쳐 자기 영혼을 팔아버렸지만,
굽어 살피는 신이 개입하여 구출해냈다는 얘기.
나의 님이 틀림없이 자기 영혼을 파멸시킬 것이라고 생각했다,
그토록 그녀는 열광과 증오에 사로잡혀 있었으니까.
거기에서 하나의 꿈이 생겨, 곧
이 꿈 자체가 나의 생각과 사랑을 차지하고 말았다.

다음으론 바보와 맹인이 빵을 훔쳤을 때
쿠후린이 걷잡을 수 없는 파도와 싸웠다는 얘기.
가슴속은 신비롭다, 그러나 그것도 결국은 따지고 보면
나를 매혹시킨 것은 꿈 자체였다.
그것은 곧 현재에 열중하여 기억을 억제하려고
행동에 나아가는 고립된 인물이었다.
나의 열정을 사로잡은 것은 배우들과 칠 칠한 무대였지
그것들이 상징하는 실체는 아니었다.

III

완전했기 때문에 훌륭했던 이미지들이
순수한 마음속에 자랐다, 그러나 출처는 어디냐.
쓰레기 더미나 거리의 청소물,
헌 주전자, 헌 병, 깨어진 깡통,
고철, 늙은 뼈다귀, 헌 누더기,
돈궤를 품고 미쳐 날뛰는 창녀로부터냐. 이제 나의 사다리가 없어졌
  으니,
모든 사다리가 시작된 원점에 누울 수밖에,
더러운 고물 잡동사니를 파는 이 마음의 가게에.

THE CIRCUS ANIMALS' DESERTION

I

I sought a theme and sought for it in vain,
I sought it daily for six weeks or so.
Maybe at last, being but a broken man,
I must be satisfied with my heart, although
Winter and summer till old age began
My circus animals were all on show,
Those stilted boys, that burnished chariot,
Lion and woman and the Lord knows what.

II

What can I but enumerate old themes?
First that sea-rider Oisin led by the nose
Through three enchanted islands, allegorical dreams,
Vain gaiety, vain battle, vain repose,
Themes of the embittered heart, or so it seems,
That might adorn old songs or courtly shows:
But what cared I that set him on to ride,
I, starved for the bosom of his faery bride?

And then a counter-truth filled out its play,
The Countess Cathleen was the name I gave it:
She, pity-crazed, had given her soul away,
But masterful Heaven had intervened to save it.
I thought my dear must her own soul destroy,

So did fanaticism and hate enslave it,
And this brought forth a dream and soon enough
This dream itself had all my thought and love.

And when the Fool and Blind Man stole the bread
Cuchulain fought the ungovernable sea;
Heart-mysteries there, and yet when all is said
It was the dream itself enchanted me:
Character isolated by a deed
To engross the present and dominate memory.
Players and painted stage took all my love,
And not those things that they were emblems of.

III

Those masterful images because complete
Grew in pure mind, but out of what began?
A mound of refuse or the sweepings of a street,
Old kettles, old bottles, and a broken can,
Old iron, old bones, old rags, that raving slut
Who keeps the till. Now that my ladder's gone,
I must lie down where all the ladders start,
In the foul rag-and-bone shop of the heart.

*　　　*　　　*

　　예이츠는 「웅장한 가락 High Talks」에서도 그랬듯이 시나 극을 곧잘 곡마단의 쇼에 비유한다. 곡마단이 죽마 탄 광대나 짐승들을 거느리고서 관객을 끌어들이듯이 그는 시나 극도 무엇인가 구경거리를 던지고서 독자의 관심을 끌어들여야 한다고 생각한 모양이다. 이 시에서 예이츠는 말년에 기력이 다하여 시가 씌어지지 않자 과거에 쓴 시의 주제들을 회상하며 서커스 동물들이 다 탈주해버린 곡마단의 주인처럼 허탈과 실의에 빠진다.

제I부에선 노년에 이르러 한때 총출연한 서커스단의 동물처럼 그렇게 다양했던 주제가 고갈하여 "마음에나 만족할 수밖에 없"음을 말하고, 제II부 1련에선 과거의 주제들을 회상한다. 첫째는 켈트 민족의 영웅 아신 Oisin이다. 예이츠의 극시 『아신의 방랑 The Wanderings of Oisin』에 의하면 그는 요정 니아브 Niamh의 적극적인 사랑의 공세에 빠져, 말에 끌려 세 개의 마법의 섬을 돈다. 한 섬에서 백 년씩 세 개의 섬(무용의 섬, 승리의 섬, 망각의 섬)을 방랑하고서 삼백 년 후에 돌아와 보니, 토속적 신들과 영웅의 시대는 끝나고 성 패트릭에 의한 기독교가 지배한다고 하였다. 시인은 『아신의 방랑』에서 아신의 신부

애비 극장에서 상연된 『캐들린 백작 부인』의 한 장면. 모드 곤(오른쪽에서 두번째)이 백작 부인 역을 맡았다

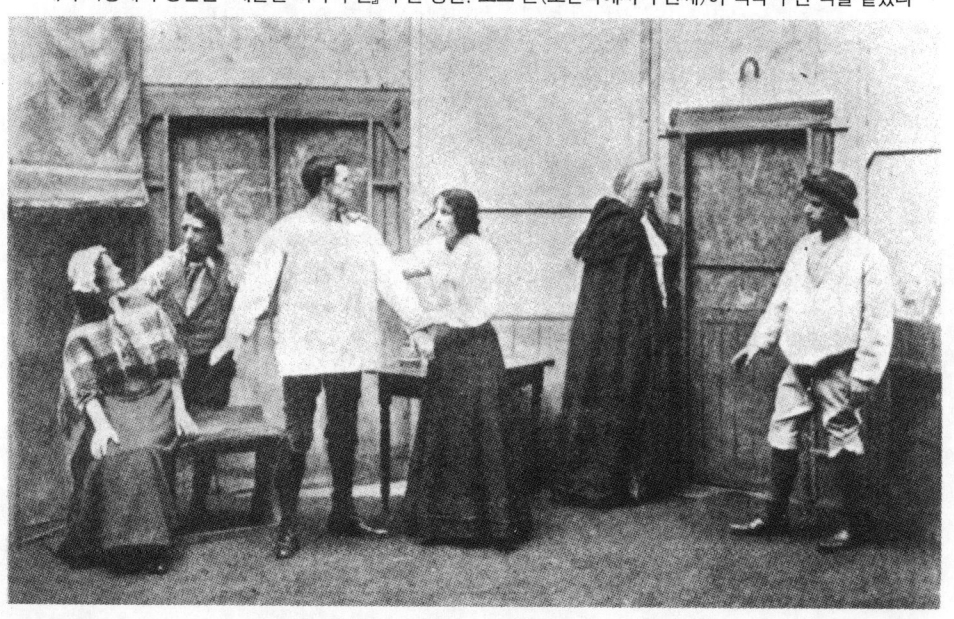

니아브와 마음속의 연인(모드 곤)을 동일화하여 그녀에 대한 "가슴 아픈 생각을 담"기 위해서 쓴 것이긴 하지만, 그것이 "헛된 기쁨, 헛된 몸부림, 헛된 마음 편안함"이었다고 후회스런 심정을 술회한다.

제2련에서 시인은 『아신의 방랑』에서는 환상적인 동경심 때문에 요정 니아브를 만들어냈지만, 이번에는 반대로 실제 인물 모드 곤에 대한 그리움에서 하나의 꿈, 즉 연극이 생겨났다고 말한다. 그 극의 제목이 『캐들린 백작 부인 *The Countess Cathleen*』(1899)이고, 첫 공연 때 모드 곤이 백작 부인 역을 맡았다. 극의 내용은 기아에 허덕이는 농민들이 영혼을 팔아서 식량을 얻고자 할 때에 연민의 정에 넘치는 백작 부인이 자기 영혼을 악마에게 팔아서 농민들의 슬픔을 떠맡는다는 줄거리인데, 이 백작 부인은 모드 곤을 모델로 한 것이다. 이 시를 쓸 무렵 모드 곤은 도네갈 지방의 기아에 시달리는 농민들의 구호 사업에 전념하다 병을 얻어 심각한 지경에까지 이르렀었다. 예이츠는 이렇게 극성을 부리는 모드 곤을 염두에 두고서 "그녀는 열광과 증오에 사로잡혀 있"기 때문에 "틀림없이 자기 영혼을 파멸시킬 것"이라는 생각에서 연극("하나의 꿈")을 만들어냈고, 그 연극을 공연하는 데 전념했다("이 꿈 자체가 나의 생각과 사랑을 차지하고 말았다").

다음 연은 예이츠의 극 『베일리 해안에서 *On Baile's Strand*』*(1904)에 대한 언급이다. 아일랜드의 전설적 영웅 쿠후린을 다룬 이 극에서 코누하Conchubar 왕의 신하 쿠후린은 왕궁으로 침입한 자를 격투로써 죽이지만, 그가 그의 아들이었던 것을 알고서 미쳐서 바다에 뛰어들어 바다와 싸운다. 시에서 말하는 "바보와 맹인"은 코누하 왕궁에 침입하여 빵을 훔쳐 먹으려고 하다가 쿠후린이 바다와 싸우는 것을 바라다보는 극중의 인물이다. "현재에 열중하여 기억을 억제하려고/ 행동에 나아가는 고립된 인물"은 쿠후린을 암시하면서, 한편 1903년

---

* "이 극은 예이츠의 젊은 시절의 낭만적 꿈을 다룬 시로서, 그는 닥쳐오는 현실 앞에서 꿈을 위하여 필사적인 싸움을 전개한다"(Birgit Bjersby, 『예이츠 작품상의 쿠후린 전설의 해석』, p. 79).

모드 곤이 맥브라이드와 결혼한 후 애비 극장 운영(1902~1910)에 전념하던 당시의 자신의 사생활을 언급하고 있는 것으로 해석할 수 있다. 시인은 당시의 자신이 "배우들과 칠 칠한 무대"에는 열을 쏟았지만 "그것들이 상징하는 실체"는 몰랐었다고 말한다. 즉 실체 없는 꿈만을 쫓는 자신을 뒤돌아보는 말이다.

제Ⅲ부에서 시인은 꿈은 사라지고 현실만 남은 자신의 자화상을 자조적(自嘲的)으로 그린다. 예이츠는 늙은이를 막대기에 옷을 입힌 허수아비에 비유한 일이 여러 번 있고, 노령을 말할 때마다 자신을 초라하고 가련한 이미지로 표현하였다. 이제 그는 상상력과 꿈이 사라진 자신의 마음을 "쓰레기 더미나 거리의 청소물,/헌 주전자, 헌 병, 깨어진 깡통…" 등의 쓸모 없고 더럽고 지저분한 폐기물에 비유한다. 이상과 꿈만이 인간의 실상이라고 생각하진 않았지만 그는 이상과 꿈이 없는 인간은 '허수아비'라고 생각했다. 아름답고 완전한 이미지를 그려내는 상상력은, 그것이 비록 순수한 상태에서 잉태되긴 하지만, 출처는 역시 현실이라고 생각했다. 이념의 사다리는 현실에 발판을 둔다. 그런데 이제 정신력의 고갈로 그 사다리가 없어졌으니 그 밑바닥에 누울 수밖에 없다. 현실은 더럽고 추한 것이지만 시인은 그 현실을 직시하고 거기에 안주하는 듯하다. 그가 종교시인이었으면 그 상태에서 구원을 찾는 길로 올라갔을 것이고, 낭만시인이었다면 비탄과 감상에 젖어들었겠지만, 그는 약간의 자조와 실의의 기색을 보일 뿐 태연히 운명을 직시하며 비극을 감수하는 자세를 보인다.

불벤 산 기슭에서

I

맹세하라, 아틀라스의 마녀도 알고,
마레오티스의 호반에서
그 성자들이 말하고,
말해서 수탉을 울게 한 것을 두고.

맹세하라, 저 기마수 남자 여자들을 두고,
피부색과 몸매가 초인의 증거다,
그들의 정열을 완성하여
영생의 몸이 되어 하늘을 나는
저 창백하고 얼굴이 긴 무리들.
지금 그들은 겨울 새벽에
불벤 산이 풍경을 이루는 곳을 달린다.

그들이 의미하는 요점(要點)은 이것이다.

II

인간은 삶과 죽음을 되풀이한다,
두 영원의 세계 사이에서,
민족의 영원과 영혼의 영원.
옛 아일랜드는 그것을 모두 알고 있었다.
인간이 잠자리에서 죽건,

총에 맞아 죽건,
다정한 사람에게서 잠시 헤어지는 것,
그것이 인간이 가장 두려워하는 것이다.
무덤 파는 이들이 얼마나 애쓰건,
그들의 삽이 얼마나 날카롭고, 그들의 근육이 얼마나 힘세건,
그들은 다만 파묻은 사람을
사람의 마음속에 다시 되돌려 놓는 것뿐이다.

III

"오, 주여! 우리 시대에 전쟁을 보내시라"
미첼의 이 기도를 들은 자는 안다,
말이 끝나고 궁극에 이르러
한 인간이 미치게 싸울 때엔,
오래 눈먼 눈에서 무엇인가 떨어지고,
그의 불완전한 마음은 완전해지고,
잠시 몸이 편안해지며,
마음은 평화로워 껄껄대고 웃는 것을.
가장 현명한 자도 어떤 맹렬한 것에
시달려 긴장하게 되면 비로소
그가 자기 운명을 완수하고,
자기 일을 알고 자기 짝을 택하게 된다.

IV

시인이여, 조각가여, 자기 일을 하라,
당세풍(當世風)의 화가라도
자기 조상의 위업(偉業)을 기피하도록 해선 안 된다.
인간의 영혼을 신의 경지에까지 이르게 하여

그 요람으로 올바르게 돌아오게 하라.

계측(計測)에서 우리의 힘은 시작되었다.
엄격한 이집트인이 생각한 형상들,
한층 온순한 피디아스가 만들어낸 형상들.
시스틴 성당의 천정 벽화에
미켈란젤로는 한 징표를 남겼다,
거기에서 겨우 반쯤 잠에서 깬 아담은
세계 여행길의 마담을
창자가 뜨거워질 때까지 뒤흔들어 놓는다.
보이지 않게 움직이는 정신 앞에
한 목적이 세워져 있었다는 한 징표가 남아 있다.
그 목적은 인간의 세속에서의 완성 그것이다.

15세기의 화가는
신이나 성자의 상(像)의 배경에
영혼이 안식하는 정원을 그렸다.
이 정원에선 눈에 보이는 것 모두가,
꽃이나 풀이나 구름 없는 하늘이나가,
이런 형상과 유사하다, 즉 우리가 잠에서 깨어서도 여전히 꿈꾸는 것
    같을 때에,
또는 그 꿈이 사라지고서
거기에 겨우 침대와 침대 틀만이 있는데도
천국이 열렸었다고 언명할 때에
존재하거나 존재하는 것처럼 보이는 형상과.

            두 가이어는 계속 회전한다.
그 위대한 꿈이 사라졌을 때

캘버트와 윌슨, 블레이크와 클로드가,
신의 인민들을 위하여 휴식을 마련하였다,
이것은 파머의 말, 그러나 그 후
우리의 사고에 혼란이 왔다.

V

아일랜드의 시인들이여, 너희 과업을 배워라,
무엇이건 잘된 것을 노래하고,
요즈음 자라고 있는
발끝부터 머리끝까지 몰골 사나운 것들을 경멸하라,
과거를 모르는 그들의 마음과 머리는
비천한 침대에서 생긴 비천한 산물들.
농민을 노래하라, 그리고
열심히 말을 모는 시골 신사들을,
승려들의 신성함을, 그 후엔
맥주꾼들의 기운찬 웃음 소리를.
칠백 년의 영웅 시대를,
흙 속에 묻혀 지낸
쾌활한 귀족과 귀부인들을.
지난날에 마음을 돌려라, 그러면
다가오는 시대에도 우리는
불굴의 아일랜드 민족이 될 수 있을 것이니.

VI

벌거벗은 불벤 산 봉우리 밑
드럼클리프 교회 묘지에 예이츠는 누워 있다.
오랜 옛날 한 조상은
이 지방의 목사였고, 근처엔 교회가,

길가엔 오래된 십자가가 서 있다.
기념비도, 흔해빠진 비문도 필요없다.
이 근처에서 채석한 석회암(石灰岩) 위에
유언으로 다음 구절을 새겨놓는다.

　　싸늘한 시선을 던져라,
　　삶과, 죽음에.
　　말탄 자여, 지나가라!
　　　　　1938년 9월 4일

UNDER BEN BULBEN

I

Swear by what the sages spoke
Round the Mareotic Lake
That the Witch of Atlas knew,
Spoke and set the cocks a-crow.

Swear by those horsemen, by those women
Complexion and form prove superhuman,
That pale, long-visaged company
That air in immortality
Completeness of their passions won;
Now they ride the wintry dawn
Where Ben Bulben sets the scene.

Here's the gist of what they mean.

II

Many times man lives and dies
Between his two eternities,
That of race and that of soul,
And ancient Ireland knew it all.
Whether man die in his bed
Or the rifle knocks him dead,
A brief parting from those dear
Is the worst man has to fear.
Though grave-diggers' toil is long,
Sharp their spades, their muscles strong,
They but thrust their buried men
Back in the human mind again.

III

You that Mitchel's prayer have heard,
'Send war in our time, O Lord!'
Know that when all words are said
And a man is fighting mad,
Something drops from eyes long blind,
He completes his partial mind,
For an instant stands at ease,
Laughs aloud, his heart at peace.
Even the wisest man grows tense
With some sort of violence
Before he can accomplish fate,
Know his work or choose his mate.

Poet and sculptor, do the work,
Nor let the modish painter shirk
What his great forefathers did,
Bring the soul of man to God,
Make him fill the cradles right.

Measurement began our might:
Forms a stark Egyptian thought,
Forms that gentler Phidias wrought.
Michael Angelo left a proof
On the Sistine Chapel roof,
Where but half-awakened Adam
Can disturb globe-trotting Madam
Till her bowels are in heat,
Proof that there's a purpose set
Before the secret working mind:
Profane perfection of mankind.

Quattrocento put in paint
On backgrounds for a God or Saint
Gardens where a soul's at ease;
Where everything that meets the eye,
Flowers and grass and cloudless sky,
Resemble forms that are or seem
When sleepers wake and yet still dream,
And when it's vanished still declare,
With only bed and bedstead there,

That heavens had opened.

                    Gyres run on;
When that greater dream had gone
Calvert and Wilson, Blake and Claude,
Prepared a rest for the people of God,
Palmer's phrase, but after that
Confusion fell upon our thought.

                    V

Irish poets, learn your trade,
Sing whatever is well made,
Scorn the sort now growing up
All out of shape from toe to top,
Their unremembering hearts and heads
Base-born products of base beds.
Sing the peasantry, and then
Hard-riding country gentlemen,
The holiness of monks, and after
Porter-drinkers' randy laughter;
Sing the lords and ladies gay
That were beaten into the clay
Through seven heroic centuries;
Cast your mind on other days
That we in coming days may be
Still the indomitable Irishry.

VI

Under bare Ben Bulben's head
In Drumcliff churchyard Yeats is laid.
An ancestor was rector there
Long years ago, a church stands near,
By the road an ancient cross.
No marble, no conventional phrase;
On limestone quarried near the spot
By his command these words are cut:

Cast a cold eye
On life, on death.
Horseman, pass by!

September 4, 1938

*　　*　　*

'Ben Bulben'의 'Ben'은 산의 뜻이다. 슬라이고 북쪽 불벤 산 아래
에 드럼클리프Drumcliff 마을이 있고 그곳 교회에 예이츠의 묘비가
서 있다. 시인 자신의 묘비명으로 끝맺는 이 시는 말미에 적혀 있듯
이 1938년 9월, 즉 그가 죽기 4개월 전에 씌어진 예이츠의 유언시로
서 유명하다.

　제I부에서 우선 시인은 자기의 믿음의 근거를 제시하면서 이 근거
를 두고 맹세하여 제II부 이하의 소신이 틀림없음을 확언한다. 그 중
한 가지는 고대 비교(秘敎)의 성자들이 말한 것이고, 두번째는 아일
랜드의 민간 신앙이다. 마레오티스의 호반Mareotic Lake에는 죽음과
재생을 주관하는 고대 이집트의 신 오시리스의 사원이 있었고, "성자
들"은 비교(秘敎)의 지혜를 이어받은 오시리스의 제관들이다. "아틀

266

라스의 마녀 *the Witch of Atlas*"는 시인 셸리가 같은 이름의 시에서 인격화한 미(美)의 하나로서, 이 마녀의 동굴 속에는 고대의 지혜의 책이 많이 숨겨져 있었다고 한다. 다음 연에 나오는 "저 기마수 남자 여자들"은 불벤 산 근처에 살았다고 하는 아일랜드 전설상의 요정 시이 the Sidhe들이다.

제II부는 비교나 아일랜드의 전설에서 얻어지는 지혜의 의미를 요약한다. 그 지혜는 인생이란 생과 사를 되풀이하는 환생의 과정이라는 사실을 가르쳐준다. 그러므로 민족은 영원하고 영혼은 영원하다. 죽음의 형태가 어떠하든간에 사람은 죽어서 없어지는 것이 아니라 우리의 기억 속에 남고, 인간들의 '대기억,' 즉 '세계령 *Anima Mundi*' 속에 들어가서 그 민족의 전설로서 신화로서 남게 마련이다.

제III부는 아일랜드의 혁명가 존 미첼John Mitchel(1815~1875)의 『교도소 일지 *Jail Journal*』의 한 구절로부터 시작된다. 그 책(p. 351)에 있는 "오늘날 우리에게 평화를 주소서"의 구절을 "오, 주여! 우리 시대에 전쟁을 보내시라"로 바꾸었다. 그리고 "인간이 미치게 싸울 때"나 "어떤 맹렬한 것에/시달려 긴장하게 되"는 극한의 순간에 이르면 마음이 충족하여 완전해지고, 평화를 얻고, 비로소 자기의 직분을 깨닫고 "자기 운명을 완수하"게 된다는 말을 하고 있다. 이것은 시인의 인생관·직업관의 피력으로 볼 수 있다.

제IV부에서 시인은 자기 특유의 예술관에 비추어 유럽의 미술과 조각을 마음에 떠오르는 대로 개관하면서 논평한다. 그는 예술의 목적을 "인간의 영혼을 신의 경지에까지 이르게 하여/그 요람으로 올바르게 돌아오게 하"는 데 있다고 말하고서, 유행 작가들에게 과거의 예술 정신에서 이탈해선 안 된다고 경고한다. 제2련에서 정확성과 균형이 예술의 바탕임을 말하면서, 이집트의 예술과 5세기 아테네의 최고의 조각가 피디아스Phidias의 완전성을 언급한다. 그 다음으로 미켈란젤로가 보인 15세기 르네상스 예술의 완벽성이 언급되어 있다. 바티칸 궁전의 시스틴 사원에 그려진 유명한 미켈란젤로의 천정 벽화에는 장엄하게 하늘을 나는 신이 지상에 누워 있는 아담을 일깨워 손끝으로 생명을 불어넣고 있다. 이 생동감 있는 그림 앞에서 관람객은 "창자가 뜨거워"지는 감동을 받는다. 이것은 예술가의 마음속에 "인간의 세속에서의 완성"이라고 하는 하나의 목적이 있었다는 증거다. 예이츠는 완전의 이미지가 곧 신이고, 예술가는 그 완전의 상을 추구하는 사람으로 생각했다. 제3련에선 15세기 회화의 배경화에 언급하여, 거기에 그려지는 자연 풍물이 마치 우리가 환상에서나 볼 수 있는 천국의 이미지를 제시하여 우리의 영혼에 안식을 준다고 말한다. 제4련에 이르러 다시 예이츠가 크게 감명을 받은 많은 화가 · 조각가 들을 개관한다. 역사가 흐르는 것을 예이츠 자신의 환상 체계의 상징을 빌어서 "가이어는 계속 회전한다"라고 표현하였고, "위대한 꿈"은 문예 부흥기의 이탈리아의 화가 · 조각가 들을 가리킨다. 캘버트 Edward Calvert (1799~1883)는 파머 Samuel Palmer(1805~1881)와 더불어 블레이크 William Blake의 영향을 받은 환상적인 그림을 그린 영국의 화가들이다. 윌슨 Richard Wilson(1714~1782)은 영국의 풍경 화가, 클로드 로랭 Claude Lorrain(1600~1682)은 프랑스의 풍경 화가이다.

제V부에서 예이츠는 유언의 형식으로 아일랜드의 시인들에게 무엇을 노래부르고, 무엇을 경멸할 것인가를 지시한다. 이 부분에서 열거하는 덕목은 그가 시와 산문에서 수시로 주장하는 귀족주의적 미학의 목록들이다. 그는 현세적인 것보다는 전통적인 것, 민족적이고 토착적인 것, 신성하고 건전하고 고결한 것, 부의 사치보다는 농민과 어부의 염직(廉直)성을 숭상한다.

제VI부는 시인 자신의 묘비명이다. 그는 증조부 존 예이츠가 목사로 있던 불벤 산 기슭의 드럼클리프 교회 묘지에 묻히고 싶어하고, 마지막 3행만이 비석에 새겨지기를 바란다. 그리고 그는 "기념비도 흔해 빠진 비문도 필요없다"라고 말하고, "근처에서 채석한" 소박한 돌 위에 겨우 3행의 글귀만이 새겨지기를 바란다. 시인이 평생을 살아온 단순 · 소박 · 염직의 생활 신조가 그대로 드러나 있다. "삶과,

예이츠가 묻혀 있는 드럼클리프 묘지: 멀리 불벤 산이 보인다

죽음에,/싸늘한 시선을 던지고/말탄 자여 지나가라!"의 3행의 시가
생사를 초월한 초연한 자세를 의미하는 것은 확실하지만 "말탄 자"의
해석은 구구하다. 그것을 정신분석학상의 리비도의 상징으로 보는
학자도 있고, 그것을 말이 아닌 일각수(一角獸)로 보기도 하고, 아일
랜드 전설상의 말 달리는 요정 시이 Sidhe로 보기도 한다. 그러한 기
상천외적인 해석보다는 그것을 단순히 묘지 앞을 지나는 어느 말탄
나그네라고 생각할 수도 있다. 즉 여기에서 시인은 묘비 앞을 지나는
한 나그네에게 여느 죽음이나 다름없는 한 시인의 죽음을 흥분도 과
장도 없이 무심하게 바라보며 지나가 주었으면 좋겠다고 호소하는
어조다. 또 한 가지는, 예이츠 자신이 웅장한 노래를 부른 호머의 말
을 탄 시인으로 자처하여, 이제 생과 사를 초월하여 아주 무관심하게
세상을 떠나는 의연한 자세를 드러내는 것으로 해석할 수도 있다.

제 3 부

예이츠의 문학과 사상

예이츠의 사생활과 그의 문학의 관계

1. 개인성과 일반성

어느 시인의 경우에나 대체로 그렇지만 특히 예이츠William Butler Yeats의 시와 그의 사생활은 불가분의 관계에 있다. 그래서 그의 사생활에 정통하면 그의 시를 잘 이해할 수 있고, 반면 그의 시를 통독하고 나면 그가 사귄 남자와 여자는 물론, 그가 분노한 일, 그가 소망한 일 등 그의 사생활의 내력을 알게 된다. 그는 정직하게 자기의 사생활을 시의 소재로 삼아 그것을 예술품으로 형상화한 특이한 시인이다. 예이츠의 초기시와 후기시의 분기점도 그의 시에 나타나는 시인의 사생활의 현실적 이미지의 있고 없음으로써 구분된다. 그는 초기시에서 신화 속의 인물이나 장미와 같은 막연한 상징적 이미지들에 매달려 추상적 상상 세계를 더듬다가, 1910년의 『푸른 투구와 기타의 시편들 *The Green Helmet and Other Poems*』 이후의 시에서는 당시의 사회 문제 혹은 개인 생활에서 부닥친 문제들을 직접 소재로 삼고 있음을 볼 수 있다. 예이츠가 하나의 현대 시인으로 탈바꿈한 것은 그가 시의 소재를 자기의 사생활에서 택하여 사물과 사건과 인물을 리얼리즘의 레벨로 끌어내려 구어체 언어로 제시한 데서부터 시작된다. 그의 시가 모두 그런 것은 아니지만, 초기시와 그리고 『비전 *A Vision*』의 체계에 입각한 철학시 계열을 제외하고는 주로 그의 서정시 · 사회시 · 정치시 등에선 놀랄 정도로 리얼리즘의 예각이 드러난다. 시

속에 취급하는 인물들, 장소들, 연도 같은 것이 사실 그대로 노출되며, 그런 일상 신변의 사물과 사건들에 관련되는 분노·사랑·원망 같은 생생한 감정이 별 가식 없이 취급된다.

예이츠는 시는 머릿속으로 생각한 막연한 생각이어서는 안 되고 몸으로 생활로 빚어 만들어야 한다고 생각한 시인이다. 엘리엇이 "사상을 장미 향기처럼 맡는다"고 말한 것과 같이 예이츠도 시가 "정신으로만 생각하는 사상에 빠지"는 것을 경계했고 "영원의 노래를 부르는 자는 골수에서 생각"해야 한다고 주장했다.[1] 그는 시에서 추상화·일반화를 기피하고 개인성을 중요시하여, "생활이란 결코 보편화될 수 없다"는 신념을 견지하여 생활의 보편화는 결국 무엇을 의미하는가를 다음과 같이 쉽게 말한 일이 있다.

일반화는 수사가 되어서 즉시 인기를 얻고 대중을 모으고 성공을 거두지요. 키플링의 시나 머콜리의 에세이 등과 같이. 생활은 결코 두 번 같을 수가 없으니까 일반화될 수 없지요. 우리가 좋은 풍습과 옛노래와 옛이야기와 옛민담과 민간 정신이 살아 있는 아일랜드의 시골 지방으로부터 벗어나 도시로 옮겨가면 기계적인 운율로 노래를 부르는 음악당에서, 그리고 신문에서 얻은 사상에서 일반화를 보게 되지요.[2]

이 글은 시인이 부친 존 B. 예이츠가 문학의 목표로서 "개인적 친밀감 intimacy"을 강조한 데 대한 회답의 글이다. 그는 부친의 말에 전폭적인 공감을 표시하면서, 도시 생활과 신문은 인민의 구체적 경험을 일반화하기 때문에 아일랜드의 시는 아일랜드의 민속과 농민에 근거를 두어야 한다는 그의 시론의 핵심을 표명한 것이다.

그는 일찍부터 문학에서 솔직한 개인 생활과 개인 감정의 소중함

---

1) "A Prayer for Old Age," ll. 1~4. "God guard me from those thoughts men think/In the mind alone:/He that sings a lasting song/Thinks in a marrow-bone;"

2) Allan Wade(ed.), *The Letters of W. B. Yeats*, p. 534.

을 잘 알고 있었다. 그는 "우리는 우리의 생각을 마치 친한 친구에게 편지를 쓰듯이 써야 한다. 우리는 우리의 생각을 어떤 형태로든지 위장해서는 안 된다. 왜냐하면 우리의 생각은 극중 인물들의 생각이 그들의 대사에 힘이 되듯이 힘이 되기 때문이다"[3]라고 말했고, 그의 시나 다름없는 전기 『장막의 떨림 The Trembling of the Veil』(1922)의 서문에서, 인간의 개인성이 문학에서 왜 중요한가를 다음과 같이 말했다.

그들〔나의 친구들〕은 화가이고 작가이며, 개중에 더러는 천재도 있는데, 천재의 생애는 그들의 남다른 성실성 때문에 분석과 기록을 요하는 실험적 자료이다. 적어도 내 세대에서는 개인성을 그토록 소중히 여겼기 때문에 그렇게 생각한 것이다. 나는 내가 아는 그들의 장점은 물론 약점까지도 모조리 말했다. 나는 알아야 할 것 치고 무엇 하나 제외시킨 것은 없다.[4]

예이츠의 생각으로는 작가나 화가와 같은, 인생을 성실히 산 사람들은 그들의 생활 자체를 분석하고 기록하여 독자에게 알릴 가치가 있다는 것이다. 시인의 경우도 마찬가지이다. 그의 생활이 진실하면 할수록 그의 시는 위대하다고 할 수 있기 때문에 그의 시를 읽는 사람은 그의 개인 생활을 알아야 하고, 독자는 시가 공허한 관념의 소산이 아닌 살아 있는 경험임을 알게 된다. 그는 어떤 현대시 강연에서 다시 시인의 사생활과 그의 시와의 관계를 다음과 같이 말한 일이 있다.

나는 테니슨이 지지한 시인의 생활은 오직 자신만의 관심거리라고 생각한 빅토리아 중기의 사상에 동의하지 않는다. 시인은 본질상 전적

---

3) John Unterecker, *A Reader's Guide to W. B. Yeats*, p. 7에서 재인용.
4) W. B. Yeats, *Autobiographies*, p. 109.

으로 진실하게 사는 사람이다. 바꾸어 말하면 그의 시가 좋으면 더욱 그의 생활이 진실하다. 시인의 생활은 생활의 한 실험이기 때문에 후세 사람은 그것을 알 권리가 있다. 더욱 서정시인의 생활은 그의 시가 결코 뿌리 없는 꽃이 아니고, 한 인간의 말임을 알기 위하여 반드시 알려져야 한다.[5]

이런 글을 읽고서 우리는 예이츠가 생활이 곧 시이고 시가 곧 생활이라고, 시와 생활이 불가분의 관계임을 역설하고 있는 까닭을 알 수 있다. 그가 말하는 생활이란 것은 대체로 사람과 사건과 물리적 환경 속에서의 현실 생활을 의미하는 것이며, 그 현실 생활과의 부딪힘 속에서 취하는 시인의 자세의 깊이와 강도를 말하는 것으로 이해할 수 있다.

예이츠는 시에서 사생활을 중요시한 것만큼 생활 자체에 적극적으로 뛰어들어 일상 생활을 성실히 의의 있게 산 시인이다. 적어도 같은 현대 영시의 대가인 T. S. 엘리엇과 비교하는 입장에서 보면 예이츠는 한층 행동적이어서 폭넓게 현실 생활을 누린 시인이다. 엘리엇으로 말하면 유별나게 수줍고 비행동적이어서 관념 속에서나 겨우 여자의 이미지를 만지작거린, 머릿속으로만 산 시인이다. 그에 비하면 예이츠는 연애도 하고 결혼도 하고 자식도 갖고 확실히 행동으로써 생활한 시인이다. 엘리엇으로 말하면 그가 제시하는 인물들, 특히 그의 분신이라고 느껴지는 인물들은 모두가 늙음도 젊음도 없고, 삶도 죽음도 없는 유령 같은 인물들이다. 유일하게 로맨틱한 인물인 프루프록도 젊음을 넘어선 중년 신사로서 겨우 백일몽 속에서 연애의 환상이나 즐긴다. 『게론촌』의 주인공은 "한번도 열전 벌어지는 성문에 서 본 일도 없고, …바닷물 늪에서 무릎 적시며 단검을 휘두르고 …싸운 적도 없"는 목숨만 붙어 있는 늙은이이고, 『황무지』 역시 살

---

5) Joseph Ronsley, *Yeats's Autobiography*, p. 2에서 재인용.

아 있되 죽어 있는 생중사의 인간의 의식이 주조를 이룬다. 시인의 생애에 흔히 있을 수 있는 연애 사건도 엘리엇의 경우는 표면상 없는 것으로 되어 있다. 유일하게 베일 속의 여인 에밀리 헤일과의 관계도 틀림없이 플라토닉한 것으로 추측이 되지만 그것은 두 사람 사이에 주고받은 "천 통 이상의 편지"가 아직 공표되지 않고 있으며 2020년에나 가야 알 수 있는 일이다.[6] 여하튼 우리는 엘리엇에 대해서 생활인이나 행동인으로서의 인상을 갖기 어렵다. 반면 예이츠로 말하면, 그는 모드 곤Maud Gonne의 열렬한 애인이었고, 아일랜드 연극 운동과 민족 독립 운동의 선두에 섰던 사람이다.

예이츠가 생활인으로 행동인으로 탈바꿈한 것은 애인 모드 곤을 만난 이후인 1890년대말경부터이다. 그는 타고나기를 몽상적이고 시적이고 자의식이 강한 반면 행동성은 약했다. 그러나 그가 첫눈에 반한 모드 곤은 정치 운동의 일선에 선 열혈 처녀로서 그녀의 호감을 사고 그녀와 자주 접하기 위해서는 그도 정치 운동에 가담하여 군중을 선동하고 집회를 리드하는 행동인이 되어야 했다. 여기에 예이츠의 딜레마가 있었다. 이렇게 행동인의 역할을 하기 위해서는 몽상적이고 비능률적인 본연의 자신을 부정하고 인위적인 자아를 가장해야만 했다. 그러한 인위적인 자아로써 참된 사랑을 성취할 수 있을 것인가. 그리고 설사 모드 곤이 행동적이고 적극적인 자신을 사랑한다 하더라도 그것은 결국 자신을 속이는 것일 뿐 아니라 그녀를 속이는 결과가 될 것이 아닌가. 결국 예이츠는 나약한 자신을 보이기도 싫고, 모드 곤을 단념할 수도 없으니까 사랑하는 것도 아니고 사랑하지 않는 것도 아닌 미해결의 중간 상태를 유지할 수밖에 없었다. 그래서 90년대의 예이츠의 시는 행동과 주저, 정신과 감각의 중간 상태, 황혼의 불확실한 세계를 노래했다고 리차드 엘먼 교수는 설명하고 있

---

6) 엘리엇이 에밀리 헤일에게 보낸 편지는 현재 프린스턴 대학에 보관되어 있고 그녀의 유언에 의하여 2020년까지는 공개하지 않기로 되어 있다. T. S. Matthews, *Great Tom*, p. 151 참조.

페니아회의 지도자 존 올리어리. 시인의 부친 존 예이
츠의 그림

다.[7] 그것은 구체적이고 현실적인 생활이 없는 한 시가 막연하고 몽상적일 수밖에 없다는 말이다.

그러나 그의 생활은 변했다. 모드 곤은 이미 대중 앞에 나선 사람이니까 그녀를 만나기 위해서는 시인 자신도 부득이 사회 활동에 끌려들지 않을 수 없었고, 더 이상 몽상적인 생활의 지속이 어려웠다. 그가 아일랜드의 정치 운동에 직접 가담한 것은 1897년과 1898년이다. 그는 그가 숭배하는 아일랜드의 민족주의자인 존 올리어리John O'Leary의 소개로 극렬 혁명 단체인 아일랜드 공화파 결사IRB: Irish Republican Brotherhood에 얼마 동안 가담했었고, 또 하나의 정치 단체인 울프 톤 기념 사업회 The Wolfe Tone Memorial Association의 회장직을 맡아서 회장의 자격으로 모드 곤과 함께 영국과 스코틀랜드의 아일랜드인들을 방문하기도 했다.[8] 그는 곧 정치 집단들의 혁명적이고 과격한 행동을 견디기 어려워 직접 활동에서 손을 뗐지만, 현실적으로 나타나는 정치 문제·사회 문제에 대한 관심은 언제나 즉각적이고 민감하여, 그 결과가 그의 수많은 정치시·사회시에 반영되어 있다. 1909년 토지법이 제정되었을 때에는 「토지 소동에 흔들리는 집에 대하여 Upon a

---

7) Richard Ellmann, *Yeats: The Man and the Masks*, p. 801.
8) Joseph Hone, *W. B. Yeats*, p. 150.

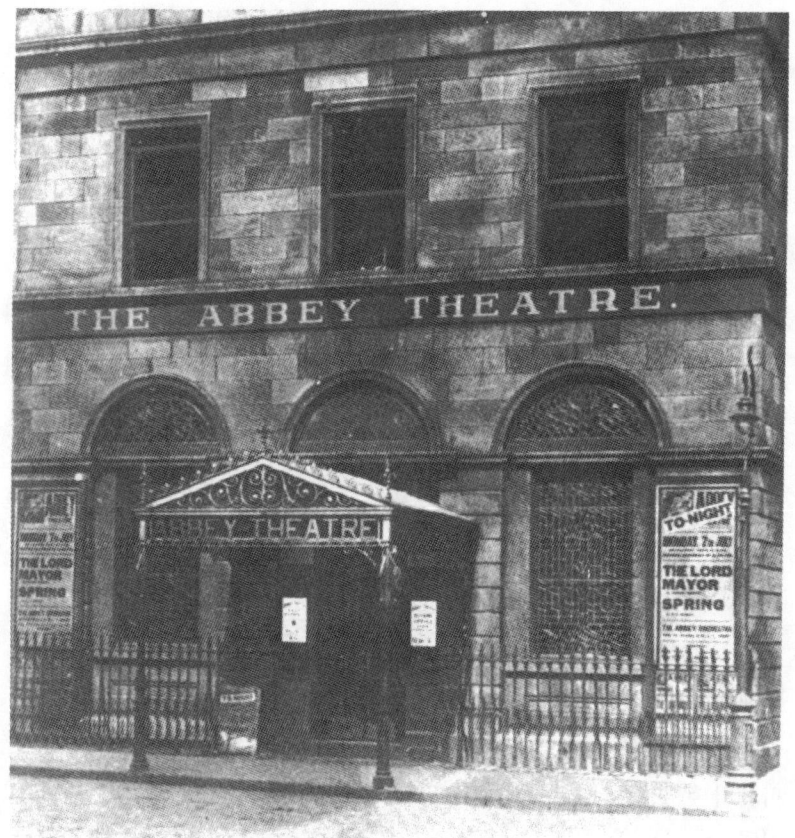

더블린에 있는 옛 애비 극장

House Shaken by the Land Agitation」란 시를 썼고, 그 유명한 1916년의 더블린의 부활절 민중 봉기 사건이 있은 후에는 그 사건과 그에 관련되는 주제로 네 편의 시를 썼으며, 1921년에서 23년까지의 아일랜드 내란중에는 또 그 당시의 충격과 그에 따른 명상을 시로 썼다.

그는 1904년 더블린에 애비 극장 Abbey Theatre이 세워졌을 때 그 운영 책임을 맡아 10여 년 간 독립 운동의 일환으로 극장 사업에 몰두했었고, 기타의 사회 문제에도 깊이 관여했다. 그는 그 당시 사회 문제로 가장 흥분하고 관심을 가진 사건이 세 가지가 있다고 밝힌 바 있다.[9] 첫째는 싱 John M. Synge의 연극 『서방 나라의 인기 사나이 *The Playboy of the Western World*』의 공연 때에 있었던 관객의 소란 사건이고, 두번째는 아일랜드의 저명한 정치 지도자 파넬 Charles Stuart Parnell이 인민들의 지지를 잃게 된 사건, 세번째가 휴 레인 경 소장 미술품을 에워싼 여론 등이다. 이런 사회 문제는 모두가 시인의 관심과 의분심을 불러일으켜 그것이 여러 편의 시에 취급되었다.

　에이츠에게 있어 여자 친구들은 평생을 통한 중요한 생활 내용이며, 또한 그의 시의 중요한 소재였다. 본래 준수한 용모를 타고난 에이츠에게는 여자 친구가 많이 따랐었고, 그 중 몇 친구와는 깊은 관계에까지 이르렀던 것으로 알려져 있다. 이미 고전적인 에피소드에 속하는 모드 곤과의 기나긴 사랑의 사연은 전형적인 낭만 시인의 연애담이다. 첫눈에 반하여(단 한 번 동침했다는 추측이 있지만 거의) 플라토닉 러브 상태로 괴로워하고, 청혼하고 거절당하자 실망하고 번민하는 과정에서 시인은 많은 시를 썼다. 23세 때부터 근 30년 간에 걸친 사랑이었으니, 그 우여곡절은 가히 짐작이 가는 바이고, 그 동안에 환희와 고독과 비애와 원망을 호소하는 수많은 시를 썼다. 모드 곤을 위해서 쓴 시편들은 에이츠의 정신사의 일면을 보는 데 중요한 자료가 되는 것으로 생각되어 별도의 논문에서 그것을 자세히 다루었다.

　모드 곤 외에도 에이츠와 깊은 관계를 가진 여인으로는 올리비아 셰익스피어 Olivia Shakespeare와 레이디 그레고리 Lady Gregory가 있다. 에이츠는 "이 세 여인이 자기 일생에서 기쁨이란 것을 만들었다"고 「친구들 Friends」[10]이란 시에서 말한 바 있다. 시인이 다이아나 버논 Diana Vernon이라 부른 미세스 올리비아는 유부녀였고, 1894년 시인이 그녀를 만난 이래 그녀가 세상을 뜰 때까지 그의 마음에 가장

---

9) A. Norman Jeffares, *A Commentary on the Collected Poems of W. B. Yeats*, p. 124.

10) "Friends," ll. 1~3. "Now must I these three praise/Three women that have wrought/What joy is in my days."

깊숙이 자리잡은 여인이었다. 그는 「연인은 사랑하는 여인의 떠남을 슬퍼한다 The Lover Mourns for the Loss of Love」 「그는 연인에게 마음 편안히 하라고 말한다 He Bids His Beloved Be at Peace」, 기타 여러 편의 시에서 때로는 두 여인을 사랑하는 데서 오는 마음의 갈등[11]을, 때로는 성적 이미지의 감미로운 감정을 노래했다. 이상 두 여인과는 달리 레이디 그레고리는 존경받는 문학적 친구로서 그는 그녀의 부유한 저택의 우아하고 전통적인 분위기에서 시를 쓰고, 그 광대한 장원의 자연 환경에서 자연과 밀착한 토착적인 귀족 취미에 크게 감명을 받았다. 예이츠의 시에 취급된 우아하고 고결한 귀족 취미는 대부분 그레고리 부인과 그녀의 쿨 Coole 장원을 배경으로 하고 있다.

예이츠가 사귀고 같이 행동하고 존경한 많은 인물들, 화가·시인·학자·정치가 들도 그의 시의 중요한 소재이다. 존 메이스필드, 라이오넬 존슨, 아더 시몬즈, 에즈라 파운드 등은 시인이고, 휴 레인은 미술 애호가이며 조지 러셀은 화가이고, 숀 오케이시, 싱 등은 극작가이고, 존 올리어리, 토머스 맥도나 등은 독립 운동의 영웅들이고, 존 퀸, 케빈 오히긴스 등은 변호사이며 스탠디시 오그레디는 민속학자이다. 예이츠는 이들을 "아름답고 고귀한 존재들"이라고 말하고, 그들을 여러 편의 시에서 취급하였고 그가 시에서 그들에 대해 언급할 때엔 그 목소리가 언제나 도취된 자랑스런 톤을 띤다.

이상 예이츠가 살아온 실생활의 중요한 국면을 대강 개관하여 본 결과 그의 생활이 의외로 다양하였고 그것이 그대로 그의 시에 반영되었다고 보아 틀림없다. 그러면 그것이 어떻게 반영되었는가. 그의 생활이 그대로 시가 될 수 있는가. 시는 생활의 직사(直寫) 기록인가. 엘리엇은 시는 개인성의 표현이 아니고 그것으로부터의 도피라고 주장한 바 있다. 그 이론으로 조명해볼 때 예이츠와 같이 시에 개인성이 강한 시의 경우는 그것을 어떻게 해석할 것인가. 여기서 예이츠의

---

11) 시인은 Diana Vernon에게서 받은 편지의 대부분을 그녀가 죽은 후 불태워버렸다. Edward Malins, *A Preface to Yeats*, p. 154.

미학을 더듬어보지 않을 수 없다. 예이츠의 미학의 기본은 그의 마스크의 이론과 스타일의 이론이다.

2. 마스크의 이론

예이츠는 근본적으로 시인을 제작자로 보았다. 시인은 남다른 특수한 경험이나 특별한 감수성을 가졌기 때문에 훌륭한 시인이 되는 것이 아니라 그 경험과 감정을 시로 변형시킬 수 있는 재능이 있기 때문에 시인이다. 이 점에서 그는 시를 자연스런 감정의 자연스런 발로라고 보는 시인과는 달리 고전적인 시관을 가졌던 시인이다. 그는 말하기를 시인이 비록 "후회나 실연이나 고독과 같은 개인적인 비극"에서 시를 쓸 수 있을지언정, "시인은 결코 사건이나 부조리의 덩어리로서 조반상에 앉아 있는" 생활인 그대로가 아니라, "그는 하나의 사상(을 가진 사람)으로 의도가 있고 완전한 어떤 것으로 재생한다"[12]라고 말했다. 이 '재생된' 생활, 즉 부조리와 단편적인 생활이 하나의 의도하에 재조정되고 변형된 언어가 곧 시이다. 그러니까 아무리 예이츠의 시에 적나라한 그의 생활이 드러나 있다 하더라도 그것이 그대로 일상 생활인으로서의 예이츠의 목소리는 아니다. 이 점에서 예이츠의 시론은 엘리엇의 시론과 매우 유사하다. 엘리엇은 "시인이 어떤 면에서 특이하고 흥미있는 것은 그의 생활에서의 특정 사건으로 생겨난 개인 감정이 아니라"[13] 그 감정이 예술로 재창조되었을 때에 비로소 그 정서는 흥미를 갖게 된다고 말했다. 예이츠는 시인의 사사로운 감정은 그 반대되는 것에 의해서 개조되고 재창조된다고 말했다. 그러니까 엘리엇이 말하는 "예술 감정"이니 "구조적 감정"이니 하는 말과 예이츠가 말하는 "재생된 사상"이란 말은 서로 유사하

12) Yeats, *Essays and Introductions*, p. 509.
13) T. S. Eliot, *Selected Essays*, p. 20.

되 약간의 차이가 있다. 이 차이는 두 시인의 시적 자세의 차이에서 오는 필연적인 결과로서 이 자리에서 그것을 논할 단계는 아니나 두 시인이 모두 개인성의 변형을 주장하는 점에서는 마찬가지이다. 그 변형되는 과정에서 엘리엇은 자기를 자기 아닌 극중 인물 *dramatic personae*을 등장시켜 그로 하여금 말을 하게 한다. 그러나 예이츠는 시에서 역사적 인물과 같이 연령과 장소가 동떨어진 소위 극중의 인물이 아닌 자기의 분신, 즉 타자아로 하여금 말하게 한다고 할 수 있다. 이 점에 언급하여 G. S. 프레이저가 엘리엇의 자기 극화는 타인 극화 *other dramatization* [14]이고 예이츠의 경우는 자기 극화라 했는데 적절한 표현이긴 하지만, 예이츠의 시를 자기 극화라고 말하면 약간 오해의 소지가 없지 않아 있다. 예이츠는 인간을 자아와 타자아의 양분 상극 상태로 보고 시는 그 상극과 갈등에서 빚어지는 혼합된 목소리라고 본다. 그렇다면 그것은 결국 시인 자신의 목소리라 할 수 있고, 자기 완성 혹은 자기 양식화(樣式化)라는 표현이 자기 극화라는 표현보다 나을 성싶다.

예이츠의 시학과 철학에서 쓰이는 마스크나 다이몬 *Daimon* 혹은 스타일이란 말은 거의 같은 뜻을 가지며, 그것은 이원론적 인간관에서 사용되는 타자아 *other-self*의 또 다른 표현이다. 그는 본래 윌리엄 블레이크 William Blake 등의 영향을 받아 인간 심리의 양면성, 즉 주관과 객관, 현실과 이상, 이성과 감정의 대립 갈등상에 주목하고, 본연의 자아와 대립되는 반자아 혹은 타자아의 개념을 견지하여, 거기에서 마스크의 이론을 끄집어냈다. 마스크의 이론은 다소 복잡하고 고정된 것이 아니어서 한 말로 설명하기는 어렵다. 마스크의 의미를 단적으로 표시한 시에 1910년 극 『여왕 배우 *The Player Queen*』를 위해서 쓴 「마스크 The Mask」라는 제목의 다음과 같은 시가 있다.

---

14) G. S. Fraser, "W. B. Yeats and T. S. Eliot," *T. S. Eliot: A Symposium for His Seventieth Birthday*, p. 199.

"에메랄드의 눈을 가진 찬란한 황금의 가면을 벗으세요."
"아니, 안 됩니다.
당신은 대담하게 확인하고 싶어하는 거지요,
두 사람의 마음이 격렬하고, 현명하고
그러면서도 차지 않은가를."

"속에 무엇이 있는가를 보고 싶은 겁니다,
사랑인가 기만인가를."
"당신의 마음을 사로잡고 그후
당신의 마음을 뛰게 하는 것은 가면이고
그 뒤에 있는 속마음이 아니지요."

"그러나 당신이 나의 적이어선 안 되니까
조사해봐야겠어요."
"아니 제발, 이대로 두어두시오,
문제없잖아요, 불만 타고 있으면 됐지요,
당신 속에, 내 속에."

'Put off that mask of burning gold
With emerald eyes.'
'O no, my dear, you make so bold
To find if hearts be wild and wise,
And yet not cold.'

'I would but find what's there to find,
Love or deceit.'
'It was the mask engaged your mind,
And after set your heart to beat,

Not what's behind.'

'But lest you are my enemy,
I must enquire.'
'O no, my dear, let all that be,
What matter, so there is but fire
In you, in me?'

　이 시에 제시되어 있듯이 애인끼리는 서로 상대방에게 자기이면서
자기 아닌 언어 행동을 갖는다. 애인끼리는 거죽에 찬란한 황금빛 가
면을 쓰고 있지만, 그의 본능적인 면은 야비하고 평범할 수도 있다.
그래서 애인끼리는 상대방의 정체를 알고 싶어한다. 예이츠는 이때
에 표면에 드러나는 또 하나의 인격을 '가면 *mask*' 이라고 불렀다. 엘
먼 교수는 그것을 가장 간단한 뜻으로는 "사회적 자아 *social self*" [15]라
고 불렀다. 그의 설명에 의하면 인간이 자기 자신에 대해서 갖는 생
각과 남이 자기의 인간성에 대해서 갖는 생각 사이의 모든 차이가 여
기에 모두 포함된다. 이러한 차이를 인식하고서 우리가 자기의 인간
성을 돌아볼 때, 마스크는 그것이 때로 위장술이 되어 세상을 대하고
애인을 대하는 포즈의 뜻이 되기도 하고, 자신의 약점과 불충분한 점
을 드러내지 않고서, 대신 자기가 이상으로 삼는 인간상을 취하고자
하는 자기와의 싸움일 수도 있다. 마스크는 자아와 반자아와의 분리
를 전제로 한 생각이며 우리의 사사로운 경험과 그 외부적 표현 사이
의 불일치를 전제로 한 생각이다. 『여왕 배우』에 나오는 한 인물이
"위대하기 위해서는 그렇게 보여야 한다. 평생 떨쳐버릴 수 없는 외
양은 실상과는 다르다" [16]라고 말한다. 이와 같은 자아 양분법을 취할
때에 우리는 부득이 정체의 문제에 부딪히게 된다. 즉, 우리는 한 인

---

15) Ellmann, *Yeats: The Man and the Masks*, p. 172.
16) 앞의 책, p. 173.

간을 그의 꿈이나 소망과 구분해서 논할 수 있는가. 자신을 그것이
남에게 어떻게 보이느냐 하는 것을 생각지 않고서 생각할 수 있는가.
인간은 결국 하나의 배우가 아닌가. 마스크를 쓰지 않는 사람이 어디
있는가. 이런 생각을 해보면 마스크는 자기 아닌 또 다른 자아, 한 인
간의 긍정적이고 이상적인 면이면서 동시에 그것은 인간의 본능이고
부정적인 면과 구분할 수 없는 것임을 알 수 있다. 예술가는 자기의
본연의 감정을 희생시키지 않으면서 마땅히 그래야 한다고 느껴지는
객관적인 자아의 목소리를 들려주어야 하는 역설적인 입장에 선다.

예이츠도 여느 사람이나 마찬가지로 많은 인간적인 결점을 갖고
태어났으리라는 것은 짐작이 간다. 편견도 있고, 흥분도 하고, 쉽게
유혹도 받고, 행동이 생각에 못 미쳐 연약하고 비겁하기도 했겠지만
우리는 그의 그러한 본연의 자아를 보는 것이 아니라, 그것을 직시하
고 자기의 본능을 이성으로써 억눌러 바람직한 자아상의 구축을 위
하여 꾸준히 싸워나간 한 인간으로서 그리고 한 예술가로서의 목소
리에 감동을 표하는 것이다.

앞서 언급한 바와 같이 1890년대말로부터 1900년대초에 걸쳐 그가
적극적으로 현실 문제에 뛰어들었을 때에 그에게는 어려운 문제가
많았다. 1902년에 아일랜드 전국극장협회의 창설과 더불어 그 회장
직을 맡았고, 1906년에는 더블린의 애비 극장 극장장에 임명되어 본
격적인 연극 운동과 극장 사업에 골몰할 때에 그는 싸움도 많이 하
고, 흥분과 좌절도 많았다. 그뿐 아니라 그는 1903년에 그토록 오랫
동안 사랑해오고 몇 차례 청혼을 했음에도 불구하고 결국 모드 곤에
게서 거절당하고 말았다. 민족 운동에 헌신할 뿐 어느 누구와도 결혼
하지 않겠다고 다짐한 그녀가 뜻밖에 맥브라이드 소령과 결혼을 하
는 것을 보았을 때 그는 하늘이 무너지는 충격을 받았다. 이러한 어
려운 일들을 겪음으로써 그는 지금까지 생각해온 '아름다운 것' '완
전한 것' '배신 없는 사랑' 같은 것은 꿈이고, 현실은 오히려 그 반대
일 수도 있다는 사실을 깨달았다. 그가 하나의 나이브한 관념론자로

서의 좌절감에 봉착한 것은 30대 후반의 일이다. 지금까지의 순수한
세계에서 그 반대의 방향으로 시선이 돌아갔을 때에 그는 자기 속의
두 가지 목소리를 들었고 현실과 꿈은 다르다는 것을 절실히 느끼게
되었다. 그가 이 무렵에 쓴 시에 다음과 같은 구절이 있다.

> 유혹하는 것이 많아서 시 쓰는 일이 소홀해진다,
> 그것이 한때는 여인의 얼굴이었고, 더 나쁜 것은——
> 어리석은 자에게 조종당하는 조국의 그럴싸한 요청이었다.
> 지금은 익숙해진 시작(詩作)에 노심하는 것이 아니라
> 손에 잡히는 것 무엇에고 (유혹당할 것 같다)…

> All things can tempt me from this craft of verse :
> One time it was a woman's face, for worse——
> The seeming needs of my fool-driven land :
> Now nothing but comes readier to the hand
> Than this accustomed toil…[17]

그는 또한 1909년의 일기에서 다음과 같이 쓰고 있다.

> 내가 내 생활을 시 쓰는 일로만 충당하려고 계속 노력하는 것은
> 어쩌면 자연에의 역행이 아닐는지. 혹시 시인의 노력은 무의미한 정
> 신 작용이 아닐는지. 만일 그가 순수를 찾는다면, 즉 그의 생활에서
> 시 이외의 모든 것을 제거한다면 영감은 오지 않으려는지.[18]

이와 같이 현실과 행동의 세계에 눈을 돌리게 됨에 따라 그는 반사
적으로 그쪽으로 기울어지게 되어 애인으로서나 행동인으로서 난폭

---

17) "All Things can Tempt Me," ll. 1~5.
18) A Norman Jeffares, *W. B. Yeats : Man and Poet*, p. 159에서 재인용.

하고 강력한 성공적인 남성을 동경하고, 금욕적인 생활에 종지부를 찍게 되기까지 했다. 엘먼 교수는 예이츠가 한때 현실 쪽으로 지나치게 기울어졌던 때의 인간상을 다음과 같이 말하였다.

그가 달라진 면이 또 있었다. 그가 쓴 마스크는 너무 불 같아서 금욕적일 수가 없었다. 1903년에 예이츠는 자기 부정의 세월을 끝내고 다이아나 버논Diana Vernon과 더욱 친밀해졌으며, 뒤를 이어서 플로렌스 파르Florence Farr와, 그리고 런던의 또 하나의 여자와 깊은 관계를 가졌다. 금욕은 모드 곤을 위한 희생이었다. 이제 그녀가 그 희생을 받아들이지 않으니 그는 반사적으로 방탕의 길을 생각했다. 생활의 변화는 그의 시에 반영되었다. 그 변화가 처음으로 신비 사상이나 전 라파엘파적인 위장술 없이 성적 주제를 도입하게 만들었다. 모드 곤의 결혼 직후에 쓴 두 편의 시극에 그 주제가 나타난다.[19]

예이츠가 현실과 행동으로 기울어지면 질수록 그것을 견제하는 그의 반자아의 힘은 강해졌고, 그는 통일되고 조화로운 자아의 실현을 위한 투쟁에서 자신의 정체를 발견했다. 『비전』에 제시한 가이어 gyre의 이론에 의하면 그것은 서로 그 정점을 상대방의 저변에 대고서 맞물려 회전하는 두 개의 원추꼴이다. 예이츠는 이 가이어의 원리로 주관적 힘과 객관적 힘의 역설적 관계를 설명한다. 이때 상대방을 잠식하며 회전하는 두 개의 원추가 곧 실재reality라는 것이다. 그가 이름붙인 바에 의하면 주관적 원추를 대항성antithetical이라 했고, 객관적 원추를 원재성(原在性) primary이라 했다. 전자는 정감적이고 심미적인 힘이며, 후자는 '이성적 도덕적 힘'이다. 그는 전자로써 '의지will'를 의미했고, 후자로써 '마스크'를 의미했다. 인간이 갖는 의지와 그 대상은, '있는 그대로의 모습'과 '마땅히 그래야 하는' 당

---

19) Ellmann, 같은 책, p. 182.

예이츠의 또 다른 여자 친구 플로렌스 파르

위성의 관계이다. 그러므로 "대항성 원추(의지)가 확대됨에 따라 우리는 소망이나 자신의 내적 세계를 점점 강하게 표현하고, 원재적 원추(마스크)에서는 그것이 확대됨에 따라 정신의 객관성, 즉 마음 밖에 있는 것, 밖의 일이나 사건 등 객관적 힘을 더욱 강하게 표현한다."[20]

예이츠는 우리의 의지와 마스크의 투쟁 관계에 의하여 우리의 인간성이 결정되는 것으로 보았으며, 이 운명적 갈등을 기쁨으로 받아

20) Yeats, *A Vision*, p. 73.

들여 그것을 "비극적 기쁨 *tragic joy*"으로 승화시키는 데서 인간 정신의 승리와 아름다움을 찾았다. 그는 "모든 행복은 어떤 다른 자아의 마스크를 쓰고자 하는 에너지에 달려 있다. 온갖 기쁜 생활, 창조적인 생활은 자기 아닌 어떤 것으로의 재생이다. 즉, 그 재생이란 기억도 없이 순간에 창조되면서 영원히 새로워지는 그 무엇이다"라고[21] 인간 실존의 비극을 창조적인 것으로 생각했다.

예이츠는 그 출발이 낭만시인이었건만, 낭만시인답지 않게 이성의 목소리를 중요시하여, 분방한 개성을 억제하고 본능과 충동의 횡포를 스스로 다스리는 일에 비상한 노력을 한 시인으로 보인다. 그는 항상 심중의 갈등을 분석적으로 관찰하며 본능과 충동을 이겨내는 이성의 싸움을 기쁨으로 받아들였던 사람이다. 다음에 인용하는 글은 그가 친구 레이디 그레고리의 아들 로버트 그레고리에게 쓴 장문의 편지 중의 일부이다. 시인이 이 편지를 쓰게 된 동기는 그의 친한 친구인 에드먼드 고스 Edmund Gosse가 레이디 그레고리에게 모욕적인 편지를 보낸 데서 비롯하였다. 이 사건으로 그레고리 집안에서는 예이츠가 당연히 고스를 비난할 것으로 기대했었지만 그는 얼마동안 반응을 보이지 않고 있다가 다음과 같은 편지를 쓰게 된 것이다. 우리는 이 편지에서 시인이 언제나 자기 마음의 움직임을 분석하고 성찰하면서 감정적 충동을 억제하는 데 힘을 기울이고 있었음을 알 수 있다.

로버트에게

나의 개인 생활에 본능적인 것이란 없다는 것을 이해해주기 바라오. 그것을 모조리 이성으로써 물리쳐버리지만 이성의 작용은 매우 더디고 힘이 들며, 주관을 여러 면으로 없애버려야 해요. 무엇보다도 나는 자신 속에 있는 본능적 분노를 분석하여 삭혀오고 있어요. 20여 살 됐을 때 나는 헨리의 집에서 있었던 대화에서 충격을 받은 일이 있어요.

---

21) Yeats, *Autobiographies*, pp. 503~04.

어느 날 나는 그 대화가 다시 그렇게 악화되면 뛰쳐나오리라고 맘먹었지요. 나는 그렇게 하지 않았었고, 다음날 그 일에 대하여 혼자 판단을 내리기를, 내가 뛰쳐나가려고 한 것은 허세이고 그렇게 하지 못한 것은 두려워서였다고 생각했지요. 돌이켜보건대 내가 자연스러운 일, 때로는 옳은 일을 하지 못한 경우가 가끔 있는데, 그것은 다른 사람의 감정이나 행동의 분석 혹은 자신의 감정에 대한 확실치 못한 분석의 결과 충동이 억제된 까닭이지요. 나는 충동이 아주 돌발적이어서 당장 행동으로 옮겨가는 경우를 제외하고는 그것이 나를 개인 생활에 영향을 미치는 행동으로 밀고 들어가는 그런 충동을 생각할 수 없어요. 지난주 나는 충동적으로는 화를 내고 고스에게서 사과를 받아야 한다고 생각하면서, 내 마음을 분석한 결과 "너는 너의 프라이드가 동하니까 성미 급한 짓을 하고자 하는 것이다"라고 생각했어요. …여러 해 동안 내가 지금까지 정신적으로 노력한 모든 것은 마음속의 구체적인 본능을 개조하고자 하는 시도였어요. 나는 그것을 일종의 연극과 같이 생각할 수밖에 없어요…

1910년 8월 2일 [22]

이 편지를 읽어보면 예이츠가 하나의 예술가에 이르기 전에 우선 한 인간으로서 자기 완성을 위해서 준엄한 자기 비판과 자기 개조를 시도한 사람임을 알 수 있다. 그러한 자기 완성의 노력이 그대로 발전하여 그의 인격과 예술의 스타일을 창조한 것으로 보아야 한다.

예이츠의 문학에 초기시·후기시를 막론하고 성자들과 영웅들과 예술가·학자 들이 많이 등장한다. 앞서도 잠깐 말한 바와 같이 예이츠가 그들을 노래할 때엔 약간 흥분되고 도취된 어조를 띤다. 그것은 무엇을 말하는가. 그 위인들은 한결같이 반자아, 즉 마스크의 기준에 따라 사는 사람들이다. 성자는 신의 완전상을, 영웅은 도덕적·윤리

---

22) Ellmann, 같은 책, p. 174에서 재인용.

적 명분을, 예술가나 학자는 아름다운 것 참된 것을 기준삼아 사는 사람들이다. 예이츠의 마스크는 영웅적인 것, 민족적이고 전통적인 것, 고결하고 귀족적인 것들과 관련이 된다. 그가 평생 사귀고 흠모하고 그의 전기나 시에 언급한 인물들은 모두가 그의 마스크의 어느 일면들이다. 예이츠에게 애국심을 불붙여주고 독립 운동에 가담하도록 영향을 끼친 민족적 영웅 존 올리어리는 그에게 성자처럼 보였고, 고결하고 영웅적인 그 일생은 올림푸스의 제신의 대열에 끼는 것으로 생각이 되었다. 그래서 그가 죽은 후 이제 한 시대가 지난 것을 슬퍼하며

> 낭만적인 아일랜드는 죽어 없어졌다,
> 그것은 올리어리와 함께 무덤 속에 있다.

> Romantic Ireland's dead and gone,
> It's with O'Leary in the grave.[23]

라고 노래불렀다. 그리고 연극 운동과 아일랜드 민족 문학 연구의 동반자로서 존경의 대상이었던 레이디 그레고리는 그의 시에서 전통적 교양과 품위의 상징으로 영원한 자리를 차지한다.

> 마룻바닥 위의 지팡이 소리,
> 의자에서 의자로 몸을 옮기는 누군가의 소리,
> 어떤 고명한 사람들이 장정한 귀한 책들,
> 오래된 대리석의 흉상들, 여기저기 걸려 있는 옛 그림들,
> 이 큰 방들은 방문객들과 아이들이
> 만족하고 기뻐하던 방들. 이 집의 마지막 주인이 살던 곳,

---

23) "September 1913," ll. 7~8.

여기에 이름 없고 명성 없는 이 산 일 없었고,
어리석은 짓 범하는 자 없었다.

Sound of a stick upon the floor, a sound
From somebody that toils from chair to chair;
Beloved books that famous hands have bound,
Old marble heads, old pictures everywhere;
Great rooms where travelled men and children found
Content or joy; a last inheritor
Where none has reigned that lacked a name and fame
Or out of folly into folly came.[24]

　이 시의 배경은 레이디 그레고리가 살던 쿨 장원의 전통미와 귀족 취미가 넘치던 방들이고, 거기에서 그레고리 부인이 만년에 불편한 몸을 이끌고 의자에서 의자로 몸을 옮기던 상황이 생생히 그려져 있다. 오랫동안 그에게 괴로움과 그리움을 안겨주었던 모드 곤에게 청혼을 거절당하고서까지 그녀를 사모한 것도 그가 그레고리 부인을 찬미한 것과 같은 맥락에서 해석해야 한다. 그는 그녀의 고결한 민족정신과 의연한 영웅적 기상을 흠모했기 때문이다.
　예술가나 영웅이나 지사들은 모두가 각자 자기의 마스크를 쓰고 그것과 싸우는 사람들이다. 그 싸움은 자기 밖의 대상과의 싸움이 아니라 결국 자기와의 싸움이다. 예이츠는 우리 내부의 자아와 반자아의 싸움을 "비극적 싸움 *tragic war*"[25]이라 불렀고, 그 싸움에서 한 개인으로 말하면 인격이, 한 역사로 말하면 문화의 양식이, 그리고 예술로 말하면 스타일이 형성된다고 생각했다.
　예이츠의 마스크는 그가 지향하는 윤리적 · 도덕적 · 예술적 기준을

---

24) "Coole Park and Ballylee 1931," ll. 25~32.
25) "Ego Dominus Tuus," l. 41.

슬라이고에 있는 쿨 장원, 그레고리 부인의 집: W. B 예이츠의 파스텔화

뜻한다. 예이츠가 주장하는 그 기준은 결국 자기와의 싸움을 통한 자기 완성이고 '한 존재의 통일'인 점에서 불교의 인간 성불사상과 유사하되 그것보다 훨씬 현실적이고, 절대적 가치와의 합일을 염원하는 기독교의 구원 사상보다도 비초월적이다. 예이츠의 귀족 취미에서 나온 덕목은 자유 · 긍지 · 관용 · 고매와 같은 생활상의 덕목이다. 그는 아일랜드 민족이 지녀야 할 도덕적 기준으로서 4대 덕목을 열거한 일이 있다. 그것은 "첫째 친구간에서의 정직, 둘째 적 앞에서의 용기, 셋째 약자에 대한 관용, 넷째 어느 경우에나 항시 가져야 할 품위"[26]

<hr />

26) Ellmann, 같은 책, pp. 113~14.

등이다. 그리고 그는 "염직한 젊은이"를 택하여 그들에게 "신의와 긍지를" 유언처럼 남겼고, 시에서는 "전통적인 고결하고 아름다운 것을 주제로" 택하여 노래불렀다.

> 나는 마음이 곧은 사람들을 택한다.
> 샘물이 솟는 곳까지
> 시내를 따라 올라가, 새벽이면
> 물방울 떨어지는 바위 옆에서
> 낚싯대를 드리우는 그런 사람들, 그런 사람들이야말로
> 나의 긍지를 이어받을 사람들이라고 나는 선언한다.

> I choose upstanding men
> That climb the streams until
> The fountain leap, and at dawn
> Drop their cast at the side
> Of dripping stone; I declare
> They shall inherit my pride.[27]

예이츠는 신화 속의 요정이나 꿈속의 장미를 노래부르는 것으로부터 시작하여 마음이 곧고 긍지 있는 인간상과 전통적이고 고결한 생활 질서를 노래하는 데로 귀착하였다. 그것은 그보다 거의 한 세대 뒤에 태어난 엘리엇이 현대의 황무지를 노래부르는 데서부터 시작하여 장미원의 초월적 순간의 황홀한 이미지를 노래부르는 데로 귀착한 것과 크게 대조된다고 할 수 있다.

---

27) "The Tower," III, ll. 2~7.

3. 개인성의 극복과 시

나는 앞서 예이츠의 시에 드러나는 그의 개인성은 그것이 조반을 먹고 신문을 읽고 남을 미워도 하고 사랑도 하는 일상적인 예이츠의 면목 그대로는 아니고 '개조된 개인성' 같은 것이라고 말을 한 바 있다. 마스크로써 자기를 극복한 결과가 그의 예술이라고 함직하다. 그 점에서 예이츠가 말하는 재생된 자아의 뜻이 엘리엇이 말하는 "개인성에서의 도피" 혹은 "예술 감정" 같은 시의 정의와 유사하되 유사할 수 없다는 것도 이미 언급한 바 있다.

예이츠는 개인 감정이란 것을 행동적이고 욕망으로 치닫는 생생한 감정과 그렇지 않고 반대되는 자아에 호소하여 이미지를 불러내는 감정으로 구분해서 시는 후자에 해당하는 것으로 생각했다. 즉 그는 시를 현실적 감정의 복사가 아니고 "실상을 비치는 일종의 환영"[28]이라고 생각했다. 시인의 일상 감정 속에서 자아는 반자아의 통제를 받으면서 허깨비 같은 이미지를 찾아 헤매는 것이고, 그 이미지가 언어를 지휘하여 문자로 정착되었을 때에 그것을 시라고 할 수 있는데 그것은 시인의 실상이라기보다는 시인이 그려낸 허상이라 할 수 있다. 그 그려낸 세계를 그는 자아와 반자아와의 싸움의 결과라고 말했다. 개인의 감정과 시에 나타난 이미지의 미묘한 관계를 시로 표현한 것이 「나는 너의 주 Ego Dominus Tuus」라는 시이다. 이 시는 블룸 교수의 말과 같이 위대한 시는 아니어도, 예이츠의 사상을 아는 데 핵심적인 시[29]라고 생각되어 여기에서 정밀 분석을 시도해보기로 한다.

이 시는 '힉 Hic'과 '일 Ille'이라고 하는 시인의 양분된 자아가 서로 주고받는 대화체 시이다. '일'은 이미지를 추구하는 시인 자신이라고 생각할 수 있고, '힉'은 그런 환영을 좇는 것을 비판적으로 보는 객

---

28) "Ego Dominus Tuus," ll. 50∼51.

29) Harold Bloom, *Yeats,* ll. p. 197.

관적 자아라고 생각할 수 있다. 시인은 "인생의 전성기를 지난" 나이
에 여전히 시적 환상에 매혹되어 그 노예가 되어 있는 자신을 객관적
으로 비판한다. 시인의 작업을 객관적으로 보면 그것은 "망상을 벗어
나지 못하고 그 노예가 되어 마술적 형상을 추구하는"[30] 일이다. 시인
은 이렇게 추구하는 이미지로써 시의 세계가 이루어지는 것을 다음
과 같이 말한다.

> 나는 이미지의 도움을 받아
> 자기의 반대물에 향하여 말을 걸어, 지금까지
> 다룬 일도 본 일도 없는 것을 불러낸다.

> By the help of an image
> I call to my own opposite, summon all
> That I have handled least, least looked upon.

　시인이 이미지를 찾는다는 것은 무슨 뜻인가. '힉'이 "나는 이미지
같은 것을 찾지 않고 자신을 찾겠다"고 말하는데 그것이 "근대 작가
들의 소망"[31]이긴 하지만, 이미지와 자신이 별개의 것은 아니다. 예
이츠의 『비전』에서 제시된 사상에 의하면 진정한 인격, 참된 자아는
마스크나 이미지를 통해서만 얻어질 수 있는 것이다. 리얼리스트들
이 자신을 찾는다고 이미지를 등한시하면 그것은 결국 자신을 추상화
하는 것뿐이다. 예이츠는 우리가 "자연적 사실의 총체를 찾으려고 하
면 할수록 더욱 추상적으로 된다"라고 말하고, "땅에 뿌려진 물이 더
욱 널리 퍼질수록 더욱 얇아져서 결국 투명한 막에 불과하게 되는"[32]
이치와 같다고 비유하였다. 그러니까 진정한 객관화에 의해서만 진

---

30) "Ego Dominus Tuus," ll. 6~7.
31) 같은 시, l. 12.
32) *A Vision*, p. 158.

정한 개인성을 성취할 수 있는데도 인간은 자신을 보완하는 마스크를 추구하지 않고서 "소위 말하는 실체니 진리니 하나님의 뜻이니 하는 것"만을 찾다가 "혼돈하고 피로하고, 너무 많은 것을 움켜쥐려고 하다가 그만 손이 느슨해지고 만다"[33]라고 말하였다. 그는 근대 사실주의 작가나 시인들이 "논리적이고 사실적이고, 호기심의 대상이 되는 것"만을 추구하는 정신을 비난하고서, 그것을 "빈둥거리며 거리를 비추는 거울"[34]이라고 하였다. 자기의 내부만을 들여다보고서 진리나 실체를 추구하는 시인들이나 거리만을 비추는 사실주의자들은 추상적 실재나 현실적 사실에만 의존하기 때문에 진정한 실체를 찾지 못한다. 그들은 말하자면 창조하는 것이 아니라, 기록할 따름이다. 「나는 너의 주」에서 예이츠는 '일'의 입을 빌려서 근대 작가들이 자신을 찾고자 하다가 창조하는 객관적인 힘을 잃는다고 다음과 같이 슬퍼한다.

> 우리는 온건하고 예민한 정신을 밝혀내긴 했지만
> 감정에 흔들리지 않는 오래된 냉정한 손은 잃었다.
> 끌이나 펜이나 붓이나 그 무엇을 손에 쥐든
> 비판할 뿐, 창조에는 미달이다.
> 주저하고, 혼란에 빠지고, 텅 비고, 부끄러워하고,
> 우리 친구들의 지지도 못 받는다.

> We have lit upon the gentle, sensitive mind
> And lost the old nonchalance of the hand;
> Whether we have chosen chisel, pen or brush,
> We are but critics, or but half create,
> Timid, entangled, empty and abashed,

---

33) 위의 책, p. 159.
34) 위의 책, p. 160. "the mirror dawdling down a road."

Lacking the countenance of our friends.[35]

이에 대해서 '힉'은 "기독교 상상력의 제일인자" 단테를 들어, 그는 완전히 자신을 찾은 사람이 아니냐고 응수한다.

단테 알리기에리는 완전히 자신을 발견했기에
그 움푹 패인 자기의 얼굴을, 그리스도의 것 외로는
그 어느 누구의 얼굴보다 더 선명하게
마음의 눈에 보이게 할 수 있었지.

Dante Alighieri, so utterly found himself
That he has made that hollow face of his
More plain to the mind's eye than any face
But that of Christ.[36]

그러나 '힉'이 단테의 참모습이라고 생각한 것은 실은 그의 반자아의 이미지에 불과하다는 것이 예이츠의 생각이다. 단테의 개인적인 욕망이나 좌절 같은 것이 힘이 되어 시인으로 하여금 마스크와 이미지를 창조하게 한 것이다. 그 마스크의 "뺨이 홀쭉한 것은 아무리 해도 손 닿을 수 없는 가지 위의 사과가 먹고 싶은 굶주림 때문이 아니겠는가." 그리고 단테가 창조한 성처녀 베아트리체는 그가 갖지 못해서 치사하게 몸부림치며 소망한 것에 대한 최고의 보상으로 보아야 할 것이 아닌가.

조롱받고 조롱하면서 추방된 몸이 되어
그 계단을 올라가 쓰라린 빵을 먹음으로써

---

35) "Ego Dominus Tuus," ll. 13~18.
36) 같은 시, ll. 21~24.

그는 확고부동한 정의를 찾고, 인간이
사랑한 여인 중에선 가장 고귀한 여인을 만났다.

Derided and deriding, driven out
To climb that stair and eat that bitter bread,
He found the unpersuadable justice, he found
The most exalted lady loved by a man.[37]

예이츠는 시는 근본적으로 자아와 반자아와의 "비극적 싸움"을 통하여 생겨나는 것으로 생각했다. 그렇지 않고서 생활을 사랑하고 행복을 추구하는 '충동적인 사람들'은 "세속에 봉사하여 부자가 되고 유명해지고 권세를 갖게 될지언정 시를 노래부르는 것은 아니"라고 말했다. 예이츠는 그러한 세속과 행동만을 아는 사람들을 경멸하여 다음과 같이 말한다.

그림을 그리건, 글을 쓰건, 그것은 여전히 행위이고,
마멀레이드에 달라붙는 파리떼의 아귀다툼이다.

And should they paint or write, still it is action;
The struggle of the fly in marmalade.[38]

예이츠는 예술이란 결국 현실의 환영에 불과하니까 그 꿈에서 깨어보면 '방황과 실의' 밖에 남는 것이 없다고 말한다. 이런 생각을 반박하는 입장에 놓인 '힉'은 존 키츠John Keats의 경우를 예로 들어, 키츠는 세상을 사랑하여 행복을 노래한 것이 아니냐고 묻는다. 이에 대해, '일'은 키츠의 예술은 행복하게 보이지만, 그의 사사로운 마음

---

37) 같은 시, ll. 37~40.
38) 같은 시, ll. 48~49.

이 반드시 그렇다고는 말할 수 없고, 그가 전세 마차집에서 태어나 가난하고 병약하고 교육도 제대로 못 받은 데 대한 보상책으로 화려하고 행복한 마스크를 추구했을 것이라고 다음과 같이 말한다.

> 그의 예술은 행복하다. 그러나 그의 마음을 누가 알랴.
> 나는 그를 생각할 때, 얼굴과 코를 사탕가게의
> 유리창에 들이대고 있는 학교 아이를 눈에 그리게 된다.
> 왜냐하면 확실히 그는 감각이나 마음이
> 만족을 얻지 못한 채 무덤에 들어간 것이고,
> 가난하고 병약하고, 교육도 못 받았고,
> 세상의 화사에서 차단된
> 전세 마차집의 비천하게 자란 자식이었기에,
> 화려 우아한 시를 쓴 것이지.

> His art is happy, but who knows his mind?
> I see a schoolboy when I think of him,
> With face and nose pressed to a sweet-shop window,
> For certainly he sank into his grave
> His senses and his heart unsatisfied,
> And made — being poor, ailing and ignorant,
> Shut out from all the luxury of the world,
> The coarse-bred son of a livery-stable keeper —
> Luxuriant song.[39]

    예이츠는 「나는 너의 주」의 끝련에 이르러 다시 되풀이해서 자기가 이미지를 추구하는 것은 자아의 보완책이며, 그 이미지는 자기와 유

---

39) 같은 시, ll. 59~63.

사하되 유사하지 않은 분신이라고 말한다. 그리고 그는 이미지는 책 속에 씌어 있는 메마른 이론이 아니라 정체 불명의 생령 같은 것이어서 시인은 그것이 지껄이는 소리에서 자기가 구하는 것을 얻어낸다고 말한다.

얻어내는 대상은 이미지이지 책이 아니기 때문이다.
책 속에서 아무리 현명한 말을 하는 자들이라도 그들은
맹목적이고 감각이 마비된 심정밖에 가진 것이 없다.
나는 시냇가 젖은 모래 위를 걷는
정체 불명의 존재에게 말을 건다.
그것은 나의 일부이고 나의 분신이지만
아무리 상상을 해봐도
나와는 같지 않은 나의 반대 자아이다.
그 존재가 지금 이 표현 기호의 옆에 서서
내가 구하는 모든 것을 보여주고, 속삭여준다…

Because I seek an image, not a book.
Those men that in their writings are most wise
Own nothing but their blind, stupefied hearts.
I call to the mysterious one who yet
Shall walk the wet sands by the edge of the stream
And look most like me, being indeed my double,
And prove of all imaginable things
The most unlike, being my anti-self,
And standing by these characters, disclose
All that I seek; and whisper…[40]

---

40) 같은 시, ll. 69~78.

아일랜드 상원 의원 때의 W. B. 예이츠: 사진, 1930

여기에서 예이츠가 이미지를 "신비스런 존재"라고 말한 것은 엘리엇이 그것을 "얼굴도 이름도 없는 무의 존재 악마"와 같은 것이라고 말한 것을 상기시킨다. 그러나 예이츠는 여기에서 이미지의 뜻을 마스크와 같은 뜻으로 쓰고 있는 점이 주목된다. 즉, 시인이 추구하는 이미지는 그가 "마땅히 그랬으면 하고 바라는" 시인의 또 다른 일면의 표현이라는 뜻이다. 시인은 자기의 그 '반자아'와 말을 건네며 정체 불명의 그 존재의 속삭임에 따라 기록해나가는 수동적인 입장에 선다. 시인을 유혹해서 달밤에 "얕은 시냇가 회색 모래사장"을 걸으며 환상에 젖게 하는 그 "마술적인 형상들"은 시인에게 그가 염원하는 아름다운 것, 고귀한 것, 영원한 것들을 아무도 알아들을 수 없는 속삭이는 목소리로 말해준다. 「비잔티움」 시편들의 성시(聖市) 비잔티움에서 황금으로 만든 황금의 새들이 황금 가지 위에서 "과거와 현재와 미래를" 노래불러주듯이 시인이 머릿속에 그리는 이념의 상(像)은 그것을 통하여 시인이 자기의 개인성을 극복하는 마스크인 동시에 인류 보편적인 의미를 갖는다. 예이츠는 이미지를 인간이 종족과 시대에 상관 없이 현실을 초월하여 영원과 합쳐지는 인류의 공통적 꿈 같은 것이라고 생각했다. 그러니까 예이츠가 시에서 취급한 인물들이나 생활상은 이미 시인의 개인성을 초월한, 작게는 아일랜드 민족의 과거와 현재에 관련되고 크게는 인류 보편적인 상징들이다. T. S. 엘리엇이 예이츠의 시를 평하여 그는 "개인성으로부터 일반적 진리를 표현할 수 있었던" "위대한 시인"[41]이라고 말한 것은 그 상징성을 가리켜서 하는 말이다. 한 예술가가 그의 개인성을 극복하여 민족적·인류적·보편적 상징으로 나아갈 때에 그것은 그 예술가의 자기 완성이고 구원이라고 말할 수 있지 않을까.

예이츠의 말년의 시에 제시된 안정되고 침착한 품위 있는 기상은

---

41) T. S. Eliot, *On Poetry and Poets*, p. 255.

그 속에 맥박치는 분방한 상상력과 식지 않는 열정과 더불어 그가 지향하는 그의 인품과 예술의 패턴을 보여주고 있다. 그는 예술의 패턴을 스타일이라고 말하고, 그것을 마스크와 같은 뜻으로 생각했다. 그는 뜨겁게 흔들리는 사사로운 감정을 방치할 경우에 그것이 웅변이 되거나 감상에 치닫는 것을 잘 알고 있었다. 거기에서 작가의 "비극적인 싸움"은 시작된다. 그래서 그는 작가의 '자기 극복'을 스타일이라고 말하기도 했다. 자기 극복의 과정은 작가의 스타일의 전개에 반영되고, 스타일의 완성은 이미 그의 개인성을 초월한 보편적 상징으로 바뀐다.

예이츠의 시의 스타일의 발전 과정은 곧 그의 자기 극복의 발자취이다. 그는 인간적으로 자아와 싸워서 '차고도 열정적인' 균형잡힌 인격의 모델에 도달하고자 노력한 것 못지않게 원고를 고치고 또 고쳐서 개인성의 탈각에 힘썼다. 다음에 인용하는 스타일에 관한 글에서 예이츠는 전통성과 보편성을 강조하고 개인성의 극복을 주장하고 있는데 이것은 결국 그의 마스크 이론의 문학적 전개이고 그 결론으로 볼 수 있다.

모든 개인적인 것은 당장 썩는다. 그것은 얼음이나 소금에 채워야 한다. 언젠가 나는 폐렴을 앓으면서 정신이 오락가락하는 속에서 조지 무어에게 소금은 영원의 상징이니 소금을 먹으라고 이르는 편지를 받아쓰게 한 일이 있다. 그 현기증은 지났고 편지의 기억은 없지만 내가 지금 생각하는 것이 그런 뜻이었음에 틀림없다. 내가 만일 개인적 사랑이나 슬픔을 자유시나 변화를 가하지 않은 어떤 리듬으로 쓴다면, 나의 개인적인 생각·무분별 때문에 나는 자기 경멸에 싸일 것이고 독자의 싫증을 예견하게 될 것이다. 나는 전통적인 스탠자를 택해야 하고, 변개시키는 것일지라도 전통적으로 보여져야 할 것이다. 나는 내 감정을 양치기나 목자(牧者)나 낙타 몰이꾼이나 학자나, 밀턴 혹은 셸리와 같은 플라톤주의자나, 파머 Palmer가 그린 탑에 의탁한다. 내게 독창성을 말하지 말라. 그러면 나는 화를 내며 네게 맞설 것이다. 나는 일반인이고 하나의 개인이고 나는 아무것도 아니다. 옛날의 소금이 최상의 포장제니라.[42]

---

42) Yeats, *Essays and Introductions*, p. 522.

예이츠의 모드 곤에의 사랑의 시편들

예이츠의 친구이자 그의 연구가인 헨 T. R. Henn은 그의 저서 『고탑 *The Lonely Tower*』의 서문에서 예이츠의 시가 독자에게 감명을 주는 핵심은 '지혜'라고 했지만 필자는 그것을 성실성이라고 말하고 싶다. 성실성이란 말은 지혜라는 말보다 다소 막연한 뜻이기 때문에 나는 그 말을 시인이 자기의 사사로운 감정을 솔직히 드러낸다는 뜻으로 제한해서 쓴다. 그의 시가 같은 현대 영시의 대가 엘리엇과 크게 다른 점은 그 사사로운 감정의 노출이다. 그의 시의 대부분은 그의 전기적 사실과 부합될 뿐 아니라 그 사실의 가식 없는 기록이다. 엘리엇도 그의 예이츠론에서 그 점을 인정하여 예이츠의 위대성은 "강렬한 개인적인 경험에서 보편적 진리를 표현할 수 있었던" 점이라고 지적한 일이 있다.

예이츠의 개인적인 경험은 대부분의 대시인들의 그것보다 다양한 편이다. 그것을 몇 가지 카테고리로 분류하는 것이 무리이긴 하지만, 크게 세 가지로 구분할 수 있다고 생각한다. 한 가지는 정치적 사회적 사건과의 연루, 또 한 가지는 비교(秘敎)나 환상·신화의 세계에의 몰입, 그리고 다음은 남녀 친구들과의 교우 관계, 특히 모드 곤과의 연애 사건이다. 이 세 가지 카테고리에서 생겨난 시를 정치시·철학시·연애시라고 이름붙일 수 있고, 예이츠의 시는 결국 이 세 가지 카테고리로서 대별할 수 있다고 보는 것이 필자의 생각이다.

예이츠가 모드 곤에게 표시한 사랑의 감정은, 그가 23세 때에 그녀

모드 곤. 예이츠는 "지금까지 살아 있는 여자 중에서 그렇게 아름다운 여자
를 본 일이 없다"고 말했다

를 만난 이래, 수차례에 걸친 청혼과 결국 그것이 받아들여지지 않자
51세 때에 드디어 단념하고 하이드-리즈Georgie Hyde-Lees와 결혼할
때까지 거의 30년에 걸친 지속적인, 그리고 수많은 우여곡절을 겪은
다양한 감정인 점에서 시인의 인간과 시를 아는 중요한 관건이 될 수
있다. 이 논문은 대략 근 60편[1]의 시에 걸쳐 드러난 예이츠의 연애 감
정의 복잡한 변화 과정을 살펴봄으로써 시인의 인간과 시의 진면목
을 알아보고자 하는 데에 목적을 둔다.

예이츠가 모드 곤을 처음 만난 것은 예이츠가 23세, 곤이 22세 되

---

1) Seiden은 예이츠의 모드 곤에의 연시를 조사하여 54편의 시명을 제시하고, 실은 그
   보다 훨씬 더 많다고 강조하였다. Morton Irving Seidon, *W. B. Yeats: The Poet as a
   Mythmaker*, p. 191.

는 어느 이른 봄날 아침이었다. 이때에 예이츠는 이미 『더블린 대학 리뷰』 등을 통해서 시를 발표하여 약간의 문명을 얻고 있었기 때문에 곤이 예이츠의 시를 읽었으리라고 짐작은 가지만 아일랜드의 독립 운동에 전념하고 있던 그녀가 이날 예이츠를 방문한 것은 문학적 목적이 아니라, 정치적 용무로 파리에 가는 도중 잠시 런던에 들른 계제였다.

한 영국 장교의 딸로 열렬한 민족주의자였던 곤은 183센티미터 정도 되는 큰 키에 매력이 넘치는 "아일랜드 최고의 미인"이었다. 이 희대의 미인과의 최초의 만남은 앞으로 이 시인의 생애에 깊이 영향을 미치는 중대한 사건이었다. 그는 이때 이 미모의 민족 운동가를 만난 인상을 그의 자서전에서 다음과 같이 기술하고 있다.

곧 모드 곤이 탄 마차 한 대가 베드포드 파크에 있던 우리집 문간에 멎었다. 그녀는 페니어회의 지도자 존 올리어리로부터 아버지에게 보내는 소개장을 가지고 왔다. 그녀는 전쟁을 찬양함으로써 아버지를 화나게 했다. 전쟁도 어떤 명분을 세우는 전쟁이 아니라, 흥분 자체에 무슨 명분이 있는 듯한 전쟁을 위한 전쟁을 찬양하는 것이었다. 나도 아버지에 맞서서 그녀의 편을 들었으므로 아버지는 더욱 화가 나셨다…

아버지께서는 나 같은 젊은이가 그렇게 아름답고 젊은 여성과 의견을 달리할 수 없으리라는 것을 이해하셨다. 그녀는 큰 키에 변할 것 같지 않는 그 모습의 윤곽이 마치 …고전에서 보는 '봄'의 인격신 같았고, "그녀는 여신처럼 걷는다"는 버질의 찬사는 오직 그녀만을 위한 말 같았다. 안색은 빛을 받은 사과꽃의 윤기처럼 빛났고, 생각건대 그 첫날 그녀는 마치 창문에 어리는 그러한 꽃무더기 옆에 서 있었던 것처럼 기억이 난다.[2]

---

2) Yeats, *Autobiographies*, p. 123.

예이츠는 또 다른 미발표 자서전에서 그녀를 만나기 전에 이미 그 '절세 미인'의 이름을 들은 일이 있고, 그녀의 이름만 듣고서 이미 흥분했었다고 술회하였다. 그는 "23세 때에 내 인생의 환난이 시작되었다"고 말하고서 그녀를 만나고 난 후에 이제 그녀가 자기 인생에 깊숙이 파고들어 "압도적인 소음"[3]을 내기 시작했다는 말과 함께 그녀를 찬미하는 온갖 화려한 용어를 쏟고 있다.

예이츠가 모드 곤을 만난 그의 나이 23세 무렵은 예이츠의 일생에서 특기할 만한 시기이다. 그가 일반 대학에 다니지 않고 2년 간 미술 학교에 다니다가 전적으로 시를 쓰려고 미술 학교를 포기한 것이 21세 때(1886)이다. 실생활에 대한 관심은 전연 없이 비교(秘敎) 학회나 접신술 학회 등에 가담하여 초자연적 신비 세계에 깊숙이 몰두하고,[4] 윌리엄 모리스William Morris 등 전 라파엘파 화가 · 시인 들과의 교분을 맺으면서, 셸리, 블레이크 등 영국 낭만파 시인들을 읽고, 『아신의 방랑 The Wanderings of Oisin』과 같은 몽상적인 시를 쓴 것 등이 20대 초반의 그의 정신 활동의 중요한 국면이다.

이러한 시기에 그가 생각한 사랑이 어떤 성질의 것이었겠는가 하는 것은 자명하다. 현실성이 없는 꿈같이 허망한 것을 찾던 예이츠에게 사랑이니 여자니 하는 것이 모두가 무지개처럼 아름답고 신비롭고 그저 황홀하기만 한 것이었다. 영원하고 아름답고 완전한 것은 낭만 시인들이 추구한 실체인바, 감수성이 예민한 20대 초반의 예이츠가 추구한 사랑도 예외는 아니었다. 그는 위대한 사랑을 꿈꾸면서 이렇게 말했다.

　…나는 셸리와 낭만시인들로부터 완전한 사랑의 사상을 배웠다. 아

---

3) A. Norman Jeffares, *W. B. Yeats: Man and Poet*, pp. 59~60.

4) 그가 Dublin Hermetic Society에 입회한 것이 1886년이고, Blavatsky Lodge of Theosophical Society in London에 가입한 것이 1887년이다.

모드 곤: 사진, 1919

마 나는 교회에서 결혼하는 일은 결코 없을 것이지만 한 여인을 평생 동안 사랑할 것이다.[5]

그가 꿈꾸는 위대한 사랑은 이성간의 결혼을 전제로 한 혹은 에로틱한 충동에서 찾는 사랑이 아니라, 시로써 찬미할 수 있는 관념적인 사랑이었다. 그리고 그는 실제로 아직 여자를 몰랐고, 수줍은 총각이었다. 그가 최초의 시집 『아신의 방랑』에서 취급한 아신의 사랑도 사랑이 무엇인지 모르고 막연히 요정 니아브의 가슴을 동경한 몽상적인 사랑이었다.

이러한 때에 현실적으로 나타난 모드 곤 역시 예이츠의 꿈속의 여인이고 '위대한 사랑'의 표상이었다. 예이츠가 그녀를 보고서, "나는 지금까지 살아 있는 여자 중에서 그렇게 위대한 아름다움을 본 일이 없다"느니, "그녀는 여신처럼 보였다"[6]느니 하고 극치의 찬사를 보낸 것은 그녀의 실상을 말한 것이 아니라, 그녀를 관념 속의 절대 완전한 여인상과 동일화한 것에 불과하다. 이후 예이츠는 시 속에서 그 관념의 여인상과 더불어 때로는 황홀하고 때로는 안타깝고, 때로는 슬퍼하는 오랜 방황의 길을 걷게 된다. 초기 시집 『장미 The Rose』 (1893)에 실린 「이 세상의 장미 The Rose of the World」「사랑의 연민 The Pity of Love」「사랑의 슬픔 The Sorrow of Love」「그대가 늙었을 때 When You are Old」「흰 새들 The White Birds」「낙원에 있는 캐들린 백작 부인 The Countess Cathleen in Paradise」「두 그루의 나무 The Two Trees」 등은 모두가 모드 곤을 염두에 두고 쓴 시들이다. 그러나 그 모드 곤은 하나의 관념이기 때문에 그것이 기타의 초월적 존재나 가치와 혼돈되는 수가 많이 있다. 다음 시("To the Rose upon the Rood of Time," ll. 1~12)에서 그가 "장미"를 노래부를 때 그것은 모드 곤의 표상이면서 동시에 켈트 민족의 신들의 세계와 동일화되어 있다.

---

5) Jeffares, p. 58.
6) 위의 책, p. 59.

붉은 장미, 자랑스런 장미여, 내 생애의 슬픈 장미여!
나에게 가까이 오라, 나는 옛것들을 노래하련다,
사나운 조수와 싸움하던 쿠후린의 일을,
조용한 눈으로 숲에서 자란 백발의 드루이드승이
퍼거스에게 꿈과 헤아릴 수 없는 파멸을 뒤집어씌운 일을,
그리고, 네 자신의 슬픔을 노래하련다. 별들도
바다 위에서 은빛 샌들 신고서 춤추다 늙어서
네 슬픔을 소리 높이 외로운 곡조로 노래한다.
가까이 오라, 인간의 운명 때문에 현혹됨이 없이
사랑과 미움의 나뭇가지 밑에서
하루살이 가엾은 온갖 어리석은 것들 속에서
나는 본다. 홀로 제 길을 헤매는 영원한 아름다움을.

Red Rose, proud Rose, sad Rose of all my days!
Come near me, while I sing the ancient ways:
Cuchulain battling with the bitter tide;
The Druid, grey, wood-nurtured, quiet-eyed,
Who cast round Fergus dreams, and ruin untold;
And thine own sadness, whereof stars, grown old
In dancing silver-sandalled on the sea,
Sing in their high and lonely melody.
Come near, that no more blinded by man's fate,
I find under the boughs of love and hate,
In all poor foolish things that live a day,
Eternal beauty wandering on her way.[7]

---

7) 위의 책, p. 66.

다음 「이 세상의 장미」의 경우에도 모드 곤에게서 본 영원한 아름다움이 아일랜드 신화의 인물 우스나와 그리고 그리스 신화의 헬렌과 결부되지만, 탐미주의적 예술 사조가 반영되어 필연적으로 영원과 현실의 운명적 불일치에서 연유하는 애절한 음조가 들린다.

아름다움이 꿈처럼 사라진다고 누가 생각했던가.
이 붉은 입술 때문에, 슬픈 교만이,
너무 슬퍼서 새삼 기이한 생각도 일지 않는 그 입술 때문에,
트로이는 치솟는 죽음의 불길에 싸여 사라졌고,
우스나의 아들들도 죽었다.

우리도, 움직이는 세계도 사라진다.
하늘의 물거품, 그 꺼져가는 별들 아래,
겨울 강물의 파리한 물살처럼,
가물가물 덧없기 그지없는 인간들의 마음속에서,
이 외로운 얼굴만은 영원히 살아남으리라.

Who dreamed that beauty passes like a dream?
For these red lips, with all their mournful pride,
Mournful that no new wonder may betide,
Troy passed away in one high funeral gleam,
And Usna's children died.

We and the labouring world are passing by:
Amid men's souls, that waver and give place
Like the pale waters in their wintry race,
Under the passing stars, foam of the sky,
Lives on this lonely face.

예이츠는 모드 곤이 런던에 체류하고 있는 동안에 여러 차례 식사를 같이하고, 연극 활동에 관하여 상의하기도 했다. 예이츠는 자신이 『신화 민속담 *Fairy and Falk Tales*』을 편찬하면서 그 중의 한 이야기를 각색하여 그녀를 주인공으로 한 『캐들린 백작 부인 *The Countess Cathleen*』이라는 극을 쓰겠다고 제언하기도 했다. 그녀는 정치를 이야기하고 권력에 대한 야망을 고백하기도 했다. 예이츠는 곤이 정치에 전념하고 이상에 불타는 여인이라는 것을 알고서 크게 감명을 받고 그녀가 정력적이고 자신감에 넘치는 여인이라는 것을 알았다. 그는 그녀의 정치적 관심이나 잔인할 정도의 자신감이 자기의 기질과 일치한다고 생각지는 않으면서도 점차 그녀에게 빠져들어갔다. 그러나 돈도 없고, 그녀를 충분히 이해할 수도 접근할 수도 없는 상태에서 그의 사랑은 절망적이었다. 더욱이 그는 자신이 극도로 소심함을 잘 알고 있었다.

모드 곤을 만난 지 3년 후인 1891년 여름 예이츠가 아일랜드에 있을 때 그는 모드 곤이 더블린에 있다는 말을 듣고서 호텔로 그녀를 찾아갔다. 이때에 그녀에 대한 그의 사랑은 다시 불붙었다. 그는 그때의 감정을 다음과 같이 적고 있다.

우리의 이야기가 친숙해지자 그녀는 어떤 불행 같은 것, 어떤 실망 같은 것을 비쳤다. 그녀에게서 전날의 딱딱한 울림이 가셨을 때 그녀는 상냥하고 느슨해졌다. 그때 다시 한번 사랑의 감정이 치밀었고 나는 더 이상 그 감정을 억누르고 싶지 않았다. 나는 이 여자가 어떤 유의 아내가 될 것인지를 생각지 않고, 이 여자에게는 보호와 마음의 평화가 필요하다는 것만을 생각했다.[8]

그후 얼마 안 있어 예이츠는 처음으로 그녀에게 청혼을 했다. 이

---

8) Yeats의 미발표 원고, Jeffares, p. 67에서.

날의 사정을 시인은 다음과 같이 기록하고 있다.

나는 교묘한 일을 기억하고 있다. 나는 마음먹은 바가 있어 방에 들어갔으나 그녀를 쳐다볼 수도 없었고, 그녀의 아름다움을 생각하지도 못하면서, 앉아서 그녀의 손을 쥔 채 열을 올려 말을 했다. 그녀가 잠시 손을 뿌리치지 않고 있어서 나는 말을 그쳤다. 이렇게 말없이 앉아 있자, 나는 자신이 없어지는 것을 알았다. 곧 그녀는 손을 물리쳤다. 그녀는 결혼을 할 수 없다는 것이었고 …나와는 우정을 요구했다.[9]

이런 거절로써 예이츠의 사랑이 식은 것은 아니지만 그에게 심한 고독과 좌절감을 주었으리라는 것은 짐작이 간다. 바로 그 다음날 썼다는 시가 다음에 인용하는 「흰 새들」이다. 이날 오후 연인 사이가 아닌 두 사람은 하우드의 벼랑을 걸었다. 마침 쉬고 있을 때에 두 마리의 갈매기가 머리 위로 날아와 바다 쪽으로 날아갔다. 그녀는 말하기를 만일 자기가 어떤 새가 된다고 하면 자기는 갈매기가 되고 싶다고 한 말이 생각이 나서 갈매기를 주제로 시를 썼다는 것이다.

애인이여, 나는 바다 물거품 위를 나는 흰 새가 되고 싶구려!
사라져 없어지는 유성의 불길엔 싫증이 나고,
하늘가에 나직이 걸린 황혼의 푸른 별의 불길은,
애인이여, 꺼질 줄 모르는 슬픔을 우리의 마음에 일깨워주었소.

이슬 맺힌 장미와 백합, 저 꿈같은 것들에게선 피로가 오오.
아 애인이여, 그것들, 사라지는 유성의 불길은 생각지 맙시다,
그리고 이슬질 무렵 나직이 걸려 머뭇거리는 푸른 별의 불길도.
왜냐하면 나는 떠도는 물거품 위의 흰 새가 되었으면 하니, 그대와
　나는!

---

9) 위의 책, p. 68.

I would that we were, my beloved, white birds on the foam of the
sea!
We tire of the flame of the meteor, before it can fade and flee;
And the flame of the blue star of twilight, hung low on the rim of the
sky,
Has awaked in our hearts, my beloved, a sadness that may not die.

A weariness comes from those dreamers, dew-dabbled, the lily and
rose;
Ah, dream not of them, my beloved, the flame of the meteor that
goes,
Or the flame of the blue star that lingers hung low in the fall of the
dew:
For I would we were changed to white birds on the wandering
foam: I and you!

부활절 봉기 후 교도소 상황에 대한 항의 집회. 모드 곤(왼쪽으로부터 네번째 플래카드
를 들고 있는)은 많은 정치적인 시위를 이끌었다

청혼을 거절당한 후 그녀에 대한 그의 자세는 굳어졌지만 아주 친근한 친구로 두 사람은 자주 만나고 여러 면에서 서로 협력하였다. 그리고 그는 이러한 접촉과 협력 사이에서 언젠가는 그녀가 자기를 사랑하게 되리라고 믿었다. 예이츠는 곤이 마음속에 악령 같은 것이 도사리고 있어서 고운 애정의 심성을 억누르고 정치에 광분하게 된다고 생각하여 그녀를 심령학에 관심을 갖게 하려고 런던의 연금술학회와 또 다른 심령술교단에 가입시키기도 했다. 그리고 모드 곤이 도네갈 지방에서 굶주린 농민들의 구호 사업에 전념하다가 병을 얻었을 때에는 위로의 시를 써 보내기도 하고, 자기와 곤을 모델로 하여 극『캐들린 백작 부인』을 써서 극중에서 시인 케빈으로 하여금 사랑에 패배한 고백을 하도록 하였다.

예이츠는 신비 사상이나 시편으로써는 모드 곤의 관심을 자기에게 향하게 할 수 없다고 생각하여 자신이 직접 정치 운동에 가담하여 그녀의 호감을 얻고자 마음먹었다. 그는 유명한 정치 지도자 존 올리어리 등과 어울리고, 강연에 나서고, 아일랜드 문학회를 조직하면서 사회에서 새로운 이미지로 부각되었다. 그리고 재정적으로 여유도 있고, 아름답고 웅변적인 모드 곤으로 하여금 문학 단체를 위하여 활동하도록 권유하기도 했다. 그것은 그녀로 하여금 과격한 정치 활동에서 손을 떼게 하고자 하는 목적에서였다. 그는 그러한 목적이 허사인 것을 깨닫게 되고, 자신이 정치 운동에 가담하면 할수록 자신이 분열되는 느낌에서 괴로워했다. 그는 자기가 대중 운동과 정치 활동에 참여하는 것은 오직 모드 곤의 영향과 그녀의 환심을 사기 위한 것이니만큼 그것이 어리석은 일이라는 생각이 들기 시작한 것이다. 이 무렵의 감정적 혼란기에 발표된 시들이 합쳐져서 그의 제3시집『갈대밭에 부는 바람 The Wind Among the Reeds』(1899)이 이루어졌다. 시인의 초기 서정성의 절정을 이루는 이 시집에 실려 있는 도합 37편의 시에는 거의 대부분 실연에서 연유한 실의와 정서적 권태가 주조를 이룬다.

「애인은 마음속의 장미를 말한다 The Lover Tells of the Rose in His Heart」에서는 마음속 깊숙이 피어 있는 장미꽃이 속세의 더러운 이미지로 때문을까 염려하며 고이 간직하고 싶어하는 마음을 말했고, 「고기 The Fish」에서는 모드 곤을 투망에 걸린 물고기에 빗대어 그것이 팔딱팔딱 뛰어 도망치려고 하니 그 심술궂고 불친절한 꼴이 불평스럽다고 말한다. 「그는 두 사람에게 닥쳐온 변화를 슬퍼하며, 세상이 끝나기를 갈망한다 He Mourns for the Change That has Come upon Him and His Beloved, and Longs for the End of the World」에서는 자신을 흰 사슴을 쫓는 사냥개에 비유하여 돌길 가시덩굴 속을 헤매며 밤낮으로 애인을 쫓는 심정을 나타냈다. 「그는 잊혀진 아름다움을 회상한다 He Remembers Forgotten Beauty」에서 미의 허망함을 노래했고, 「한 시인이 자기 애인에게 A Poet to His Beloved」에서는 애인에게 헤아릴 수 없는 꿈을 선사한다.

> 나는 경건한 손으로 당신에게 바칩니다,
> 나의 헤아릴 수 없는 꿈이 실린 이 책을.
> 조수물이 비둘기빛 회색 모래 사장을 좀먹듯이
> 정열에 지친 흰 살결의 여인이여.

> I bring you with reverent hands
> The books of my numberless dreams,
> White woman that passion has worn
> As the tide wears the dove-grey sands.

「그는 애인에게 노래를 바친다 He Gives His Beloved Certain Rhymes」「그는 하늘나라의 옷감을 원한다 He Wishes for the Cloths of Heaven」와 같은 시에서는 찬란한 애인의 이미지와 시인 자신의 비천한 모습을 대조시켜 놓았고, 「그는 애인들로 가득 찬 골짜기를 말한다 He Tells of a Valley Full of Lovers」에서 시인은 옛날 애인이 숲 속에서 살며시 나타나기를 바라며, 「그는 사초의 울부짖음을 듣는다 He Hears the Cry of the Sedge」에서는 사랑을 잃은 허전함과 뼈저린 외로움을 다음과 같이 노래하고 있다.

나는 방황한다
바람이 사초에서 울부짖는
황량한 이 호수가를.
별들을 제자리에 돌게 하는
하늘의 축이 무너지고,
동서를 가리키는 깃발이
심연에 내던져지고,
빛의 띠가 풀어질 때까지는,
너의 가슴은 너의 잠자는 애인의
가슴 옆에 눕는 일 없으리라.

I wander by the edge
Of this desolate lake
Where wind cries in the sedge:
Until the axle break
That keeps the stars in their round,
And hands hurl in the deep
The banners of East and West,
And the girdle of light is unbound,
Your breast will not lie by the breast
Of your beloved in sleep.

「보이지 않는 장미 The Secret Rose」「그는 애인이 죽기를 바란다 He

Wishes his Beloved Were Dead」 등에서도 애인을 손에 넣지 못함으로 사랑이 더욱 신비롭고, 초자연적 존재로 느껴지는 감정이 드러나 있다.

예이츠는 34세경부터 점차 적극적인 정치 활동과 민족 운동에서 벗어나 순전한 문학 활동에 치중하게 되었다. 하나의 공인으로서 정치 활동에 열중하는 곤을 만나고 그녀의 마음에 들기 위하여 그는 더 이상 시간을 공적인 활동에 소비할 수 없다고 반성하기 시작한 것이다. 그것은 그가 다분히 비현실적이고 시적인 체질을 타고난 데서 오는 필연적인 결말이지 그녀에게 환멸을 느꼈거나 일찍 사랑을 체념한 결과는 아니다. 그녀는 여전히 그의 꿈속을 채우고 있는 구원의 여인이었다. 만일 그가 그녀를 단념한다면 그것은 바로 꿈을 버리는 것이고 그의 낭만이 끝나는 것을 의미한다. 예이츠의 소박한 생각으로는 곤이 비록 자기에게 결혼을 허락지는 않더라도, 어느 누구와도 결혼하지 않고서 끝내 청순한 한 떨기 장미로서 아무의 손도 닿지 않는 저만큼의 거리에 피어 있을 것으로 생각했던 것이다. 여기에 낭만주의자의 오산이 있었는지도 모른다. 아무튼 그는 하나의 이미지로서의 여인을 지키면서 기회 있을 때마다 그녀에게 결혼을 청했다.

1902년이면 예이츠가 39세 때이다. 이 해는 그가 아일랜드 연극 협회 회장으로 연극 운동에 골몰하던 때이다. 그 무렵에도 예이츠는 모드 곤에게 끈질긴 사랑의 접근을 계속했다. 다음은 모드 곤의 자서전에서의 인용인바,[10] 이것을 통하여 우리는 예이츠의 청혼의 진의와 곤의 거절의 진의를 잘 알 수 있다.

시인: 당신은 언제나 아름다울 것이고, 내가 아는 그 누구보다 더 아름다울 것입니다. 그럴 수밖에 없어요. 그런데 모드, 왜 나하고 결혼해서 이 비극적인 투쟁을 중단하고 평화롭게 살지 않아요. 결혼만 한

---

10) Maud Gonne MacBride, *A Servant of the Queen*, p. 328. Jeffares의 책, pp. 128~29.

다면 나는 당신이 당신을 이해하는 예술가와 작가들과 어울려서 아름다운 생활을 할 수 있게 해드릴 수 있어요.

　모드: 윌리[예이츠의 애칭], 그 질문을 하는 데 싫증도 안 느끼는가요. 도대체 내가 당신과 결혼하지 않는다고 얼마나 여러 번 말했어요. 당신은 나와 같이 있으면 행복하지 않을 거예요.

　시인: 나는 당신이 없으면 행복하지 않아요.

　모드: 아니, 당신은 행복해요. 왜냐하면 당신은 당신이 소위 불행이라고 하는 것을 가지고 아름다운 시를 짓고, 그럼으로써 행복하니까요. 결혼이란 것은 아주 무미건조한 일이지요. 시인은 결혼해서는 안 돼요. 내가 당신하고 결혼하지 않는 것이 천만 다행이지요. 한 가지 우리의 우정이 내게 큰 의미를 갖는다는 것을 말해드리렵니다…

　시인: 당신은 행복한가요, 불행한가요.

　모드: 나는 지금까지 누구보다도 행복했고, 누구보다도 불행했지만 나는 그것에 대하여 생각하지 않아요. 이 점 당신하고 달라요. …나는 내가 맡은 일에 흥미를 가집니다. 그것이 내 인생이고 나는 생활하고 있습니다. 그러나 대부분의 사람들은 존재할 뿐이지요. 가엾은 사람들입니다. 그들은 멍청한 무사안일의 생활을 하고 있지요. 그들은 죽어 땅 속에 묻히는 것이 좋을지 모릅니다.

　예이츠가 모드 곤을 꿈속의 여인으로서 끝내 미련을 버리지 못하고 있을 때 청천벽력 같은 하나의 현실이 그의 눈을 뜨게 했다. 38세가 되는 1903년 미국으로 강연 여행차(40회의 장기 강연)가 있을 때에 그는 모드 곤으로부터 한 통의 편지[11]를 받았다. 눈익은 필체로 씌어진 그녀의 편지였지만 사연은 천만 뜻밖이었다. 곤은 결혼했음을 그에게 알렸다. 13년 간 이상을 두고 구애해온 청순한 꿈이 이 순간에 산산조각이 난 것이다. 그녀는 예이츠와 결혼은 하지 않아도 애정

---

11) Ellmann은 편지라 했고(Ellmann, p. 159), Jeffares는 전보라고 했음(Jeffares, p. 139).

이 없는 것은 아니라고 말했고, 어느 누구와도 결혼할 생각이 없다고 말했던 것이다. 도대체 이게 어찌된 일일까. 더구나 그녀가 결혼한 상대는 시인도 아니고 학자도 아니고 비교술자(秘敎術者)도 아니다. 그녀가 택한 사람은 예이츠가 모드 곤의 애인으로 적합하다고 생각할 수 없는 육군 소령 맥브라이드John MacBride이다. 그토록 오래 꿈 속에 지녀온 소중한 장미를 결국은 그런 녀석이 따버릴 줄이야. 이때에 예이츠는 어떤 충격을 받았을까. 예이츠 학자인 리차드 엘먼 Richard Ellmann 교수는 이렇게 말한다.

잠시 동안 귀가 들리지 않고, 눈도 보이지 않았다, 불만 환한 채. 예이츠는 어떻게 할 바를 몰랐다. 그러나 별수없이 강연을 밀고 나갔다. 끝나고 나서 청중들이 몰려와서 강연을 잘 했다고 축하의 말을 했지만, 그는 자기가 한 말을 한마디도 기억할 수가 없었다. 그는 눈이 활짝 뜨인 것이다. …이때 그의 나이 38세, 그의 반생이 끝났다. 가장 소중히 간직한 그의 꿈이 사라진 이 마당에 이제 그는 어떻게 할 것인가.[12]

예이츠는 후일(1908) 이때의 충격을 「화해 Reconciliation」라는 시에서 다음과 같이 노래하였다.

당신을 책망한 사람도 있었을지 몰라요, 당신이
내게서 떠난 그날, 나는 번갯불로 귀도 들리지 않고
눈도 안 보이게 되고, 그 때문에
사람들의 마음을 감동시키는 시를 못 쓰게 된 것을…
그러나 애인이여, 내게 가까이 있어 주오. 당신이 가버린 이래,
삭막한 생각에 나는 뼛속까지 추위에 떤답니다.

---

12) Richard Ellmann, *Yeats: The Man and the Masks*, pp. 159~60.

Some may have blamed you that you took away
The verses that could move them on the day
When, the ears being deafened, the sight of the eyes blind
With lightning, you went from me,…
But, dear, cling close to me; since you were gone,
My barren thoughts have chilled me to the bone.

　모드 곤이 결혼한 맥브라이드는 영국군과 싸운 독립 투사로서 두 사람의 결혼은 애국적 동기에서였던 것으로 알려졌다. 그들의 결혼은 시인에게 큰 실망과 충격을 주었고, 후일에 가서는 젊은 시절을 낭비한 것을 후회하여 "그녀가 내 생활을 비참하게 만들었다고 비난할 것이 무엇인가"라고 노래한 일도 있지만 위에 인용한 시에서 보는 바와 같이 당장 그녀를 단념할 수는 없어서, 그는 계속해서 그녀의 아름다움을 찬미하고 사모의 정을 시에 담곤 했다. 이것이 1910년에 나온 『푸른 투구 *The Green Helmet*』에 실린 시편들이다. 그러나 이 시편들은 전과 같은 낭만적인 달콤하고 몽상적인 시가 아니고, 리듬이

육군 소령 맥브라이드와 공화당원들, 1914

간결하고 냉철한 시들이다. 이 시기를 고비로 예이츠의 시는 후기시
로 접어들었다고 말할 수 있다. 거기에 이르는 과정의 시집이 『일곱
개의 숲에서 *In the Seven Woods*』(1904)이다. 여기에 실린 몇 편의 시
에는 실연에 따른 후회와 자기 성찰이 대부분이다. 「마음을 다 바쳐
서는 안 된다 Never Give All the Heart」에서 시인은 "사랑 때문에 귀가
먹고 입이 막히고/눈이 먼다면 사랑의 놀이가 잘 되겠는가./사랑의
유희를 한 자에게 남는 것은 쓰라린 희생이다, 마음을 다 바쳐서 패
배한 몸이니까"라고 사랑의 희생을 경계하고, 「너무 오래 사랑하지
말라 O Do Not Love Too Long」에서는 사람의 마음은 변하는 것인데
사랑에서 영원을 찾으려고 하는 것은 시대에 맞지 않는 일이라고 다
음과 같이 노래한다.

> 그대여, 너무 오래 사랑을 말라.
> 나는 오래오래 사랑을 했다,
> 그리하여 시대에 뒤졌다
> 마치 옛 노래처럼.
>
> 우리 젊은 시절에는 언제나
> 자신의 생각을 상대방의 생각과
> 구분하는 일 따위 아예 생각지도 못했다.
> 우리는 너무나 한데 묶여 있었다.
>
> 그러나, 아 순간에 그녀는 변했다——
> 아, 너무 오래 사랑을 말라,
> 그렇지 않으면 시대에 뒤지리라
> 마치 옛 노래처럼.

Sweetheart, do not love too long:

I loved long and long,
And grew to be out of fashion
Like an old song.

All through the years of our youth
Neither could have known
Their own thought from the other's,
We were so much at one.

But O, in a minute she changed——
O do not love too long,
Or you will grow out of fashion
Like an old song.

　이러한 자기 성찰의 자세는 시인이 자기를 객관적으로 관찰할 수
있는 눈이 뜨였다는 것을 말하며, 자기뿐 아니라, 사회와 현실을 객
관적으로 관찰하는 자세로 전환함으로써 그의 시는 서서이 초기의
몽상적인 서정시에서 벗어나게 되는 것이다. 그것은 모드 곤으로부
터의 실연이 가져온 결과이지만, 그것만이 아니라 그가 당시 애비 극
장을 중심으로 연극에 전념하고 극작품을 쓰는 과정에서 자기 극화
의 수련을 쌓은 것이 힘이 되었다고 말할 수 있다.
　예이츠는 자기의 생활 자세를 바꾸고 현실에 관심을 갖는 '새 사
람'이 되어가고 있었다. 곤이 결혼한 다음해인 1904년에 미국에서 돌
아올 때에 더블린 사람들은 그가 '새 사람'이 된 것을 볼 수 있었다.
그의 한 친구는 그가 외면을 중시하는 사람으로 변해 있었다고 말했
다. 한편 그해 3월 15일, 뉴욕의 변호사 존 퀸에게 자기의 신간서 한
권을 보내겠다고 전하는 편지에는 당시의 시인의 심경이 잘 나타나
있다.

…요사이 건강은 매우 좋아졌습니다. 그리고 어떤 딴 일로 말미암아 나는 바깥 세계를 좀더 반항적인 눈으로 보게 되었습니다. 이 책은 너무 서정적이고 아득한 것에 대한 동경과 소망으로 차 있습니다. 앞으로 내가 하는 일은 더 창조적인 일일 것으로 생각합니다. 나는 앞으로 내 자신을 다소라도 비판적으로 표현할 수 있는 한, 직접 행동으로 연결되고 일종의 기교로 연결되는 그런 유의 생각으로써 내 자신을 표현할까 합니다.[13]

여기에서 말하고 있는 "어떤 딴 일"들이란 모드 곤의 결혼을 언급하는 것임에 틀림없다. 그 일로 말미암아 자신의 과거를 반성하고 장래의 각오를 다짐하고 있는 점에 우리의 관심이 간다. 예이츠는 자기의 과거가 미칠 수 없는 서정적인 생활을 해왔다는 뜻을 말하고 있다. 즉, 서정적이고 몽상적이고 신비스런 세계는 일단 청산된 셈이다. 그의 사생활에서뿐 아니라 시세계에서도 그렇다. 그래서 그의 시가운데 모드 곤의 결혼 이전의 시를 19세기적 낭만시라고 한다면, 그 이후 그의 시는 현대시로 변모하였다고 말할 수 있다.

예이츠의 시는 『푸른 투구와 기타의 시편들 The Green Helmet and Other Poems』(1910)에 이르러 사회와 현실을 더욱 객관적인 눈으로 바라보는 비판적인 자세를 드러낸다. 한편 모드 곤에 대한 시는 현저히 줄어드는 경향이어서 이 시집에 실린 21편의 시 중에서 모드 곤에 관련되는 시는 고작 7편이다. 그 시편들에서 모드 곤은 관념의 상이 아니라 특정한 장소와 시간 속에 놓인 현실적인 인물로서 언급된다.

오늘날과 같은 시대에는 어울리지 않는 여자,
고귀하고, 고고하고, 아주 준엄한 마음을 가진

---

13) Yeats, *The Letters*, p. 403.

그녀를 무엇으로 편안하게 할 수 있었을까,
도대체, 그런 여자로서 무얼 할 수 있었을까.
그녀에게 불태울 트로이가 또 달리 있었던가.

What could have made her peaceful with a mind⋯
That is not natural in an age like this,
Being high and solitary and most stern?
Why, what could she have done, being what she is?
Was there another Troy for her to burn?[14]

　이제 시인은 모드 곤을 이렇게 비판적으로 보게 되었다. 비판과 원망조의 이 시에서 시인은 모드 곤을 트로이의 헬렌과 동일시하여, 그녀가 남녀간의 사랑 같은 일에 정력을 쏟을 수 없음을 높이 평가한다. 한때 그는 그녀를 구름이나 타고 있는 듯 미화해서 바라보았다. 다음 시에서는 과거 자기가 모드 곤을 어떻게 보았는가를 성찰한다.

내가 젊었을 때에
그녀는 불 같은 피가 끓는 여인이었다.
호머가 노래한 여인의 상이어서
마치 구름에 올라앉은 듯,
아름답고 호기 있는 걸음걸이였기에
내게는 인생이나 문학이
영웅 시대를 비치는 꿈으로밖에 안 보였다.

For she had fiery blood
When I was young,

---

14) "No Second Troy," ll. 9~12.

And trod so sweetly proud
As 'twere upon a cloud,
A woman Homer sung,
That life and letters seem
But an heroic dream.[15]

다음 「말 Words」이란 시에서도 시인은 자기가 모드 곤에게 바친 노력과 정성이 무엇 때문이었으며 그 결과가 무엇인가를 반성한다.

나는 얼마 전까지 이런 생각을 했다,
"나의 애인은 이해하지 못한다
이 눈먼 처참한 나라에서 내가
지금까지 해온 일, 그리고 하고자 하는 일을."

나는 햇볕을 보는 데도 지쳤지만
드디어 내 생각이 다시 개어,
상기했다, 내가 최선을 다해서 한 일은
그것을 알리기 위함이었음을.

그리고 매년 나는 외쳐왔다,
"내 애인이 결국 그것을 이해할 것이다,
나는 실력을 갖게 되어
말이 내 뜻대로 쓰이게 된다"라고.

그러나 만일 그녀가 이해했더라면
도대체 체에서 무엇이 걸려 나왔겠는가.

15) "A Woman Homer Sung," ll. 15~21.

어쩌면 나는 빈약한 말 따위 집어치우고서
편안히 안주했을지도 모른다.

I had this thought a while ago,
'My darling cannot understand
What I have done, or what would do
In this blind bitter land.'

And I grew weary of the sun
Until my thoughts cleared up again,
Remembering that the best I have done
Was done to make it plain;

That every year I have cried, 'At length
My darling understands it all,
Because I have come into my strength,
And words obey my call';

That had she done so who can say
What would have shaken from the sieve?
I might have thrown poor words away
And been content to live.

　　시인은 이 시에 붙인 주에서도 같은 말을 하고 있다. 즉, 그녀는 자
기의 계획이나 성품이나 사상을 결코 이해하지 못한다고, 그리고 자
기가 지금까지 한 일, 그리고 하고 있는 일은 자신을 그녀에게 알리
기 위한 것에 불과하다는 것을. 예이츠의 사상이나 계획을 모드 곤이
이해할 수 없었다. 곤은 예이츠가 정치적 목적이나 선전 목적의 글을

330

써주기를 바랐고, 예이츠는 그녀가 과격 행동에서 손을 떼고서 문학과 예술 속에서 품위 있고 평화롭게 살아주기를 바랐었다. 그러나 시인은 이 시에서 자기로 하여금 말이 뜻대로 구사되는 시인이 되게 한 것은 모드 곤이니까, 그녀가 자기를 이해하지 못해도 상관없고, 오히려 이해하지 못한 것이 다행이라고 말한다. 만일 그녀가 이해했더라면, 자기는 일찍 시작(詩作)을 포기하고 그 힘든 일을 하지 않고서 편안히 살았을지도 모른다는 것이다.

이제 예이츠는 50세의 문턱에 이르렀다. 이 무렵에 나온 시집 『책임 *Responsibilities*』(1914)에서 그는 선조들과 사회와 국가와 자기에 대한 책임을 느끼면서 지난날의 부질없는 사랑을 후회한다.

> 나는 49세에 가까워지고 있지만,
> 아직 자식도 없고, 있는 건 책 한 권뿐,
> 선조님들의 피와 내 피를 증명할 것은 아무것도 없으니.

> Although I have come close on forty-nine,
> I have no child, I have nothing but a book,
> Nothing but that to prove your blood and mine.[16]

다음은 「젊은 날의 추억 A Memory of Youth」에서 두 연을 옮긴 것이다.

> 시간은 순간순간 놀이에서처럼 사라졌다.
> 내겐 사랑에서 얻어낸 지혜도 있었고,
> 내겐 타고난 재질도 갖추어져 있었다.
> 그런데 재능껏 말을 했지만,

---

16) 시집 *Responsibilities*(1914)의 서시(序詩) ll. 19~21.

그리고 그것을 가지고 그녀를 칭찬해댔지만,
살을 에이는 북풍에서 불려온 구름 한 점에
순간 사랑의 달은 가리워지고 말았다.

한마디 한마디 진심으로 말했고,
나는 그녀의 몸과 마음을 찬미했다.
그러면 그녀의 눈은 자부심에 빛났고,
기뻐서 두 뺨은 새빨개지고,
우쭐해서 발걸음도 가벼웠지.
그러나, 온갖 찬미에도 불구하고
어둠만이 우리의 머리 위를 덮고 말았다.

The moments passed as at a play;
I had the wisdom love brings forth;
I had my share of mother-wit,
And yet for all that I could say,
And though I had her praise for it,
A cloud blown from the cut-throat North
Suddenly hid Love's moon away.

Believing every word I said,
I praised her body and her mind
Till pride had made her eyes grow bright,
And pleasure made her cheeks grow red,
And vanity her footfall light,
Yet we, for all that praise, could find
Nothing but darkness overhead.

이 시에는 짙은 체념과 늙음을 의식하는 어조가 역력하여 독자의 가슴을 무겁게 한다. 늙음은 시인에게만이 아니라 한때의 '절세의 미인'이었던 그녀에게도 닥쳐왔다. 다음은 「꺼져버린 권위 Fallen Majesty」의 전문이다.

한때는 그녀가 얼굴을 나타내면 사람들이 모여들었고,
노인들의 눈까지도 충혈됐었건만, 지금은 내 손만이,
마치 집시의 야영장에서 꺼진 권위를 지껄이는
살아남은 마지막 정신(廷臣)처럼 지난날을 기록한다.

얼굴 생김새며, 웃으면 마음이 감미로워지던 심정이며,
이런 것은 옛날 그대로, 그러나 나는 지난날을 기록한다. 사람들이
모여들겠지만, 알지 못할 것이다, 그들이 걷는 길이
한때 불타는 구름처럼 보였던 그녀가 걷던 길임을.

Although crowds gathered once if she but showed her face,
And even old men's eyes grew dim, this hand alone,
Like some last courtier at a gypsy camping-place
Babbling of fallen majesty, records what's gone.

The lineaments, a heart that laughter has made sweet,
These, these remain, but I record what's gone. A crowd
Will gather, and not know it walks the very street
Whereon a thing once walked that seemed a burning cloud.

이 시는 모드 곤이 과거 군중 집회 같은 데서 찬연히 빛나던 모습을 상기하며 쓴 시이다. 에이츠는 자신의 사랑을 때로 후회하면서도

"한때 불타는 구름처럼 보였던" 그녀에 대한 생각을 바꾸지는 않는다. 그녀의 신념에 불타는 투쟁 정신이며 당당한 삶이 영웅 정신의 표상처럼 그를 매혹했던 것이다. 영웅 정신에 대한 흠모는 예이츠가 모드 곤에게 이끌린 중요한 동기의 일면이다.

> 그녀는 폭풍과 투쟁 속에서 살았다.
> 그녀의 마음은 자랑스런 죽음으로 이룰 수 있는
> 그런 영광을 동경했기 때문에
> 인생의 일상적인 행복 따위는
> 참아낼 수가 없었다.
> 그러나 왕자처럼 살았다.
> 자신의 혼례식 날
> 작은 깃발과 삼각 깃발로 장식하고
> 트럼펫과 팀파니를 울려대고
> 요란하게 축포를 쏘아
> 시간을 재촉하며
> 밤이 오기를 기다리는 왕자처럼.

> She lived in storm and strife,
> Her soul had such desire
> For what proud death may bring
> That it could not endure
> The common good of life,
> But lived as 'twere a king
> That packed his marriage day
> With banneret and pennon,
> Trumpet and kettledrum,
> And the outrageous cannon,

To bundle time away

That the night come.[17]

　이 무렵 예이츠는 아직 독신이었고, 맥브라이드와 결혼한 곤도 사실상 독신이었다. 본래 누가 보아도 부적당한 결합이라고 생각되었던 곤과 맥브라이드의 결혼은 2년 후에 합법적인 별거 상태에 들어갔다. 그러는 가운데 1916년의 유명한 부활절 봉기 사건에 연루되어 맥브라이드는 처형당했다. 처형이 있은 후에 예이츠는 파리에 머무르고 있는 곤 여사를 찾아가 다시 청혼하였다. 그것은 결혼이 가정과 마음에 평화를 줄 것이라고 생각했기 때문이다. 그는 청혼을 하면서 그녀에게 정치에서 손을 뗄 것을 조건으로 내세웠다. 그러나 그녀는 예이츠가 점점 대중과 멀어지고 아일랜드의 독립과 자유의 문제를 의식하지 않는 점이 못마땅해서 예상했던 대로 청혼을 거절했다.[18] 그리고 나서 그는 곤이 자칭 양녀라고 하는(실은 곤의 사생아) 이졸트 Iseult(1894~1954)에게 반하여 청혼했지만 그녀에게서도 거절당했다. 예이츠가 결국 아내로 맞이하게 된 사람은 오래전부터 알고 사귀어온 조지 하이드-리즈Georgie Hyde-Lees였다. 이때 예이츠는 52세, 신부 하이드-리즈는 26세. 그의 결혼은 모드 곤과 이졸트에게서 다같이 청혼을 거절당한 데 대한 반발의 결과여서, 결혼초의 시인은 심신이 피곤한 상태였다. 남편의 이러한 상태를 간파하고 그의 관심을 다른 곳에 집중시키도록 신비술의 방법으로 처방을 가한 것이 부인이었다. 비교(秘敎) 연구와 심령 과학에 다같이 흥미를 가졌을 뿐 아니라 무당으로서 무술을 실천했던 하이드-리즈는 재능 있고 유머 감각이 풍부한 여자이어서 시인의 오랜 방황에 종지부를 찍고, 그로 하여금 평온한 생활 속에서 예술과 사상 체계를 완성시키는 데 좋은 반려자가 된 것이다(그 중 특기할 일이 그가 아내의 자동 기술의 방법으

---

17) "That the Night Come," 전문.

18) Jeffares, p. 141.

로 얻어진 『비전 A Vision』[1925]의 저술이다).[19] 그러나 그가 결혼함으로써 그의 마음에서 모드 곤이 완전히 청산된 것은 아니다.

예이츠의 결혼 후의 시에서 모드 곤에 관한 시는 현저히 줄어들고, 그것도 시 전체에서가 아니고 어느 행 혹은 어느 연에서 언급되는 정도이다. 1919년의 『쿨 호의 야생 백조 The Wild Swans at Coole』 이후 『최후 시집 Last Poems』(1936~1939)에 이르기까지 5권의 시집에서 모드 곤이 시의 주제에 포함된 시는 2, 3편 정도이다. 이 중에서도 그 대부분이 『쿨 호의 야생 백조들』에 포함되어 있는데, 제페어스 교수의 조사에 의하면 그 중 「쿨 호의 야생 백조들」「그의 불사조」「깨어진 꿈」「굳은 맹세」「유령들」「그녀의 칭찬」 등이 모드 곤에 관계되는 시들이지만 그것들은 사실상 예이츠의 결혼 전의 시들이라 한다. 이 시편들은 곤의 찬란한 과거와 현재의 사라진 영광에 관계되는 시들이다. 그는 그녀의 이름이 이제 잊혀진 것을 아쉬워하며 그녀에 대한 칭찬의 말이 듣고 싶다고 다음과 같이 노래한다.

남루한 옷을 입는 곳에선 그녀의 이름을 알 것이고
기꺼이 기억할 것이다. 옛날에는
그녀가 젊은이에게선 칭찬을, 노인에게선 비난을 받았지만,
가난한 사람들 사이에선 젊은이 늙은이 모두가 그녀를 칭찬했었지.

If there be rags enough he will know her name
And be well pleased remembering it, for in the old days,
Though she had young men's praise and old men's blame
Among the poor both old and young gave her praise.[20]

---

19) 시인은 결혼 얼마 후 그레고리 부인에게 자기의 결혼 생활에 만족한다고 다음과 같은 편지를 보냈다. "내 아내는 친절하고 현명하고 사심이 없는 완전한 아내입니다. 당신도 젊어서 그러한 여자였겠지요. 아내는 이제 내 생활을 평온하고 질서 있게 해주었습니다." Joseph Hone, W. B. Yeats, p. 307.
20) "Her Praise," ll. 15~18.

1917년 예이츠와 결혼한 조지 하이드-리즈

「깨어진 꿈」에선 그녀의 늙음을 아쉬워하면서 아직도 한 가닥 그녀
에 대한 미련을 감추지 못하고 있다.

당신의 아름다움은 이제 우리들 사이에서
겨우 희미한 추억, 오직 추억일 뿐.
어떤 젊은이는 노인들의 얘기가 끝나면
그 중 한 노인에게 부탁할 것이다, "늙어서
그의 피가 식을 나이에 이르기까지, 짓궂게
연정을 쏟았던 그 시인이 노래한 그 여인에 대해서 얘기해달라고."

희미한 추억, 오직 추억일 뿐,
그러나 무덤에 들면 모두 모두가 되살아난다.
틀림없이 나는 옛날의 당신을 만날 것이오,
여자로서 최고의 아름다움으로 빛나며
기대거나 서 있거나 걷고 있는 당신의 모습을.
나는 그것을 젊은 날의 뜨거운 눈으로 바라볼 것이오,
그렇게 믿기에 나는 바보처럼 중얼거리며 살아온 것이오.

Your beauty can but leave among us
Vague memories, nothing but memories.
A young man when the old men are done talking
Will say to an old man, 'Tell me of that lady
The poet stubborn with his passion sang us
When age might well have chilled his blood.'

Vague memories, nothing but memories,
But in the grave all, all, shall be renewed.

The certainty that I shall see that lady

Leaning or standing or walking

In the first loveliness of womanhood,

And with the fervour of my youthful eyes,

Has set me muttering like a fool.[21]

　이 시는 그의 결혼 2년 전(1915)에 씌어진 것이고 이렇게 그녀에 대한 미련을 버리지 못했기 때문에 결혼 직전까지 그녀에게 청혼을 계속했던 것이다. 다음 「굳은 맹세 A Deep-Sworn Vow」도 같은 해에 씌어진 시이다.

　다른 여자들을 친구로 삼은 것은

　당신이 그렇게 깊이 언약한 맹세를 저버렸기 때문이죠.

　그러나 죽음을 정면으로 바라볼 때,

　또는 깊은 잠속에 빠질 때

　또는 술로 마음이 달아오를 땐 언제나

　느닷없이 당신의 얼굴이 떠오른답니다.

Others because you did not keep

That deep-sworn vow have been friends of mine;

Yet always when I look death in the face,

When I clamber to the heights of sleep,

Or when I grow excited with wine,

Suddenly I meet your face.[22]

---

21) "Broken Dreams," ll. 14~26.

22) 이 시에서 언급하는 "다른 여자들"이란 예이츠의 평생의 여자 친구들, 올리비아 셰익스피어와 그레고리 부인이다. 이 중 올리비아와는 아주 깊은 관계까지 맺었었다. 그리고 2행에서 말하는 "깊이 언약한 맹세"는 모드 곤이 결혼하지 않겠다고 다짐한 것을 말한다.

「나의 딸을 위한 기도 A Prayer for My Daughter」에 이르러 시인은 돌연히 완고한 고집과 정치적 증오심이 여성 고유의 미덕을 손상시킨다고 모드 곤을 빗대어 맹렬히 비난한다.

지적인 증오심이 가장 나쁜 것이다,
그러니 이 애에게 고집은 저주스러운 것임을 알리자.
풍요의 보각의 입에서 태어난 가장 아름다운 여성도
독단적인 고집 때문에,
그 풍요의 보각과, 차분한 천성으로써
이해되는 온갖 선을 버리고,
분노의 바람으로 가득 찬 낡은 풍구를
차지하는 것을 내가 보지 않았던가.

An intellectual hatred is the worst,
So let her think opinions are accursed.
Have I not seen the loveliest woman born
Out of the mouth of Plenty's horn.
Because of her opinionated mind
Barter that horn and every good
By quiet natures understood
For an old bellows full of angry wind?

시인이 이 시에서 여성의 지나친 미모와 지적인 투쟁 정신과 완고한 성품을 비난하면서, 반면 동양의 전통적 여성상과 유사한 미덕을 강조한 것은 그가 친절하고 상냥한 아내 하이드-리즈와 오래간 만에 갖는 가정의 따스함에 만족했기 때문이며 그런 상황에서 반사적으로 모드 곤에게 비난의 화살을 던지는 것으로 해석할 수 있다. 시인에게 한때의 우상이었고 영원한 미와 영웅 정신의 화신이었던 모드 곤이 이제는 추억의 대상으로 멀어져간다. 「학교 아이들 사이에서」에서 시인은 그녀의 과거의 "헬렌과 같은" 미녀 시절과 합죽 할머니가 된 현재의 모습을 번갈아 생각하면서 변화하는 현실과 변하지 않는 영원의 상에 대하여 생각한다.[23]

예이츠가 모드 곤에 관해서 쓴 거의 마지막 시는 「청동 두상 A Bronze Head」(1938)[24]이다. 이 시는 더블린 시립 근대 미술관에 놓인 모드 곤의 청동 두상을 앞에 놓고 그녀의 고결한 정신과 초인간적인 투쟁 정신을 회상하며 감회에 젖는 내용이다.

여기 입구 오른쪽에 청동의 두상,
인간이면서 초인간, 새의 둥근 눈,
그 눈 이외는 모두가 말라버린 미라의 시체 그대로.
어떤 고귀한 영이 무덤을 드나들며 먼 하늘을 훑어보면서
(다른 것은 죽었는데 하늘에는 무엇인가 떠도는 듯하다.)
공포를, 자신의 공허에서 오는 '발작적 격정'을
감소시키는 것이 아무것도 보이지 않는다고 생각하는가.

한때는 묘지를 드나들던 망령이 아니고, 온몸이
고결한 빛에 충만한 듯했고,
그러나 아주 상냥한 여인이었다. 그 모습에서
어느 쪽이 진정한 실체를 보였는가는 모를 일이다.
학식 풍부한 맥타갓이 생각한 바와 같이, 어쩌면
그 실체는 혼합이었는지도 모르고, 한 모금의 숨결에

---

23) 시 「학교 아이들 사이에서」와 그 해설을 참조할 것.
24) Norman Jeffares의 *A Commentary on the Collected Poems of W. B. Yeats* (p. 499)에 의하면 "A Bronze Head"의 제작 연도가 불확실하여 대강 1937~1938로 추정하고 있다.

생과 사의 극한이 들어 있었는지도 모른다.

그러나 매끄럽고 새롭게 출발하던 시점에서도
그녀에게는 야성미가 있어서, 나는 생각했다
인생에서 앞으로 겪고 나가야 할 공포의 환영에 시달려
그녀의 영혼이 산산조각난 것이라고. 그러자 친근감이
상상력을 불러일으켰고, 상상 이외는 남는 것이
없을 경지까지 고조되어, 나도 야성스럽게 되어
"귀여운 것아, 귀여운 것아!"라고 중얼대며 여기저기를 헤맸었다.

아니, 나는 또 달리 그녀를 초인간이라 생각했다.
그 눈에서는 한층 준엄한 시선이 비쳐나와
이 망해가는 더러운 세상을 노려보고,
가냘픈 족속은 커지고 큰 족속은 말라버리며,
조상 전래의 진주는 모두 돼지우리에 던져지고,
영웅적 환상이 어릿광대와 악한에게 비웃음당하는 이 세상에서
그래도 살육하고서 구원할 만한 것이 남아 있는가를 생각했다.

Here at right of the entrance this bronze head,
Human, superhuman, a bird's round eye,
Everything else withered and mummy-dead.
What great tomb-haunter sweeps the distant sky
(Something may linger there though all else die;)
And finds there nothing to make its terror less
Hysterica passio of its own emptiness?

No dark tomb-haunter once; her form all full
As though with magnanimity of light,

Yet a most gentle woman: who can tell
Which of her forms has shown her substance right?
Or maybe substance can be composite,
Profound McTaggart thought so, and in a breath
A mouthful held the extreme of life and death.

But even at the starting-post, all sleek and new,
I saw the wildness in her and I thought
A vision of terror that it must live through
Had shattered her soul. Propinquity had brought
Imagination to that pitch where it casts out
All that is not itself: I had grown wild
And wandered murmuring everywhere, 'My child, my child!'

Or else I thought her supernatural:
As though a sterner eye looked through her eye
On this foul world in its decline and fall:
On gangling stocks grown great, great stocks run dry,
Ancestral pearls all pitched into a sty,
Heroic reverie mocked by clown and knave,
And wondered what was left for massacre to save.

이 시는 예이츠가 모드 곤을 어떻게 보았기에 거의 반생 동안을 그녀에게 이끌렸는가 하는 이유를 결론적으로 간명하게 말해준다. 그는 모드 곤에게서 두 가지 면을 동시에 본다. 한 면은 그녀의 상냥한 여성적인 아름다움이고, 또 한 면은 그녀의 "고결한 빛에 충만"된 초인간적인 면이다. 예이츠가 모드 곤을 처음 보았을 때 그녀를 "봄의 인격신"처럼 절세의 미인으로 보고 그 황홀한 아름다움에 도취하여 얼마 안 있어 청혼을 하였고, 한편 청혼이 거절된 후에도 계속 그 매력을 뿌리칠 수 없었던 것은 영국의 식민주의자들에게 맞서서 싸운 그녀의 숭고한 영웅 정신과 가난하고 약한 사람들을 도우려고 헌신적인 노력을 한 희생 정신 등에 이끌렸기 때문이다. 그녀의 육체적인 매력과 정신적인 매력은 표리를 함께하면서 계속 시인을 매혹하였던 바 그는 그 양면을 구분할 수 없다고 생각한 것이다. 그는 "어느 쪽이 진정한 실체를 보였는가는 모를 일이다"라고 말하면서 그 "실체는 혼합"된 것이어서 구분이 어렵다고 말한다. 그는 「학교 아이들 사이에서」에서도 영혼과 육체는 구분할 수 없다고 똑같은 생각을 말한 바 있다. 그는 그 시에서 춤추는 사람과 춤의 아름다움은 구분할 수가 없는 것이며 그것은 "통합된 움직임"이라고 말한 바 있다.

예이츠에게 있어 모드 곤의 매력은 끝내 양면적인 것이 아니었다. 그러나 그녀가 이제 늙어서 "바람을 마시고 그림자를 먹은 듯 뺨이 홀쭉한" 보기 흉한 노파가 된 후에도 그는 그녀에게서 실망하지 않았다. 한때 영원한 아름다움의 상징이었던 그녀는 이제 하나의 영웅 정신의 상징으로서 남아 있었다. 그래서 예이츠는 곤이 한때 맥브라이드와 별거함으로써 대중의 비난을 받았을 때에나 나이들어서 정치 활동에서 손을 떼었을 때에도 그녀를 비난하거나 실망스럽게 생각하지 않고 그녀를 옹호하고 끝내 그 높은 정신 세계를 찬미하였다. 미의 표상이었던 모드 곤의 이미지가 이념의 표상으로 바뀐 것을 의미하는 것이 아니라, 그에게 있어 미와 이념은 동질적인 것이다. 그렇지만 그것은 다같이 이미지일 뿐 실체는 아니었기에 그는 이미지와 실체의 통합을 염원하였지만 모드 곤은 죽어서 "청동 두상"의 이미지로 남아 실망을 줄 뿐이다. 예이츠는 때로 이미지에 끌려 황홀한 초월을 체험하다가, 다시 "사닥다리 밑으로" 내려오는 반복 속에서 사색과 시세계의 깊이를 더해간 시인인즉, 그가 비록 모드 곤과 결혼은 못 했지만, 그녀가 시인의 일생의 중요한 부분이 되어 그의 사색과 시세계의 깊이를 더해주었다고 말할 수 있다.

344

예이츠의 신비 사상과 『비전』

1. 『비전』에 이르기까지

예이츠의 초기의 사상과 시를 물들이고 있는 색소는 신비적 요소이다. 켈트 민족 특유의 신비적 환상 세계는 어린 시절의 예이츠의 중요한 생활 환경이어서 그는 아일랜드의 신화·전설 등에 익숙했을 뿐 아니라, 직접 예언자·무녀(巫女)·술객(術客)·수도사 등을 만나 그들이 꿈이나 환상 속에서 경험한 초자연적인 사건들을 듣고 실지로 체험하여 크게 흥미를 가졌다. 예이츠에게 있어 신비적 세계는 자연계를 초월하는 상상의 세계에 그치지 않고, 그의 실생활의 일부여서 신비 사상과 현실 생활은 그에게 있어 일원화된 상태였다. 말하자면 신비 세계는 예이츠의 종교 세계라고 할 수 있는 것이어서, 기독교인들이 살아 있는 여호와 신을 믿듯이 그는 신비 세계를 추상적인 가공의 세계로 생각하지 않고 신앙으로써 그 속에서 생활하였다.

예이츠의 시대만 해도 아일랜드는 초자연적인 전설과 신화 속에 파묻힌 특유한 나라였다. 사람들은 도처에 귀신·요정(妖精)·혼령 등 온갖 초자연의 존재들이 득실거리는 것으로 믿고 있었다. 말하자면 그들은 "제2의 시력"[1]이 발달된 민족이었다. 그것은 특히 더블린 같은 도시보다는 지방에서 현저하여, 예이츠가 성장한 슬라이고 지

---

1) Virginia Moore, *The Unicorn*, p. 43.

예이츠 시의 주제 중 하나인 슬라이고의 글렌카 폭포

방에는 전아일랜드의 전설·신화가 집중되기나 한 듯이 무성하였다. 예이츠는 "슬라이고의 농가 여기저기에서, 그리고 바닷가 선착장의 선원들에게서 유령에 대한 끝없는 얘기를 들었었다.""그 유령들은 최근에 죽은 사람들의, 또는 역사상 혹은 전설상의 죽은 사람들의 유령 얘기였다"[2]라고 술회하였다. 그는 유령의 얘기에 도취하여 런던에 나갈 때에는 대영박물관에 들러 1840년대 50년대의 아일랜드의 작가들이 쓴 유령 이야기를 읽기도 했다. 말하자면 예이츠는 아일랜드의 신화의 한복판에서 성장하였다고 말할 수 있다. 예이츠는 그가 듣거나 읽어서 얻은 유령·귀신 이야기들을 조금도 의심 없이 믿었었고, 그것을 믿지 못하는 사람들은 감각이 둔하거나 생각이 세상사에 몰두되어 있기 때문이라고 생각했다. 그래서 유령의 정체가 무엇인가를 사람들과 토론할 때에 혹시 유식한 말로 응수해오면 "그런 통속적인 말은 그만하시오"라고 쏘아붙이기도 했고, 온 천지에 "보이지 않는 존재들"이 가득 차 있는데 단순하고 열정적인 사람만이 그것을 볼 수 있다고 생각했다.

나는 실컷 토론하고 나서도 생각한다. 초자연의 존재들은 틀림없이 있는데, 다만 단순하지 못하고 지혜가 없는 사람들만이 그것을 부정한다. 그리고 언제나 단순한 사람들, 그리고 옛날의 지혜로운 사람들은 그 존재를 보았고, 그것과 말을 건네기까지 했다. 그 존재들은 과히 멀지 않은 곳에서 그들의 열정적인 생활을 하고 있기 때문에 우리가 우리의 본성을 단순하고 열정적으로 가꾸기만 하면 죽어서 그들과 어울릴 수 있다고 생각한다.[3]

이렇게 신비 사상에 심취한 예이츠는 슬라이고 지방의 마을을 돌아다니며 신화와 전설을 수집하여 책으로 펴내고,[4] 그것을 바탕으로

---

2) Yeats, *Essays and Introductions*, p. 513.
3) Yeats, *The Celtic Twilight*, p. 108; Virginia Moore, *The Unicorn*, p. 44에서 재인용.
4) Yeats가 수집한 신화를 집대성한 것이 *Mythologies* (1959)이다.

시를 쓰기도 했다. 한편 그는 더 적극적인 체험을 위하여 런던에 나가서 세이앙스 *seance*라고 하는 신을 불러내는 모임에 참석하기도 했다. 이 세이앙스의 모임은 창문을 검은 포장으로 가리운 어두컴컴한 방의 커튼 뒤에서 명상에 잠겨 있는 무당이 혼령을 불러내어 참석자 중의 어느 누구와 대담을 시키기도 하는 강신술의 일종이었다.

예이츠가 세이앙스에 참석하기 시작한 것은 20세 전후부터였던 것으로 알려졌다. 그레고리 부인의 말에 의하면 그가 17세경에 혼령 같은 것에 흥미를 느꼈지만, 그때엔 무서워서 도망치고, 훨씬 뒤에 마키에비츠 백작 부인 Countess de Markievicz이 그를 런던의 세이앙스에 데리고 갔을 때에 이르러서야 비로소 무서움을 떨쳐버렸다고 한다.[5]

한편 그는 20세 때에 학교 시절의 친구 조지 러셀 George Russell과

접신론 협회 창설자 블라바츠키 여사

---

5) Virginia Moore, *The Unicorn*, p. 221.

348

함께 '더블린 신비술 협회 Dublin Hermetic Society'를 창설하여 1885년 6월 5일 제1회 모임에서 회장직을 맡았다. 또한 1887년 가족과 함께 런던에 이주하자마자 그는 고향 친구인 접신론자 *theosophist* 찰스 존스턴 Charles Johnston의 소개장을 가지고 런던의 접신론 협회 창설자 블라바츠키 여사 Madame Blavatsky를 찾아갔다. 이미 접신론 서적을 탐독하여 그녀의 주장에 크게 공명하고 그녀를 만나고 싶어하던 그는 그녀를 만나자마자 크게 감명을 받아 그녀를 가리켜 "아주 열정적인 분으로서, 존슨 박사에 맞먹는 여성이라고나 할까, 남녀간에 누구든지 갖추어져 있기만 하면 큰 감명을 받을 것으로 생각한다"라고 말하였고, 그녀의 접신론 협회 '블라바츠키 런던 지부'에 가입했다.

얼마 후 곧 그는 신비학 계열의 저서 『카발라 해의 The Kabbalah Unveiled』의 역자 매더즈 MacGregor Mathers를 만나 그의 술수에 감동되어 '금빛 새벽 The Golden Dawn'이라고 하는 또 다른 신비술교단(敎團)에 가입하여[6] 신비술과 심령과학의 실제 체험을 쌓았다. 매더즈는 1900년대 후반기 영국의 유명한 심령술객이어서 신비술과 심령학 관계의 많은 저서를 냈을 뿐 아니라 신통술에 능하여 예이츠에게 큰 감명을 주었다. 예이츠는 본래 비전에 큰 흥미를 가졌지만 신통력은 별로 없었다. 그러나 매더즈를 만나 그가 머리에 부적 같은 것을 붙여주자 사막에서 거대한 타이탄 신이 솟아오르는 것을 볼 수 있었고, 매더즈의 방법을 친구들에게 적용하여 놀라운 효과를 얻기도 했다.[7]

그 무렵 예이츠는 블라바츠키의 접신론 협회와 '금빛 새벽' 교단 등의 서적과 의식(儀式)과 단원들의 영향을 크게 받아 그가 길을 잘못 드는 것이 아닌가 하고 친구들이 염려할 지경에까지 이르렀었다. 다음은 친구 존 올리어리 John O'Leary의 불평을 해명하기 위해서 쓴 예이츠의 1892년 8월의 편지인바, 우리는 이 글을 통해서 그가 어느

---

6) Yeats가 The Golden Dawn에 가입한 것은 1890년 3월(24세 때)이고 56세 때까지 회원으로 있었다.

7) Richard Ellmann, *Yeats: The Man and the Mask*, p. 93.

정도 신비술에 빠져 있었는가를 알 수 있다.

　　신비술에 대해서 말하자면, 나는 4, 5년 전에 내 인생에서 시 다음
으로 한 가지 더 중요한 연구거리로서 그것을 추구하고자 신중히 마음
먹었기 때문에 나를 '약하다'고 생각하거나 혹은 이상히 여기는 것은
확실히 어리석은 일입니다. 그것이 건강에 해로우냐 하는 것은 아는
사람만이 결정할 일이지 아마추어는 아무도 모르는 일입니다. 당신이
약간 성급하게 쓴 우편엽서의 그 그럴듯한 설명은 당신이 베드포드 공
원에 나가서 아버지께서 내가 하는 일, 생각하는 일을 전혀 모르고서
나의 신비술 연구에 대하여 논의하시는 것을 듣고서 하는 말입니다.
내가 신비술을 계속 연구하지 않았더라면 나는 블레이크에 관한 저서
를 단 한 자도 쓰지 못했을 것이고, 극『캐들린 백작 부인』이 세상에
나오지도 못했을 것입니다. 신비적 세계는 내가 하는 모든 일, 내가 생
각하는 모든 일, 내가 쓰는 모든 것의 중심입니다. 신비술과 내 작품과
의 관계는 고드윈의 철학과 셸리의 작품과의 관계와 같고, 나는 항상
내 자신이 지금 시작하고 있는, 내가 염두에 두는 하나의 보다 위대한
르네상스——지성에 대한 영혼의 항거——의 대변자라고 생각합니다.[8]

　　이 글에서 예이츠는 자기의 초기의 시 작품들이 그의 신비술 연구
와 떼려야 뗄 수 없는 깊은 관계가 있음을 증언하고 있다. 그의 최초
의 작품『아신의 방랑 The Wanderings of Oisin』(1889)을 비롯『메브 여
왕의 노년 The Old Age of Queen Maeve』(1903),『그림자 짙은 바다 The
Shadowy Waters』(1906) 등 초기의 이야기시와 극시, 그리고 같은 유
의 후기 작품『두 사람의 왕 The Two Kings』(1914) 등은 모두가 아일랜
드의 신화와 전설에 나오는 인물·사건 등을 바탕으로 쓴 작품들이
다. 그리고 초기의 서정 시집,『십자로 Crossways』(1889),『장미 The

---

8) 앞의 책, p. 94에서 재인용.

Rose』(1893), 『갈대밭에 부는 바람 The Wind Among the Reeds』(1899) 등에는 아일랜드의 옛날의 신들·영웅들·요정들을 소재로 한 시가 대부분이다. 예이츠는 그 무렵 시를 쓰는 한편, 여러 편의 신화를 써서 그것을 모아서 신화집으로 발간하였다. 이 신화들은 그가 슬라이고 지방의 시골 노인 같은 사람들에게서 들은 유령담·전설 들을 시인의 상상력으로 각색 편집하여 신비스런 읽을거리로 만든 것들이다. 예이츠가 20대 후반으로부터 30대 초반에 펴낸 중요한 신화집으로는 『켈트의 황혼 The Celtic Twilight』(1893), 『보이지 않는 장미 The Secret Rose』(1897), 『붉은 머리의 한라한 이야기 Stories of Red Hanrahan』(1897) 등이 있다.

예이츠의 신비 사상이 인류학적 원형 의식으로 발전하여감에 따라, 그는 지금까지 초능력의 영감으로 믿던 유령이니 요정이니 악령 같은 실체 대신에 인류 보편적인 상징 같은 것을 상상력으로써 파악하게 되었다. 보편적 진리는 언제나 인간의 상상력을 통해서 얻어진다고 그는 믿었다. 앞의 글에서 말하고 있듯이 상상력이 풍부한 사람은 인간 본능의 심층을 통하여 보고 말하기 때문에 그것이 곧 "인간의 척도이고 규범"이며 진리라고 생각했다. 그가 본능을 말하고 세계령 Spiritus Mundi 같은 집합적 이미지를 말하는 점에서 그는 무의식 심리학의 영역에 있으면서 한편 그의 상상력의 세계는 플라톤 철학에 물들어 있는 블레이크의 세계이다.

예이츠의 신비 사상의 형성 단계로서 이제 블레이크를 논할 차례이다. 무어 Virginia Moore 여사는 예이츠에게 미친 신비 사상의 영향을 연대순으로 말한다. 첫번째가 아일랜드의 전통 신비 사상인 드루이드교 Druidism이고, 두번째가 블레이크의 영향이지만 그 중요성에 있어서는 반드시 그렇지 않다고 말한다.[9] 그것은 하나의 위대한 예술가로서 블레이크가 또 하나의 잠재적인 위대한 예술가에게 예술을 설

---

9) The Unicorn, p. 84; Allan Wade, ed., The Letters of W. B. Yeats (1955), p. 631.

명한 점에서 누구보다도 블레이크의 영향이 컸었다고 말한다. "어릴 때 이래 내 마음은 블레이크로 가득 차 있었다"고 예이츠는 회고했다. 그는 10대 소년 시절에 아버지가 블레이크를 읽어주는 것을 들었었고, 후일 블레이크 시집 한 권을 선사받을 때부터 그의 마음은 감염되기 시작했다. 그때부터 블레이크에 관심을 기울여 28세 때에는 그에 대한 체계적인 연구를 하여 「윌리엄 블레이크와 상상」(1897)과 「윌리엄 블레이크와 『신곡(神曲)』에 붙인 삽화」(1924) 등의 논문을 썼고 늙을 때까지 그 관심을 버리지 않았다. 그가 52세 때에 그레고리 부인에게 보낸 편지에는 "나는 내 강연을 위해서 다만 블레이크를 읽고 있을 뿐이고, 그의 철학을 다시 연구하고 있습니다"라는 구절이 있다.

사실상 예이츠가 쓴 상상이니 상징이니 비전이니 하는 용어들은 모두가 블레이크의 개념을 그대로 답습한 것이고, 「가이어들 The Gyres」「조상들 The Statues」 같은 시나 산문에서 예이츠가 애용한 '생김새 *lineament*' 라는 용어는 블레이크의 용어이고, 예이츠가 즐겨 쓰는 '순수 *innocence*' 라는 말도 블레이크의 유명한 시집 『순수의 노래 *Songs of Innocence*』에서 빌어온 용어이다. 그리고 예이츠의 사상 체계의 핵심적 테두리라 할 수 있는 영혼과 육체, 주관과 객관의 이원적 대립과 그 융합의 사상은 블레이크의 천국과 지옥, 혹은 순수와 경험, 영혼과 육체의 이원론의 부연이고, 새로운 적용이라 할 수 있다.

예이츠는 블레이크를 특히 상상력 면에서 특이한 시인으로 생각했다. 블레이크는 상상력을 단순히 생각과 생각, 혹은 경험과 경험을 연결짓는 능력으로 보지 않고 자연계와 정신 세계를 결합시키는 감성으로 본다. 블레이크의 말을 빌면 "상상은 '정신적 감성' 이다." 즉, 그것은 정신적 진리를 감성으로 파악할 수 있는 힘이다. 자연은 하층 차원이고 정신은 높은 차원이므로, 자연의 차원에 국한되어 있는 기억을 풀어내어 정신 차원에 미치게 하는 힘이 상상력이다. 블레이크는 종국적인 실체를 정신적인 것으로 보고 그 정신적 실체는 상상력을 통해서만 파악할 수 있다고 생각한다. 그는 이와 같이 상상력을 통해서 파악한 정신적 실체를 상징이라고 부르고, "상징만이 보이지 않는 본질의 표현이 될 수 있고, 정신적 불길을 에워싸는 투명한 램프이다"라고 말했다.[10] 그리고 블레이크는 상상력으로써 파악하는 상징을 비전이라고 불렀다. "비전은 실제로 변함없이 사실상 존재하는 것의 표현이다."[11] 그것은 우리가 육안으로 보는 세계와 다른 "영원히 존재하는" 별 차원의 세계이다. 이 정신적 실체를 보는 점에서 시인은 제2의 시력을 갖춘 예언자이고 종교의 경지에 서 있다고 할 수 있다. 즉 시인은 상상력을 통하여 영원의 실체를 볼 수 있고, 종교는 신앙을 통하여 영원의 실체인 신을 볼 수 있다. 블레이크의 생각으로는 예술과 종교는 그 출발점이 같고, 입장이 같다. 블레이크는 히브리인이 본 성경의 세계, 예언자의 직관의 세계, 시의 세계가 모두 비전의 세계라고 생각한다. 이와 같이 종교와 예술을 결합시킨 데에 블레이크의 상상력 이론의 특이점이 있다.

『비전 A Vision』은 예이츠의 신비 사상의 결정이고 종국이고 증명이다. 그의 신비적 체험과 추구는 그의 탁월한 상상력으로 더욱 세련되고 심화되어갔지만 한편 그는 그 환상과 신화의 막연한 세계를 떠받치는 뼈대(체계)를 추구하지 않을 수 없었을 것이다. 과학과 실증철학에 만족할 수 없으면서도 전통 종교의 도그마를 받아들일 수 없는 종교적 체질의 소유자였던 그는 자기 특유의 도그마를 갖지 않을 수 없었다. 즉, 그는 지금까지 관심을 기울여온 플라토니즘, 네오플라토니즘, 카발라 Kabbalah(유태교의 신비 사상), 접신론, 힌두교, 블레이크의 우주관 등을 집대성하여 그것을 자기 특유의 생각의 틀 속에 포함시키고 그것으로써 우주와 인간 역사의 보편적인 통합적 이미지를 만들어내어, 그 디테일과 관련성을 체계화하고 싶은 욕망을 품었을

10) Yeats, *Essays and Introductions*, p. 116.
11) 같은 책, 같은 페이지.

것으로 짐작할 수 있다.

이러한 가정하에서 『비전』이 씌어진 과정을 추적할 수 있다. 본래 이 책은 예이츠의 부인 조지 예이츠Georgie Yeats의 자동 기술이 바탕이 되어 씌어진 것이라고 알려져 있다. 그는 『비전』의 서문에서 "결혼 후 4일 되는 1917년 10월 24일 오후 나는 아내가 자동 기술(自動記述)을 시도하는 데 놀랐다"라고 말하고서 소위 자동 기술이라는 것은 알아볼 수 없는 글씨로 쓴 지리멸렬한 문장인데 그것이 매우 흥미있고 때로는 깊은 뜻이 들어 있는 듯하였다고 말했다. 이 자동 기술이라는 것은 구체적으로 어떤 것인가. 예이츠의 설명에 의하면 일종의 무당이었던 그녀가 환상이나 깊은 명상 속에서 무엇인가 씌어지는 듯한 느낌을 받으면 종이를 집어들어 남편인 예이츠에게 계속 말을 걸면서 자기도 모르는 글귀를 적어 내려갔다고 한다. 다음 글에서 더욱 자세히 예이츠의 말을 들어본다.

기적 같은 일이 있었다. 이틀 전 나는 매우 우울했었다(그것을 아내인 조지가 전혀 모르리라고 생각한다). "나는 세 사람을 배반했다"라고 혼자 생각하면서 "나는 전에 이것을 계속 겪으며 살아왔다"라고 생각했다. 그때에 조지는 전에 무엇인가를 겪으며 살아온 감정에 대해서 얘기했다(그녀는 내 생각에 대해서 아무것도 몰랐다). 그리고서 그녀는 몸안에서 무엇인가 씌어지는 느낌이 든다고 말했다. 그녀는 종이를 집어들고, 자기의 생각이 자기가 쓰는 것에 영향을 미치지 않도록 계속 내게 말을 걸면서 (자기가 이해하지 못하는) 말들을 적었다.[12]

이 말로 미루어 보아 자동 기술은 예이츠의 아내가 남편의 마음을 텔레파시로 읽어내고서 그것을 산만한 단어들로써 적어냈던 것이라고 짐작할 수 있다. 그러나 『비전』의 서문에 설명된 바에 의하면 예

12) Gregory 부인에게 보낸 편지(29 Oct. 1917). Norman Jeffares, *A Commentary on the Collected Poems of W. B. Yeats*, p. 308에서 재인용.

이츠의 부인이 잠을 자면서 무엇인가를 지껄이면 예이츠가 그것을 적었던 것으로 나타나 있다. 예이츠는 그 상황을 설명하는 글에서 "나의 아내는 몇 분 동안 잠을 자다가 잠속에서 말을 시작했고, 그후 계속 메시지 전달이 그런 식으로 나타났다. 나의 선생들(메시지 전달자)의 말은 내 아내의 잠에서 나오는 것같이 보이진 않았고, 마치 조수물 위를 표류하듯이 잠을 웃돌면서 나오는

1888년 3월 웨스트코트와 매더즈에 의해 제작된 금빛 새벽 교단의 헌장

것 같았다"라고 말하였다. 이렇게 부인이 소위 '선생들'이라고 하는 자들에게서 메시지를 받아들이는 "신호가 나타나면" 예이츠는 즉시 "연필과 종이를 준비하였다"고 한다.[13]

예이츠의 부인의 자동 기술이 과연 어떤 성질의 것이었기에 그것이 『비전』의 모체가 되어 예이츠의 신비 철학을 체계화하게 되었느냐 하는 데 대해서는 여러 가지 해석이 있을 수 있다. 이 문제를 집중적으로 연구한 무어 여사의 설을 요약하면 대강 두 가지 가설이 있을 수 있다.[14] 첫째 예이츠의 부인이 황홀 상태에서 혹은 자는 동안에 자동 기술을 실연한 것은 그녀가 무의식 상태에서 표면 의식을 억누르고서 심층 의식의 문을 두드려서 그 무의식의 창고에 저장된 이미지들을 불러낸 것이라고 할 수 있다. 그 이미지들은 예이츠와 그의 부

---

13) Yeats, *A Vision*, p. 10.

14) Moore는 *The Unicorn*, p. 258에서 다섯 가지 가능성을 제시하였다.

인이 깊이 관여한 '금빛 새벽'과 같은 신비주의 교단들에서 주장하는 사상의 반영이었을 것이고, 그 사상은 예이츠 사상의 '체계'의 배경이다. 두번째로, 예이츠의 부인은 무녀로서의 강한 집중력과 직관에 의한 텔레파시를 통하여 예이츠의 마음을 읽어낼 수 있었을 것이다. 그녀가 예이츠의 마음에서 읽어낸 내용은 그가 그 무렵에 주로 관심을 두고 읽은 책과 집중적으로 생각한 것들, 즉 『비전』에 나타난 사상이었을 것이다. 예이츠는 부인의 자동 기술을 지휘하는 "정체 불명의 필자"가 주제를 그의 최근 저서 『상냥한 말없는 달을 위하여 *Per Amica Silentia Lunae*』(1917)에서 택했다고 말한다. 이 말은 예이츠의 저서의 주제가 바로 부인의 자동 기술의 내용이었다는 말이고, 한편 그때부터 구상하고 노력한 『비전』의 골격은 이미 이 책에 제시되었다는 말이다. 시인은 본래 그의 저서 『상냥한 말없는 달을 위하여』를 '알파벳 *An Alphabet*'이라고 부를 생각이었으나 현재의 이름으로 고친 것이다. 그토록 이 저서는 『비전』뿐이 아니라 그의 후기시를 포함하는 전체 작품의 근본이 되는 책이어서 블룸 교수는 이 책을 환상 문학의 전통에서 하나의 걸작이고 그의 산문의 큰 업적이라고 말한다.

이 에세이는 「나는 너의 주 Ego Dominus Tuus」를 서시(序詩)로 하여 주로 자아와 반자아의 대립 갈등 관계를 수상 형식으로 쓴 일종의 산문집이다. 이 소책자 이외에 예이츠가 초기시의 단계를 거쳐 1910년대와 20년대에 주로 관심을 기울인 것은 인간 정신의 이원론적 상극과 그 조화에 관한 사상이다. 특히 블레이크를 통하여 상반 대립 속에서 만유의 진화는 물론 인간의 심리 작용과 역사의 진전이 이루어진다는 사상을 굳혔다. 이 무렵의 사상을 구현한 작품이 시로서는 「마스크 The Mask」, 극으로는 『여왕 배우 *The Player Queen*』『베일리 해안에서 *On Baile's Strand*』『디어드리 *Deirdre*』『왕궁의 문턱 *The King's Threshold*』 등의 작품이다. 예이츠가 이 작품들의 사상적 기조를 체계화하는 일에 전념하는 단계에서 부인의 자동 기술이 그에게 계시적 영감을 주었다고 보아 마땅하다. 그는 『비전』 체계의 기본 구상을 다음과 같이 말한다.

나는 인간이 자신과의 싸움에서 얻어지는 완전과, 환경과의 싸움에서 얻어지는 완전을 구분했다. 이 기본적인 구분을 바탕으로 인간이 각자 이런 타입 혹은 저런 타입으로 다소 완전한 유형을 표현하는 데 따라 그들을 치밀하게 분류하고, 이 분류를 일련의 기하학적 심벌로써 뒷받침하였다. 나는 예언자는 하나의 나폴레옹이나 하나의 그리스도의 출생을 캘린더 위에 점찍을 수 있을 것이 아닌가 하는 의문을 글로 썼던바 그 의문에 대한 대답이 될 수 있도록 앞서 말한 기호들을 체계화했다. 내 아내나 나에게 생소한 이 기호의 체계화의 일이 표현을 기다리고 있던 것이 확실했고, 그것이 얼마나 걸리겠느냐고 묻자 몇 년 걸리겠다고 했다.[15]

인간이 각자 자신과의 싸움에서 얻어지는 그 나름대로의 완전상이 그 개인의 유형이 되는 것이고, 인간이 환경과의 싸움에서 얻어지는 완전상은 인류의 역사를 이룬다. 그러니까 예이츠의 생각에 의하면 개인이건 역사이건 그것은 모두가 주체와 객체와의 대립 갈등의 소산이다. 이 사상을 달이 차고 기우는 28상(相)과 기하학적 도형 등으로 체계화한 것이 그의 『비전』인데, 그것은 체계화되기 이전에 시인의 심중에서 "표현을 기다리고 있었던 것"이라고 말한다. 이때 그 표현의 계기와 확실한 힌트를 준 것이 부인의 자동 기술이었던 것이다. 예이츠는 부인이 영매(靈媒)를 통해서 만나게 된 영감 속의 "정체 불명의 교사"[16]의 지시를 받아 장장 칠팔 년의 세월에 걸쳐[17] 『비전』을 완성한 것이다.

---

15) *A Vision*, pp. 8~9.
16) Yeats는 신비적 영감 속에서의 계시자를 때로는 'communicator'라고, 때로는 'writer'라고, 때로는 'instructor'라고 부른다.
17) *A Vision*은 1917년에 착수하여 1925년에 완성되었다.

2. 『비전』의 역사관

　예이츠는 자기의 철학 사상을 체계화하여 역사관과 개인의 심리적 패턴의 역동적 모형을 제시하고자 했다. 그 모형의 기본은 이원적 힘이 상반 대립하는 역학 관계이다. 그가 제시하는 주관적 힘(기본 세력)과 객관적 힘(반대 세력)의 충돌과 긴장 관계는 한쪽이 회전하면서 상대방을 잠식해 들어가는 상호 보완과 상호 멸망의 이율 배반적 운동이다. 예이츠는 이 두 힘의 관계를 맞물려 회전하는 두 개의 원추(圓錐) *cone*에 비유해서 생각했다. 이 원추형을 그는 가이어 *gyre*라고 불렀다. 이 가이어는 언제나 이중이어서 두 개의 가이어가 동시에 서로 반대 방향으로 움직인다는 사실을 염두에 두어야 한다.

〈도표-1〉

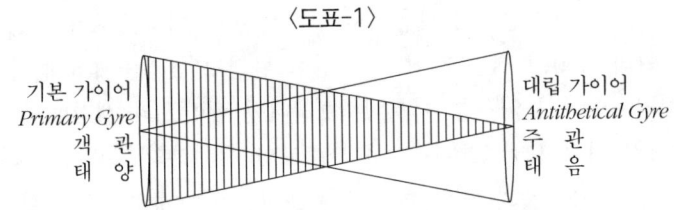

기본 가이어
Primary Gyre
객 관
태 양

대립 가이어
Antithetical Gyre
주 관
태 음

〈도표-2〉

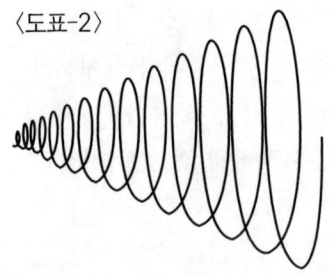

　그러니까 주관과 객관, 음성과 양성, 이성적인 것과 감정적인 것이 떨어져서 별개로 움직이는 일이 없다. 한쪽이 커지거나 강해지면 한쪽은 줄어들고 약해져서 항시 서로 갈등과 긴장 관계를 유지한다. 두 힘은 상호간의 관계에서만 존재할 뿐, 그 어느 쪽도 별개로서 존재하는 것은 아니다. 만일 반대의 힘을 "우리의 욕망이나 상상의 내부 세계"를 나타내는 것이라고 한다면 그것은

"외부 세계와 사건"이라고 하는 기본 세력과의 대립 관계에서만 그 양상이 결정되는 것이지 그것만을 따로 떼서 말할 수는 없다.

예이츠는 대립되는 두 힘의 생성·충만·쇠퇴의 주기를 '큰 바퀴 *great wheel*'의 상징을 통해서 표현했다. 그는 이 바퀴의 회전을 초승달(제1상)이 만월(제15상)로 성장하여 그믐달(제28상)로 기우는 달의 변천 과정의 표상을 통하여 생각했다. '큰 바퀴'는 역사적인 표상일 뿐 아니라 시간적인 것 공간적인 것, 내적인 것 외적인 것, 동적인 것 정적인 것을 막론하고 모든 순환 과정을 표현한다. 그러니까 이 바퀴는 상징일 뿐 체계적인 도식은 아니다. 그는 말하기를 "이 바퀴는 사상이나 생활의 하나하나의 완전한 운동이고, 28개의 구현체 *incarnation*이면서 동시에 단일한 구현체이고, 단일한 사상의 판단 혹은 행동이다"[18]라고 한다. 이 말을 풀이하면 큰 바퀴는 인간의 역사나 심리의 시간적 과정의 표상이면서 동시에 하나의 순간적 행동과 사상의 표상일 수도 있다는 말이다.

예이츠의 '큰 바퀴'의 사상을 우선 그의 역사관에 해당시켜 설명해 보기로 한다. 그의 역사관이라고 말할 때 그것은 시인이 상상을 통해서 파악한 역사의 상징적 의미를 말한다. 그러니까 그가 흥미를 가진 것은 과거의 사건이나 인물 같은 것이 아니라, 흥망성쇠의 패턴이 보여주는 그 상징성이다. 서구 문명의 발자취가 정연한 맥락과 상호 관련성으로써 패턴을 이루어 시인의 환상 체계 속에서 하나의 파노라마를 이룬다. 그 파노라마의 비전이 달의 28상의 상징으로서 파악된 것이다. 이와 같이 그가 파악한 역사의 비전은 역사가 아니라 시이고 예술이라고 말할 수 있으며, 시인은 예언자의 입장에 서 있다고 말할 수 있다. 그는 1904년의 한 에세이에서 "시는 주관적 경험에서 생겨난다. 시인은 정확한 언어를 그리고 사건과 장면의 정확한 상징을 구사하여 그것을 객관화해야 한다"[19]라고 말했다. 그리고서 그는 셰익

---

18) *A Vision*, p. 81.

19) *PMLA*, March 1961, p. 121에서 재인용.

스피어의 리차드 2세를 가리켜 "그가 상징적인 것은 그가 존재했기 때문이 아니라, 우리로 하여금 그가 셰익스피어의 상상 속에 파악되지 않았더라면 알 수 없었던 그 무엇을 알게 했기 때문이다"[20]라고 말했다. 시인에게 있어 역사적 사건은 그 자체가 중요한 것이 아니라 그 사건이 상상 속에서 재구성되어 보편적 의미를 갖는 데서 의미가 있는 것이다. 이런 각도에서 『비전』에 담긴 예이츠의 역사관을 이해해야 한다.

『비전』의 제5장에서 시인은 한 문명의 주기를 2천 년으로 보고, 기독교 문명이나 그 이전의 그리스·로마의 문명(고전 문명)은 모두가 2천 년을 주기로 일회전이 끝난다고 말한다. 그리스·로마의 문명의 발단(BC 2000)을 레다와 제우스 신의 교접으로 본다면 그리스도의 탄생은 기독교 문명(AD 1)의 발단이다. 기독교 문명이 끝나는 AD 2000년에는 새로운 문명이 태동한다. 예이츠는 이 새로운 문명의 탄생을 하나의 "사나운 짐승"이 꿈틀대는 이미지로 형상화하기도 했다 (시 「레다와 백조」의 해설 참고). 고전 문명의 주기와 기독교 문명의 주기가 한데 합쳐져서 4천 년의 '큰 바퀴'를 이룬다.[21]

BC 2000	AD 1	AD 2000
레다	그리스도	'사나운 짐승'
제1상	제15상	제28상

이 큰 바퀴를 대주기(大周期)라고 한다면 그 절반인 기독교 문명과 고전 문명은 소주기(小周期)인데, 그 소주기 또한 각각 완전한 하나의 바퀴이다.

---

20) 같은 책, 같은 페이지.
21) 이하 "큰 바퀴"의 해설은 Helen Hennessy Vendler, *Yeats's Vision and the Later Plays*, pp. 109~10을 참고했음.

BC 2000	BC 1000	AD 1
레다		그리스도
제1상	제15상	제28상

AD 1	AD 1000	AD 2000
그리스도		'사나운 짐승'
제1상	제15상	제28상

이 소주기의 바퀴는 그것이 큰 바퀴 속에 내포되어 있기 때문에 회전하여 제28상에 도달할 때에 대주기의 제15상 혹은 제1상에 도달한다. 이 소주기는 또한 각각 두 개의 반주기, 즉 두 개의 고전 문명과 두 개의 기독교 문명의 주기로 이루어져 있으며, 각 그 반주기 또한 완전한 하나의 주기이다.

BC 2000	BC 1500	BC 1000
레다		
제1상	제15상	제28상

BC 1000	BC 500	AD 1
		그리스도
제1상	제15상	제28상

AD 1	AD 500	AD 1000
그리스도	비잔티움	
	로마 문명의 몰락	
제1상	제15상	제28상

AD 1000	AD 1500	AD 2000
	르네상스	'사나운 짐승'
제1상	제15상	제28상

모든 주기는 그것을 포함하는 큰 주기의 절반이다. 그렇기 때문에 각 반주기 천년의 제15상은 소주기의 제8상 혹은 제22상에 해당된다. 그리고 모든 제1상은 또한 소주기의 제15상이다.

〈도표-3〉

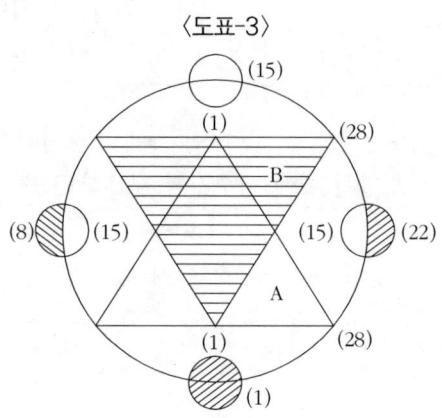

〈도표-3〉에서 보듯이 반주기 A와 B는 서로 맞물려 반대 방향으로 회전하면서 전개하는 두 개의 원추형 꼴이다. 이 두 개의 원추형은 사물의 양면과 같아서 결코 독자적일 수 없고, 항상 대립적 관계로 맞물려 상보 상극하는 역학 관계이다. 반주기 A의 제1상과 B의 제28 상은 동시적으로 존재하며, A가 제28상에 이르렀을 때엔 B의 제1상과 동시적으로 존재한다. 그래서 예이츠는 "그리스도는 어떤 의미에서 하나의 발단이면서 또 다른 의미에서 완성이고, 똑같이 '사나운 짐승'도 그렇다고 말할 수 있다"[22]라고 말했다. 우리가 AD 500년에서 세계를 보면 우리는 그것을 로마 문명의 몰락으로 볼 수도 있고, 비잔틴 문명의 영광으로도 볼 수 있다. 우리가 AD 1500년에서 보았을 때에도 마찬가지이다. 즉, 이때 기독교 문명은 붕괴하기 시작하고 동시에 르네상스는 새로운 영광의 시기에 들어간다. 모두가 보는 각

---

22) 위의 책, p. 110.

도에 따라 달리 보인다. 예이츠가 생각한 역사의 순환 구조에 의하면 출생과 성숙과 죽음이 계기적으로 존재하는 것이 아니라 삶과 죽음이 동시에, 그리고 성숙과 쇠퇴가 동시에 존재한다. 이것을 그는 "아프로디테는 거친 바다에서 솟아나온다. …포위당한 트로이가 없었으면 헬렌은 있을 수 없었다"[23]라고 말했다. "서로 한쪽이 죽으면 한쪽이 살고, 한쪽이 살면 한쪽은 죽는다 *die each other's life, live each other's death*." 예이츠의 이 말은 "올라가는 길이나 내려가는 길은 동일하다"고 말한 헤라클리토스의 철학의 메아리로 들린다.

각 시대는 다른 시대가 감아놓은 실을 푼다. 피디아스 Phidias 이전에 그리고 그의 서방 지향의 예술이 있기 전에 페르시아는 붕괴했고, 동방 지향의 사상 속에서 만월이 다시 회복하고, 비잔티움의 영광이 왔을 때에 로마 문명은 멸망했다. 그리고 우리의 서방 지향의 르네상스의 출발시에 비잔티움은 쇠퇴했다. 이런 사실을 상기해보면 흥미있는 일이다. 만물은 서로 한쪽이 살면 한쪽이 죽고, 한쪽이 죽으면 한쪽은 산다.[24]

예이츠는 위와 같은 만유 이원설로써 역사를 해석하여 "문명은 결국 자제 *self-control*를 유지하고자 하는 싸움"이며 "사상에 대한 그 자제를 상실하면 종말에 이른다"[25]라고 말했다. 그리고서 그는 서구 문명의 성쇠의 과정을 기원전 1천 년으로부터 시인의 당대에 이르기까지를 상징적 의미로써 개관하였다.

자신이 『비전』에서 펴보인 이율배반과 조화의 우주관을 그대로 적용하여 역사의 어느 순간을 조명한 시가 여러 편 있다. 그 중 『비전』

---

23) *A Vision*, pp. 267~68.
24) 위의 책, p. 270.
25) 위의 책, p. 268.

제5장의 첫머리에 나와 있는 「레다Leda」, 1921년의 『마이클 로바츠와 무용수 *Michael Robartes and the Dancer*』에 실린 「재림 The Second Coming」, 1928년의 『탑 *The Tower*』에 실린 「한 극중의 두 노래 Two Songs from a Play」 등은 그 대표적 작품들이다. 시인의 역사 체계의 사상이 직접 드러나 있지 않아도 그 사상을 알아야 시의 이해가 깊어지는 시가 또한 여러 편 있는 것도 사실이다.

「레다와 백조」에서 시인은 상상력으로써 제우스 신이 레다와 교정하는 순간의 극적인 장면을 포착하여 그리스 로마의 고전 문명의 소주기의 원점을 보여주고 있다(시 「레다와 백조」의 해설 참조).

> 급습(急襲). 백조는 큰 두 날개를
> 비틀거리는 여인 위에서 아직도 친다. 여인의 허벅다리는
> 새의 검은 두 지막(肢膜)에 쓰다듬기고, 목은 부리에 잡혀,
> 어찌할 수 없이 여인의 가슴은 백조의 가슴에 껴안긴다.
>
> 공포에 사로잡혀 힘빠진 손가락이 어떻게 맥풀린 허벅다리에서
> 깃에 싸인 그 영광을 밀어젖힐 수 있겠는가.
> 백색의 급습에 내맡긴 육체가 그 품안에서
> 이상히 가슴 울렁임을 느끼지 않을 수 있으랴.
>
> 허리에 느꼈던 그 전율에서
> 무너진 벽과 불붙는 지붕과 탑과
> 아가멤논의 죽음이 생겨난 것이다.
>   하늘에서의 그 짐승 같은 피에
> 그렇게 붙잡혀 정복당하였으니,
> 언제 보았냐는 듯이 그 주둥이가 여인을 놓기 전에
> 그녀는 과연 그의 예지뿐 아니라 힘까지도 전해받은 것일까.

A sudden blow: the great wings beating still
Above the staggering girl, her thighs caressed
By the dark webs, her nape caught in his bill,
He holds her helpless breast upon his breast.

How can those terrified vague fingers push
The feathered glory from her loosening thighs?
And how can body, laid in that white rush,
But feel the strange heart beating where it lies?

A shudder in the loins engenders there
The broken wall, the burning roof and tower
And Agamemnon dead.
                    Being so caught up,
So mastered by the brute blood of the air,
Did she put on his knowledge with his power
Before the indifferent beak could let her drop?

이 시의 배경을 이루는 레다의 신화에는 많은 변화가 있지만 이 신화가 의미하는 중요한 내용은 그 신비스런 신인 교정(神人交情)의 결과 레다가 생산한 두 알이 (하나는) 사랑과 (하나는) 전쟁을 인간 세계에 도입했다는 사실이다. 즉 만물은 그 바탕에 서로 상반되는 힘을 내포하고 있다는 사실이다. 이에 대하여 예이츠는 다음과 같이 말하였다.

나는 레다를 통하여 이루어진 그리스 문명의 발단의 고지(告知)를 상상해보면서, 레다가 난 부화 이전의 달걀의 하나가 스파르타의 사원에 성유물(聖遺物)로서 지붕에 매달려 있는 것, 레다의 달걀의 하나에선 '사랑'이, 또 다른 하나에서는 '전쟁'이 생겨났다는 것을 생각한다. 그러나 만유는 대조에서 비롯된다. 아무것도 모른 상태에서 나는 그 성수태 고지로써 물러나게 된 그 이전의 문명이 어떤 것이었던가를 상상하려 할 때 새와 여인이 바빌론의 수학적인 별빛이 비치는 한 모퉁이를 검게 말소해버리는 모습을 볼 수 있을 뿐이다.[26]

만물이 내포하는 상반되는 힘은 인간에게도 마찬가지 사실이어서 레다가 제우스 신의 피를 받을 때 그 피는 백조라는 동물의 피를 통한 것이다. 그렇게 반은 신성을, 반은 동물성을 물려받았기 때문에 인간은 동물 이상인 것을 자각하면서도 신에 미치지 못함을 또한 자각하고 끊임없이 신성을 동경하고 있는 것이다. 예이츠는 그의 시에서 특히 이 점을 강조하여 레다가 신의 예지와 함께 동물의 힘도 물려받았던 것이냐고 의문조로 묻는다. 이 의문은 시인의 마음속에 영원히 남아서 그의 시적 상상력의 추진력을 이루었다.

> 언제 보았냐는 듯이 그 주둥이가 여인을 놓기 전에
> 그녀는 과연 그의 예지뿐 아니라 힘까지도 전해받은 것일까.

> Did she put on his knowledge with his power
> Before the indifferent beak could let her drop?

동물적인 힘과 정신적인 힘이 인간에게 깃들인 이래 거기에 조화가 없고 모순 갈등을 계속하여 역사는 추진된다. 레다의 수태의 순간이 역사의 소용돌이의 출발점으로서, 우선 헬렌으로 말미암아 트로이 전쟁이 야기되어, 사랑과 증오와 전쟁의 소용돌이는 시작되었다. 그 이전에는 신은 신대로 인간은 인간대로 아무 관계가 없어서 인간

---

26) *A Vision*, p. 268.

에게는 그들 마음의 귀착점 같은 것이 없었던 것인데, 레다 이후 인간에게 하나의 고차원적 이미지가 부여된 것이다. 개인이나 민족은 이 보편적인 이미지를 중심으로 정신적 의미를 창출한다. "국가 · 민족, 그리고 개개인은 상징적인 혹은 어떤 마음의 상태를 환기시키는 하나의 이미지 또는 관련된 이미지군에 의해 통일된다." 이 이미지가 바로 다이몬 *Daimon*[27]이다. 이 다이몬은 역사 안에 있으면서 역사를 초월하고 인간 안에 있으면서 인간을 초월한다. 그것은 인간의 영원한 고차원적인 영적 자아 *the ghostly self*를 말하는 것으로서, 예이츠는 그것을 이미지라고 말하기도 하고 마스크라고 말하기도 했다(시 「나는 너의 주」의 해설을 참조할 것).

레다에게 이루어진 수태 고지로써 시작된 2천 년 역사의 순환은 그리스도의 탄생으로써 종말을 고하고 기독교 문명의 순환이 시작되었다. 이 변천의 순간을 취급한 시가 「한 극중의 두 노래」이다. 「레다와 백조」와 마찬가지로 역사의 순환 운동에 대한 예이츠의 탁월한 상상력을 보여준 이 시에서 그는 자기 특유의 상상 체계와 그리스 신화와 역사적 지식을 통합하여 구체적인 상징과 생동감 있는 장면을 제시하고 있다.

I

나는 보았다, 노려보는 한 처녀가
디오니서스 성신(聖神)이 죽은 그곳에 서서
그 성신의 옆구리에서 심장을 찢어내어
심장을 자기 손 위에 올려놓고
고동치는 심장을 가져가 버리는 것을.
그때 모든 뮤즈 신들이 노래했다.

---

27) 예이츠는 산문에서는 'Daimon'이라고 철자했고, 'Daemon' 'Demon' 등의 스펠링도 쓰고 있다. 시에서는 'Demon'이라고 표기했다. 산문에서의 'Daimon'이 시에서의 'Demon'보다 시각적 이미지가 약하다.

봄을 맞이하는 '위대한 해[年]'를
마치 성신의 죽음이 한 편의 연극인 듯이.

또 다른 트로이가 흥하다 망하고
또 다른 부족이 까마귀에 먹이를 주고
또 다른 아르고선의 채색된 뱃머리가
번지르르한 값싼 물건을 쫓는다.
저 맹렬한 처녀와 그녀의 별이
불가사의한 어둠으로부터 소리를 지르자
로마 제국은 파랗게 질려
평화와 전쟁의 고삐를 놓친다.

Ⅱ

인간의 몽매한 사상을 가엾이 여겨
주께서는 저 방을 거닐었고 그후
갈릴리의 동란을 초래했다.
바빌로니아의 별빛은
불가사의한 형체 없는 어둠을 가져왔다.
그리스도가 살해당했을 때 피 냄새는
플라톤적인 온갖 관용을 헛되이 했고
도리아인의 규율을 헛되이 했다.

인간이 존중하는 일체의 것은
겨우 일순간이나 하루밤에 견디지 못한다.
사랑의 쾌락은 인간의 사랑을 쫓아내고,
화가의 붓은 인간의 꿈을 소모시킨다.
전령관의 외침, 병사의 발길은
인간의 영광과 인간의 힘을 고갈시킨다.

밤하늘에 어떤 불길이 일든 그것은
인간 자신의 기름기 있는 심장이 불 지핀 것.

I

I saw a staring virgin stand
Where holy Dionysus died,
And tear the heart out of his side,
And lay the heart upon her hand
And bear that beating heart away :
And then did all the Muses sing
Of Magnus Annus at the spring,
As though God's death were but a play.

Another Troy must rise and set,
Another lineage feed the crow,
Another Argo's painted prow
Drive to a flashier bauble yet.
The Roman Empire stood appalled :
It dropped the reins of peace and war
When that fierce virgin and her star
Out of the fabulous darkness called.

II

In pity for man's darkening thought
He walked that room and issued thence
In Galilean turbulence :
The Babylonian starlight brought
A fabulous, formless darkness in :

Odour of blood when Christ was slain

Made all Platonic tolerance vain

And vain all Doric discipline.

Everything that man esteems

Endures a moment or a day.

Love's pleasure drives his love away,

The painter's brush consumes his dreams;

The herald's cry, the soldier's tread

Exhaust his glory and his might:

Whatever flames upon the night

Man's own resinous heart has fed.

　　『예수의 부활 *The Resurrection*』이라고 하는 단막극의 서시와 발시 (跋詩)로 씌어진 이 두 편의 시에서 시인은 디오니서스의 제식(祭式) 에서 그 신을 살해하여 피를 마시는 자는 부활한다는 신화와 기독교 문명 2천 년의 신기원을 연결짓고, 이러한 역사적 전환이 "한 편의 연극인 듯이" 되풀이되는 것으로 보고 있다. 그의 '큰 바퀴'의 체계 에 의하면 역사의 주기는 그믐달의 제1상에서 시작된다. 새로 시작된 기독교 문명을 "형체 없는 어둠"으로 보고, 그 어둠에 가리워 "플라 톤적 관용" "도리아인의 규율" 같은 그리스 문명은 소멸되고 만다. 이 시에서 예이츠는 그리스도의 탄생으로 "위대한 해〔年〕"의 바뀜을 제시했을 뿐 아니라 판이한 두 문명을 대조하여 그리스·로마 문명 의 합리적이고 질서적인 성격과 기독교 문명의 원시적이고 기본적인 성격을 암시하였다. 제I부에서 성모의 이미지가 우아하고 온화한 상 이 아니고 로마 제국이 경악할 정도의 "맹렬한 처녀"로 표현된 것이 라든지 제II부에서 새로운 문명이 "불가사의한 형체 없는 어둠"으로 표현된 것은 그것을 말하는 것이다. "바빌론의 별빛"이란 말은 『비전』의 체계상의 달의 암흑의 제1상과 관련되어 달 없고 별빛만 보이는 바빌론의 별빛이 새 문명을 도입하는 것으로 보고 있다. 그가 바빌론이라고 한 데는 의미가 있다. 첫째 바빌론인과 별은 고래로 관련이 깊고, 둘째 바빌론은 소아시아에 위치한 것이니, 예이츠는 기독교 문명의 원동력이 거기에서 온 것으로 생각했고, 또한 예이츠는 동방을 근원적이며 본질적인 힘과 관련지어 서방의 지적이며 이성적인 힘과 대조하여 생각했으므로 그리스도를 근원적·실제적·본질적인 힘에 결부시켰다. 동방에서 솟아나는 근원적인 암흑과 신비의 구름이 서방의 정돈되고 이성적인 하늘을 뒤엎고, 그리스 문명에 종지부를 찍는 것이다. '피'의 이미지도 근원적인 힘을 드러내는 이미지로서 질서와 이성을 흐리게 하고 광분과 이성 상실을 가져와 플라톤적 절제와 도리스적 규율을 헛되이 만드는 힘이다.[28]

새로운 역사가 시작하는 제1상은 예이츠의 도표에 의하면 제8상에서 제22상에 걸치는 기본상 *primary phases*의 절정을 상징하는 시기이다. 그 반대가 만월인 제15상을 절정으로 하는 제8상에서 제22상에 걸치는 반대편 소주기의 대립상 *antithetical phases*이다. 예이츠는 또한 전자의 소주기를 순수 객관의 시기, 후자를 순수 주관의 시기라고 표시하였다. 그리고 전체 28상에는 각기 특수한 성격이 부여되어 있고 기본상과 대립상의 교차점인 제8상과 제22상은 큰 변화와 긴장이 내포되는 중요한 상이다. 제22상을 지나 기본상으로 한걸음 들어선 제23상에 현세는 위치하고 있다. 이 변천의 해를 예이츠는 1927년이라고 계산하였다. 현 제23상을 예이츠는 어떻게 보았을까. 이 시기는 문명이 멀지 않아 닥쳐올 암흑을 앞두고 전체적인 원칙에서 벗어나 혼돈과 폭력이 지배한다. 다음의 시 「재림」은 시인이 세운 역사 체계와 성경에 나타난 그리스도 재림의 예언[29]이 연결되어 생생히 움직이

---

28) 이상의 해설은 주로 Cleanth Brooks, *Modern Poetry and the Tradition*, p. 182를 참고했음.

29) 『마태복음』 xxiv 참조.

는 극적 장면을 이룬다.

점점 넓어지는 원환(圓環)을 그리며 선회하니
매는 제 주인의 목소리를 못 듣는다.
만물은 흩어지고, 중심이 안 잡히고,
한갓 무질서만이 세상에 충만한다.
피에 물든 조수가 터져나와, 도처에
순수한 의식은 자취를 감춘다.
선인은 일체 신념을 상실하고
악인은 격정에 차 있다.

Turning and turning in the widening gyre
The falcon cannot hear the falconer;
Things fall apart; the center cannot hold;
Mere anarchy is loosed upon the world,
The blood-dimmed tide is loosed, and everywhere
The ceremony of innocence is drowned;
The best lack all conviction, while the worst
Are full of passionate intensity.

점점 크게 원을 그리며 시야에서 멀어지는 매의 이미지로 이 시는
시작되었다. 매는 이미 조련사의 손(중심)에서 떠나서 주인의 목소리
가 들리지 않을 정도까지 멀어진다. 그 매가 조련사의 조종 아래 있
을 때는 질서와 조화가 유지된다. 그러나 중심점에서 한없이 멀어질
때에는 마치 끈이 끊어진 회전체와 같이 균형을 상실하여 방향 없는
동요만을 계속하여 만물은 떨어져 나가고 무질서만이 충만하여 전쟁
과 폭력이 꼬리를 물고 일어난다. 순수는 없어지고 선인은 신념을 잃
고 악인만이 기세를 올린다. 이 시를 쓴 1919년에 예이츠는 한 문명

의 종말기에 이른 현대의 정신적 · 정치적 현실과 관련지어 '제2의 강림'을 예언한다.

분명 어떤 계시가 다가왔다.
분명 재림은 다가왔다.
재림! 이 말이 나오기가 무섭게
'세계령'에서 하나의 거대한 영상이
눈앞을 가리운다. 어딘가 사막의 모래 속에서
사자 몸에 사람의 머리를 한 하나의 형체가
태양처럼 공허하고 비정한 눈길로 응시하며
천천히 발을 옮긴다. 그 주위엔
분노에 찬 사막의 새들의 그림자가 떠돌고.
다시 어둠은 내린다. 그러나 이젠 알겠다,
깊이 잠든 2천 년의 세월이
흔들리는 요람에 의해 악몽에 시달림을.
이 무슨 사나운 짐승이 드디어 제 시간을 만나,
태어나고자 베들레헴을 향하여 몸을 굽히고 있는 것이냐.

Surely some revelation is at hand;
Surely the Second Coming is at hand.
The Second Coming! Hardly are those words out
When a vast image out of Spiritus Mundi
Troubles my sight: somewhere in sands of the desert
A shape with lion body and the head of a man,
A gaze blank and pitiless as the sun,
Is moving its slow thighs, while all about it
Reel shadows of the indignant desert birds.
The darkness drops again; but now I know

That twenty centuries of stony sleep
Were vexed to nightmare by a rocking cradle,
And what rough beast, its hour come round at last,
Slouches towards Bethlehem to be born?

현 문명의 종말에 나타나는 인두수신(人頭獸身)의 괴물은 세계령(世界靈) *Spiritus Mundi* 으로부터 나타난다. 이 세계령은 앞서 말한 바와 같이 오랜 역사를 통하여 인간의 기억 속에 저장된 이미지의 창고 같은 것이다. 그것은 인간 공통의 기억 속에서 나온 것이므로 보편성을 띤다. 이 상은 스핑크스일 수도 있고, 순수한 이미지일 수도 있다. 이런 괴상(怪像)이 나타나고, 그 주위에 사막의 새떼들이 떠돈다. 그것은 죽은 문명의 썩은 고기를 탐내어 혈안이 된 짐승의 상이다. 이제 요람 속에서 깊이 잠들고 있던 새로 태어날 2천 년의 역사는 '제2의 강림'을 위하여 출생 태세를 갖추고 있다.

이상에서 본 바와 같이 예이츠의 역사관은 일종의 순환론이다. 출생과 성장과 역전과 멸망의 단일 패턴을 영원히 되풀이하는 그의 순환 이론은 사실상 기독교에서 계시를 향한 직선 운동으로 역사를 해석하는 내세론으로서의 역사관과는 다르다. 이런 순환론에는 내세가 없을 뿐 아니라, 전진도 진화도 없다. 순환론으로서의 역사관은 결코 예이츠의 특수한 이론은 아니고 슈펭글러 Spengler의 역사 순환론, 불교의 윤회설 등이 유사한 사상이다. 예이츠가 슈펭글러의 『서구의 몰락 *The Decline of the West*』에서 직접 어떤 영향을 받은 것으로 볼 수도 있지만 다만 거기에 사용된 이론이 자신의 것과 같을 뿐이라고 그 자신이 밝히고 있다.

그들[신비의 전달자들]은 그들 최초의 역사의 상징적 도표를 그리고 거기에다 주요한 전환 연도를 표시했는데, 이때가 1918년 7월초로, 슈펭글러의 『서구의 몰락』이 독일어 초판으로 출판되기 며칠 전이었다. 이 책은 나와는 다른 철학적 체계를 갖고 있지만, 나의 것과 같은 전환 연도를 제시하고 같은 총체적 결론을 내리고 있다.[30)

예이츠는 『비전』 18페이지에서 다시 이 점을 강조하여 다음과 같이 말하였다.

『비전』(1925)이 나온 몇 주일 후 1926년에 영역판 슈펭글러의 책이 나왔을 때, 나는 내가 교시받았던 시대 구분뿐 아니라 내 독자적인 연구라고 여겼던 전체적인 비유와 상징들도 그의 것과 같다는 것을 알게 되었다.

예이츠가 제시하는 역사 연도와 체계 등은 위의 글에서 그 자신이 인정하듯이 그의 신비주의 사상의 소산들이다. 이것이 슈펭글러의 실증주의적 역사관과 일치한다는 것은 신기한 일이다. 그러나 하나는 시인이고 하나는 역사가이다. 예이츠는 역사를 역사로서 보고 있는 것이 아니라 시인으로서의 상상 속에서 역사적 사실과 실증을 초월하는 비전의 세계에 흥미를 느낀다. 슈펭글러와는 달리 예이츠에게는 역사적 법칙과 사실이 초자연의 이미지와 결부되어 환상 속에서 생동하고 있었다고 말할 수 있다.

3. 예이츠의 인격 형성관

다음으로 우리는 예이츠의 인간 심리관을 보기로 한다. 그의 철학 체계에 의하면 개인의 심적 활동도 서로 상반되는 힘의 작용으로 움직여진다는 것이다. 이것을 이해하는 데는 다음과 같은 도표가 필요하다.

---

30) *A Vision*, p. 11.

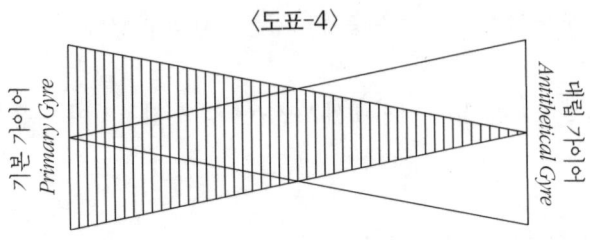

〈도표-4〉

여기에 기본 회전체 *primary gyre*와 대립 회전체 *antithetical gyre*의 두 개의 원추가 있다. 이것은 앞서 역사관의 설명에서 제시한 도표에서 회전체의 기본상과 대립상에 해당하는 서로 상극되는 힘의 작용을 상징한 것이다. 그것은 달과 해의 관계, 혹은 동양 철학에서 말하는 음양의 관계로 생각해도 무방하다. 이 서로 상극하는 힘이 그 자체가 회전하면서 양극을 향하여 움직여간다. 이 관계를 우리의 심리에 적용하면 대립 원추 *antithetical cone*, 즉 주관적 원추 *subjective cone*가 점점 확대됨에 따라, 우리의 욕망이나 상상력이 확대되고, 기본 원추 *primary cone* 즉 객관적 원추 *objective cone*가 확대됨에 따라 외부적 사실, 혹은 객관적 조건이 확대되는 것인데 이 두 가지가 동시에 확대될 수는 없고 한쪽이 확대되면 한쪽은 줄어드는 관계를 나타낸다. 이런 두 가지 힘을 더욱 구체적으로 나타내기 위하여 거기에 네 가지 심리 기능을 적용하였다. 즉 의지 *will*와 가면 *mask*과 창조심 *creative mind*과 운명체 *body of fate*의 네 가지이다. 의지라 함은 움직일 수 없는 우리의 타고난 그대로의 상태, 즉 개성, 혹은 본성이라고 할 수 있는 것 *what we are*, 가면은 일상적인 우리의 생활에서 취하는 가면과 거의 같은 뜻이다. 즉 우리가 남과 대할 때 나타내는 우리의 객관적 자아, 다시 말하면 현실적 자아를 벗어나 우리가 이상으로 하는 *what we wish to become* 우리의 또 하나의 타자아 *other-self*를 말하는 것이다. 그러므로 가면은 의지와는 상반되는 것이지만 의지와 관계없는 것이 아니다. 우리가 현실적 자아에 만족하지 않고 가면을 쓰고 싶어하는 것은 가면이 말하자면 이상적 자아이기 때문이다. 그러면 인간의 실체 *reality*는 어느 편이냐 할 때에 그 어느 쪽도 아니다. 상반되는 양 자아가 상호 작용하여 상극 대립하는 양상이 실체라 할 수 있다. 달리 말하면 인간의 실체는 개인의 내부적 자아에 있는 것도 아니고 그가 꿈꾸는 이상적 자아에 있는 것도 아니고, 그 양자의 투쟁에서 빚어지는 결과 그 자체이다. 다음으로 창조심은 외부 사건들을 토대로 하여 "의식적으로 우리의 마음에 구축하는 요소," 운명체는 전자의 반대로 외계에서 "우리에게 가해지는 물질적 정신적 조건"이다. 예이츠 자신은 설명하기를, 의지에 대한 그 대상이 가면이고, 창조심의 대상이 운명체라고 한다. 즉, 의지는 '존재 *the Is*'이고 가면은 '당위 *the Ought; that which should be*'이고, 창조심은 사유 *thought*로서 '인식자 *the knower*,' 운명체는 '인식 대상 *the known*'이다. 그리고 의지와 창조심이 태음계 혹은 대립계이고, 가면과 운명체는 태양계 혹은 기본계이다. 즉 전자는 자연 그대로 인간에게 고유한 *natural* 것이지만 후자는 인간의 이성으로 만들어낸 *reasonable* 대상이다. 각 개인은 의지 즉 그가 태어난 바탕(내적 · 외적 조건 모두)에 따라 대의지 *great will* 안에서 그 위치가 결정된다. 그렇기 때문에 일견 두 가지 기능만 있는 것으로 보인다. 즉 의지와 창조심만 있는 것 같이 보이지만 우리가 자각할 수 있는 두 가지 기능에는 반드시 그 반대의 원추들이 있는 것이다. 의지에는 가면이 따르고 창조심에는 운명체가 따른다. 그것들은 서로 상극 관계이기 때문에 방패와 칼과 같이 끊임없이 갈등한다. 예이츠는 이렇게 말하였다.

모든 의지 있는 것을 역으로 동경이나 저항이나 수용의 대상으로 삼을 수도 있고, 모든 창조 활동을 사상(事象)이라고 볼 수도 있는 것이니, 하나하나의 '기능'은 서로가 방패도 되고 칼도 된다.[31]

---

31) 같은 책, pp. 73~74.

이 상반되는 것끼리는 반대 방향으로 돈다. 즉 서로 대립되는 의지와 가면이 한 원추의 양극이 되어 우에서 좌로 돌면, 창조심과 운명체의 원추는 시계 바늘처럼 좌에서 우로 돈다. 아래 도표를 놓고 평면적인 해설을 가하기로 한다.

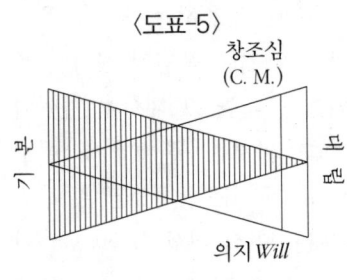

〈도표-5〉
창조심
(C. M.)
가면
운명
의지 Will

의지가 대립 원추의 확대부를 향하여 접근할 때에 창조심은 거기에 끌려 점차 의지에서 점유당한다. 그러나 창조심이 의지에게 끌려가는 중 그때그때의 위치, 즉 기본 원추의 정점과의 거리는 같다. 그리고 의지가 극도로 확장하면 이번엔 반대로 창조심으로 하여금 점유하게 하고 창조심이 재약화될 때까지 끌려다닌다. 이리하여 의지가 주도할 때에는 판국은 의지의 세계가 되고, 창조심이 주도할 때에는 판국은 창조심의 세계가 된다. 예이츠는 원추의 위치를 바꿀 수도 있다고 하였다. 즉 창조심이 대립 원추의 저변에 접근하여 기본 원추의 정점으로 옮겨들어 다시 확대하여 나가고 의지는 대립 원추의 정점에 접근하여 창조심이 원추를 옮기는 순간에 대립 원추의 저부(底部)에 옮겨들어 다시 축소의 길을 간다고 표현할 수도 있다는 것이다. 그리고 이 회전체 *gyre*들은 기본 원추나 대립 원추의 저변을 향하여 전진해갈 뿐 아니라 각기 그 자체가 원환(圓環) 운동을 한다는 것을 잊어서는 안 된다. 즉 앞서 말한 바와 같이 의지의 회전체는 우에서 좌로, 창조심의 회전체는 좌에서 우로 회전한다.

가면과 운명체는 그 성질상 의지와 창조심과 정반대의 위치에 선다. 그리하여 의지와 창조심이 완전히 대립 원추의 저변에 이르면, 가면과 운명체는 완전히 기본 원추의 저변에 이른다. 〈도표-6〉과 같

378

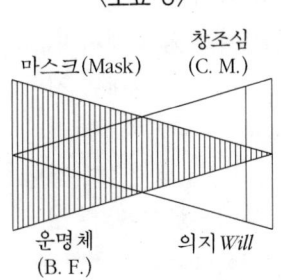

〈도표-6〉

마스크(Mask) 창조심
          (C. M.)

운명체   의지 *Will*
(B. F.)

을 때에는 그 개인은 성질이 거의 대립적 *antithetical: subjective*이다. 이런 형의 사람은 현실 생활과 아주 상반되는 가면의 실현을 위하여 노력해야 한다는 것이다. 그리고 이런 형의 인간의 성격상의 특징을 다음과 같이 지적하였다.

     랜더 Landor와 같은 대립형의 사람들은 자기의 인격에 방해되는 모든 것을 증오하기 때문에 소질은 격렬하지만, 지성(창조심)은 온건하다. 반면에, 증오가 두드러지지 않는 기본형의 사람들은 개인적인 증오를 갖고 있지 않아서 격렬하지만 소질은 온건하다. 로베스피에르 Robespierre는 온화한 사람이었을 것이다.[32]

〈도표-7〉에서는 원추의 위치가 정반대로 바뀐 것을 볼 수 있다. 이런 개성의 소유자는 거의 완전히 기본적인 *primary*, 즉 객관적인 형의 사람이다. 이런 사람에 대해서 예이츠는 이렇게 말한다.

〈도표-7〉

의지   운명체

창조심   마스크

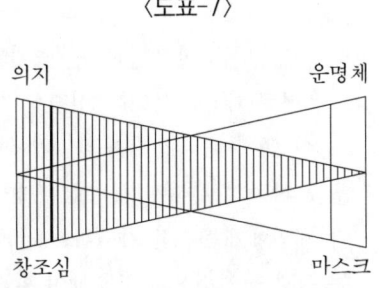

    기본상에 있는 인간은 자기 표현을 중지함으로써 가면과 이미지의 추구를 포기하여야 하며, 자기 표현의 동기를 봉사의 동기로 대치하여야 한다. 창조된 가면 대신에 그들은 모방적인 가면을 갖는다.[33]

〈도표-8〉과 같은 개성의 소유자는 완전히 기본적인 형의 사람이다.

---

32) 같은 책, pp. 84~85.
33) 같은 책, p. 84.

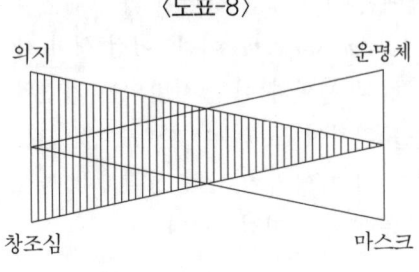

〈도표-8〉

의지　　　　　　　　　　　운명체

창조심　　　　　　　　　　　마스크

완전히 대립적인 상태와 다름없는 이런 형은 하나의 초자연적 이상적 상태에 지나지 않는 사람이다. 그러나 절대적으로 객관적이거나 절대 주관적인 사람은 실상 없는 것이다.

　이상은 아주 극단적인 경우를 말하는 것이고, 같은 대립상에 속하는 사람도 그것이 제8상에서 제22상까지 각기 다른 특색을 보인다. 가령 휘트먼 Walt Whitman이 속하는 제6상에서는 4대 기능이 다음과 같이 정해진다.

　　의지―인위적 개성.
　　가면(제20상부터). '진(眞)'―정의；'위(僞)'―폭정.
　　창조심(제24상부터). '진'―관념성；'위'―조롱.
　　운명체(제10상부터)―인간성.[34]
　　(이 표에 나타난 '진'과 '위'의 표시는 예이츠가 너무 획일적인 구분을 피하기 위하여 상당한 자유 의사를 고려한 증거이다. 각 시기의 각 개인에게는 '진' 가면과 '위' 가면이 있어 운명적으로 추구하게 되는 길과 필연적으로 추구해야 할 길을 표시하였다.)

　그런데 단테와 셸리와 랜더 Landor가 속하는 제17상에서는 4대 기능이 다음과 같다.

　　의지―다이몬 *Daimon*적 인간.
　　가면(제3상부터). '진'―집중을 통한 단순화；'위'―이산(離散).

---

34) 같은 책, p. 113.

창조심(제13상부터). '진' — '대립성' 감정을 통한 창조적 상상력;
'위' —강요된 자기 실현.
　운명체(제27상부터)—상실.[35]

　각 상(相)에서의 개성의 차이를 순차적으로 검토해보면, 우선 제1
상과 제15상은 아주 극단적인 예이다. 즉 달의 암흑과 만월의 경우인
데, 이 두 가지 경우는 인간에게 해당될 수가 없고 오히려 초자연적
속성이다. 거기에는 완전 객관만이 있는데 인간에게는 완전 객관이
란 있을 수 없다. 제15상에서는 의지와 창조심이 동일화하여 창조심
이 의지 속에 융합해버리고, 운명체는 가면 속에 융합되어 있다. 사
상과 의지를 구분할 수 없고, 노력과 성취를 구별지을 수 없다. 예이
츠는 이 제15상을 다만 "완성미"니 "완만한 진행의 극치"니 하는 말
로 표현했을 뿐이다. 제1상도 마찬가지이다. 거기엔 어떤 상대적인
것이 있을 수 없으니 행위에 윤리적 가치나 우열을 붙일 수 없고, 개
인이 판단의 대상이 되지 않는다. 가면이 운명체 속에, 의지가 창조
심 속에 섞여 있으므로 사상과 기호를 구분할 수 없고 사상과 욕망의
대상을 구별지을 수 없다. 즉 완전한 수동, 완전한 적응이 있을 뿐이
다. 그리하여 정신과 육체는 어떤 형태든지 취하고, 거기에 인각되는
어떤 영상이고 받아들이고, 과해지는 일은 무엇이고 처리한다. 그것
은 초자연적 의지에 봉사하는 도구이고, 인간과 초월자와의 종국적
연결점이다.
　완전 수동에서 벗어나 제2상에 이르면 희망과 욕망이 싹트기 시작
하여 제3상, 제4상의 이름에 따라 야심과 흥미가 가해져 제7상에 이
르면 의지는 완전히 개성을 주장하게 되고, 가면도 이타주의(利他主
義)로 변한다. 바로우 George Borrow, 뒤마 Alexandre Dumas, 칼라일
Thomas Carlyle, 맥퍼슨 James Macpherson 등이 제7상에 해당하는 사

---

35) 같은 책, p. 140.

람인데 예이츠는 이들에 대해서 다음과 같이 말하였다.

그러한 사람들은 역사나 사건이나 모험을 좋아한다. 그들은 활동하
는 것이 기쁨이고, 활동을 지는 해, 바다의 폭풍우 혹은 어떤 대전쟁
등과 구분해서 생각하지 않는다. 그것은 모든 사람들이 이해할 수 있
기 때문에 그 얘기를 듣는 이는 모두 감동을 받고 그 감동으로써 그들
은 더욱 고무된다.[36]

제8상과 제22상은 객관적 상(기본상)과 주관적 상(대립상)이 교차
되는 상이기 때문에 갈등 아니면 균형이다. 예이츠는 제8상의 사람을
개인과 민족간의 투쟁형으로 보고, 제22상의 사람을 야심과 계획의
균형형으로 보았다. 그리고 완전 주관을 전후한 제14상과 제16상, 완
전 객관을 전후한 제2상과 제28상은 서로 유사하거나 대조적인 성격
을 띤다. 제14상과 제16상은 완전과 미에 접근하지만 전자는 '마귀붙
은 인간 *the obsessed man*'이고 후자는 '적극적 인간 *the positive man*'
인 것이 대조적이다. 전자의 예로서 키츠 Keats를, 후자의 예로서 블
레이크를 들었는데, 모두가 미에 대한 환상을 꿈꾸고 아름다운 세계
를 그려낸 시인들이다. 미가 그들의 가면인 것이다. 제2상과 제28상
의 인간은 유사하여 자연인 혹인 우인(愚人)에 가까운 형이다. 그러
니까 우인과 성인은 실로 가장 가까운 위치에 있는 사람들이다. 소크
라테스나 파스칼 같은 성인이 우인 바로 이전의 제27상에 속하는 인
물들이다. 그들의 가면인 자기 방기 *renunciation*나 우자의 가면인 망
각 *oblivion*이나 다 같은 것이고, 성자는 자연인에 가까운 존재이고
우인은 그대로 자연인인 것이다. 그리고 '얼빠진 제인 crazy Jane'이
나 '늙은 톰 old Tom' 같은 예이츠의 우인형들은 사실상 성자와 같은
역할을 하는 인물들이다.

---

36) 같은 책, p. 116.

그리고 흥미있는 일은 예이츠가 전 28상 중 가장 이상적인 제17상으로 자신의 개성을 규정지었다는 점이다. 예이츠는 제17상에 속하는 사람을 다이몬적 인간 *The Daimonic Man* 이라고 규정하였는데 그것은 다른 어떤 상보다도 '존재의 통일 *unity of being*'이 용이하기 때문이라고 하였다. 그러므로 다른 상에 속하는 사람들은 '존재의 통일'을 성취하기가 거의 불가능하다고 하면서, 자신은 인격적 통일을 기할 수 있음을 자부하여, 단테, 셸리, 랜더 등과 함께 그러한 인물로 자처했던 것이다. 예이츠는 제17상으로 규정한 인물의 특성을 "이 상에 속하는 사람들은 거의 항상 당파심이 강하고 선전가이거나, 집단 행동을 좋아한다. 그러나 그들은 사냥꾼이나 낚시꾼들의 고고한 생활의 단순화의 가면 때문에 당파와 군중과 선전 활동을 싫어한다"[37]라고 설명하였다. 이 말과, 그가 자서전에서 자기를 "대화를 나누기 위해 여기저기 다니는, 그리고 두렵기도 하고 좋아하기도 하여 자신의 소중한 신념을 언제라도 거부할 준비가 되어 있는 사교적인 사람"[38]이라고 평한 것과는 잘 부합되는 말이다. 그리고 그는 가끔 정치에 관심을 기울이면서 한편으로는 항상 소박함 *simplification*을 가면으로 하여 어부나 사냥꾼들의 고고한 생활을 찬양한 것이 그 말로 하여 더욱 납득이 간다.

그의 역사관에서도 본 바와 같이 상반되는 힘의 갈등으로 역사가 추진되고 상반되는 심리 작용으로 인격이 형성된다고 보는 것이 예이츠 사상의 근간이다.

---

37) 같은 책, p. 143.
38) Yeats, *Autobiographies*, p. 201.

4. 결 론

이상으로 예이츠의 신비 사상의 성장과 그것이 그의 중심 사상의 뿌리로 굳게 되기까지의 발전 과정과 그 내용을 더듬어보았다. 그의 초기의 심령 세계에 대한 신비 체험이 그의 상상력을 확장시켰고, 거기에서 발전하여 씌어진 것이 『비전』이다. 이 책의 집필 동기가 과연 부인의 영매(靈媒)를 통하여 만나게 된 '전달자' 혹은 '교시자'가 그에게 '체계'를 가르친 데서 연유했는지 아니면 그들이 시인의 잠재 의식을 일깨워준 데서 연유했는지 문제할 바가 아니다. 어떤 동기로 씌어졌든지 이 '체계'를 통하여 그가 그의 철학의 골격과 그것의 적용 공식을 완성하였다는 사실은 놀라운 일이다.

예이츠는 『비전』에서 세운 하나의 체계를 통하여 초기에 접촉한 초자연 세계의 체험과 현실적 자연 세계의 체험을 함께 포용하는 상상 체계를 갖고자 했다. 시인의 상상 세계와 우리의 역사적 현실을 구분하여 전자는 비과학적인 공상으로 처리하고 후자는 실증이 가능하기 때문에 그 진리를 믿는 것은 인간을 이성적 존재로만 생각하는 근대 과학주의 사고의 중대한 오류이고, 시와 과학을 분리하는 리차즈류의 이성·감정 양분법적인 착각이다. 시와 과학은 대립 관계에 있는 것이 아니라 시는 과학까지를 포함해야 한다는 것이 엘리엇이 감수성 통합을 주장하기 이전에 이미 있어온 시에 대한 올바른 생각이다. 그러나 상상의 세계와 과학의 세계를 모두 통괄하는 철학 세계가 있을 수 있는가. 예이츠는 근대 철학에 대한 불만을 다음과 같이 말한 일이 있다.

근대 철학의 어떤 서적이 시간과 공간을 초월하는 우리 존재의 초월적 세계가 있다는 것을 우리에게 논리적으로 증명해줄 수는 있겠지만… 우리의 상상력은 여전히 자연의 지배하에 놓여 있다. …고대 철학은 그렇지 않았다. 왜냐하면 고대 철학자들에게는 그들의 사상을 보강하는, 신들, 성사자 *the Sacred Dead*, 이집트의 신기(神技), 디오티데 여사제 *Diotime the Priestess* … 같은 것들이 있었다. 나는 철학자에게 그의 신화를 회복시켜주고 싶다.[39]

예이츠는 신화를 회복하고 싶다고 말하고 있다. 그에게는 신화가 필요했다. 신화는 우주와 인간의 질서를 해석하는 상상의 틀을 말한다. 이 틀이라고 하는 체계는 과학으로써 파악할 수 없는 근원적인 오묘 불가사의한 우주 질서를 옭아매는 상상력의 그물이다. 엘리엇은 「율리시즈론」에서 그것을 "무질서의 혼돈과 싸우는 창조적 질서가 가져오는 양식(樣式)"이라고 했고, 브룩스는 그것을 "자연과 초자연을 유기적으로 관련지어 양식화하고자 하는 시도"[40]라고 말했다. 그리스인들은 그들의 신화를 가졌었고, 전통 사상과 종교의 도그마에 의지하는 시인들도 그 테두리 안에서 자기 특유의 신화를 창출한다. 정통 카톨릭임을 자부하는 엘리엇조차도 기독교 사상의 바탕 위에 불교라든지 기독교 신비 사상가들의 생각을 끌어들여 자기의 신화를 보완하고 자기 고유의 이미지를 갖고자 했다.

본래 과학을 싫어하고 그러면서도 전통 종교에 의존할 수 없었던 예이츠가 자기의 체계를 갖고자 한 것은 너무나 당연하다. 그는 『비전』 초판본(1925)의 서문에서 "나는 나의 상상력으로 하여금 마음껏 창조하게 하면서도, 그것이 창조해내고, 창조할 수 있는 일체의 것이 동시에 한 역사와 영혼의 일부분이 될 수 있게 하는 사상 체계를 원했다"[41]라고 『비전』을 쓴 동기를 말했다. 그가 완성한 『비전』의 체계는 허무맹랑한 상상의 세계를 역사와 과학의 사실 세계에 결부시킨 객관성이 결여된 그 특유의 일종의 도그마이다. 그는 로마 문명이나

---

39) Brooks, *Modern Poetry and the Tradition*, p. 176에서 재인용.
40) 위의 책, p. 175.
41) 위의 책, pp. 175~76에서 재인용.

기독교 문명과 같은 역사적 사실과 달의 기울고 차는 천문학적 지식
과 그리스 신화의 인물들과 만유 이원론의 철학 사상 등을 그의 상상
속에서 교묘히 관련지어서 초자연의 세계와 자연 세계의 유기적 질
서를 해석해보고자 한 것이다. 만일 그가 초기적인 환상 세계에만 의
존하여 시를 썼더라면 그는 블레이크의 아류에 머물러 '떠도는 잉어
스' 요정(妖精)들의 세계만을 좇는 현란한 잠꼬대나 읊었을 것이고,
반면 그가 우주와 인간 질서를 과학과 역사적 사실로서만 파악하였
더라면 그는 「나는 너의 주」에서 말한 소위 "언변에 능한 사람
rhetorician"이나 되었을 것이다. 그러나 그는 그 두 차원의 세계가
시인에게 모두 필요할 뿐 아니라 그것이 유기적인 맥락을 이룬다고
생각한 것이다. 그 맥락을 짓는 데 있어 다이몬이라든지, 세계령
*Spiritus Mundi*이라든지, 일각수 *Unicorn* 같은 원형적인 이미지를 끌
어들인 것은 그가 오랫동안 심령술에 관여한 결과이고, 그 때문에 그
의 시가 인류학적 차원에서 보편성을 지니게 된 이유라 할 수 있다.

　예이츠가 『비전』을 통하여 시도한 체계화의 작업은 체계화 그 자체
가 논리적 타당성을 얻을 수는 없다. 그 타당성은 다만 그의 시세계
의 차원에서 논할 수 있을 뿐이다. 즉, 그는 이 저술을 통하여, 많은
역사적 사건과 인물들을 상상적인 차원과 현실적인 차원에서 동시에
만족할 수 있는 상징으로 바꾸어 고정시키는 일을 한 것이라고 할 수
있으므로, 그 체계로 말미암아 그의 상상의 세계와 현실의 세계가 밀
착할 수 있는 근거 같은 것이 마련되었다고 할 수 있다. 그 근거의 이
미지로 제시한 가이어 *gyre* 같은 것이 비록 예이츠가 창안해낸 것이
아니고 이미 스베덴보리 Swedenborg나 블레이크에게도 유사한 이미
지가 있었다 하더라도, 그 자신이 말하고 있는 바와 같이, 그들의 것
은 어디까지나 비유에 불과했지만, 거기에 역사의 움직임이나 현실
적 남녀를 적용시킨 것은 그가 최초였다 할 수 있으니, 그 점에서 『비
전』의 독창성과 그 진가를 인정할 수 있다.

예이츠의 귀족주의적 미학

　예이츠는 1931년, 즉 그의 나이 66세 때에 쓴 「쿨 장원과 밸릴리 탑 1931 Coole Park and Ballylee 1931」이라는 시에서 침착하고 품위 있는 어조로 자기 말년의 주거지 주변을 회고조로 묘사하면서 그 마지막 연에 이르러 다음과 같이 말하고 있다.

> 우리는 마지막 낭만주의자들이었다——우리의 주제는
> 전해 내려오는 고결함과 아름다움,
> 시인들이 민족의 책이라고 이름한 것에 씌어진 것들,
> 인간의 마음을 가장 복되게 하고
> 시격(詩格)을 높인 것들.
> 그러나 모든 것이 바뀌었다, 저 준마의 안장에는
> 옛날 호머가 올라앉았었건만, 지금은 타는 이 없고,
> 그곳엔 백조가 저물녘의 물 위를 떠돌 뿐.

> We were the last romantics——chose for theme
> Traditional sanctity and loveliness;
> Whatever's written in what poets name
> The book of the people; whatever most can bless
> The mind of man or elevate a rhyme;
> But all is changed, that high horse riderless,

Though mounted in that saddle Homer rode
Where the swan drifts upon a darkening flood.

이 시구에는 예이츠의 전후기 시를 막론하고 그의 시세계를 요약하는 말이 담겨 있어 주목하지 않을 수 없다. 그는 자기가 지금까지 전통적으로 고결한 것, 아름다운 것, 마음과 시를 고양시키는 것을 노래하였다고 말하면서, 스스로 '낭만주의자'임을 자인한다. 이러한 자인의 뒷받침을 얻지 않더라도 그를 낭만주의자라고 주장할 수 있는 요소는 얼마든지 있다. 그러나 '로맨틱'이란 말이 특히 금세기에 들어와서 너무 부정적으로 쓰이는 경향이 많아서 필자는 시인의 자인에도 불구하고 그를 낭만주의자라고 부르지 않고, 차라리 '귀족주의자 the aristocratic'라고 부르고자 하는 것이며, 이 시구를 논지의 거점으로 삼아 그의 귀족주의적 미학의 전개 양상을 더듬어보고자 하는 것이다.

예이츠가 시에서 전통적인 것, 품위 있고 아름다운 것을 추구하게 된 내력에는 그의 성장과 가문의 영향이 큰 것으로 생각이 된다. 그의 가문은 적어도 한 2백 년 동안 아일랜드에서 살아온 명문 가정이었고, 그의 조부나 증조부는 모두 훌륭한 학자이고 성직자로서 하인을 여러 명 거느리고, 전통적인 '18세기 집'에서 우아하고 근엄한 생활을 한 "대단한 인간적인 매력과, 탁월한 지성, 그리고 기품 있는 매너"[1]를 지닌 인물들이었다. 시인의 아버지 존 예이츠 John Butler Yeats는 화가이며 저술가이고 철학자로서 훌륭한 사람이었으며, 그 친구 중에는 18세기 영문학의 권위자인 에드워드 다우든 Edward Dowden 교수, 아인슈타인의 선배 과학자였던 조지 피츠제럴드 George Fitzgerald, 전 토리당 지도자 아이삭 버트 Issac Butt 등 저명 인사들이 있었다. 한편 외가인 폴렉스펜 Pollexfen 집안은 해운업으로

---

1) Joseph Hone, *W. B. Yeats* (London: Macmillan, 1965), p. 9.

대성한 부유한 가정이면서 동시에 "시상(詩想)과 시적 감정의 소재가 풍부한" 집안이었다. 이 두 집안은 아일랜드의 토족들로서 이들 양가의 친척들이 살고 있는 슬라이고 지방의 씨족 사회는 예이츠의 어린 시절의 기억 속에 깊이 박혀 있어, 그는 조부를 곧 신으로 착각했었다고 회상록에 쓴 일까지 있다.

예이츠는 어린 시절을 회상하면서, 자기 집안이 훌륭한 가문이란 말을 들은 것을 밝히고, 대고모 great-aunt 인 메어리 예이츠 Mary Yeats의 가정에서 이 집안의 고풍의 세련미 있는 가풍을 본 기억을 다음과 같이 묘사하고 있다.

　　슬라이고 지방 이발사인 쟈니 맥거크 Johny Macgurk는 내게 "예이츠 집안의 분들은 모두가 품위있는 분들이었다"고 말하였다. 대고모님에게서는 내력 있는 가풍이 풍겼었다. 그 댁의 식사용 나이프들은 수없이 닦아서 단검처럼 모두 끝이 뾰족해져 있었고, 또 예이츠 집안의 가훈과 가문(家紋)이 새겨진 제임스 James 1세 시대의 작은 크림통이 있었으며, 식당 벽난로 위에는 메어리 버틀러라는 분과 결혼한 고조 할아버지가 쓰시던 은으로 만든 컵이 있었다. 그 은컵에는 버틀러가의 가문이 새겨져 있었고, 1534년 … 이라고 새겨진 당시에도 이미 오래된 것이었다. 수세대를 내려온 그것의 역사가 세월에 바래서 누렇게 된 한 장의 종이에 적혀 그 안에 들어 있었던바, 후에 어떤 방문객이 파이프에 불을 붙이느라고 그 종이를 꺼내 버렸다.[2]

이러한 전통과 과거 찬미적인 환경에서 자란 예이츠는 그의 평생을 통하여 그러한 과거 지향적인 취미 속에서 살게 마련이었다. 그는 아일랜드의 전설과 민담과 신화에 흥미를 느끼고 전통적이고 토속적인 아일랜드인 고유의 문화 유산에 끌리게 되었다. 예이츠는 자기가

---

2) W. B. Yeats, *Autobiograghies* (London : Macmillan, 1956), pp. 19~20.

아일랜드의 문화와 역사와 문학에 깊은 애착을 가졌던 점을 다음과
같이 진술하고 있다.

　　우리는 아일랜드의 것이라고 알려진 것, 특히 아일랜드의 문학과 역
사에 관한 것을 모두 논하곤 했다. 우리에겐 게일어가 없었다. 그러나
우리는 영어로 시를 쓴 아일랜드 시인들에게 경의를 표하고, 이야기를
할 때는 그들을 인용하였다. …나는 내심 그것들 대부분은 글이 신통
치 않다고 생각했으나 그들에게 얽힌 로맨스나 아일랜드의 시에 대한
열망 같은 것이 우리 마음속에 있었기 때문에 나는 내 자신에게만이
아니라 남들에게도 그들 대부분이 혹은 거의 모두가 시를 썩 잘 썼다
고 늘 말하였다. 나는 셸리와 스펜서를 읽었으며, 지금은 내가 그다지
싫어하지는 않게 된 전원시극에 그들의 스타일을 조화시켜 보고자 했
지만 셸리나 스펜서가 그들만큼 감동을 주지는 못했다고 생각한다.[3]

이 무렵은 아일랜드 문예 부흥 운동이 한창 진행되던 때이라, 아일
랜드의 민속과 역사와 문학의 저술이 손쉽게 입수되어 그는 이미 10
대에 그 방면의 책을 읽고 듣고 했었다고 한다.

　　그〔스탠디시 오그레디 Standish O'Grady〕의 미완성 『아일랜드 역사
History of Ireland』에서, 그는 피온 Fion, 아신 Oisin, 쿠후린 Cuchulain
등의 옛 아일랜드 영웅들을 다시 살아나게 하였다. 내가 생각하기에는
그가 게일어를 몰랐을 것이니까 오커리 O'Curry 나 그 유파의 재미없
는 책에서 그 인물들의 얘기를 끌어다가 호머가 했음직한 방식대로 요
약하고 재정리하였을 것이다. 그레고리 부인도 똑같은 이야기들을 들
려주었지만…, 오그레디가 최초였고, 우리는 10대에 벌써 그의 책을
읽었다.[4]

---

3) W. B. Yeats, *Essays and Introductions* (New York: Macmillan, 1961), p. 3.
4) Yeats, *Autobiographies*, p.221.

여기에서 언급한 것은 1878년에 나온 오그레디의 『아일랜드 영웅 시대의 역사 *History of Ireland's Heroic Period*』를 말하는 것이고, 이 책 이외로도 아일랜드의 전설과 문학을 수집한 책으로는 1860년대의 조지 시거슨George Sigerson의 『먼스터의 시인과 시 *Poets and Poetry of Munster*』가 있고, 같은 저자가 1897년에 펴낸 『게일과 골의 음유 시인들 *Bards of the Gaelic and Gall*』, 1893년의 더글러스 하이드Douglas Hyde의 『코노트 연애 시집 *Love Songs of Connacht*』 등이 있다. 이 책들은 게일어 고유의 운율과 문맥을 최대한 살려가며 번역한 아일랜드 문학의 보전(寶典)들로서 예이츠의 시에 미친 영향이 크다.

전통과 민족에 깊이 뿌리박은 어린 시절의 품위 있는 생활과 독서에서 얻은 교양은 그의 문학을 결정적으로 그런 방향으로 전향시켰다고 할 수 있다. 그의 시에 다루어진 많은 인명들은 모두가 아일랜드의 역사와 전설 속의 혹은 현존의 인물들로서, 그들은 영웅이고, 지도자이고, 명사이고, 전설상의 신화적 인물들이다. 코누하 Conchubar, 쿠후린 Cuchulain, 캐들린 Cathleen, 엠메트 Emmet, 한라한 Hanrahan, 올리어리 O'Leary, 존 싱 John Synge, 파넬 Parnell, 폴렉스펜 Pollexfen 등이 그런 인물들이다. 이들뿐 아니라, 그의 시에 나오는 기타의 전설상의 혹은 실존의 인물들은 모두가 어떤 면에서 그의 귀족적 미학에 부합되는 인물들이다.

그가 독서나 전설에서 접한 인물들뿐만이 아니라 일상 생활에서 깊이 정신적인 교류를 가진 주변의 인물들도 모두가 그에게 귀족적인 것에 대한 매력을 준 사람들이었음을 알 수 있다. 그 대표적인 경우가 그레고리 부인과 모드 곤이다. 이 두 여인은 시인의 생애와 문학에 크게 영향을 미친 중요한 인물들로서 그의 문학을 이해하는 관건을 이룬다. 그레고리 부인은 애비 극장을 창립하여 아일랜드 연극 부흥의 중추적 역할을 한, 아일랜드 연극의 어머니라고 불리는 인물인데, 그녀의 대부분의 극작품은 아일랜드 토착민의 선량하고 소박함을 품위 있는 유머로 다루었거나, 아일랜드 전통을 다룬 사극들이

그레고리 부인: 사진, 1911

다. 이러한 문학 활동뿐 아니라 질서와 품위를 주장하는 그녀의 사상[5]과, 특히 인간과 자연의 조화를 잘 나타내는 그녀의 생활 환경은 예이츠를 매혹시킨 것이다. 예이츠가 자주 방문하여 함께 생활한 그레고리 부인의 저택 쿨Coole은 여러 세대에 걸치는 인간의 생활과 정신의 자취가 숲과 전답 같은 저택 주변에 드러나 있을 뿐 아니라, 조각과 미술품과 가구와 고전 서적들로 가득 찬 서재에서 그것을 엿볼 수 있는 장소여서, 여기에서 시인은 어릴 때 슬라이고의 할아버지댁에서 본 정원이 있는 정교한 시골 저택을 상기할 수 있었고, 자연의 아름다움과, 새나 나무처럼 자연스럽고 꾸밈없는 하인들의 노동이 잘 조화된 생활을 다시없이 즐기게 되었다.[6]

한편 예이츠의 생애와 문학에 큰 파문을 일으킨 모드 곤은 절세의 미인이었던 것으로 전해지고 있다. 엘먼은 그녀를 "183센티미터의 키에 아일랜드 절세의 미인이었던 이 여자는 여신다운 자태와 완전하면서 매력이 넘치는 용모를 지녔었다"고 극찬하였다.[7] 그러나 예이츠가 본 그녀는 그의 시에 자주 상징적으로 표현된 바와 같이 헬렌Helen과 같은 여인이어서 그는 그녀의 관능미보다는 그 고전미에 마음이 끌렸을 것으로 짐작할 수 있다. 그녀는 궁중 같은 분위기에서 성장하여 정치 운동가라기보다 고대 문화의 체취가 짙은 여인이었던 점이 특히 시인의 마음을 사로잡았던 것이다. 그는 그녀가 아름답기만 한 것이 아니라, 그녀에겐 아일랜드 전통 세계와 그리스 예술 세계를 동시에 생각하게 하는 것이 있었다고 다음과 같이 술회하고 있다.

사람들은 그녀가 단지 아름답기 때문이 아니라, 그녀의 아름다움이

---

5) David Daiches, *Poetry and the Modern World* (Chicago: University of Chicago Press, 1940), p. 160. "우리는 아일랜드에 존엄성을 부여하기 위하여 일한다"라는 말은 그레고리 부인이 즐겨 쓰던 말이다.

6) Hone (1965), p. 140.

7) Richard Ellmann, *Yeats: The Man and the Masks* (New York: Dutton, 1958), p. 102.

즐거움과 자유를 나타내주기 때문에 그녀가 시키는 대로 했다. 뿐만 아니라 그녀의 아름다움 속에는 게일의 이야기와 시들에 친숙한 사람들의 마음을 감동시킬 만한 요소가 있었다. 왜냐하면 그녀는, 정신적이든 육체적이든 모든 우수한 것이 공중 의식(公衆儀式)의 일부였던 고대 문명 속에 살고 있는 듯이 보였기 때문이다. …흰칠한 키 때문에 더욱 돋보이는 그녀의 용모는 당장 사람들을 매혹시킬 수가 있었다. …왜냐하면 그녀의 용모가 놀랍도록 특출했기 때문이다. 그리고 그녀의 얼굴이 그리스 조각처럼 별로 생각을 나타내지 않아도 온몸이 오랜 사색의 진통을 드러낸 걸작품 같았다. 그것은 마치 스코파스 같은 사람이 아르테미시아의 묘지 석상이라도 영원한 기준으로써 압도할 수 있을 정도로 이집트의 현인들과 바빌론의 수학자들과 협력하여 측정하고 계산한 것 같았다.[8]

예이츠는 그녀에게서 그가 추구하는 아름다움이 완벽하게 구현되어 있는 것을 보았다. 즉, 그는 그녀를 귀족적인 미덕의 상징으로 보았던 것이다.

예이츠에게 있어 귀족주의적 아름다움의 이상은 본질적으로 우아하고 안정되고 고풍스럽고 조화 있고 전통적인 구체적 생활 양식을 의미하는 것이며, 그런 생활 양식에서 오는 덕목으로서는 자유 · 관용 · 긍지 · 이지 · 고매 같은 것을 열거할 수 있다. 예이츠는 현대 아일랜드 민족이 지녀야 할 이상으로서 옛날부터 내려오는 4대 덕목 "첫째 친구간에 정직하고, 둘째 적 앞에서 용감하며, 셋째 약자에게 관대하고, 넷째 항상 정중하며 공손할 것"[9] 등을 열거한 일도 있다. 그는 이러한 덕목으로써 아일랜드의 과거의 생활을 현재에 살리고자 했던 것이다.

예이츠는 이 세상에서 아름다운 것을 만드는 사람들의 세 가지 유

---

8) Hone, *W. B. Yeats*, pp. 154~55.
9) Ellmann, *Yeats: The Man and the Masks*, pp. 113~14에서 재인용.

형이 있다고 다음과 같이 설명한다.

세 가지 유형의 사람들이 모든 아름다운 것들을 만들어왔다. 귀족들은 세상에서 그들의 위치가 삶의 두려움을 초월할 수 있게 해주기 때문에 아름다운 예의 범절을 만들었고, 시골 사람들은 잃을 것이 아무 것도 없으므로 두려워할 이유가 없어 아름다운 이야기들과 믿음을 만들었으며, 예술가들은 조물주가 그들을 무모하도록 만들었기 때문에 여타의 아름다운 것들을 만들었다.[10]

아름다운 것을 만드는 이 세 유형의 인간들, 즉 귀족과 시골 사람들과 예술가들은 각각 별개가 아니라 사실상 예이츠의 이상의 나라의 같은 시민들이다. 이들이 만들어내는 좋은 습성과 아름다운 전설과 예술은 존엄성 내지는 고결함이라고 할 수 있는 것이며, 그것을 시에서 추구하고 시 자체로 구현한 것이 예이츠의 문학이다.

예이츠가 생각한 아름다운 것이란 그것이 완전하고 조화된 것을 의미한다. 그러니까 그가 생각한 바에 의하면 귀족다움은 아름다움이며 아름다운 것이 곧 완전한 것이란 공식이 성립된다. 그 완전한 아름다움을 구현하는 인물들로선 앞서 언급한 바와 같이 모드 곤이 제일가는 귀족이었을 것이다. 그녀는 키가 크고 얼굴은 그리스의 조각품처럼 아름다우면서, 한편 사상과 교양이 완숙의 경지에 이른 조화의 의미를 지닌 여인이었다. 거기에다, 잔다르크에 비길 만한 불 같은 애국심과 행동력을 겸비한 여인이었다. 그레고리 부인도 그 생활과 사상이, 생각과 행동이, 전통과 현실이 잘 조화된 여인이었다. 그 다음으로 그에게 귀족적인 이상을 상징하는 인물은 로버트 그레고리였을 것으로 생각이 된다. 시인은 제1차 세계 대전에서 전사한 이 젊은이를 "우리의 시드니, 완전한 인간 *Our Sidney and our perfect*

---

10) Yeats, *Essays and Introductions*, p. 251.

man"이라고 부른다. 그리고서 "그는 군인이요, 학자요, 기마수였다./그리고 그는 모든 것을 피력하여 세상의 기쁨이 되게 하는/열정이 있었다"[11]라고 그가 완전인이었음을 부연해서 노래했다.

예이츠는 자기가 이상으로 하는 귀족의 상을 곧은 사람 *upstanding man*이라고 표현한 일도 있다. 그는 곧은 사람은 긍지 *pride*를 지닌 사람이라 했고, 긍지란 명분이나 국가와 같은 책임에 구속받지 않으면서 노예도 폭군도 아닌 자유인의 기상으로 해석하고 있다. 이러한 긍지를 가진 자유인의 의연한 자세를 다음과 같이 아름다운 시구로 표현하고 있다.

> 쏟아지는 햇빛이 퍼질 때의
> 아침의 긍지,
> 전설로 전해지는 풍요의 뿔의 긍지,
> 모든 강물이 마를 때
> 갑자기 퍼붓는 소나기의 긍지,
> 백조가 꺼져가는 미광을 응시하며,
> 번들번들 빛나는 강물의 끝인
> 넓은 물줄기까지
> 둥실둥실 떠내려와서
> 최후의 노래를 부르는
> 그 마지막 시간의 긍지.

> Pride, like that of the morn,
> When the headlong light is loose,
> Or that of the fabulous horn,
> Or that of the sudden shower
> When all streams are dry,

---

11) "In Memory of Major Robert Gregory," IX, ll. 6~8.

Or that of the hour
When the swan must fix his eye
Upon a fading gleam,
Float out upon a long
Last reach of glittering stream
And there sing his last song.[12]

「탑 The Tower」제Ⅲ부에서 시인이 세상에 유언을 남기는 심경으로 쓴 이 시구는 분명히 자기가 평생 지녀온 이상적 인간상을 말하고 있는 것처럼 들린다. 예이츠가 생각한 귀족의 개념에는 반드시 어떤 선택된 부류의 인간만이 아니고, 농민들과 가난한 사람, 심지어 거지들까지도 포함되는 것이 특이하다. 그가 마음속에 그려본 아일랜드의 미래상은 영국과 같은 '대공업국'이 되는 것이 아니라, 가난한 사람이 없는 농업 국가였고, 인간들의 완전한 생활은 자동차 소리가 요란하고 굴뚝에서 연기를 내뿜는 곳에서 이루어지는 것이 아니라, 농부들이 밭갈이하고 씨뿌리고 가을걷이하는 곳에서 이루어진다고 생각했다.[13] 그는 노동은 자연과의 조화를 가져오는 길이라고 생각했고, 위대한 예술은 추구하는 바가 귀족적이어야 하지만, 뿌리는 인민 속에 내려 있어야 한다고 생각했다. 즉, 우리의 행동이나 말이나 노래는 대지와 접촉되어야 한다고 생각했고, "귀족과 거지의 꿈 dream of the noble and the beggar-man"[14]을 표현하고자 한 것이 결국 자기의 예술이었다고 말하고 있다.

그러니까 그가 문학에서 추구한 귀족주의적 미학은 부르주아적이란 뜻이 아니라 아일랜드의 전통과 농민의 생활과 밀착된 토착적인 아름다움의 추구이다. 그는 부르주아 계층에 대해서보다는 오히려

---

12) "The Tower," III, ll. 14~24. p. 223.
13) Ellmann, *Yeats: The Man and the Masks*, p. 113.
14) "The Municipal Gallery Revisited," VI, 1. 8.

거지들에게 애정을 느낀다. 그가 쓴 일련의 거지시 *beggar-poems*들은 그것을 말한다. 「세 사람의 거지들The Three Beggars」「거지가 거지에게 외쳤다Beggar to Beggar Cried」「새벽이 되기 전 시간The Hour before Dawn」 등에서 시인은 돈은 모든 악의 원천이고, 거지들은 물욕과 집착 때문에 거지가 되었다는 것을 우화의 형식으로 보이면서, 역설적으로 그들은 아무것도 소유하지 않음으로써 자유롭고 인간의 본질에서 멀어져 있지 않음을 보여주고 있다.

농민이나 거지에게 대하는 자세와는 대조적으로 예이츠는 중산 부유층에 대해서는 분노의 감정을 가지고 그들을 경멸한다. 그것은 그들이 목적보다는 수단에 집착하여 중심적 가치를 모르고서 방황하기 때문이다. 그들은 예술의 가치를 실용적인 표준으로 해석하고 가치 있는 것을 두려워하거나 오히려 증오한다고 다음과 같이 말한다.

그들은 꽃보다 줄기를 더 좋아하고, 교훈을 주기 위하여 그림이나 시가, 아이를 낳기 위해서 사랑이, 바쁜 사람들이 쉴 수 있도록 극장이, 분주한 사람이 계속 분주하도록 휴일이 존재한다고 믿는다. 그들은 늘 자체로서 가치를 지닌 것들을 두려워하고 심지어 증오하기까지 한다. 왜냐하면 그 가치는 말하자면 불처럼 갑자기 (세상이 암호나 상징으로 표현되어 있는) '생명의 책'을 불태워버릴지도 모르기 때문이다. 무엇보다도 그들은 존경이 가지 않는 기쁨과 도움이 되지 않는 슬픔을 두려워한다.[15]

부르주아지에 대한 시인의 통렬한 공격과 그 이유는 다음 시에 잘 드러나 있다.

그대들은 철이 나고서도,

---

15) Yeats, *Essays and Introductions*, pp. 251~52.

기름때 묻은 돈궤나 더듬어
푼돈에 푼돈을 보태고
떨리는 기도를 되풀이하며,
급기야 골수를 말려버릴 필요가 뭐냐.
인간은 기도하고 돈 모으도록 되어 있긴 하지만.
낭만적인 아일랜드는 죽어 없어졌다,
그것은 올리어리와 함께 무덤 속에 있다.

What need you, being come to sense,
But fumble in a greasy till
And add the halfpence to the pence
And prayer to shivering prayer, until
You have dried the marrow from the bone?
For men were born to pray and save:
Romantic Ireland's dead and gone,
It's with O'Leary in the grave.[16]

이 시에서 "그대들은 철이 나고서도"의 '그대들'은 아일랜드의 신
흥 중산층이다. 시인은 그들이 기름때 묻은 돈궤나 더듬고, 기도하면
서 돈 모으는 사람들이라고 신랄하게 비난하면서, 귀족적인 아일랜
드 전통은 애국자이고 민족주의자인 올리어리와 더불어 사라져버린
것을 서글퍼한다. 시인에게 비친 아일랜드의 중산층은 가문의 전통
도 없고 물질 세계만을 알고서 성직자의 권위나 휘두르는 물욕의 화
신들이었다. 시인은 이런 속물들이 판을 치는 세상에서 그들에 대한
증오심을 그 안티테제인 귀족에 대한 흠모의 마음으로써 표현하기도
했다. 「어떤 망령에게 To a Shade」도 그런 종류의 시로서, 시인은 죽

---

16) "September 1913," ll. 1~8.

은 아일랜드 애국자의 망령에게 현대의 아일랜드에 나타나느니보다 차라리 무덤 속에 들어가 있는 것이 나을 것이라고 충고한다.

예이츠가 추구한 귀족적인 아름다움은 그의 시에 참으로 황홀하고 아름다운 이미지로 구현되어 있다. 「나의 딸을 위한 기도A Prayer for My Daughter」에서 시인은 자기의 어린 딸이 자라서 귀족 같은 이상적인 여인이 되기를 비는 마음에서 그것을 "영원한 자리에 뿌리를 내린 푸른 월계수"의 이미지로 표현하였다. 이 시에서 시인이 제시하는 귀족적인 미의 조건으로는 이지에 치우치지 않는 고결한 심성, 외형적인 미보다는 따스한 천품, 증오심과 교만이 없는 마음의 평정, 관습과 예의바른 생활 등이다. 이러한 덕성은 그것을 통하여 영혼이 근본적인 순수를 되찾는 길이고 그것은 곧 영혼이 "스스로 즐거워하고" "스스로 진정하고" "스스로 놀라는" 길이라고 하였다. 이 푸른 월계수의 이미지는 「학교 아이들 사이에서Among School Children」에서의 "뿌리박고 위대하게 꽃피는 자 a great rooted blossomer"의 이미지와 같은 표현으로서 그것은 하나의 조화의 표상이다. 예이츠는 전통적인 이원론적 갈등의 해결책을 변증법적 통합의 양상에서 찾았다. 그러나 그 통합은 초월적인 것이 아니다. 영혼과 육체의 대립 갈등은 피할 수 없는 인간의 숙명이므로, 그 조화와 균형에서 마음의 안정과 예술적 미가 얻어지는 것으로 생각했다.

> 활동이 꽃피고 춤추는 그곳에선
> 영을 즐겁게 하기 위하여 육체는 상처입지 않는다.
> 미(美)는 자체의 실망에서 나오는 것이 아니고,
> 흐린 눈의 지혜는 철야 공부에서 나오지 않는다.
> 아, 밤나무여, 뿌리박고 위대하게 꽃피는 자여
> 너는 대체 잎이냐, 꽃이냐, 아니면 줄기냐.
> 아, 음악에 따라 흔들리는 육체여, 아, 빛나는 눈빛이여,
> 우리가 어떻게 무용수와 무용을 구별하겠는가.

400

Labour is blossoming or dancing where
The body is not bruised to pleasure soul,
Nor beauty born out of its own despair,
Nor blear-eyed wisdom out of midnight oil.
O chestnut tree, great rooted blossomer,
Are you the leaf, the blossom or the bole?
O body swayed to music, O brightening glance,
How can we know the dancer from the dance?[17]

예이츠는 이 시에서 실재 *presence*를 초월적인 존재로 보면서 그것을 동시에 우리가 현세에서 체험할 수 있는 것으로 생각했다. 그가 초기시에서 생각한 '이념의 천국'[18]은 현세와 완전히 분리된 피안의 요정의 나라이고 화원이었지만, 후기시에서는 그것을 영육이 조화를 이루는 어떤 극치의 순간에서 파악하고자 한 것이 시인의 발전이다. 그는 그것을 관습, 의례적임 *ceremoniousness*와 같은 귀족적인 전통에서 혹은 예술적 황홀의 순간에서 찾았다. 이 조화와 완전의 세계를 그는 "푸른 월계수" "뿌리박고 위대하게 꽃피우는 자" '춤' '구체 *sphere*' 등의 심벌로 표현하였다. 그러나 예이츠의 심벌들은 보들레르나 발레리 등의 심벌과는 달리 우리의 현실적 체험이 허용되는 세계인 점에서 그의 리얼리즘을 인정하지 않을 수 없다. 초기적인 작품만으로 생각하면 그는 아일랜드의 요정들의 세계에 익숙하고 초자연적인 마귀의 세계를 꿈꾸는 사람으로 생각이 된다. 그리고 후기에 와서도 일종의 무녀였던 그의 부인의 영향으로 『비전』이라는 다분히 비과학적인 환상 체계를 꾸며낸 점으로 해서 그의 시에서 리얼리즘의 결여를 지적하는 비평가들이 없지 않아 있지만, 에드먼드 윌슨

17) "Among School Children," VIII, ll. 1~8.
18) R. P. Blackmur의 말이다.

Edmund Wilson이 말한 바와 같이 초자연 현상에 대한 그의 과학적 비판 정신은 우리와 다를 바 없고, 그의 철저한 사실주의적 작가 의식과 지적 성실성이 그의 시를 위대하게 만든 요인인 것이다.[19] 즉 그는 아름답고 영원한 세계를 마음속에 꿈꾸면서도 그것이 결국 자기 기만적인 것을 깨달을 수 있을 정도로 현실 감각이 발달되어 있어서, 그런 세계를 오히려 우리의 현실에서 찾고자 한 것이다. 그러니까 어머니의 자식에 대한 기대의 이미지, 애인끼리 느끼는 영원상, 성모 마리아 앞에 촛불을 밝히는 신앙의 절대상 등 사람을 황홀하게 만드는 관념의 천국을 부인하는 것은 아니지만, 그런 것은 현실 세계에는 있지 않다는 것을 철저히 아는 사람이었다. 말하자면 "그는 한편으로는 믿지만 또 한편으로는 믿지 않는다. 그에게 있어 그(관념) 세계에 대한 믿음의 불가능은 믿지 않을래야 않을 수 없는 불가능이다. 그러나 그런 불가능은 순진한 아이가 이해하기에는 너무 슬픔으로 가득 찬 이 세상의 다른 불가능한 것들과 더불어 항시 존재한다"[20]라고 말할 수 있다. 그러니까 그가 영원상이나 조화의 상을 머리에 그릴 때에 그는 그것을 찾아 비약하지 않고, 오히려 그것을 흙과 인민 속에 뿌리박은 아일랜드 전통 사회의 고결한 정신 세계에서 찾고자 했다. 그러나 그는 현존의 혹은 전설상의 영웅과 성자들, 모드 곤, 싱, 그레고리 소령 등 신변의 구체적 인물들의 귀족적 인간상에서 황홀감을 느끼면서도 부질없는 관념의 유희를 억제하려고 한 것이다.

그를 가장 황홀하게 하는 세계는 예술의 세계이다. 예술의 세계에서 그는 조화와 영원과 완전의 기쁨을 만끽한다. 비잔티움 시편들은 이성과 예술 세계의 황홀을 노래한 시들로 해석되어야 할 것이다. 시인은 자신이 하나의 예술품이 되고 싶어서 "나를 끌어들이라,/영원한 예술의 손 안으로 gather me,/Into the artifice of eternity"라고 기원하면서 자기가 일단 이 세상을 떠날 때엔 그리스의 금공들이 만드는 금세

---

19) Edmund Wilson, *Axel's Castle* (New York: Scribners, 1931), p. 59.

20) 앞의 책, 같은 페이지.

공품 새라도 되어 비잔티움의 궁중에서 영원을 노래하고 싶다고 간절한 소망을 토로한다. 에이츠가 비잔티움 문화에 매혹된 것은 그 예술 세계 때문이다. 그는 그 세계에 동화되어 현세의 무의미를 비웃으면서 조화의 극치를 체험하는 황홀경을 「비잔티움 Byzantium」에서 다음과 같이 노래한다.

> 한밤중 황제의 포도 위에 불길이 난다.
> 나무로도 부싯돌로도 불붙일 수 없는 불길—
> 폭풍에도 꺼지지 않는, 불길에서 나타난 불길.
> 거기에 피에서 생긴 영들이 나타나고
> 모든 격정의 분규는 사라져 없어진다.
> 하나의 춤으로 화하여
> 극치의 황홀로
> 소매 하나도 태울 수 없는 불길의 극치로 되어.

> At midnight on the Emperor's pavement flit
> Flames that no faggot feeds, nor steel has lit,
> Nor storm disturbs, flames begotten of flame,
> Where blood-begotten spirits come
> And all complexities of fury leave,
> Dying into a dance,
> An agony of trance,
> An agony of flame that cannot singe a sleeve.[21]

현세라고 하는 이 가치 없고 의미 없고 순간적인, 단지 분규에 불과한 소용돌이 속에서 그래도 인간을 황홀하게 만드는 것은 우리가

---

21) "Byzantium," 11. 1~8.

체험하는 천국의 비전이다. 찰나 속에 느끼는 영원, 무질서 속에서 보는 조화의 기쁨을 시인은 "비극적 환희 *tragic joy*"라고 표현했고, 그 비극의 절정의 순간에 슬픔과 공포는 기쁨으로 바뀐다고 하였다.

희열이 모든 두려움을 변형시킨다.
사람은 누구나 추구하고, 얻고, 잃어왔다.
암전(暗轉). 머릿속에 번뜩이는 천국.
여기에서 비극이 절정에 이른다.

Gaiety transfiguring all that dread.
All men have aimed at, found and lost;
Black out; Heaven blazing into the head;
Tragedy wrought to its uttermost.[22]

주로 비극적 환희를 노래한 그의 대표작 중의 하나인 「옥돌 Lapis Lazuli」에서 예이츠는 예술만이 현실적 고통을 초극할 수 있고, 예술의 세계는 곧 기쁨의 세계임을 옥돌의 표면에 조각된 3명의 중국 노인을 보면서 다음과 같이 노래하고 있다.

…나는 [그 중국인들이 거기로 올라가다가,]
어딘가에서 쉬고 있다고 상상하니 즐겁다.
거기에서, 그들은 산이나 하늘을,
또는 비극의 장면을 응시한다.
한 사람이 슬픈 가락을 청하니
능숙한 손가락이 연주하기 시작한다.
주름살투성이 얼굴에서 눈은, 그들의 눈은,

---

22) "Lapis Lazuli," ll. 17~21.

404

그들 노년의 번쩍이는 눈은, 즐겁기만 하다.

…and I

Delight to imagine them [three Chinamen] seated there:
There, on the mountain and the sky,
On all the tragic scene they stare.
One asks for mournful melodies:
Accomplished fingers begin to play.
Their eyes mid many wrinkles, their eyes,
Their ancient, glittering eyes, are gay.[23]

나는 지금까지 예이츠의 귀족주의적 미학은 조화와 안정과 영원상
의 추구이며, 그것을 예술에서 추구할 때에 그는 환희의 절정에 도달
한다고 주장하였다. 예이츠가 보는 영원상이나 거기에서 느끼는 환
희는 사실상 예술가들에게 공통되는 것으로 생각이 된다. 특히 비전
의 시인들인 윌리엄 블레이크, 헨리 본 Henry Vaughan, 엘리엇 등에
서 꼭같은 장면을 많이 대할 수 있다. 엘리엇은 예이츠와 더불어 20
세기 영시단의 양대 산맥을 이루는 최고 시인이지만 두 사람의 시에
는 유사점보다는 차이점이 더 많다. 누구나 인정하겠지만 엘리엇을
모더니스트라고 한다면 예이츠는 상징주의자 내지는 낭만주의자이
다. 전자를 도시적인 현대 시인이라고 한다면 후자는 그렇게 주장하
기가 매우 곤란한, 말하자면 전통시인이고 고전적인 시인이다. 그러
면서 두 시인이 다루는 영원의 세계에 대한 비전의 장면은 거의 같을
정도이다. 예이츠가 그 세계를 장미나 무용의 심볼로 제시한 것과 같
이 엘리엇도 '장미원 rose-garden'이나 '무용 dance'의 심볼로 표현하
였다. 다음 엘리엇의 「번트 노턴 Burnt Norton」의 한 장면은 「비잔티

---

23) "Lapis lazuli," ll. 51~56.

움」과 아주 흡사한 비전의 세계이다.

> 회전하는 세계의 정지하는 일점에. 육(肉)도 비육(非肉)도 아닌
> 그곳으로부터도 아니고 그곳을 향하여서도 아닌, 정지점 거기에 춤
>   이 있다.
> 정지도 운동도 아니다. 고정이라고 불러선 안 된다.
> 과거와 미래가 합치는 점이다. 그곳으로부터 또는 그곳을 향한 운동
>   도 아니고,
> 상승도 하강도 아니다. 이 점, 이 정지점 없이는
> 춤은 없다. 거기에만 춤이 있다.
> 나는 거기에 우리가 있었음을 말할 수 있을 뿐이다. 그러나 어딘지
>   는 말할 수 없다.
> 그리고 얼마 동안이라고 말할 수도 없다. 그것은 그곳을 시간 안에
>   두는 것이기 때문이다.

> At the still point of the turning world. Neither flesh nor fleshless;
> Neither from nor towards; at the still point, there the dance is,
> But neither arrest nor movement. And do not call it fixity,
> Where past and future are gathered. Neither movement from
>   nor towards,
> Neither ascent nor decline. Except for the point, the still point,
> There would be no dance, and there is only the dance.
> I can only say, there we have been: but I cannot say where.
> And I cannot say, how long, for that is to place it in time.

이 "정지점 *still point*"의 장면을 「비잔티움」의 "숨결도 없는 초인 *breathless superhuman*"의 이미지와 비교해보면, 두 사람의 시에서 전자의 경우는 구어체 리듬과 역설을 주무기로 하는 지적인 신랄성이

두드러지고, 후자의 경우는 전통적인 운율 구조를 갖춘 당당하고 위엄 있는 문체가 특징일 뿐 그 시세계는 다를 바 없는 것을 알 수 있다. 시를 다루는 솜씨가 다르고, 하나는 기독교 전통 위에 서 있고 하나는 원시 비교(秘敎)의 전통 위에 서 있으면서도 두 사람이 어떤 초월적인 체험에서 황홀을 느끼는 점은 꼭 같다. 그래서 두 시인이 다 같이 상징 시인이라고 혹은 낭만주의의 전통 위에 서 있다고 말할 수 있는 것이다.

예이츠와 엘리엇보다는 예이츠와 블레이크가 체질적으로 더 가깝다는 것으로 인정되고, 그들의 비교 연구가 많이 이루어지고 있다. 두 사람은 다 같이 비전의 시인이고 상징성이 강한 시를 썼지만 예이츠는 블레이크에 비하면 훨씬 견실하다는 것이 나의 주장이다. 예이츠의 초기시만 보더라도 그것은 다분히 환상적이고 신비적이지만 결코 블레이크와 같이 순수 추상적이라고 말하긴 어렵다. 지금까지 내가 주장한 이론으로써 설명하자면 예이츠는 우아하고 전통적이고 고상한 세계를 장미나 신화적인 인물을 통하여 추구하고 동경한 것이니 말하자면 그의 귀족적 이상이 전 라파엘파의 전통과 켈트적 신비주의와 결부된 것이라고 말할 수 있다. 그의 초기시는 그 소재가 크게 나누어서 전 라파엘파적인 것, 아니면 신화적인 것들이다. 그 전 라파엘파적인 자연 환경은 낭만적인 청년 시인이 동경할 수 있는 이상향이고, 아일랜드의 신화와 전설에서 따온 쿠후린, 퍼거스, 아신, 기타의 인물들은 왕이거나 영웅이거나 음유시인 같은 귀족적인 상징 존재들이다. 초기시에서 그가 추구한 전 라파엘파적인 세계와 관념적 인물들은 우리가 도달할 수 없는 비현실적인 대상이어서 확실히 낭만적이지만, 그것은 반드시 "낭만적 도피"[24]만은 아니고, 조화 있고 안정된 세계에 대한 노스탤지어의 표현으로 보아야 할 것이다. 그 좋은 예가 「이니스프리 호도(湖島) The Lake Isle of Innisfree」의 경우

---

24) T. E. Hulme의 말이다.

이다. 시인에게 있어 이니스프리라는 작은 섬을 중심으로 한 어린 시절의 아일랜드의 자연은 아담하게 정돈된 이상적인 생활 양식이다.

　그러니까 예이츠는 블레이크와 같이 막연한 충동에 이끌려 제한 없이 상상의 날개를 펼친 것이 아니다. 잡화상의 아들로 태어나서 시장 원예사의 딸을 아내로 맞이하여 주로 환상적인 그림을 그렸던 블레이크가 추구한 리얼리티는 아일랜드의 민족과 전통과 엘리트적인 가문을 배경으로 한 예이츠가 추구한 그것과 흡사하되 결코 같지는 않다. 블레이크는 자기가 추구하는 리얼리티를 '진실'이니 '순수' 같은 이미지로써 제시하지만, 그것은 그야말로 순수하고 추상적이고 막연한 것이다. 그에 비하여 블레이크의 영향을 크게 받은 것으로 자타가 인정하는 예이츠의 경우를 보면, 같은 말이지만 그가 말하는 순수는 그렇게 추상적인 것이 아니다.

　　관습과 의식에서가 아니고야
　　어떻게 순수와 미가 생겨나겠는가.

　　How but in custom and in ceremony
　　Are innocence and beauty born?[25]

　여기에서 예이츠는 분명히 순수는 추상적인 것이 아니고, 전통과 생활 질서에서 생기는 고결한 미덕인 것을 밝히고 있다. 즉, 그것은 다분히 문화적이고 생활의 양식과 결부되는 것이어서 구체적이다. 블레이크는 상상의 세계를 영원하고 초월적인 것으로만 보았기 때문에 현실과는 연관이 너무나 희박하다. 그가 말하는 소위 '보잘것없는 세계 *vegetable universe*'라고 하는 현세는 순수 세계의 반대 개념일 뿐, 실세계와는 확연히 구분된다. 블레이크의 플라톤적인 실재관에

---

　25) "A Prayer for My daughter," ll. 77~78.

만족할 수 없었던 것이 예이츠의 사상이다. 예이츠는 오히려 블레이크의 '경험'과 '순수'가 공존하는 세계를 실제 세계로 보고, 그 세계를 그렇게 초월적인 것으로만 생각하진 않았다.

다음으로 나는 예이츠의 귀족주의적 미학을 그의 시법과 관련시켜 그것이 그의 시론의 핵심을 이루고 있는 점을 논하고자 한다. 본래 이 시인이 귀족적인 전통을 소중히 여겨 관습과 의례에 바탕을 둔 생활 질서와 조화 있는 품격을 이상시한 것은 생활의 절제와 규범을 높이 생각한 때문이다. 즉, 그는 무절제와 낭비와 이탈과 임기적이고 경박한 것을 싫어한 시인이다. 그가 시에 영웅과 애국자와 성자들을 끌어들이는 까닭도, 그들이 자기를 극복하고 객관적 규범에 맞는 생활을 한 사람들이기 때문이다. 즉, 그의 용어를 빌리면 그들은 '반자아 *anti-self*'에 의하여 산 사람들이다. 그는 「인간의 영혼 Anima Hominis」에서 시인들을 그런 표준으로 논하고 있다.

　…훌륭한 시인은, 아무리 무질서한 삶을 영위하더라도, 자신의 일상 생활에서조차 쾌락을 목적으로 삼지는 않는다. 존슨과 다우슨 Dowson은… 방탕한 사람들이었다. …그러나 그들은 진정한 삶을 발견하고 꿈으로부터 깨어난 사람들의 그 진지성을 견지하고 있었다. …내가 책에서 대하거나, 만난 사람 중에 감상적인 사람은 하나도 없었다. 타자아, 혹은 반자아는… 더 이상 기만당하지 않고, 정열이 곧 현실인 사람에게만 찾아든다.[26]

이 글에서 그는 낭비적이고 자기 기만적인 시인을 감상적인 사람이라고 부르고 있다. 시인은 웅변가가 되어서도 안 되고 감상인이 되어서도 안 되고 진실을 보는 사람이어야 한다고 다음과 같이 말한 일

---

26) W. B. Yeats, *Mythologies* (London : Macmillan, 1959), p. 331.

도 있다.

언변에 능한 자들은 자기 이웃을 기만하고,
감상에 빠지는 자들은 자신을 기만한다. 그러나 예술은
실상을 비춘 영상일 뿐.
보편의 꿈에서 깨어난 예술가가
이 세상에서 차지하는 몫은
방탕과 실의 이외에 무엇이 있겠는가.

The rhetorician would deceive his neighbours,
The sentimentalist himself; while art
Is but a vision of reality.
What portion in the world can the artist have
Who has awakened from the common dream
But dissipation and despair?[27]

이 시에서 예이츠는 두 종류의 기만자가 있음을 보여주고 있다.
즉, 웅변가는 남을 속이는 일종의 선전가이고, 감상적인 사람은 세계
에 대한 자기의 꿈에 속는 사람이다. 이러한 두 가지 종류의 기만과
대조가 되는 진정한 예술에서 오는 진리의 표현을 그는 강조하고 있
는 것이다. 앞에서 인용한 「나는 너의 주Ego Dominus Tuus」라는 시
는 시인의 마음이 '힉Hic'(this one)과 '일Ille'(that one)로 양분되어
상반된 두 자아가 토론을 벌이는 식으로 씌어진 시이다. 이 시에서
'일'은 시인이 현실 세계와 행동에서 초연하여 뒤로 물러나서 그것을
객관적으로 바라볼 것을 주장한다. 시인은 자기의 욕망이나 실망을
표현하거나 자기가 사는 세계를 변화시키고자 할 것이 아니라 세계

---

27) "Ego Dominus Tuus," ll. 50~55.

410

를 자기의 욕망과 싸우게 하여 그 실체를 드러내도록 해야 할 것이라는 내용을 말하고 있다. 즉, 행동이나 욕망에서 오는 미연소 상태의 충동적인 감정을 시에서 배제해야 한다고 말하는 것이다. 그의 시론에 의하면 시는 시인의 주관적인 자기 표현이 될 수 없고, 주관적인 자아와 객관적인 반자아의 "비극적 갈등 tragic war"에서 이루어진다는 것이다. '힉'은 그러나 이러한 비극적 갈등이 없이 단순히 인생의 기쁨에서 그 기쁨을 발견하고서 노래부르는 사람들이 있다고 한다. '일'은 그러한 이론을 비난하여 말하기를 실제 행동에서 인생을 즐기는 자는 부나 명성이나 권세는 얻을지언정 그들이 비록 그림을 그리고 시를 쓸지라도 그것은 예술이 되지 않고 여전히 (미연소 상태의) 행동에 불과한 것이며, 그것은 흡사 맛있는 음식 위에 모여드는 파리떼나 다름없다고 한다.

예이츠의 시가 과다한 개인적 요소의 표출인 것으로 인정되고 있지만, 그의 시론에서 그가 무절제한 자기 표현으로는 시가 되지 않고 오히려 철저한 자기 통제에 의한 반자아의 표현을 주장한 점에서 엘리엇의 몰개성의 시론과 흡사한 점을 발견할 수 있다. 결국 위대한 시인은 시의 소재로서 개인적 요소를 많이 이용하든 않든 '보편적 진리' [28]를 만들어내는 점에서는 결국 같은 것이라고 말하지 않을 수 없다.

예이츠는 냉철한 자기 성찰과 자기 억제로써 과다한 방자(放恣)를 경계한 시인이다. 그는 시인이나 극작가가 가져야 할 미덕으로서 "억제가 있어야 한다" [29]고 했고, 또 때로는 '냉철'이라는 말로써 그것을 표현하기도 했다. 시는 차면서 동시에 열정적이어야 한다는 것이 그의 생각이다. 즉 시인의 상상의 세계는 분방하고 황홀해야 하지만 그것은 얼음처럼 냉혹한 규제를 받아 개인의 감정의 차원을 넘어서야

---

28) T. S. Eliot은 Yeats가 'general truth'를 만들어내는 점이 그의 위대성이라고 말하였다.

29) Allen Wade(ed.), *The Letters of W. B. Yeats* (London: Hart-Davis, 1954), p. 741.

한다는 것이다. 예이츠는 「내 작품을 위한 서론」에서 자기의 시론의 핵심을 다음과 같이 말하고 있다.

시인들이 노래부르는 비극의 대상인 시녀에게는 역사에서 벗어난 영원한 형(型)이 부여되어야 한다. …리듬은 일상적인 것이고 친숙해야 하며, 상상력은 분방해야 하며, 동시에 감정을 초월하여 원초적인 얼음 속으로 옮겨 넣어져야 한다. 얼음이란 말이 정확한 표현인가. 나는 한때 아버지의 편지에서 한 구절을 모방하여, "새벽처럼 차고, 정열적인 시"를 쓸 것이라고 큰소리친 적이 있다.[30]

이 글에서 보면 예이츠는 상상력이나 감정을 리듬이나 형식 같은 것과 구분해서 생각하는 것이 분명하다. 그리하여 전자는 열정적이고 분방해야 하며 후자는 일상적이면서 보편적인 것으로 생각했다. 예이츠의 시를 보면 그가 분방한 상상을 전통적이고 보편적인 형식으로 구상(具象)하고 있는 것을 보게 된다.

전통성과 보편성은 그의 생활관이나 예술관에서 한결같이 귀족주의적 이상이다. 그는 예술은 전통성과 보편성의 양식(樣式)을 만드는 작업이고, 예술가는 그 표준적인 양식의 창조자라고 생각한다. 왜냐하면 작가만이 역사의 기록을 알고 있어서 시간의 세계의 열쇠를 갖고 고대 궁중의 찬연한 속을 소요할 수 있기 때문이라는 것이다.[31] 이 말을 달리 표현하면 작가는 전통의 아름다움을 알 수 있는 사람이고, 그 아름다움을 양식화하는 것이 작가의 임무라는 것이다. 그만큼 예이츠는 작가의 역사 의식과 전통 의식을 강조하고 있다. 그러나 예이츠의 전통 의식은 궁중 · 귀족 사회 · 토착 문화 같은 자연과 인간의 조화된 사회에 대한 동경이 내용을 이루고 있는 것이 특징이다. 즉 그것은 귀족적 전통에 대한 지향이다. 엘리엇이 말하는 전통은 생성

---

30) Yeats, *Essays and Introductions*, p. 523.
31) 앞의 책, p. 253.

과 변화를 의미하여 항시 현재적인 데 반하여 예이츠의 전통은 정지이고 단절이고 과거적이라고 할 수 있다. 그러니까 그가 예술가에게 기대하는 스타일의 창조라는 것도 귀족적이며 동시에 전통적인 스타일의 창조를 의미했던 것이다. 예이츠에게 있어 스타일의 의미는 매우 융통성이 협소하여 특수한 문화적 콘텍스트를 생각한 일종의 이념적 제도 같은 것으로 생각이 된다. 그래서 어느 때는 그것을 "언어와 담론의 높은 품격 *high breeding in words and argument*"[32]이라고 말하기도 하고 어느 때는 다음 인용문에서처럼 생활에서의 예절과 맞먹는 것으로 생각하기도 했다.

> 생활에 있어서의 예절과 자제력, 그리고 예술에 있어서의 스타일은 자유로운 마음의 지각 있는 표현이다. 왜냐하면 이 양자는 사물을 잘 심사숙고하는 데서 생겨나며, 그 어떤 감정이든 혼란과 우둔함에 휩쓸려 들지 않기 때문이다.[33]

예이츠가 생각하기를 스타일은 작가에게 중심을 주는 이성적 제어 장치와 같은 것이어서, 작가는 그것으로써 잡다한 사물에 질서를 주고, 감정의 혼돈에서 벗어나는 것으로 생각했다. 그는 이 스타일을 힘과 기쁨의 원천으로 생각하여 "소모되지 않은 에너지 *unexpended energy*" 또는 "깨어지지 않은 즐거움 *unbroken pleasure*"이라고 표현하기도 하고, 그 "소모되지 않은 에너지"가 시인에게 기교를 매개해 주는 비결이기 때문에 시인의 정신에 불가결한 것이라고 말하기도 했다.

이 스타일이란 말은 예이츠의 에세이에서 문맥상 귀족적인 전통이라고 바꾸어 말할 수도 있다. 그러니까 그는 작가가 이 귀족적 전통에 자신이 의지할 수 있는 구심점을 두어야 한다고 생각했고, 그곳은

---

32) 앞의 책, 같은 페이지.
33) 앞의 책, 같은 페이지.

작가의 힘과 기쁨의 근원이니까 그곳을 중심으로 작가의 정신 활동이 전개되고 귀착되어야 하는 것으로 생각한 것이다. 즉, 그것은 엘리엇의 정통(正統) 사상과 맞먹는다. 예이츠는 생트-뵈브 Sainte-Beuve의 말을 인용하여 스타일의 중요성을 "문학에 영원성을 부여하는 유일한 것"[34]이라고 강조한다. 그만큼 스타일은 예이츠의 시에서 중요성을 갖는 것으로서 그의 시의 스타일은 거기에 그의 사상과 시의 이상이 구현되어 있는 것으로 보아야 한다.

예이츠 시의 스타일은 한마디로 조화와 안정을 바탕으로 한 고전적이고 전통적인 형식미의 구현이다. 그는 주제가 비록 개인적인 것일지라도 표현 양식에선 개인적이고 기괴하고 당시적이고 편향적인 것을 싫어했다. 그의 문체의 특이성에 대해서는 데이비드 데이셔스 David Daiches 교수의 다음과 같은 설명이 가장 적절한 것이다.

예이츠는 '행동하고 고통을 겪는' 인간으로서의 시인과 '미'의 창조자로서의 시인은 다를 수밖에 없다는 생각을 반박했다. 창조자로서의 시인은 인간으로서 겪은 체험에 형식을 부여하고, 그 품위 있는 스타일에 의하여 그의 시는 감동과 완전함을 얻게 된다. 그는 그의 태도와 표현에 있어서 귀족적일 수밖에 없었다. 이 점이 바로 그를 시장바닥으로부터 벗어나게 하는 점이다. …그가 "스타일·숙련, 그리고 베를렌이 언급한 고매하고 엄격한 특성을 갖게 되었을 때에," 그의 시는 완전하고 생명력 있는 것이 된다.[35]

예이츠는 자기 작품의 전집을 위한 서문으로 「내 작품을 위한 서론 A General Introduction for My Work」이란 글을 써놓은 일이 있다. 물론 그의 전집은 나오지 않아서 그 서문은 그의 에세이집에 수록된 것뿐이지만, 그것을 읽어 보면 그의 시 창작 원칙을 잘 알 수 있다. 그

---

34) 앞의 책, p. 254.
35) David Daiches, *Poetry and the Modern World*, p. 157.

는 그 글에서 에즈라 파운드나 터너Turner나 로렌스와 같이 자유시를 쓸 수 없다고 말하고서 그 까닭은 "내가 나 자신을 상실하고, 그 미치광이 노파들처럼 재미 없게 될까봐서"라고 말하고, 이어서, 그런 개인적인 리듬에 언급하여 "개인적인 것은 모두 곧 썩어 없어지게 된다, 그런 것은 얼음과 소금에 쟁여야 한다"라고 주장한다(여기에서 그는 '소금'은 영원성의 상징이라고 부연해서 설명한다).[36] 다시 그는 자기가 만일 개인적인 사랑이나 슬픔을 자유시로 쓴다면 "나는 자기 중심과 무분별 때문에 자신에 대한 경멸로 가득 차게 될 것이고, 독자들의 권태를 예상하게 될 것이다"[37]라고 말하면서 부득이 전통적인 스탠자를 택할 수밖에 없다고 힘찬 어조로 주장한다. 그러므로 독창성이라는 것은 그에게 크게 해당이 안 된다. 그가 독창성을 혐오하는 까닭은 전통을 벗어난 개인이란 결국 아무것도 아니라는 생각을 가졌기 때문이다.

내게 독창성 운운하고 말한다면 나는 성을 내고 반박할 것이다. 나는 군중이고, 외로운 사람이며, 보잘것없는 사람이다.[38]

이러한 기본적인 자세를 견지하면서 그는 시에서 개인적 요소 내지는 적나라한 현실 감정을 제거하는 일을 시작상의 중요 원칙으로 생각했었다. 그것을 설명하기 위하여 시가 이루어질 때까지의 그의 창작 과정을 연구한 책에서 몇 가지 예를 언급하고자 한다. 본래 예이츠는 추고를 많이 한 시인으로 유명하여 초고를 놓고서 여러 차례 수정을 가해서 완성시키는 매우 신중하며 까다로운 시인이었던 것으로 생각이 된다. 그러한 시작 과정을 휴지화된 원고를 바탕으로 연구한 책 중에 존 스톨워디Jon Stallworthy의 『시행과 시행 사이 *Between*

---

36) Yeats, *Essays and Introductions*, p. 522.
37) 앞의 책, 같은 페이지.
38) 앞의 책, 같은 페이지.

the Lines』(Oxford, 1963)라는 책이 있다. 저자가 이 책에 제시한 예를 훑어보면 초고 단계에서는 그의 시가 거의 산문에 가깝고 구어체로 되어 현실감이 짙게 드러나 있지만, 수차의 가필을 거치는 동안 일상어는 품위 있고 장중한 단어로 바뀌고 어순이 조정되고 반복이 되풀이되어 정형적인 운율을 갖추어 결국 구체성과 현실감이 크게 제거된 것을 볼 수 있다. 「재림」의 경우만 보더라도[39] 그 시는 1918년에서 1919년에 걸치는 러시아 혁명, 독소 전쟁 등 격동하는 세계 정세를 크게 염두에 두고서 쓴 일종의 문명 비평시이지만, 초고에 나와 있던 'The Germans' 'Russia' 같은 단어가 자취를 감춘 것은 물론 'the mobs' 'murderer' 'break' 'cry' 같은 과격한 단어도 "new intensity rent as it were cloth" "Before the dark was cut as with a knife" 등의 예리한 표현들과 더불어 자취를 감추었다. 그리하여 'hawk'가 'falcon'으로, 'An eye'가 'A gaze'로, 'feet'가 'thighs'로 바뀌는 식으로 일상성과 구체성이 제거되어 오늘날 우리가 보는 바와 같은 위엄 있고 품위 있는 운율로 잘 정돈된 일종의 '중립시'로 완성된 것이다. 여기에 그 완성된 시의 일부만 인용해본다.

> 점점 넓어지는 원환(圓環)을 그리며 선회하니
> 매는 제 주인의 목소리를 못 듣는다.
> 만물은 흩어지고, 중심이 안 잡히고,
> 한갓 무질서만이 세상에 충만한다.
> 피에 물든 조수가 터져나와, 도처에
> 순수한 의식은 자취를 감춘다.
> 선인은 일체 신념을 상실하고
> 악인은 격정에 차 있다.

---

39) Stallworthy, p. 16.

Turning and turning in the widening gyre

The falcon cannot hear the falconer;

Things fall apart; the centre cannot hold;

Mere anarchy is loosed upon the world,

The blood-dimmed tide is loosed, and everywhere

The ceremony of innocence is drowned;

The best lack all conviction, while the worst

Are full of passionate intensity.[40]

여기에서 보는 바와 같이 그의 시에는 예리한 일상 생활의 이미지가 없고 구어체의 리얼리즘이 희박하다. 그리하여 그의 시에서는 현실감과 개인성이 크게 둔화되고 그 대신 위엄 있고 장중하고, 한편 열정적이면서 약간 신비스러운 예이츠 특유의 스타일이 느껴진다. 그러니까 독창성을 철저히 배척한 예이츠의 독창성을 논하자면 그가 추구한 그 특유의 스타일상의 독창성을 논할 수 있을 뿐이다. 그러면 이와 같이 예이츠의 시에 일상성과 구체성이 둔화됐다고 해서 그의 시가 개념화하고 추상화한 것이냐 하면 결코 그렇지 않다. 그의 시에서 이 점을 특히 주목해야 할 것이다. 그는 시에서 공소한 수사와 개념적인 추상을 가장 기피한 시인이다. 그는 시인이 불성실할 때에 수사와 과장을 즐기는 것이라고 생각했고, 열정이 없이 의견이나 관념만에 흥미를 느낄 때에 시가 추상적으로 된다고 생각했다. 그러니까 그의 시는 성실과 풍부한 감정을 바탕으로 일상적이고 개인적인 것을 전통적이고 권위적인 것으로 승화시킨 것이라고 말해야 옳을 것이다. 이 점을 엘먼은 "예이츠는 리듬과 구문과 시어로써 전통적으로 권위 있는 시인의 양식(樣式)을 되살린다. 그러나 그는 시란 시인의 힘찬 자세의 목소리이면서 동시에 '애정의 피난처'가 되어야 한다는

---

40) "The Second Coming," ll. 5~8.

사실을 잊지는 않는다"[41]라고 설명하고 있다.

지금까지 나는 이 글에서 예이츠의 생활과 문학을 통하여 일관해서 나타난 기본 자세가 귀족적 미학의 추구라고 주장하고 그것은 곧 전통과 조화의 미의 모색이었음을 예증하고자 했다. 예이츠는 인간과 자연이 조화되고 하나의 인격에 있어서도 분열과 갈등이 잘 균형 잡힌 경지를 과거의 문화에서, 위대한 인물에서, 예술적 황홀에서 찾았고, 그것을 자신의 시에서 스타일을 통하여 구현한 것이다. 그러니까 그의 시 자체가 그의 평생의 이상이었던 '문화의 통일 unity of culture'의 구현을 위한 노력이었다고 말할 수 있다. 그리하여 우리는 그의 시에서 통일되고 조화 있고 원숙한 문화의 경지를 체험하게 되는 것이니, 리얼리즘에 크게 기울어진 현대인의 취향이 그를 현대 시인으로 맞이하는 데에는 약간의 저항감을 느낄 수도 있을 것이다. 그러나 예이츠는 지나치게 현대적이고 독창적으로 되어 한쪽에 편향되는 것을 조화의 파괴로 생각하고, 현시적인 것이나 국부적인 것보다는 영원하고 보편적인 가치의 추구에 몰두한 것이니, 그를 관용적으로 쓰이는 낭만주의나 고전주의의 술어로 규정짓기는 어려울 것이 아닌가 생각된다. 원숙과 보편을 고전 정신이라고 한다면 그는 그런 뜻에서 고전시인이라고 해야 할 것이고, 그의 전통 지향적인 점을 취하여 전통시인이라고 할 수도 있을 것이다.

---

41) Richard Ellmann, *The Identity of Yeats* (New York: Oxford, 1954), pp. 145~46.

예이츠 연표

1865   William Butler Yeats, 아일랜드의 수도 더블린에서 출생. 부
친 John Butler Yeats는 화가. 증조부·조부는 모두 목사. 예
이츠의 집안은 17세기말에 영국에서 아일랜드로 이주했을
것으로 추정된다. 부친의 영향을 받아서 동생 Jack은 훌륭한
화가가 되었고, 여동생 Susan Mary(Lily)와 Elizabeth
Corbet(Lolly)도 예술 활동에 종사하다. 외가 Pollexfen 집안
은 Sligo에서 작은 선박 회사를 경영하는 부유한 사업가. 외
가 관계로 예이츠는 Sligo에서 어린 시절을 많이 보냈고, 사
후에도 그곳에 묻히게 되었다.

1867   예이츠 집안 런던에 이주.

1871~75   부친을 통하여 문학을 읽다.

1875~80   영국 Hammersmith의 Godolphin School에 다니다. 휴가는
Sligo에서 보내다. 집안이 런던 시내로 이주.

1880   예이츠 집안 아일랜드로 이주. 더블린의 Erasmus High
School 입학.

1884   더블린의 Metropolitan 미술학교 등록. George Russell(AE)과
동료 학생이 되어 동양의 신비 종교에 흥미를 갖다. 예이츠
가 Trinity College를 마다하여 부친을 실망시키다.

1885   최초의 시작품이 Dublin 대학 잡지에 실리다. 예이츠, 더블
린 신비술학회 회장.

1886   시작에 전념하기 위하여 미술 공부를 포기. John O'Leary를
만나 아일랜드 민족주의에 자극받다.

1887 에이츠 집안 런던에 다시 돌아오다. 런던의 심령과학협회 Blavatsky Lodge of Theosophical Society에 가입.

1888 심령과학과 주술(呪術)에 깊이 빠지다. 영국의 문예지에 최초로 시를 발표하다. 런던의 문인들 William Morris, G. B. Shaw, W. E. Henley, Oscar Wilde 등과 사귀다.

1889 최초의 시집 *The Wanderings of Oisin and Other Poems* 발간. John O'Leary의 소개로 Maud Gonne을 만나 첫눈에 반하다.

1890 "The Lake Isle of Innisfree" 발표. 신비술교단 Hermetic Order of the Golden Dawn 가입. 심령술에 열중.

1891 동인 모임인 The Rhymers Club의 창립 멤버. 그 회원에 Ernest Dowson, John Davidson, Lionel Johnson, Arthur Symons 등이 있다. 런던에서 아일랜드 문학회 The Irish Literary Society를 창립. 모드 곤에 처음으로 구혼, 즉석에 거절당하고, 이후 세 번 구혼하여 모두 거절당하다.

1892 더블린에서 아일랜드 문학회 창립. 아일랜드 문예 부흥 운동에 전력하다. Pollexfen 외조부 · 외조모 사망. 시극 *The Countess Kathleen*을 포함한 *The Countess Kathleen and Various Legends and Lyrics* 발간. 신화집 *Irish Faery Tales* 발간.

1893 신화를 모은 설화집 *The Celtic Twilight* 발간. Edwin Ellis와 공편으로 3권의 블레이크 관계 서적 *The Works of William Blake* 출간.

1894 런던에서 Lionel Johnson의 소개로 그의 사촌 Mrs. Olivia Shakespeare (Diana Vernon)를 만나다. 그후 그녀가 세상을 뜰 때까지 깊이 관계를 갖다. 최초로 파리를 방문하다. *The Shadowy Waters*를 쓰기 시작하다. 극 *The Land of Heart's Desire* 출판 및 공연.

1895 Arthur Symons와 친교. *Poems, A Book of Irish Verse: Selected from Modern Writers* 출판.

1896	Symons와 함께 아일랜드 서쪽을 여행. 그때 Edward Martyn의 소개로 아일랜드의 제1급의 귀족 문인 Lady Gregory를 만나다. 그후 오랜 교우 관계를 유지하며 많은 영향을 받다. 파리 방문, J. M. Synge을 만나다.
1897	여름을 Lady Gregory의 장원 Coole Park에서 보냈고, 이후 여름마다 그곳에서 보내다. Maud Gonne과 함께 영국에서 아일랜드 민족주의자 Wolfe Tone의 기념비 건립 모금을 위한 강연 여행. *The Secret Rose*와 *The Tables of the Law, The Adoration of the Magi* 등을 출판.
1898	파리, 런던, 더블린, 슬라이고 등지를 여행.
1899	더블린에서 아일랜드 문예 극장 Irish Literary Theatre 창설. *The Countess Cathleen* 초연. 파리 여행, 모드 곤 방문. *The Wind Among the Reeds* 발간.
1900	모친 사망. 심령술 협회 Golden Dawn의 런던 지부장을 맡음.
1901	George Moore와의 합작극 *Diarmuid and Grania*를 더블린의 Gaiety Theatre에서 공연.
1902	아일랜드 국민극 협회 Irish National Theatre Society 창설, 회장을 맡다. Maud Gonne, Douglas Hyde, George Russell(AE) 등이 부회장. 모드 곤이 주연이 되어 *Cathleen ni Houlihan* 공연. 운문극 *Where There is Nothing* 출판.
1903	모드 곤, John MacBride 소령과 결혼, 예이츠 큰 충격을 받다. 미국 강연 여행(40회)으로 재정적 성과를 거두다. 산문 *Ideas of Good and Evil,* 시집 *In the Seven Woods*(시극 "On Baile's Strand"를 포함) 발간.
1904	The Abbey Theatre 개관. 시극 *The King's Threshold* 발간.
1905	*The Shadowy Waters* 런던에서 초연. 이 무렵 연극에 전념.
1906	Lady Gregory, Synge과 함께 Abbey Theatre의 운영위원(director)이 되다. *Poems: 1899~1905*와 *Stories of Red*

Hanraban 출판.

1907   Synge의 극 *Playboy* 소동에서 싱을 지지. 이 해 늦게 Lady Gregory와 그녀의 아들 Robert와 함께 이탈리아 여행. *Deidre*와 *Discoveries*를 출판. 부친 John B. Yeats 미국에 가다.

1908   12월 파리에 가다. 남편과 별거중인 모드 곤을 만나다. 불어를 배우다. 초기 시편의 완전 개정판 *Collected Edition* 완성.

1909   Synge의 별세. 싱의 *Poems and Translations*를 편집하다. Ezra Pound를 만나다.

1910   Academic Committee of the Royal Society of Literature의 위원을 맡다. Civil List(왕실비) 연금(연 150파운드)받다. Abbey Theatre의 자금 모집을 위해서 런던에서 강연. *The Green Helmet and Other Poems*를 출판.

1911   Mrs. Shakespeare의 소개로 후일 부인이 될 Georgie Hyde-Lees를 만나다. Lady Gregory와 파리 여행. *Plays for an Irish Theatre* 출판.

1912   필라델피아에서 Abbey 극단의 *Playboy*(Synge 작) 공연 중 단원이 체포되다. 하버드 대학에서 "The Theatre of Beauty" 제목의 강연. 인도의 시인 Tagore을 만나 *Gitanjali*를 번역. Pound와 친교. *The Cutting of an Agate* 출판. Hugh Lane 미술품 사건.

1913   Pound가 예이츠의 비서로 활약. *Poems Written in Discouragement* 출판.

1914   미국, 캐나다 강연 여행. 파운드, Mrs. Shakespeare(Diana Vernon)의 딸 Dorothy와 결혼. 시집 *Responsibilities* 출판.   •

1915   파운드 부처와 영국 거주. 그의 소개로 일본의 Noh plays에 흥미를 갖다. Hugh Lane 사망, 그의 미술품 문제 다시 여론화하다. 시극 *At the Hawk's Well* 런던에서 공연. 예이츠, 나

이트 작위를 거절하다.

1916   더블린에서 부활절 민중 봉기 발발. Pearse, Connolly,
        MacBride(모드 곤의 남편) 등 처형당하다. 에이츠, 파리에서
        미망인이 된 모드 곤을 방문, 청혼, 거절당하다. Ballylee의
        고탑을 구입하다.

1917   모드 곤의 양녀 Iseult에게 구혼, 거절당하다. Georgie Hyde-
        Lees와 결혼. 신혼 여행중부터 그녀의 신통력에 의한 자동
        기술이 시작되어, 그것이 에이츠의 *A Vision* 으로 발전하다.
        시집 *The Wild Swans at Coole* 출판.

1918   에세이 *Per Amica Silentia Lunae* 를 출판. Ballylee 고탑을 수
        리하다. 부친 뉴욕에서 득병.

1919   2월 24일 장녀 Anne 출생(후일에 화가가 되다). Ballylee 고
        탑으로 이주.

1920   부인과 미국 여행. 뉴욕에서 부친과 마지막으로 만나다. 시
        집 *Michael Robartes and the Dancer* 출판.

1921   8월 22일 장남 William Michael Yeats(후일에 상원의원) 출생.

1922   2월 2일 부친 사망. 아일랜드 내란 발발. 거기에서 자극받아
        "Meditations in Time of Civil War"를 쓰다. 내란이 휴전 상태
        에 들자 영국 정부는 아일랜드를 영국 연방의 한 속국으로
        인정하여 자유 정부를 인정했고 에이츠는 상원의원으로 초
        대되었다. 에이츠는 이의 없이 상원의원을 수락하여 6년 간
        봉직하다. Trinity College에서 문학 박사 학위 수여. *Seven
        Poems and a Fragment* 와 자전적 에세이 *The Trembling of
        the Veil* 출판. *A Vision* 집필 진행.

1923   11월 노벨상 수상. 스웨덴에 가서 상을 받다.

1924   부인과 함께 이탈리아 여행.

1925   Milan과 스위스 지방 여행. 상원에서 연설. *A Vision* 초판 출간.

1926   "Sailing to Byzantium" "Among School Children" 집필.

Estrangement: Being Some Fifty Thoughts from a Diary Kept in the Year 1909 출판. 예이츠 역 *Oedipus the King*을 Abbey 극장에서 공연.

1927 *Oedipus at Colonus* 완성. 건강 악화.

1928 가족과 이탈리아의 Rapallo에 이주. 시집 *The Tower* 출간. 상원에서 마지막 연설 후 임기 끝내고 재선을 사양하다. *A Packet for Ezra Pound* 집필.

1929 Ballylee 고탑을 마지막으로 찾다. 더블린에서 *Fighting the Waves* 공연. Rapallo에서 병으로 눕다.

1930 *The Words upon the Window-Pane* 집필, Abbey에서 공연.

1931 여름에 Coole의 Lady Gregory를 마지막 방문. 옥스포드 대학에서 문학 박사 학위 수여.

1932 Lady Gregory 사망. G. B. Shaw, AE 등과 함께 Irish Academy of Letters를 설립. 10월에 마지막 미국 여행.

1933 캠브리지 대학에서 학위 수여. *The King of the Great Clock Tower* 집필. 시집 *The Winding Stair* 출판.

1934 회춘 수술을 받다. *The Words upon the Window-Pane*과 *Wheels and Butterflies*, 그리고 *The King of the Great Clock Tower*를 출판.

1935 정양차 Majorca 섬에 가다. *Oxford Book of Modern Verse* 편집 착수. 시집 *A Full Moon in March*와 *Dramatis Personae* 출판. 70회 생일 축하연.

1936 Majorca에서 중태. 병중에 BBC 강연. *The Oxford Book of Modern Verse* 출판.

1937 BBC 강연 4회. *A Vision* 개정판 출판. *Essays, 1931~1936* 출판.

1938 5월에 아일랜드 여행. 여름은 영국에서. 남쪽 프랑스에 가서 체류하다. 극 *On the Boiler*와 *Purgatory* 집필. 8월에

Purgatory 공연에 앞서 Abbey 극장에서 마지막 강연. 애인 Olivia Shakespeare 사망. *Death of Cuchulain* 집필. *The Herne's Egg*와 *New Poems*, 그리고 *The Autobiography of W. B. Yeats* 출판. 마지막 시 "The Black Tower" 집필.

1939 1월 26일 사망. 28일 프랑스의 Roquebrune에 매장.

1940 *Last Poems* 출판.

1948 9월, 예이츠의 유해 아일랜드의 군함 Macha호에 실려 고국에 돌아오다. 미망인과 두 자녀와 동생 Jack Yeats가 슬라이고로 가는 장의 행렬에 수행. 육군 의장대 호위. 정부 대표로 외무장관 Mr. Sean MacBride(모드 곤의 아들)가 참석. 슬라이고 근교 Bulben 산 기슭의 Drumcliffe 교회 묘지에 재매장. 묘비명은 본인이 남겨놓은 다음과 같은 시구이다.

> *싸늘한 시선을 던져라,*
> *삶과, 죽음에.*
> *말탄 자여, 지나가라!*

> *Cast a cold eye*
> *On life, on death,*
> *Horseman, pass by!*

예이츠 문헌 해제

(이 문헌 목록은 1986년 초판 발행 때 작성한 것임)

I. 작품집

1. *The Collected Poems of W. B. Yeats,* 2nd edn.(London, 1950, New York 1951).

2. *The Collected Plays of W. B. Yeats,* 2nd edn.(London, 1952, New York 1953).

3. *The Variorum Edition of the Poems of W. B. Yeats,* ed. P. Allt and R. K. Alspach(New York and London, 1957).

    잡지나 책에 실려 발표된 시 작품 중 *Collected Poems*에 수록되지 않은 것들까지 실려 있다. 인쇄된 각 시 원본의 수정·변형의 자취를 더듬어 볼 수 있다.

4. *The Variorum Edition of the Plays of W. B. Yeats,* ed. R. K. Alspach (New York, 1965, London, 1966).

    잡지나 책에 실려 발표된 희곡 작품 중 *Collected Plays*에 수록되지 않은 것까지 실려 있다. 인쇄된 각 희곡 원본의 수정·변형의 자취를 더듬어 볼 수 있다.

5. *A Concordance to the Poems of W. B. Yeats,* ed. S. M. Parrish, programmed by J. A. Painter(New York and London, 1963).

    예이츠의 모든 시작품에 쓰인 시어와 이미지의 사용 빈도와 출처가 통계적 수치로 분류되어 있다.

6. *A Concordance to the Plays of W. B. Yeats* (2 volumes), edited by Eric Domville and programmed by J. A. Painter.

    예이츠의 모든 희곡 작품과 극에 쓰인 용어 사용의 빈도와 출처를 알 수 있도록 조사되어 있다.

7. *Mythologies* (London and New York, 1959).

"The Celtic Twilight" (1893), "The Secret Rose" (1897), "Stories of Red Hanrahan" (1897), "Rosa Alchemica, The Tables of the Law, and The Adoration of the Magi" (1897), "Per Amica Silentia Lunae" (1917) 등의 신비 사상에 관련되는 글들이 수록되어 있는 예이츠의 산문집.

8. *Essays and Introductions* (London and New York, 1961).

"Ideas of Good and Evil" (1903), "The Cutting of an Agate" (1919) 외에 1912년과 1937년 사이에 출판된 12편의 essay와 introduction이 수록되어 있는 예이츠의 문학론에 해당되는 산문집.

9. *Explorations,* selected by Mrs. W. B. Yeats (London, 1962, New York, 1963).

예이츠의 부인이 편집한 예이츠의 essay와 introduction들을 모은 책.

10. *A Vision* (1925), 2nd edn., reissued with corrections (London and New York, 1962).

예이츠가 자신의 신비 사상을 바탕으로 역사와 인간상과 영혼의 문제를 체계화한 책으로서 그의 사상과 상상의 구도를 이해하기 위해서 반드시 읽어야 하는 필수 서적. 1925년 초판이 출판되고 1937년에 개정 증보판이 출판됨. 1962년판은 1937년판을 약간 수정한 것임.

11. *Selected Poetry of W. B. Yeats,* ed. A. N. Jeffares (London, 1964).

12. *Selected Plays of W. B. Yeats,* ed. A. N. Jeffares (London, 1964).

13. *Selected Prose of W. B. Yeats,* ed. A. N. Jeffares (London, 1964).

14. *Selected Criticism of W. B. Yeats,* ed. A. N. Jeffares (London, 1964).

II. 전기류와 서간집

1. Bax, C. (ed.), *Florence Farr, Bernard Shaw and W. B. Yeats* [*Letters*] (Dublin, 1941, London, 1946).

2. Bridge, U.(ed.), *W. B. Yeats and T. Sturge Moore: Their Correspondence, 1901～1937* (London, 1953).

3. Gibbon, Monk, *The Masterpiece and the Man, Yeats as I Knew Him* (London, 1959).

   예이츠의 가족과 친분이 깊었던 저자가 수필 형식으로 쓴 예이츠 회고록.

4. Hone, J.(ed.), *J. B. Yeats: Letters to His Son W. B. Yeats and Others* (London, 1944, New York, 1946).

   예이츠에게 미친 아버지의 영향과 시인의 초기 성장 발달 과정을 이해하는 데 도움이 되는 책이다.

5. Hone, J.(ed.), *W. B. Yeats, 1865～1939* (London, 1942, New York, 1943; paperbacks, U. K. and U. S.).

   예이츠 전기의 결정본. 예이츠의 생애 연구에 꼭 필요한 책이다.

6. Jeffares, A. N., *W. B. Yeats: Man and Poets* (London and New Haven, 1949).

   예이츠의 생애를 그의 교우 관계와 저서들을 통해서 연구한 깊이 있는 저서이다. 이제껏 제대로 밝혀지지 않은 예이츠의 일기 · 편지 · 원고 들의 내용이 비평적인 안목으로 비교적 자세하게 다루어져 있다.

7. McHugh, R.(ed.), *Ah, Sweet Dancer — W. B. Yeats, Margot Ruddock: A Correspondence* (London and New York, 1970).

   예이츠가 69세 때에 만난 젊은 배우이고 습작기에 있는 여류 시인 Margot Ruddock와 주고받은 서간문집.

8. McHugh, R.(ed.), *W. B. Yeats: Letters to Katharine Tynan* (Dublin and New York, 1953).

9. Pearce, D. R.(ed.), *The Senate Speeches of W. B. Yeats* (Bloomington, 1960, London, 1961).

   예이츠의 public voice를 들어볼 수 있는 책.

10. Torchiana, D. T. and O'Malley, G.(eds.), "Some New Letters from W. B. Yeats to Lady Gregory," *REL* IV (July 1963).

11. Wade, A.(ed.), *The Letters of W. B. Yeats* (London, 1954, New York, 1955).

예이츠의 사생활이 노출되어 있는 서간문집으로, 그의 자서전 못지않게 중요한 예이츠 연구의 기본서.

12. Wellesley, D.(ed.), *Letters on Poetry from W. B. Yeats to Dorothy Wellesley* (London and New York, 1940).

예이츠의 *Last Poems* 를 이해하는 데 꼭 필요한 책.

13. Yeats, W. B., *Autobiographies* (London and New York, 1927).

14. Donoghue, Denis,(ed.), *W. B. Yeats: Memoirs* (Macmillan, London, 1972).

예이츠가 *Autobiographies* 에 포함시키지 않은 지극히 사적인 기록이 포함되어 있는 제2의 자서전. 그의 애인들 Maud Gonne, Diana Vernon과의 은밀한 대화는 이 책에서나 읽어볼 수 있다.

15. Rousley, Joseph, *Yeats's Autobiography* (Harvard Univ. Press, Cambridge, 1968).

예이츠의 *Autobiographies* 자체를 하나의 상징적 모형으로 보고 연구한 책.

III. 비평서와 해설서

1. Beum, R., *The Poetic Art of William Butler Yeats* (New York, 1969).
예이츠의 중기시와 후기시의 테크닉 문제를 주로 다룬 책. 이 책에서 Beum은 예이츠 시의 운율의 원리와 기초, 예이츠가 즐겨 사용한 ottavarima stanza 형식, 그리고 full rhyme과 slant rhyme 등에 대한 흥미로운 설명을 하고 있다.

2. Bloom, Harold, *Yeats* (London and New York, 1970).
현대 미국 비평계의 거장인 Bloom이 낭만주의 전통의 맥락에서 예이츠의 시·희곡·산문 등을 전반적으로 연구한 방대한 책. 영국의 낭만주의 시인 Blake 및 Shelley의 영향뿐만 아니라 세기말 작가 Pater, Wilde 등과 예이츠의 연관성을 자세히 다루고 있다.

3. Bornstein, George, *Yeats and Shelley* (Chicago and London: University of Chicago Press, 1970).

예이츠에 대한 Shelley의 영향을 다룬 책. 예이츠는 1903년까지 Shelley의 지대한 영향으로 intellectual vision을 형성했다. 후기에 이르러 예이츠는 자신의 antinomian vision을 구축함으로써 Shelley로부터 물려받은 초기의 미학 이론을 철회했다. 이 책에서는 초기부터 후기까지 예이츠에 대한 Shelley의 영향과 Shelley에 대한 예이츠의 태도의 변화 과정이 언급되어 있다. 두 낭만주의 시인 사이의 공통점과 차이점이 상세히 다루어져 있기 때문에 예이츠의 미학 이론 및 그의 낭만주의 연구에 더없이 귀중한 책이다.

4. Bowra, C. M., *The Heritage of Symbolism* (London and New York, 1943; paperback, U. K.).

유럽 상징주의 운동의 맥락에서 예이츠의 상징 세계를 연구한 책. Ruskin, Rosetti, Morris, Pater 등과 비교하여 예이츠의 작품에 나타난 사상과 신념의 추이 과정을 자세히 취급하고 있다.

5. Bradford, C., *Yeats at Work* (Carbondale and Edwardsville, Ⅲ., 1965).

예이츠가 그의 시·희곡·산문 등을 창작할 당시 그에게 작용했던 제반 idea 및 사건들을 설명함은 물론 그의 작품이 거쳤던 퇴고의 과정들을 사진과 함께 제시해줌으로써 예이츠의 각 작품 이면에 숨어 있는 시작 과정과 그의 사상의 추이 과정을 추적하는 데 상당히 도움이 되는 책이다.

6. Bushrui, S. B., *Yeats' Verse Plays: Their Revisions, 1900~1910* (Oxford and New York, 1965).

예이츠의 초기 희곡 작품의 발전 과정과 퇴고 과정을 다룬 책. 그의 극장 운동 참여 경험이 후기 극작품을 쓰는 데 미쳤던 영향 및 스타일의 발전 과정을 다루고 있다.

7. Coles Editorial Board, *Yeats' Poetry: Notes* (Toronto: Coles Publishing Company Ltd., 1980).

예이츠의 시 전집에 수록된 시집별로 해설을 하고 있을 뿐 아니라, 예이츠의 중요한 작품에 대한 비평까지 곁들여 있다. 그의 작품 연구에 필요한 제반 사항들이 간결하게 설명되어 있어 하나의 해설서로 손색이 없다. 예이츠를 처음 접하는 학도에게 귀중한 안내서가 될 것이다.

8. Cowell, Raymond, (ed.), *Critics on Yeats* (London: George Allen and Unwin Ltd., 1971).

현대 비평의 대가들이 문예지를 통하여 발표한 예이츠에 대한 비평 16편이 실려 있다.

9. Currie BA, W. T. and Graham Handley, *Brodie's Notes on W. B. Yeats: Selected Poetry* (London and Sydney: Pan Books Ltd., 1978).

예이츠의 시선집에 실려 있는 중요시에 대한 해설을 실은 책. 시에 나오는 중요한 인명 · 지명 · 상징 및 시 용어가 자세히 설명되어 있어 예이츠 시 작품을 정독하는 데 많은 도움이 될 수 있는 책이다.

10. Diggory, Terence, *Yeats and American Poetry* (Princeton University Press, 1983).

미국 시인들 특히 Whitman의 예이츠에 대한 영향과 예이츠가 Pound, Lindsay, Frost, Williams, Stevens, Eliot, Jeffers, the Agrarians, Gregory, MacLeish, Roethke, Berryman, Lowell 등에게 직접 · 간접으로 끼친 영향이 자세히 다루어져 있다. 예이츠와 현대 미국 시인들을 비교 연구하는 데 중요한 책이다.

11. Donoghue, Denis, *Yeats* (Fontana: William Collins Sons and Co. Ltd. Glasgow, 1971).

예이츠의 전작품에 깔려 있는 기본 개념이라 할 수 있는 self, imagination, will, action, symbol, history, world, vision, self-transformation 등을 밝힘으로써 예이츠 시의 특질을 밝혀보고자 시도한 책.

12. Dyson, A. E., *Yeats, Eliot and R. S. Thomas: Riding the Echo* (The Macmillan Press Ltd., 1981).

예이츠의 중요 시 작품 50여 편이 한편 한편 상세히 해설되어 있다. 예이츠의 중요 시 작품의 의미와 내용을 연구하고자 할 때 필요한 책이다.

13. Eddins, Dwight, *Yeats: The Nineteenth Century Matrix* (The University of Alabama Press, 1971).

예이츠 이전의 문학 전통과 환경이 그의 초기시에 어떻게 투영되고 있는 가를 다룬 책. 특히 예이츠의 초기시의 구조와 style이 자세히 분석되어 있다.

14. Ellmann, Richard, *Eminent Domain: Yeats among Wilde, Joyce, Pound, Eliot, and Auden* (New York and London, 1967; paperback, U. S.).

   예이츠와 현대 문학의 거장들인 Wilde, Joyce, Pound, Eliot, Auden 등과의 문학적 교류 관계가 아주 깊이 연구되어 있는 책.

15. Ellmann, Richard, *The Identity of Yeats* (Faber and Faber, 1975).

   상징주의 시인으로서의 예이츠와 그의 시 작품을 통찰력 있게 다루면서 예이츠의 poetic identity를 밝혀보고자 시도한 책. 예이츠의 전체시에 하나의 unity를 부여하면서 그 속에서 그의 초기시에서 후기시에 이르는 모든 시 작품을 예리하게 파헤치고 평하면서 시적 발전 과정을 개관하고 있다.

16. Ellmann, Richard, *Yeats: The Man and the Masks* (Faber and Faber, 1973).

   예이츠의 지적 · 정신적 발달 과정을 다룬 예이츠의 전기와 사상 연구서. *The Identity of Yeats*와 더불어 예이츠 연구에 꼭 필요한 책이다.

17. Flannery, Mary Catherine, *Yeats and Magic: The Earlier Works* (Colin Smythe Ltd., 1977).

   예이츠가 초기에 지대한 관심을 가졌던 심령술 · 접신술 · 비교(秘教) 등을 그의 초기시와 연관시켜 자세히 다룬 책.

18. Friedman, Barton R., *Adventures in the Deeps of the Mind: The Cuchulain Cycle of W. B. Yeats* (Princeton University Press, 1977).

   예이츠 희곡 작품의 paradigm을 Cuchulain cycle로 설정하고 그에 따라 그의 drama에 대한 미학 이론을 밝혀보고자 시도한 책.

19. Garab, Arra M., *Beyond Byzantium: The Last Phase of Yeats's Career* (Northern Illinois University Press, 1972).

   예이츠가 Byzantium 시편 이후의 마지막 10년 동안 쓴 최후의 시들을 밀도 있게 다룸으로써 그의 후기시의 특징을 밝혀보고자 시도한 책. 초기시

432

에 나타난 초월적인 것에 대한 낭만적 동경에서 벗어나 후기시에 와서 시간과 역사에 순응하는 예이츠의 실존적 태도를 설득력 있게 다루고 있다. 예이츠의 후기시 특히 그 중에서도 그의 최후의 시편들을 연구하는 데 없어서는 안 될 매우 중요한 책이다.

20. Grossman, A. R., *Poetic Knowledge in the Early Yeats* (Charlottesville, Va., 1969).

예이츠의 초기 시집 *The Wind among the Reeds*를 'search for wisdom'의 각도에서 연구한 책. 저자는 이 책에서 'white woman'의 추구는 'poetic knowledge'에 대한 동경을 의미하는 것이라고 주장하면서 그것을 심리학적 연구 방법으로 증명하고 있다.

21. Harper, George Mills, (ed.), *Yeats and the Occult* (Macmillan, 1975).

Occult 철학에 대한 예이츠의 관심과 그 영향력이 그의 문학적 · 철학적 · 종교적 맥락에 어떻게 투영되고 있는가를 연구한 17편의 논문을 모은 책.

22. Harper, George Mills, *Yeats's Golden Dawn* (Macmillan, 1974).

비교(秘敎) 단체인 Order of Golden Dawn과 그 사상이 예이츠의 인생과 예술에 어떠한 영향을 주고 있는가를 다룬 책.

23. Harris, Daniel A., *Yeats: Coole Park and Ballylee* (The Johns Hopkins University Press, 1974).

Gregory 부인의 장원과 밸릴리 탑이 어떻게 예이츠의 귀족적 이상에 부합되는 'Unity of Culture'의 myth가 될 수 있었나 하는 점을 밝혀보고자 시도한 책. 저자는 이 책에서 르네상스 문화—쿨 장원과 밸릴리 탑— Byzantine 문화로 이어지는 'Unity of Culture'의 전통 관계를 설득력 있게 다루고 있다.

24. Henn, T. R., *The Lonely Tower: Studies in the Poetry of W. B. Yeats* (London and New York, 1965; paperbacks, U. K. and U. S.).

예이츠와 그의 시대 그리고 예이츠와 그의 모국 아일랜드와의 관계를 깊이 다룬 정평 있는 예이츠 연구서. 예이츠 집안이 화가 집안이었으며 예이츠 자신도 미술학교에 다닌 사실을 설명하면서 pictorial source와 influence가 어떻게 그의 상상력과 시 작품에 투영되고 있는가를 연구한 책이다.

25. Hall, James and Steinman Martin,(ed.), *The Permanence of Yeats: Selected Criticism* (Macmillan, N. Y., 1950).

C. Brooks, J. C. Ransom, E. Wilson, T. S. Eliot 등 당대 최고의 비평가와 시인 등 25명의 Yeats 관계 논문을 망라하고, 책 말미에 20여 페이지의 예이츠 문헌 목록이 수록되어 있다.

26. Hough, G., *The Last Romantics* (London, 1949, New York, 1961 ; paperbacks, U. K. and U. S.).

유럽 상징주의 운동의 맥락에서 예이츠의 상징을 연구한 책. 이와 같은 주제의 연구서로는 Maurice Bowra의 *The Heritage of Symbolism*과 Frank Kermode의 *Romantic Image*가 있다.

27. Jeffares, A. N., *A Commentary on the Collected Poems of W. B. Yeats* (Macmillan, 1977).

예이츠의 시 작품을 이해하는 데 기본적인 필수 참고서이다. 각개 시 작품이 씌어진 연도와 장소 및 출판에 관계되는 제반 사항들은 물론 각개 시 작품 창작에 이용된 갖가지 세부적인 인용과 출처들을 밝혀주고 있다. 각 시와 시들간의 관계, 초고로부터 최후 완성 작품에 이르기까지의 개작 과정, 그의 시와 그의 희곡 · 산문 · 편지 등과의 연관 관계까지도 설명되어 있다. 1984년에 *A New Commentary on The Poems of W. B. Yeats*라는 이름으로 개정 증보판이 나왔다.

28. Jeffares, A. N., *W. B. Yeats: The Poems* (Edward Arnold, 1976).

예이츠의 *Collected Poems*에 수록된 시집들을 차례로 논평한 작은 분량의 비평서로서 예이츠의 시 전반에 대한 윤곽을 살피는 데 도움이 되는 책이다.

29. Jeffares, A. N. and Cross, K. G. W.(eds.), *An Excited Reverie: A Centenary Tribute, W. B. Yeats, 1865~1939* (London and New York, 1965).

예이츠 탄생 100주년 기념 논문들과 함께 'The Fascination of What's Difficult: A Survey of Yeats Criticism and Research'란 title로 예이츠에 관한 연구 논문 목록이 수록되어 있다. 이제까지 시도된 그 어느 목록보다 포괄적이고 상세하며 방대한 것이 특징이다.

30. Jeffares, A. N. and Knowland, A. S., *A Commentary on the Collected Plays* (Macmillan, 1975).

  에이츠의 극작품을 읽는 데 필요한 참고 사항이 망라되어 있다.

31. Jeffares, A. N.(ed.), *W. B. Yeats: The Critical Heritage* (Routledge and Kegan Paul, 1977).

  에이츠의 생존시에 발표된 에이츠 관계 비평이 115편 수록되어 있다. 현대의 유명한 작가 · 비평가 들의 책뿐 아니라 신문 · 잡지 등에 발표한 비평과 review를 발췌하여 수록한 책이다.

32. Jones, James Land, *Adam's Dream: Mythic Consciousness in Keats and Yeats* (The University of Georgia Press, 1975).

  Cassirer와 Eliade의 신화 문학론에 기초하여 낭만주의 시인 Keats와 Yeats의 미학 이론 및 'Unity of Being'의 철학을 연구한 책.

33. Keane, Patrick J.(ed.), *William Butler Yeats: A Collection of Criticism* (McGraw-Hill Book Company, 1962).

  에이츠 석학들의 비평이 15편 수록되어 있다. "Nineteen Hundred and Nineteen"의 시 해석과 dancer와 tree의 상징에 대한 설명이 잘 되어 있다.

34. Kermode, F., *Romantic Image* (London, 1957, and New York 1964: paperbacks, U. K. and U. S.).

  Maurice Bowra가 그의 *The Heritage of Symbolism*이라는 저서에서 에이츠의 상징을 연구했는데, Kermode는 이를 더욱 깊이 파헤쳐 에이츠의 상징 특히 dancer와 tree를 해박하게 다루고 있다. 에이츠의 시에 나오는 주요 상징과 이미지 연구에 꼭 필요한 책이다.

35. Knowland, A. S., *W. B. Yeats: Dramatist of Vision* (Barnes and Noble Books, 1983).

  에이츠의 *Collected Plays*에 실려 있는 희곡 작품들을 Early Stages, Plays of Transition, The Central Achievement, Last Stages 등 4단계로 나누어 각 작품을 연구한 책. 극작가로서의 에이츠와 그의 희곡 작품을 theatrical viability에 중점을 두어 다루고 있다.

36. Krans, H. S., *William Butler Yeats and the Irish Literary Revival*

(London and New York, 1904).

예이츠의 비평서로서는 최초로 나온 책. 예이츠와 아일랜드의 문예 부흥 운동과의 제반 관계가 자세히 설명되어 있다.

37. Lynch, David, *Yeats: The Poetics of the Self* (The University of Chicago Press, 1981).

예이츠의 전기와 작품과의 관계를 정신분석학적 방법으로 다룬 책.

38. MacNeice, L., *The Poetry of W. B. Yeats* (London and New York, 1941 ; paperbacks, U. K. and U. S.).

예이츠 학자인 Richard Ellmann이 서문을 쓴 이 책에서 저자는 예이츠의 유미주의, Irishism, 그의 사상과 신념, 책임 정신, 열정적인 경험에 대한 욕구, 작품 제작 태도 등을 현대적 시인의 안목으로 예리하게 다루고 있다.

39. Malins, Edward, *A Preface to Yeats* (Longman Group Ltd., 1974).

예이츠 연구의 초보자에게 필요한 입문 서적으로 예이츠의 생애와 그의 시에 대한 배경을 소개한 책이다. 예이츠의 전기, 아일랜드의 역사, 예이츠에게 영향을 끼친 책과 인물들 그리고 그의 중요 산문 *A Vision* 등에 대한 개괄적인 설명이 되어 있으며, 예이츠의 중요한 시 10여 편에 대한 해설도 곁들여 있다. 갖가지 삽화·도표 및 자료 들도 들어 있어 예이츠를 이해하고 연구하는 데 필요한 제반 지식과 정보를 얻고자 하는 독자에게 크게 도움이 된다.

40. Marcus, Phillip L., *Yeats and the Beginning of the Irish Renaissance* (Cornell University Press, 1970).

1885년부터 1899년까지 아일랜드 문예 부흥 운동의 기수 역할을 한 예이츠의 문학 활동과 문학적 업적을 논한 책. 아일랜드 문학에 대한 예이츠의 이상, 아일랜드의 신화와 전설에 대한 그의 관심, 예이츠의 문학 동료들, 예이츠의 연극 운동, 아일랜드의 전통 등 문예 부흥 운동 기간 동안의 아일랜드의 문학 활동에 대한 모든 것이 상세히 다루어져 있다.

41. Meir, Colin, *The Ballads and Songs of W. B. Yeats: The Anglo-Irish Heritage in Subject and Style* (Macmillan, 1974).

예이츠의 nationalism, 그리고 그가 Anglo-Irish 문화 유산을 어떻게 수용하여 작품에 반영하였는가, ballad 형식을 어떻게 작품 창작에 이용했으며, 그의 style은 어떻게 변모되어갔는가 하는 점을 상세히 취급한 책.

42. Melchiori, G., *The Whole Mystery of Art: Pattern into Poetry in the Work of W. B. Yeats* (London and New York, 1960).

그가 흡수한 사상적 요소들, Blake의 영향, neo-Platonism, Irish legend 등이 어떻게 그의 시의 pattern을 형성하고 있는가를 밝혀보고자 시도한 책. "Leda and the Swan"이라는 그의 sonnet 속에서 이질적인 잡다한 이미지가 어떻게 모여 함께 동화되고 있는가를 명쾌하게 설명하고 있다.

43. Moore, John Rees, *Masks of Love and Death: Yeats as Dramatist* (Cornell University Press, 1971).

에이츠가 제시한 mask 이론은 그의 인간관과 우주관을 파악하는 하나의 중요한 관건이 될 수 있다. 따라서 저자는 이 책에서 mask를 에이츠의 극작 기술과 희곡의 의미를 파악하는 하나의 열쇠로 사용하여 그의 극작품을 분석하고 있다. *The Countess Cathleen* 부터 *The Death of Cuchulain*에 이르는 모든 에이츠의 극작품을 극장에 대한 에이츠의 idea, hero에 대한 그의 특이한 개념, 시적인 언어 사용, 아일랜드 연극에 대한 그의 소망 등에 비추어 연구하고 있다.

44. Murphy, Frank Hughes, *Yeats's Early Poetry: The Quest for Reconciliation* (Louisiana State University Press, 1975).

에이츠의 초기시를 원숙한 후기시에 이르는 습작 과정의 시라고 보는 비평가들의 생각을 반박하면서 에이츠의 초기시에서 하나의 unity를 찾고자 시도한 책. 이 책에서 저자는 에이츠의 시에 나타나는 이원적 요소들이 harmony의 상태에 이르는 과정을 quest에로의 여정으로 다루고 있다. 에이츠의 전체 시에서 unity를 찾고자 하는 독자나 초기시 연구 학도에게 매우 중요한 책이다.

45. Olney, James, *The Rhizome and the Flower: The Perennial Philosophy — Yeats and Jung* (University of California Press, 1980).

Plato 철학의 전통이 현대까지 계승되어 심리학자 Jung과 시인 Yeats에게서 꽃피우기까지의 과정을 추적한 책. Jung과 Yeats 사상의 유사성이 해박하게 다루어지고 있으며, 철학·심리학, 기타 학문과 문학과의 관계 또

한 자세히 해명되어 있다. Jung의 심리학을 토대로 예이츠에의 접근을 시도하려는 학도에게 많은 도움이 될 것이다.

46. Parkinson, Thomas, *W. B. Yeats: Self-Critic* (Berkeley, Calif., 1951).

예이츠의 초기시의 시작 과정을 연대별로 4단계로 나누어 자세히 설명한 책.

47. Parkinson, Thomas, *W. B. Yeats: the Later Poetry* (Berkeley, Calif., 1964).

예이츠가 'passionate syntax'라고 칭한 시들뿐만 아니라 "After Long Silence" "Among School Children" "Mohini Chatterjee" 같은 그의 후기시의 시 창작 원리를 밝힌 책. 이 책의 마지막 장에서 시인인 저자 Parkinson은 예이츠와 현대시의 관계를 다루고 있다.

48. Pritchard, William H.(ed.), *W. B. Yeats: A Critical Anthology* (Penguin Books, 1972).

시인·비평가·예이츠 학자들이 예이츠의 인간과 그의 시에 대하여 잡지나 서간문이나 각자의 저서에서 밝힌 비평적 견해를 망라하여 수록한 책.

49. Rajan, B., *W. B. Yeats: A Critical Introduction* (London and New York, 1965; paperbacks, U. K.).

예이츠 연구에 필요한 방대한 양의 정보를 잘 압축하여 제공해주고 있다. 특히 예이츠의 시를 깊이 있는 안목으로 다루고 있으며, *A Vision*에 대한 설명도 잘 되어 있다.

50. Reid, F., *W. B. Yeats: A Critical Study* (London, 1915).

예이츠의 중기시의 style을 그의 시의 변모 과정에 포인트를 두고 자세히 다룬 책.

51. Seiden, Morton Irving, *William Butler Yeats: The Poet as a Mythmaker 1865~1939* (Cooper Square Publishers, 1975).

예이츠 시의 철학적 골격 역할을 하고 있는 *A Vision*의 내용을 알기 쉽게 해설한 책. *A Vision*에 대한 설명 및 해설뿐만 아니라 *A Vision*과 관련된 예이츠의 시를 분석하여 평하고 있다.

52. Skelton, Robin and Saddlemyer, Ann, (eds.), *The World of W. B. Yeats* (University of Washington Press, 1967).

예이츠 비평 선집인 이 책은 크게 세 part로 나뉘어져 있는데 part I에서
는, 예이츠의 영감의 원천, 작시법, 메타포, Irish Nationalism, Celtic
Revival, Occult 철학 등이, part II에서는, 예이츠의 Dramatic Design,
Abbey Theatre와 관련된 그의 희곡 작품이, part III에서는, 예이츠의 문학
동료인 J. M. Synge, George Moore, George William Russel(AE), Lady
Gregory 등과의 관계가 자세히 취급되어 있다.

53. Skene, Reg, *The Cuchulain Plays of W. B. Yeats: A Study* (Macmillan,
1974).

예이츠의 희곡에서 아일랜드의 영웅 Cuchulain은 매우 중요한 인물로 등
장한다. 저자는 이 책에서 예이츠의 희곡 작품을 Cuchulain Theme에 초
점을 맞추어 분석하고 있다. 예이츠의 희곡 연구가 및 예이츠 작품을 공
연하고자 하는 연출가에게 중요한 길잡이가 될 것이다.

54. Snukal, Robert, *High Talk: The Philosophical Poetry of W. B. Yeats*
(Cambridge University Press, 1973).

예이츠의 시 중 특히 철학적 주제의 시들을 연구한 책으로서 예이츠의 상
징주의 이론, 역사관, 예술론이 언급되어 있으며, 그의 "Among School
Children"이 50여 페이지에 걸쳐 자세히 해설되어 있다.

55. Stallworthy, Jon, *Vision and Revision in Yeats's Last Poems* (Oxford
University Press, 1969).

예이츠의 후기시 13편을 초고에서 완성 작품에 이르기까지의 수정과 개
작 과정을 현존하는 자료를 토대로 하여 고찰함으로써 예이츠의 창작 심
리를 생생하게 보여준다.

56. Stallworthy, Jon, *Between the Lines: Yeats's Poetry in the Making*
(Oxford University Press, 1971).

"The Sorrow of Love"에서 "The Black Tower"에 이르는 18편의 시의 개작
과정과 시인의 정신적 발달 과정을 현존하는 그의 초고와 사본 및 각종
자료를 토대로 하여 연구한 책. 예이츠의 시 발생과 형성 과정을 이해하
는 데 도움이 될 것이다.

57. Stallworthy, Jon, (ed.), *Yeats: Last Poems* (London and New York,
1968).

예이츠의 후기시에 대한 비평 선집. 두 part로 되어 있는 이 책은 전반부에서는 시인 예이츠에 대한 contemporary opinion을 수록하고, 후반부에서는 예이츠의 후기시에 대한 권위 있는 예이츠 석학들의 비평을 수록하고 있다.

58. Stauffer, Donald A., *The Golden Nightingale: Essays on Some Principles of Poetry in the Lyrics of W. B. Yeats* (Hafner Publishing Company, 1971).

예이츠가 주장한 예술 이론에 기초하여 예이츠의 시 창작 원리를 규명한 책.

59. Stock, A. G., *W. B. Yeats: His Poetry and Thought* (Cambridge University Press, 1961).

예이츠의 시 작품에 구현된 사상적 · 철학적 면을 다룬 책. 초기시와 후기시의 연관성 및 예이츠의 historical vision이 자세히 취급되어 있다.

60. Taylor, Richard, *A Reader's Guide to the Plays of W. B. Yeats* (Macmillan, 1984).

예이츠의 희곡 작품을 이해하는 데 필요한 제반 정보와 사상적 배경을 다룬 책. 예이츠는 drama를 쓰는 데 있어서 plot의 구성이나 character의 창조보다는 ritual과 symbolic drama에 지대한 관심을 가졌었다. 저자는 이 책에서 각개의 희곡 작품을 분석하기에 앞서 magic과 symbolic structure에 대한 예이츠의 생각, 자연 세계와 초자연 세계와의 관계, 예이츠의 종교적 · 철학적 사상에 근거를 둔 그의 비극의 정의, 기타 그의 이미지, 심볼, language, style 등을 자세히 설명하고 있다.

61. Tuohy, Frank, *Yeats* (Macmillan, 1976).

예이츠의 가족과 친구들, 그가 가담하고 참여했던 갖가지 단체 및 활동 사항, 그가 살았던 시대적 상황과 조건들이 80여 페이지에 달하는 컬러 및 흑백 사진들과 함께 다루어져 있어, 예이츠의 개인 생활의 진면목을 제시해주고 있다.

62. Unterecker, John, *A Reader's Guide to W. B. Yeats* (London and New York, 1959).

예이츠의 전기적 · 문학적 · 역사적 배경과 그의 시 전반에 대하여 체계적

인 지식을 갖고자 하는 독자에게 필요한 책. 예이츠의 작품 이해에 필요
한 제반 배경 지식과 정보가 전반부에 수록되어 있고, 후반부는 그의
*Collected Poems*에 수록된 시집별로 각개 시의 이미지 구조와 의미를 밝
힘으로써 전체 시 작품의 주제의 연관성을 다루고 있다. 시인 예이츠와
그의 모든 시 작품에 대한 퍼스펙티브를 갖고자 하는 독자에게 좋은 안내
서적이 될 것이다.

63. Unterecker, John, (ed.), *Yeats: A Collection of Critical Essays* (New York and London, 1963).

   예이츠의 작품에 대한 저명한 예이츠 학자들의 논문을 수록한 책.

64. Maxwell, D. E. S. and Bushrui, S. B., (ed.), *W. B. Yeats, 1865~1939, Centenary Essays on the Art of W. B. Yeats* (London and New York, 1965).

   예이츠 탄생 100주년 기념 논문집.

65. Miller, L., (ed.), *The Dolmen Press Yeats Centenary Papers* (Dublin, 1965).

   예이츠 탄생 100주년 기념 논문집.

66. Vendler, Helen Hennessy, *Yeats's Vision and the Later Plays* (Harvard University Press, 1969).

   전반부에서는 *A Vision*의 철학적 사상과 상징을 창작 과정과의 맥락에서
   자세히 설명하고, 후반부에서는 그의 후기 희곡 12편의 상징과 서정적
   언어 구조를 *A Vision*에 의거하여 예리하게 해부하고 있다. *A Vision* 연
   구에 귀중한 책이다.

67. Wilson, F. A. C., *W. B. Yeats and Tradition* (London and New York, 1957).

   예이츠의 시 작품뿐만 아니라 그의 마지막 희곡 5편을 자세히 연구한 책.
   저자는 예이츠의 작품을 연금술, Kabbalism, Plato, Plotinus, Heraclitus,
   Nietzsche, Swedenborg 등의 철학과 연관지어 설명하고 있다.

68. Wilson, F. A. C., *Yeats's Iconography* (London and New York, 1960).

   12편의 시와 *Four Plays for Dancers, The Cat and the Moon* 등 희곡 작품
   에 나오는 shell, fountain, sea, statue, bird, beast 등의 상징을 깊이 있게

다루고 있다.

69. Webster, Brenda S., *Yeats: A Psychoanalytic Study* (Macmillan, 1974).

정신분석학적 방법으로 예이츠의 시를 최초로 연구한 책. 예이츠가 어린 시절에 경험했던 충격적인 사건과 추억들이 어떻게 그의 시와 예술 이론에 작용하게 되었는가를 연구한 책.

70. Zwerdling, Alex, *Yeats and the Heroic Ideal* (New York University Press, 1965).

저자는 이 책에서 예이츠의 아일랜드 독립 운동, 신화, 종교, Occult 철학에의 관심, 귀족적 가치관의 흠모, 공인으로서의 봉직 생활 등이, 인간 행동의 지표로서의 영웅적 비전의 구현을 위한 노력과 관련이 있다고 주장하면서, 예이츠의 영웅적 이상과 tragic hero 에 대한 꿈을 설득력 있게 다루고 있다.

"The Lost God"이라는 제목의 첫 장에서는 영웅의 상실이라는 현대 문학의 특질이, 그리고 마지막 장에서는 예이츠의 visionary poems들이 깊이 있게 다루어져 있다. 예이츠의 tragic vision, 귀족주의, 영웅주의 등을 연구하는 데 아주 귀중한 책이다.

IV. 문헌 목록집

1. Saul, G. B., *Prolegomena to the Study of Yeats's Plays* (Philadelphia and London, 1958).

예이츠 희곡 작품에 대한 연구 논문과 연구 서적 목록이 연대별로 자세히 수록되어 있다.

2. Saul, G. B., *Prolegomena to the Study of Yeats's Poems* (Philadelphia and London, 1957).

예이츠의 각 시 작품에 대한 해설 및 note 뿐만 아니라 각종 연구 논문과 연구 서적의 목록이 수록되어 있다.

3. Wade, A., *A Bibliography of the Writings of W. B. Yeats,* 3rd edn., rev. and ed. by R. K. Alspach (London, 1968).

예이츠 서지를 총정리한 목록서.

V. 배경 참고서

1. Adams, H., *Blake and Yeats: the Contrary Vision* (New York, 1955).
   예이츠가 사상적으로 가장 깊은 영향을 받은 것은 Blake이다. 이 책은 예
   이츠와 Blake가 다 같이 공유하는 이원론적 사상 체계를 비교 분석한 예
   이츠 연구의 기본 서목 중의 하나이다.

2. Bjersby, B., *The Interpretation of the Cuchulain Legend in the Works of
   W. B. Yeats* (Uppsala and Dublin, 1950).
   Irish mythology에 관한 연구서.

3. Donoghue, D. and Mulryne, R.,(eds.), *An Honoured Guest: New
   Essays on W. B. Yeats* (London and New York, 1965).
   예이츠 연구의 배경적 지식을 제공해주는 논문집.

4. Gogarty, O. St. J., *As I Was Going Down Sackville Street* (London, 1937).
   예이츠에 대한 생생한 추억과 회상기들이 수록되어 있다.

5. Gordon, D. J., *W. B. Yeats: Images of a Poet* (Manchester, 1961).
   예이츠에 관한 illustrative material이 풍부히 수록되어 있다. 예이츠와 그
   의 가족 · 친구 들에 관한 사진들뿐만 아니라 "Four Plays for Dancers" 공
   연시의 배우들과 setting에 관한 사진도 실려 있다.

6. Gregory, Lady, *Cuchulain of Muirthemne : The Story of the Men of the
   Red Branch of Ulster, Arranged and Put into English,* with a Preface
   by W. B. Yeats (London, 1902, New York, 1903).

7. Gregory, Lady, *Gods and Fighting Men: The Story of the Tuatha De
   Danaan and of the Fianna of Ireland, Arranged and Put into English,*
   with a Preface by W. B. Yeats(London and New York, 1904).

8. Gregory, Lady, *Journals, 1916~1930* (London and New York, 1946).

9. Gwynn, S. L.,(ed.), *Scattering Branches* (London and New York, 1940).

10. Hanley, M.,(ed. L. Miller), *Thoor Ballylee— Home of William Butler Yeats* (Dublin, 1965).

   Topographical background 뿐만 아니라 1926년 Ballylee 탑의 내부를 찍은 사진이 수록되어 있다.

11. Hoare, D. M., *The Works of Morris and of Yeats in Relation to Early Saga Literature* (Cambridge, 1937).

   Irish Mythology를 다룬 책.

12. Kirby, S., *The Yeats Country: A Guide to Places in the West of Ireland Associated with the Life and Writings of William Butler Yeats* (Dublin, 1962).

   예이츠의 작품과 관련된 West of Ireland를 이해하는 데 도움이 되는 책.

13. MacBridge [Maud Gonne], *A Servant of the Queen* (London, 1938).

   Maud Gonne의 자서전으로서, 그녀와 예이츠와의 관계, 그 당시의 아일랜드 정치 상황 등을 이해하는 데 필요한 책.

14. O'Grady, Standish, *History of Ireland* (London, 1878).

   아일랜드의 역사서로서 예이츠의 시대상을 이해하는 데 필요하다.

15. Rudd, M., *Divided Image: A Study of William Blake and W. B. Yeats* (London, 1953).

   예이츠에 대한 Blake의 영향을 다룬 책.

16. Skelton, R. and Clark, D. R., *Irish Renaissance* (Dublin, 1965).

   아일랜드의 문예 부흥 운동을 연구한 책.

17. Torchiana, D. T., *W. B. Yeats and Georgian Ireland* (London, 1966).

   예이츠는 특히 말년에 자기가 18세기적인 전통 위에 서 있는 것으로 생각했다. 그리하여 그는 Swift, Berke, Berkeley, Goldsmith, Grattan 등을 집중적으로 읽었다. 저자는 예이츠가 어떻게 Protestant Ireland를 거부하고, 거기로 돌아와서, 결국은 그것을 미화하게 되었는가를 깊이 있게 논하고 있다. 예이츠 문학의 문화적·역사적 배경을 연구하는 데 필수적인 역저.

VI. 예이츠에 관한 논문이 실려 있는 현대 영미시에 관계되는 책

1. Alvarez, A., *Stewards of Excellence: Studies in Modern English and American Poets* (New York, 1971).

   "Eliot and Yeats: Orthodoxy and Tradition"이란 article이 실려 있다.

2. Benziger, James, *Images of Eternity: Studies in the Poetry of Religious Vision from Wordsworth to T. S. Eliot* (Southern Illinois University Press, 1968).

   "Modern Instances: Yeats, Stevens, Eliot"라는 article이 실려 있다.

3. Bornstein, George, *Transformations of Romanticism in Yeats, Eliot, and Stevens* (The University of Chicago Press, 1976).

   "The Last Romanticism of W. B. Yeats"라는 논문이 실려 있다.

4. Brooks, Cleanth, *Modern Poetry and the Tradition* (Oxford University Press, 1965).

   "Yeats: The Poet as Myth-Maker"란 article이 수록되어 있다.

5. Craig, Cairns, *Yeats, Eliot, Pound and the Politics of Poetry* (University of Pittsburgh Press, 1982).

   "Yeats: the Art of Memory" "Yeats: the Loss and Recovery of Memory"외 2편의 논문이 수록되어 있다.

6. Feder, Lillian, *Ancient Myth in Modern Poetry* (Princeton University Press, 1971).

   "W. B. Yeats: Myth as Psychic Structure" "W. B. Yeats: Prophecy and Control" "W. B. Yeats: History as Symbol" 등의 논문이 수록되어 있다.

7. Lentricchia, Frank, *The Gaiety of Language: An Essay on the Radical Poetics of W. B. Yeats and Wallace Stevens* (University of California Press, 1968).

   "The Explicit Poetics of W. B. Yeats" "Implicit Poetics and the

Transmutation of Doctrine: Contexts of Byzantium" 등 2편의 article이 수록되어 있다. 예이츠의 "Sailing to Byzantium" "Byzantium" "Lapis Lazuli" 의 시 해설이 잘 되어 있다.

8. Perkins, David, *A History of Modern Poetry : From the 1890s to Pound, Eliot, and Yeats* (Harvard University, 1976).

"W. B. Yeats"라는 article에서 현대 영미시의 맥락에서 예이츠의 생애, 사상, 미학 이론, 예술론, 철학, 작품 등이 간결하게 설명되어 있다.

9. Quinn, M. Bernetta, *The Metamorphic Tradition in Modern Poetry* (New York, 1972).

"William Butler Yeats: The Road to Tir-na-n-Og"란 article이 수록되어 있다.

10. Regueiro, Helen, *The Limits of Imagination: Wordsworth, Yeats, and Stevens* (Cornell University Press, 1976).

"Yeats"란 title 속에 "Great Broken Rings" "In Nature's Spite" "The Vision of History" 등의 article이 수록되어 있다.

11. Rosenthal, M. L., *The Modern Poets: A Critical Introduction* (Oxford University Press, 1960).

"Yeats and the Modern Mind"란 title 속에 "The Unconsenting Spirit" "A Retrospect: The Here and the There" "Prophetic Yeats" 등의 article이 수록되어 있다.

12. Rosenthal, M. L., *Sailing into the Unknown: Yeats, Pound, and Eliot* (Oxford University Press, 1978).

"Structure and Process: Yeats's Civil War Sequences" "Yeats the Modern Lyric Poet: Around the Tower" 등의 article이 수록되어 있다.

13. Sisson, C. H., *English Poetry 1900~1950: An Assessment* (London and New York, 1971).

"W. B. Yeats"라는 article이 수록되어 있다.

14. Wilson, Edmund, *Axel's Castle: A Study in the Imaginative Literature of 1870~1930* (New York, 1969).

"W. B. Yeats"라는 논문이 수록되어 있다. 상징시인으로서의 예이츠 연구의 중요한 논문이다.

15. Wright, George T., *The Poet in the Poem: The Personae of Eliot, Yeats, and Pound* (New York, 1974).

"Yeats: The Tradition of Myself"라는 article이 수록되어 있다.

찾아보기

452

281

INDEX

T

U